Kevin Sands
Der Blackthorn-Code
Die schwarze Gefahr

© Thomas Zitnansky

Kevin Sands hat Theoretische Physik studiert und bereits als Wissenschaftler, Unternehmensberater, Lehrer und professioneller Pokerspieler gearbeitet. Als Kind wäre er gern Schauspieler geworden, da sich sein Talent jedoch in Grenzen hielt, wurde er lieber Autor. Er lebt in Toronto.

Alexandra Ernst, 1965 geboren, studierte Literaturwissenschaft. Seit 2000 arbeitet sie als Übersetzerin von historischen Romanen, Fantasy und Jugendliteratur. Für ihre Arbeit wurde sie mehrfach ausgezeichnet, unter anderem mit dem Deutschen Jugendliteraturpreis.

Kevin Sands

Der Blackthorn Code

DIE SCHWARZE GEFAHR

Aus dem amerikanischen Englisch
von Alexandra Ernst

dtv

Ausführliche Informationen über
unsere Autoren und Bücher
www.dtv.de

Von Kevins Sands sind bei dtv junior außerdem lieferbar:
Der Blackthorn-Code – Das Vermächtnis des Alchemisten
Der Blackthorn-Code – Das Geheimnis des letzten Tempelritters

MIX
Papier aus verantwortungsvollen Quellen
FSC www.fsc.org
FSC® C019821

Ungekürzte Ausgabe
2018 dtv Verlagsgesellschaft mbH & Co.KG, München

Titel der amerikanischen Originalausgabe: ›Mark of the Plague‹
2016 erschienen bei Aladdin, an imprint of Simon & Schuster
Children's Publishing Division, New York
Published by arrangement with Blackthorn Industries, Inc.
Dieses Werk wurde vermittelt durch die Literarische Agentur
Thomas Schlück GmbH, 30161 Hannover

Umschlaggestaltung: Isabelle Hirtz und Max Meinzold
Gesetzt aus der Caslon
Satz: Fotosatz Amann, Memmingen
Druck und Bindung: Druckerei C.H. Beck, Nördlingen
Gedruckt auf säurefreiem, chlorfrei gebleichtem Papier
Printed in Germany · ISBN 978-3-423-71803-5

MONTAG,

31. August 1665

Zahl der Pesttoten des gestrigen Tages: 1.143
Todesfälle insgesamt: 30.551

Ob ihr's glaubt oder nicht: Igelstacheln können *wirklich* brennen!

Und obwohl die Feststellung dieser erstaunlichen Tatsache nicht Ziel meines jüngsten Experiments gewesen war, hatte mich Meister Benedict gelehrt, dass der wahre Fortschritt selbst in der kuriosesten Entdeckung liegen kann. Wenn ich mir allerdings Tom betrachtete, der entsetzt die Augen aufriss, als sich die Flammen über den Rücken des ausgestopften Igels fraßen, war mein Experiment wohl nicht wirklich ein Fortschritt, sondern eher ein Rückschlag.

Zu meiner Verteidigung muss gesagt werden, dass ich gar nicht vorhatte, Harry, den Igel, in Brand zu stecken. Doch dieses Argument ließ Tom nicht gelten. *Du hast nie vor, irgendwas in Brand zu stecken*, würde er sagen, seine mächtigen Arme verschränken und mich böse angucken. *Und trotzdem tust du's.*

Es fing an wie immer: mit einer Idee. Und damit, dass ich die Stimme ignorierte, die mir sagte: Das ist eine *blöde* Idee.

Kapitel 1

»Das ist eine blöde Idee«, sagte Tom.

Aus den Augenwinkeln musterte er den Apparat am anderen Ende des Arbeitstischs, als ob er Angst hatte, das Ding würde ihm ins Gesicht springen, wenn er es direkt anschaute.

»Du weißt doch noch gar nicht, was man damit machen kann«, sagte ich.

Er biss sich auf die Lippen. »Ich will's auch nicht wissen.«

Zugegeben, der Apparat sah merkwürdig aus. Er war etwa dreizehn Zentimeter hoch und hatte eine gewölbte Kappe über einer schmalen, hochkant stehenden Röhre, die mit Papier umwickelt war. Der obere Teil des Apparats balancierte auf drei hölzernen Stecken, die nach unten ragten. Am Ende baumelte eine Zündschnur.

»Es sieht aus wie ein Pilz«, sagte Tom. »Ein Pilz mit einem Schwanz.« Er wich von dem Arbeitstisch zurück. »Mit einem *entflammbaren* Schwanz.«

Ich fühlte mich gekränkt. Egal, wie seltsam das Ding auch aussehen mochte, es war das Wichtigste, was ich je hergestellt hatte. Die anderen Gerätschaften der Apotheke – die Porzellankrüge, die Glasbehälter, die Löffel und Becher und Töpfe und Kessel – lagen unberührt und unbenutzt auf den Bänken und Tischen an der Wand. Nur ein schwacher Duft nach Kräutern und Salben lag in der Luft. Selbst der riesige, zwiebelförmige Ofen in der Ecke war kalt. Denn es war dieser Apparat, der meinen Laden retten würde.

Stolz hob ich ihn hoch. »Blackthorns Hausrauchmaschine! Wirkt garantiert und … ähm … räuchert jedes Haus. Na ja, der Werbespruch braucht noch ein bisschen Feinschliff.«

»Dein Gehirn braucht Feinschliff«, brummte Tom.

Das ging zu weit! »Meine Erfindungen tun immer genau das, was sie tun sollen.«

»Ich weiß«, sagte Tom. »Das ist ja das Problem.«

»Aber … guck doch!« Ich stellte die Hausrauchmaschine vorsichtig wieder ab und zeigte ihm meinen Entwurf, den ich auf einem Stück Pergament aufgemalt hatte.

»Es funktioniert wie ein Feuerwerkskörper«, sagte ich, was vielleicht nicht der beste Einstieg in eine Erklärung war, mit der ich Tom für mich gewinnen wollte.

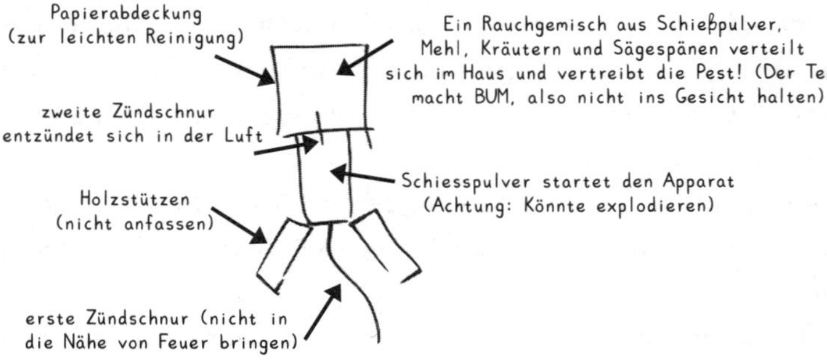

»Man muss die erste Zündschnur anstecken. Das Schießpulver im unteren Bereich der Maschine treibt den oberen Teil in die Luft. Dadurch wird die zweite Zündschnur entfacht und der Deckel explodiert.« Ich machte eine ausholende Armbewegung, als würde ich in der Royal Exchange von London einen Ballen Seide auswerfen. »Der Rauch verteilt sich im ganzen Haus und gewährleistet die Sicherheit und Gesundheit der Familie! Eine Maschine, mit der man die Pest aus dem Haus vertreiben kann!«

»Aha«, war Toms Kommentar. Ich hatte nicht das Gefühl, dass ihn meine Ausführungen sonderlich beeindruckten. »Warum ist da Mehl drin?«

»Das ist der beste Teil. Schau her!«

Ich ging um den Arbeitstisch herum, wo ich seitlich zwei Säcke mit Mehl abgestellt hatte, schaufelte eine Handvoll heraus und nahm dann einen Wachsstock, der auf dem Tisch stand. Als ich das Mehl in die Flamme pustete, entzündete es sich mit einem hellen Schein.

»Siehst du?«, sagte ich. »Es explodiert. Das ist der Grund, warum Campdens Mühle letztes Jahr hochgegangen ist. Es war zu viel Mehl in der Luft.«

Tom legte seine Finger an die Stirn. »Eine explodierte Mühle hat dich auf die Idee zu deiner Erfindung gebracht?«

»Na ja … Mehl ist nicht so gefährlich wie Schießpulver, richtig?« Tom schien nicht überzeugt zu sein. »Also, wenn das Mehl explodiert, entzündet es die Sägespäne und die Kräuter und der ganze Raum wird mit Rauch gefüllt. Und soweit wir wissen, verhindert Rauch, dass man die Pest bekommt. Wir können jede Menge dieser Apparate herstellen und Sägespäne von unterschiedlichen Hölzern nehmen, je nach Kundenwunsch.«

»Warum kann man nicht einfach ein Feuer machen?«, fragte Tom.

»Man kann doch nicht einfach im Haus ein offenes Feuer anzünden«, sagte ich.

»Und das da soll sicherer sein?«

»Ist es«, beharrte ich. »Man darf es bloß nicht in der Nähe

von Vorhängen aufstellen. Und Öllampen. Und Haustieren. Und … ach was, ich zeig's dir einfach.«

Tom ging rückwärts. »Warte mal. Du willst das Ding doch nicht wirklich anzünden, oder?«

»Was sollte ich denn sonst damit machen?«

»Ich dachte, du nimmst mich bloß auf den Arm.«

Eine schwarz-weiß gesprenkelte Taube kam von einem Regal, auf dem Apothekerzutaten standen, zu mir heruntergeflogen. Sie gurrte.

»So ist's recht, Bridget«, sagte Tom. »Bring du ihn zur Vernunft.«

Bridget pickte an der Zündschnur. Prustend trippelte sie rückwärts, flatterte auf und flog zur Treppe.

»Siehst du?«, sagte Tom, der sich hinter den Arbeitstisch duckte. »Auch der Vogel hält dich für verrückt.«

»Dir wird das Unken schon noch vergehen, wenn ich bis zu den Knien in Gold stehe«, sagte ich.

Toms Stimme kam hinter dem Arbeitstisch hervor. »Darauf lasse ich es ankommen.«

Ich entfachte die Zündschnur, schaute einen Moment zu, wie sie knisterte und Funken sprühte. Dann gesellte ich mich zu Tom. Hinter den Arbeitstisch. Nicht, weil ich Angst hatte, weit gefehlt! Es war nur … eine Vorsichtsmaßnahme.

Die Funken an der Zündschnur fraßen sich bis zum unteren Teil des Apparats. Einen Moment lang geschah nichts.

Dann flog das Schießpulver in die Luft. Es zischte und kleine Flammen züngelten aus dem Boden. Die Röhre schoss nach oben.

Ich zerrte an Toms Ärmel. »Es funktioniert! Es funktioniert!«

Dann setzte sich die zweite Zündschnur in Brand. Eine schmale, rauchige Flamme schlug aus der Röhre, die sich langsam zur Seite neigte. Und dann wie eine Rakete durch die Tür ins Ladengeschäft raste.

»War das so geplant?«, fragte Tom.

»Also …«, stammelte ich, aber die korrekte Antwort lautete: Nein.

Durch den Türrahmen schoss ein Blitz. Dann ein BUM! Das BUM war zu erwarten gewesen. Die Stimme, die folgte, nicht.

»AAHHHHH!«

Kapitel 2

Wir rannten in den Laden. Dort angekommen, schwankte ich zwischen Freude und Entsetzen.

Einerseits hatte meine Erfindung funktioniert! Meine Hausrauchmaschine hatte tatsächlich dafür gesorgt, dass sich im ganzen Laden ein dicker, süß duftender Rauch ausbreitete. Andererseits befand sich zwischen der Eingangstür und dem Fenster ein riesiger Rußfleck an der Wand. Und Harry, der ausgestopfte Igel auf dem Fensterbrett, stand in Flammen.

Hustend und wild mit den Armen wedelnd, rannte Tom zur Eingangstür und stieß sie auf. Dann packte er den Igel am Schwanz – das einzige Körperteil, das noch nicht Feuer gefangen hatte – und schleuderte ihn hinaus auf die Straße. Harry flog in einem hohen, glühenden Bogen durch die Luft und prallte zweimal auf dem Pflaster auf. Er rollte noch ein Stückchen und blieb dann in einer Kuhle liegen, wo er friedlich vor sich hin kokelte.

Tom drehte sich um und warf mir einen bitterbösen Blick zu. Ich wurde rot. »Also, jetzt warte mal …«, setzte ich an. Dann fiel mir etwas auf: Der Laden war leer. »Hat da nicht eben jemand geschrien?«

Tom riss die Augen auf. »Du hast einen Kunden in die Luft gesprengt!«

»Nur fast«, ertönte eine zitternde Stimme.

Die obere Wölbung eines Kopfs lugte über den Ausstellungstisch neben dem Kamin. Ich sah fedriges weißes Haar, das mir vertraut vorkam, und dann leicht verschleierte Augen. Mein Herz machte einen Satz.

»Meister Isaac!«, rief ich.

»Ich bin froh, dass ihr beiden euch zu beschäftigen wisst.« Isaac krabbelte unter dem Tisch hervor und erhob sich mit knackenden Knochen, die sein Alter verrieten.

Ich rannte zu ihm und hätte ihn am liebsten umarmt. »Geht es Euch gut?«

»Jedenfalls besser als dem Igel.« Isaac klopfte sich die Hosen ab. »Darf ich fragen, was das alles zu bedeuten hat? Hat dir das arme Tier irgendwas getan?«

»Das war meine Erfindung. Damit will ich die Pest bekämpfen.«

Er nickte. »Ja, das leuchtet ein. Wenn du jemanden zu Asche verbrennst, kannst du in der Tat verhindern, dass er an der Pest erkrankt.«

Mein Gesicht glühte vor Scham. »Tut mir wirklich leid.«

»Es ist ja nichts passiert.« Sein Blick fiel auf eine Schmauchstelle an der Schulter seines Wamses. »Jedenfalls nicht viel. Ach, mach dir keine Sorgen deswegen.«

So peinlich mir die Sache war, so sehr freute ich mich, ihn wiederzusehen. Isaac Chandler war Buchhändler und einer der besten Freunde von Meister Benedict gewesen. Und jetzt war er einer meiner besten Freunde. Er hatte mir und Tom geholfen, die Missetaten des Erzengel-Kults aufzudecken, dessen Mitglieder im vergangenen Frühjahr Dutzende Menschen ermordet hatten, einschließlich meines Meisters. Isaac hatte einen bescheiden wirkenden Buchladen zwischen einer Reihe von Lagerhäusern nördlich der Themse. Und was nur ganz wenige Menschen wussten: In einem Gewölbe unter diesem

Laden befand sich eine geheime alchemistische Bibliothek mit uralten Werken, in denen das Wissen von Jahrhunderten versammelt war. Ich war bisher nur zweimal dort gewesen: das erste Mal, als ich einen Schlüssel gesucht hatte, der mir helfen sollte, Meister Benedicts Geheimnis zu lüften, und das zweite Mal vor vier Wochen, um jenes Geheimnis dort zu verstecken: das Rezept für eine schreckliche, explosive Waffe, die man »das Feuer des Erzengels« nannte.

Ich wünschte, ich hätte Isaac öfter besucht. Sein warmer, heimeliger Laden war schnell zu einem meiner Lieblingsorte geworden. Aber im Augenblick war ich einfach froh, Isaac wiederzusehen. Er war zwei Monate nicht in der Stadt gewesen.

»Bleibt Ihr jetzt in London?«

»Ja. Und nein.« Isaac zog einen großen Lederbeutel unter dem Tisch hervor. »Darf ich mich setzen? Die Reise hat mich sehr ermüdet.«

»Aber natürlich.« Ich nahm den Beutel und wollte Isaac zu dem bequemen Sessel neben dem Kamin führen.

Er aber nickte zum Arbeitsraum. »Ein bisschen Privatsphäre könnte nicht schaden.«

Überrascht geleitete ich ihn nach hinten. Tom blieb im Laden, nahm eine Bürste zur Hand und begann, nachdem er mir einen langen, vorwurfsvollen Blick zugeworfen hatte, den Rußfleck an der Wand damit zu bearbeiten. Isaac humpelte zu einem Schemel an einem Arbeitstisch und winkte mich zu sich.

Ich trat zu ihm und legte den Beutel zwischen uns. Jetzt, da wir die rauchgeschwängerte Luft des Ladens hinter uns gelassen hatten, konnte ich Isaac besser sehen. Ich musterte ihn; er sah nicht gut aus.

Mein Magen verkrampfte sich. »Stimmt etwas nicht?«

»Ich habe nicht die Pest, wenn du das meinst«, sagte er. »Aber irgendwie bin ich in letzter Zeit ziemlich alt geworden.«

Er sackte auf dem Schemel in sich zusammen, die Augen tief in den Höhlen liegend, das Gesicht schmutzig vom Staub der Straße. Ich schenkte ihm einen Becher mit schalem Bier aus dem einzigen Fass in der Vorratskammer ein und brachte ihm das letzte Frühstücksbrötchen, das Tom heute Morgen gebacken hatte. Isaac trank den Becher in vier großen Schlucken aus.

»Danke. Es ist viele Jahre her, seit ich zuletzt auf einem Pferd gesessen habe.« Er rutschte auf dem Schemel hin und her. »Und mein Hintern wünscht sich, dass es bis zum nächsten Mal wieder viele Jahre dauern wird.«

»Seid Ihr eben erst zurückgekehrt?«, fragte ich.

Er nickte. »Vor einer Stunde. Ich bin zusammen mit einem alten Freund von dir eingetroffen.«

Ich runzelte die Stirn. Ich hatte doch gar keine alten Freunde.

»Lord Ashcombe«, sagte Isaac.

Lord Ashcombe war der General Seiner Majestät, Beschützer von König Charles II. Zusammen mit Isaac hatte mir Lord Ashcombe im Kampf gegen den Kult des Erzengels zur Seite gestanden.

»Ich dachte, er sei mit dem König in Wiltshire«, sagte ich.

»Er ist auch nur heute in London. Aber ich musste ihn sehen. Er hat etwas für mich besorgt.«

Isaac öffnete den Beutel und zog zwei eingewickelte Pakete heraus. Das erste war in ein Leinentuch eingeschlagen. Das zweite befand sich in einer Hülle aus geöltem Leder, das mit einer Schnur fest zusammengebunden war. Die Knoten waren mit Wachssiegeln versehen.

»Was ist das?«, fragte ich.

»Ein Buch«, sagte er und tätschelte das Paket. »Ein ganz besonderes Buch. Eines, das ich seit dreißig Jahren suche.«

Ich starrte das Paket an, als ob ich mit meinem Blick das Leder durchdringen könnte, wenn ich nur lange genug hinschaute. »Was für ein Buch?«

Isaac fuhr mit den Fingerspitzen über die Schnur. »Das ist im Moment nebensächlich. Vielleicht zeige ich es dir eines Tages. Aber nicht heute.«

Meister Benedict war genauso gewesen. Das hatte mich fast in den Wahnsinn getrieben. Da mir klar war, dass ich nichts aus Isaac herausbekommen würde, schluckte ich meine Enttäuschung herunter und fragte stattdessen: »Was ist in dem anderen Paket?«

»Etwas nicht halb so Wertvolles, mir aber dennoch lieb und teuer.« Er schlug das Leinentuch auf. Darin lag ein frisch gebackener Honigkuchen mit Zuckerguss.

»Mein Leibgericht«, sagte er. »Nimm dir ruhig etwas davon.«

Mir lief das Wasser im Mund zusammen, als ich mir ein Stück abschnitt. Gleichzeitig ließ ich das geheimnisvolle Päckchen auf dem Tisch nicht aus den Augen. »Woher habt Ihr das?«

»Aus der Bäckerei in der Fleet Street.«

»Ich meinte das Buch.«

»Ach ja?«

»Meister Isaac«, sagte ich genervt.

»Ägypten. Es kommt aus Ägypten. Und das ist alles, was ich dir darüber verraten werde«, sagte er fröhlich. Er steckte das Buch wieder in den Beutel. »Aber ich bin froh, dass die Pest deine Neugier nicht gedämpft hat. Und auch nicht deinen Appetit.«

Ich hatte das erste Stück Kuchen bereits verschlungen. Vermutlich hatte er meinen sehnsüchtigen Blick bemerkt. »Entschuldigung.«

Er schnitt mir noch ein Stück ab. »Ich teile ihn gern mit dir. Ich habe mir Sorgen um dich gemacht. Die Nachrichten, die mich aus London erreicht haben, waren fürchterlich.«

Was immer er auch gehört hatte, konnte nicht einmal annähernd die Düsternis beschreiben, die sich über die Stadt gelegt hatte. Als der Kult des Erzengels meinen Meister ermordet hatte, hatte ich geglaubt, dass meiner Stadt nichts Schlimmeres widerfahren konnte. Ich hatte mich geirrt.

Die Pest, die London fast dreißig Jahre in Frieden gelassen hatte, war mit ganzer Macht zurückgekehrt. Es begann mit ein paar vereinzelten Fällen außerhalb der Stadtmauern, dann breitete sich die Seuche schnell aus und explodierte förmlich in der Sommerhitze. Die Bill of Mortality, die Totenliste, die jeden Donnerstag veröffentlicht wurde, führte Buch über die grausige Wahrheit: 6102 Opfer in der vergangenen Woche, und das waren bloß die offiziellen Zahlen. Jeder wusste, dass es in Wahrheit vermutlich doppelt so viele waren. Bis jetzt waren schon dreißigtausend Menschen gestorben und jeden Tag kamen ungefähr tausend dazu.

In unserer Straße traf es zuerst ein Kind: Jonathan Hartwell, Sohn des Silberschmieds, zehn Jahre alt. Anfangs hatten die Eltern noch die Hoffnung, dass ihr Sohn an einer anderen Krankheit litt, denn die ersten Symptome sind nicht spezifisch: Schüttelfrost, Krämpfe, Schweißausbrüche. Doch dann trat eine Veränderung ein: Er fing an, sich unkontrolliert zu erbrechen, und sein Leib wurde von Anfällen geschüttelt. Dann setzte das Delirium ein, sein Geist wurde mal von Engeln gewiegt, dann wieder von Dämonen gewürgt. Trotzdem weigerten sich die Hartwells zu glauben, dass es sich um die Seuche handelte, bis sich auf der Haut des Jungen der unwiderrufliche Beweis zeigte.

Sie waren einzigartig und es gab sie nur bei der Pest: die Male. Schreckliche schwarze Schwellungen am Hals, unter den Armen, in den Leisten. Oder sie kamen – in selteneren Fällen – in Form eines Ausschlags und geröteter, fleckiger Haut. Wie die meisten hatte der kleine Jon die Schwellungen. Er schrie so laut, dass ich ihn noch vier Häuser weiter hören konnte, durch geschlossene Türen, verriegelte Fenster und mit den Händen auf die Ohren gepresst.

Ich konnte ihm nicht helfen. Zwar ließ ich ihm von seinem Vater etwas Mohnsaft gegen die Schmerzen verabreichen, aber das bekämpfte nicht die Krankheit. Trotzdem verlor seine Mutter nicht die Hoffnung, denn einige erholten sich tatsächlich von der Seuche. Aber schließlich war er jener letzten, schrecklichen Stille anheimgefallen, die nur durchbrochen wurde vom Heulen und Klagen seiner Mutter, und ich hatte nichts mehr für ihn tun können. Ich war hilflos. Nutzlos. Die ganze Zeit.

»Es wird immer schlimmer«, sagte ich zu Isaac. »Ich habe Angst.«

»Die Pest macht uns alle gleich«, sagte er. »Hast du dir diesen Propheten schon angehört?«

»Wen?«

»Nach dem, was mir zugetragen wurde«, sagte Isaac, »ist ein Prophet in der Stadt eingetroffen, der den Weg der Pest vorhersagen kann. Hast du ihn gesehen?«

Ich hatte noch nie von ihm gehört. »Tom und ich bleiben die meiste Zeit im Laden. Wir erfahren nur wenig von dem, was in der Stadt vor sich geht. Außer natürlich durch die Totenlisten.«

Und die wollte sich keiner näher anschauen. Wie alle anderen auch versuchten Tom und ich uns dadurch zu schützen, dass wir nicht auf die Straße gingen. Niemand wusste, wodurch sich die Krankheit ausbreitete. Alle glaubten, dass Rauch helfen würde – daher meine mehr oder weniger erfolgreiche Erfindung –, aber man wusste immer erst dann, wenn sich die Male zeigten, ob jemand tatsächlich an der Pest erkrankt war.

Es gab sowieso kaum einen Grund, vor die Tür zu gehen. Die Pest hielt London im Würgegriff. Die meisten Läden hatten geschlossen und es war kaum noch Arbeit zu bekommen. Jeder, der es sich leisten konnte, hatte die Stadt verlassen. Den ganzen Sommer lang hatten Kutschen und Wagen die Straßen Londons verstopft. Die Reichen waren panikerfüllt auf ihre Landsitze geflüchtet, wo sie sich in Sicherheit wähnten. Jetzt waren nur noch die Totengräber mit ihren Karren unterwegs, die mit Pestopfern beladen waren. Jede Nacht zogen sie durch die Stadt, begleitet vom Schlagen einer Glocke und dem entsetzlichen Ruf: *Bringt eure Toten heraus*.

Isaac schüttelte den Kopf. »Ich habe dreimal die Pest in London erlebt: 1603, 1625 und 1636. Und ich sage dir, Christopher, dieser Ausbruch ist schlimmer als alle drei vorherigen zusammen. Wenn tatsächlich ein Prophet in der Stadt ist, dann ist dies ein beängstigendes Zeichen dafür, dass die Welt jenseits der unseren wieder einmal ein Auge auf uns geworfen hat. Und ich muss dir ja nicht erklären, wie gefährlich das ist.«

Ich erschauerte und dachte an das Feuer des Erzengels. »Als die Zahl der Opfer stieg, dachte ich, Ihr würdet überhaupt nicht zurückkommen.«

»Das hatte ich auch nicht vor. Aber als mich die Nachricht von diesem Propheten erreichte – und Berichte von Plünderungen –, habe ich mich besonnen. Deshalb bin ich hierhergekommen. Ich wollte dir sagen, dass ich meinen Laden schließe.«

Mir war, als hätte man mir in den Bauch geboxt. Isaac und Meister Benedict hatten sich sehr nahegestanden. Obwohl ich nur zweimal in seinem Laden gewesen war, hatte ich das Gefühl, mein zweites Zuhause und mit ihm auch meine letzte Verbindung zu Meister Benedict zu verlieren. »Aber ... warum? Und was geschieht mit der geheimen Bibliothek?«

»Nichts. Die Bibliothek ist der Grund, warum ich den Laden zumache.« Isaac seufzte. »Ich liebe mein Geschäft, beinahe so, wie dein Meister diese Apotheke geliebt hat. Aber die Bibliothek ist meine wirkliche Aufgabe. Alles, was ich je getan habe, diente einzig dazu, sie wachsen zu lassen, sie zu beschützen. Doch ich war ein Narr.« Er deutete zu dem Buch in dem Lederbeutel. »Ich habe Bücher erworben für zukünftige Zeiten. Stattdessen hätte ich mich lieber auf *diese* Zeiten vorbereiten sollen.« Er seufzte noch einmal. »Ich habe keinen Lehrling«, fuhr er fort. »Wenn ich sterbe, wird niemand meinen Platz einnehmen. Und diese Bibliothek *muss* überleben. Also muss *ich* überleben. Wenigstens noch eine kleine Weile.«

Isaac starrte in seinen Becher. »Ich wäre am liebsten nicht wiedergekommen. Aber wenn mein Laden geplündert wird und Diebe den Geheimgang zur Bibliothek finden ... das darf nicht passieren. Wenn ich schon in London sein muss, dann gibt es nur eine Möglichkeit, wie ich die Krankheit vermeiden kann: Ich muss mich von allen und jedem fernhalten. Bis es vorbei ist. Und das werde ich auch tun«, sagte er. »Ich werde den Laden verrammeln und mich im Gewölbe einschließen. Die Pest wird noch einige Monate wüten. Ich habe genügend Vorräte besorgt, um diese Zeit durchzustehen.«

Ich versuchte mir vorzustellen, wie es sein musste, monatelang unter der Erde eingesperrt zu sein. Niemals frische Luft zu atmen. Niemals die Sonne zu sehen. Schrecklich. »Wird es Euch nicht einsam werden?«

»Meine Bücher werden mir Gesellschaft leisten. Es sei denn, du möchtest mitkommen.«

Ich blinzelte. »Ich?«

Er nickte. »Das ist auch ein Grund, warum ich vorbeigekommen bin. Jetzt, wo dein Meister nicht mehr da ist, wollte ich dir die Chance bieten, mich in die Bibliothek zu begleiten. Es gibt genügend Platz für uns beide, und obwohl ich meine Bücher sehr schätze, wird es doch deutlich angenehmer sein, jemanden zum Reden zu haben. Es würde mich außerdem beruhigen, weißt du? Ich müsste mir dann keine Sorgen um dich machen.«

Ich wusste nicht, was ich sagen sollte. Ich wollte nicht unter der Erde leben. Andererseits wollte ich auch nicht diese Pestwelle erleben. Wenn ich mit ihm ging, bekam ich die Möglichkeit, Isaac besser kennenzulernen und Geschichten über Meister Benedict zu hören. Und die Bibliothek! All diese Bücher! Und ich würde viel Zeit haben, um sie zu lesen!

»Was ist mit Tom?«, fragte ich. »Könnte er auch mitkommen?«

Isaac schürzte die Lippen. »Toms Eltern und seine Schwestern, sind sie noch am Leben?«

»Ja.«

»Und würden sie nicht wissen wollen, wohin er geht?«

Jetzt verstand ich, warum Isaac unter vier Augen mit mir hatte sprechen wollen. »Doch«, sagte ich niedergeschlagen.

»Tom wäre mir willkommen«, sagte Isaac. »Ich habe ihm schon früher vertraut und er hat sich dieses Vertrauens würdig erwiesen. Aber das Wissen um die Bibliothek wäre in den falschen Händen äußerst gefährlich. Seine Familie darf nichts davon erfahren. Und deshalb fürchte ich, dass die Antwort nein lautet.«

Ich war enttäuscht, machte Isaac jedoch keine Vorwürfe. Toms Mutter war eine anständige Frau, aber eine fürchterliche Klatschtante. Toms Schwestern waren brave Mädchen, aber viel zu jung, um ihnen ein solch schwerwiegendes Geheimnis anzuvertrauen. Und was Toms Vater betraf, je weniger man über ihn sprach, desto besser. Tom konnte nicht mitkommen, das war mir klar.

Und deshalb war mir auch klar, wie meine Entscheidung lauten musste. Was, wenn Tom krank wurde, während ich in Isaacs Bibliothek hockte? Ich konnte ihn nicht im Stich lassen. Und auch nicht das, was mir mein Meister hinterlassen hatte.

»Ich würde wirklich gerne mitkommen«, sagte ich zu Isaac. »Aber vielleicht braucht mich Tom . Und … ich weiß nicht. Ich habe irgendwie gehofft, dass ich einen Weg finden könnte, der Stadt und den Menschen zu helfen.«

Es kam mir dumm vor, das zu sagen. Aber Isaac lächelte und legte mir die Hand auf die Schulter.

»Ich habe Benedict damals, 1636, genau das gleiche Angebot gemacht«, sagte er. »Und er gab mir die gleiche Antwort wie du. Also schön. Bevor ich mich selbst einschließe: Gibt es irgendetwas, das du brauchst?«

Es war mir schrecklich peinlich. »Nun … jetzt, da Ihr es erwähnt … Ich habe mich gefragt, ob … ob Ihr vielleicht … ich meine, ob Ihr etwas …«

Isaac hob eine Augenbraue. »Ich würde gerne nach Hause kommen, bevor mich die Pest in deiner Apotheke hinwegrafft, Christopher.«

»Ja. Natürlich. Also … ähm, könnte ich mir vielleicht … ähm, etwas … Geld borgen?«

»Geld?«

»Ich zahle es Euch zurück, das verspreche ich«, sagte ich schnell. »Es ist nur so, dass … ich bin pleite.«

Isaac bedachte mich mit einem strengen Blick. »Die Apothekergilde hat dir nach Benedicts Tod zehn Pfund überlassen. Du hast doch nicht etwa die ganze Summe aus dem Fenster geworfen, oder?«

»Ich habe nichts aus dem Fenster geworfen«, widersprach ich, »weil ich nie etwas bekommen habe.«

Die Erkenntnis machte sich auf seinem Gesicht breit. »Lass mich raten«, sagte Isaac. »Du bist jede Woche hingegangen, um das Geld zu holen, und sie hatten immer Ausreden, warum es gerade nicht verfügbar sei. Und jetzt ist das Gildehaus wegen der Pest geschlossen.«

»Sie waren immer sehr höflich.«

»Aber gewiss. Wovon hast du die ganze Zeit gelebt?«

»Ich habe einige von Meister Benedicts Vorräten an andere Apotheken verkauft«, sagte ich, »aber jetzt will niemand mehr etwas haben.«

»Weil sie Angst haben, dass die Sachen mit Krankheit behaftet sind?«, vermutete Isaac.

Ich nickte unglücklich. Der Mord an meinem Meister hatte nicht nur ein Loch in meinem Herzen hinterlassen. Ich hatte jetzt auch keine Möglichkeit mehr, meinen Lebensunterhalt zu verdienen. Nach der Sache mit dem Kult des Erzengels hätte mir die Apothekergilde eigentlich einen neuen Meister zuweisen sollen. Aber als die Pest ausbrach, hatten die Ratsmitglieder das Gildehaus geschlossen und waren geflohen, genau wie alle anderen reichen Londoner. Und mit ihnen verschwand meine Chance auf einen neuen Meister. Und natürlich auch die versprochenen zehn Pfund.

Als Lehrling durfte ich keine Arzneien verkaufen, daher hatte ich mir die Hausrauchmaschine ausgedacht. Rauch heilte nicht, sondern verhinderte nur, dass man sich mit der Pest ansteckte. Also war Rauch keine Arznei und der Verkauf der Maschine nicht illegal. Aber der große schwarze Rußfleck neben der Tür – und der verkohlte Igel draußen auf der Straße – bewiesen mir, dass meine Erfindung noch nicht reif für den Markt war. Und da die wenigen verbliebenen Apotheker sich weigerten, irgendetwas von mir zu kaufen, war meine Kasse vollkommen leer.

»Ach Christopher«, sagte Isaac. »Ich hätte dich nicht alleinlassen sollen. Hier.« Er holte fünf Silberschillinge aus seinem Wams und legte sie auf den Tisch. »Ich würde dir gern mehr geben, aber ich habe all meine Ersparnisse für die Vorräte ausgegeben. Ich sag dir was: Nimm auch den Honigkuchen. Nein, nein, ich will nichts hören.« Er klopfte sich auf den Bauch. »Ich liebe ihn zwar, aber er erwidert diese Liebe nicht.«

Wenn die Pest nicht gewesen wäre, hätte ich ihn fest umarmt. »Das ist eine große Hilfe für mich.«

»Es wird nicht lange reichen«, murmelte Isaac.

Natürlich würde es nicht reichen, bis die Pestwelle über die Stadt hinweggerollt war. Aber es würde mich ein paar Wochen lang ernähren. Besonders Tom würde sich freuen, und nicht nur wegen des Honigkuchens. Die Bäckerei seines Vaters war geschlossen, weil alle Kunden fort waren und das Mehl mittlerweile so billig, dass die meisten Leute ihr Brot jetzt selbst backten.

Sein Vater, ein echter Geizhals, hatte genug zur Seite gelegt, dass die Familie eine ganze Weile zurechtkommen würde. Weder Tom noch seine fünf Schwestern würden Hunger leiden müssen. Aber für mich würde sein Vater keinen Penny ausgeben. Er hatte Tom sogar ausdrücklich dazu ermutigt, Zeit mit mir zu verbringen, damit Tom sich statt von seinen nun von meinen Vorräten ernährte. Allerdings wusste er nicht, dass Tom von zu Hause Essen stibitzte und es mir brachte. Viel war es nicht, nur das eine oder andere Brötchen, das er unter seinem Hemd versteckte. Daher war Isaacs Geld ein willkommener Segen, der mich eine Weile über Wasser halten würde.

Ich sprang von meinem Schemel und wollte Tom die gute Nachricht erzählen.

»Warte noch«, sagte Isaac.

Ich blieb im Türrahmen stehen. Vorne im Laden hatte Tom den Rußfleck von der Wand geschrubbt und stellte gerade die Kuriositäten wieder an ihren Platz. Durch das Fenster sah ich zwei Männer auf die Apotheke zukommen.

»Ich habe Benedict mein Wort gegeben, dass ich nichts sagen würde«, meinte Isaac, »aber unter diesen Umständen hätte er wohl nichts dagegen, dass ich mein Versprechen breche.«

Er richtete sich auf. »Gehe ich recht in der Annahme, dass du den Schatz deines Meisters noch nicht gefunden hast?«

Kapitel 3

Ich blinzelte.

»Schatz?«, wiederholte ich. »Was für ein Schatz?«

Die Ladentür ging auf und die zwei Männer, die eben die Straße überquert hatten, kamen herein. Isaac legte den Kopf schräg und lauschte. Dann hob er einen Finger an die Lippen.

Tom schaute fragend zu mir hin. Ich bedeutete ihm, sich um die Kunden zu kümmern, schloss die Tür zum Arbeitsraum und eilte zu Isaac. »Schatz?«

Er nickte. »Als Benedict erkannte, dass der Kult des Erzengels ihn früher oder später erwischen würde, setzte er einen Letzten Willen auf, in dem er dir alles hinterließ. Trotzdem machte er sich immer noch Sorgen, was mit dir passieren würde, wenn er nicht mehr da war. Und es gibt etwas, das er nur dir anvertrauen wollte, etwas, das er nicht benennen konnte, für den Fall, dass das Testament in falsche Hände geriet.«

»Schatz?« Offensichtlich hatte ich mich in einen Papagei verwandelt. »Was für ein Schatz? Was ist es?«

Isaac runzelte die Stirn. »Ich bin mir nicht sicher. Ich weiß, dass er Geld hatte – viel Geld –, aber Benedict deutete an, dass er dir etwas Besonderes hinterlassen hätte. Etwas, das nur für deine Augen bestimmt ist. Er wollte mir nicht sagen, was es ist. Er wollte, dass du es selbst findest. Und gleichzeitig hatte er Angst, dass du es *nicht* finden würdest. Und deshalb hat er mir etwas übergeben, für alle Fälle.« Isaac deutete zu dem Beutel, der auf dem Arbeitstisch lag. »Da drin ist ein Bündel mit Briefen. Einer ist für dich. Mach schon, hol ihn heraus.«

Es waren sieben Briefe, die mit einer Kordel zusammengebunden waren. Die ersten fünf Adressaten kannte ich nicht, den sechsten schon: Lord Richard Ashcombe.

Ich fragte mich kurz, was Isaac, der Buchhändler, mit dem Beschützer des Königs zu schaffen hatte. Aber es war der letzte Brief, geschrieben in der schwungvollen Handschrift meines Meisters, der mich wirklich interessierte. Ich fuhr mit den Fingern die Buchstaben nach.

Christopher Rowe
Blackthorn-Apotheke, London

»Ich musste Benedict versprechen, dass ich dir diesen Brief erst nach einem Jahr geben würde«, sagte Isaac. »Er wollte wirklich, dass du den Schatz alleine findest. Aber jetzt, da die Pest ausgebrochen ist …«

Ich drehte den Brief um. Auf das Siegel hatte mein Meister ein Zeichen gemalt: einen Kreis mit einem Punkt in der Mitte.

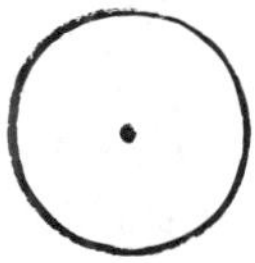

Ich erkannte das Symbol. Mein Meister war insgeheim ein Alchemist gewesen, der nach der Wahrheit des Universums jenseits der sterblichen Welt gesucht hatte. Um ihre Forschungen zu verschlüsseln, benutzten Alchemisten besondere Symbole für bestimmte Materialien, für Himmelskörper, Rezepte und andere Dinge. Der Kreis mit dem Punkt in der Mitte stand für die Sonne: für Licht, Wärme, Leben. Wie alle Himmelskörper repräsentierte auch die Sonne ein irdisches Metall. Mars war mit Eisen verbunden, Merkur mit Quecksilber. Und die Sonne?

Die Sonne war das Gold.

Durch die Tür drangen Stimmen aus dem Laden zu mir. Ich achtete nicht darauf. Ich brach das Siegel und las den Brief meines Meisters.

Christopher,
ich habe einen Schatz für dich versteckt, den du – so wie ich dich kenne – aufgrund deiner liebenswerten Torheit noch nicht gefunden hast und womöglich nie finden wirst. Unter unserem Dach. In unserem eigenen Elysium, unserem eigenen Reich.
Es ist wohl einem gewissen Unverständnis zu verdanken, dass dir die wahre Natur dieser Sache noch nicht klar geworden ist.
Es ist jetzt dein Reich, dein Elysium. Verhalte dich dementsprechend, in allem, was du tust. Oder aber du wirst nie finden, was zu finden ich dir bestimmt habe.
lies dies sorgfältig. Erkenne das Geheimnis. Es liegt in meiner Liebe zu dir verborgen.

Meine Augen brannten. Mein Herz schmerzte so sehr, als wäre er mir gerade eben erst genommen worden. Aber trotzdem musste ich lächeln. Denn natürlich war dieser Brief wieder einmal ein Rätsel, das ich lösen musste.

Mein Meister hatte eine Leidenschaft für Geheimnisse verborgen in Geheimnissen und Codes innerhalb von Codes gehabt. Zusammen mit vielen anderen Dingen hatte er diese Liebe an mich weitergegeben. Aber jetzt war keine Zeit, um zu trauern. Ich wischte mir über die Augen und suchte in dem Brief nach Hinweisen.

Isaac räusperte sich. »Ich merke schon, dass du mir ab jetzt keine Aufmerksamkeit mehr schenken wirst.«

Ich sah hoch. »Tut mir leid.«

Er wischte meine Entschuldigung mit einer Handbewegung beiseite. »Benedict war genauso.« Er stand auf. »Ich wünschte, ich könnte dir mit dieser verschlüsselten Botschaft helfen, aber ich wüsste gar nicht, wo ich anfangen sollte zu suchen. Du möchtest jetzt bestimmt lieber allein sein, um zu tüfteln. Und ich muss nach Hause.« Er runzelte die Stirn. »Außerdem glaube ich, dass du im Laden gebraucht wirst.«

Ich hatte mich so auf den Brief meines Meisters konzentriert, dass ich nicht bemerkt hatte, was vorne in der Apotheke los war. Jetzt hörte ich es: scharfe, laute Stimmen. Ein Streit war entbrannt.

Ich öffnete die Tür zum Laden. Tom stand hinter dem Tresen und mühte sich gerade mit drei Kunden ab. Zwei aufgebrachte Männer hatten sich direkt vor der Tür zum Arbeitsraum aufgebaut, es waren die beiden, die ich vorhin schon gesehen hatte. Ein dritter Mann war hinzugekommen und stand, leicht gebückt, auf der anderen Seite des Tresens, Tom gegenüber.

Die Kleider des Mannes waren dreckig und zerschlissen und überall geflickt. Er selbst war ebenfalls alles andere als sauber und auf seinem fettigen Haar saß keine Perücke. Seine Hände waren schorfig und auf der Spitze seiner Nase prangte eine große Warze. Am schlimmsten aber war, dass er so roch, als ob er gerade in einen Kothaufen getreten wäre. Die beiden anderen Männer ereiferten sich sowohl über seine Anwesenheit als auch über den Grund seines Hierseins: Er bettelte.

»Bitte, mein Herr«, sagte er zu Tom. »Nur eine Kleinigkeit.«

»Es tut mir leid«, sagte Tom, »aber wie ich schon sagte, es ist nicht mein Laden …«

»Wir waren zuerst hier«, beschwerte sich einer der beiden Männer.

Tom wirkte erleichtert, dass ich mich endlich blicken ließ. Der Bettler sah Isaac hinter mir und humpelte gebückt auf ihn zu. »Werter Herr …«

Ehe er fortfahren konnte, deutete Isaac auf mich. Der Bettler wirkte leicht überrascht, wandte sich aber unverzüglich mit seinem Flehen an mich. »Bitte, junger Herr. Mein Name ist Miles Gaspar. Ich war Gerber unten an den Docks, ehe die Pest kam. Jetzt ist die Gerberei geschlossen und ich habe seit zwei Monaten keine Arbeit mehr. Habt Ihr nicht etwas für mich? Ich kann alles tun, was Ihr wollt. Alles.«

»Es tut mir leid«, sagte ich, »aber ich habe keine …«

»Oh, bitte, mein Herr. Ich bin mir für nichts zu schade. Irgendetwas, egal was. Ich kann meine Familie nicht mehr ernähren.« Der Mann rang die Hände. »Meine Frau und ich, wir haben zwei kleine Kinder. Wir haben unsere Wohnung verloren, weil wir die Miete nicht mehr zahlen konnten. Wir geben den Kindern, was wir finden können. Ich selbst habe seit drei Tagen nichts mehr gegessen. Bitte. Irgendetwas.«

Ich fühlte mich schrecklich. Beim Anblick dieses Ladens musste er glauben, dass ich im Gold schwimme. Wie konnte ich ihm klarmachen, dass ich selbst Isaac um Geld hatte bitten müssen?

»Es … Es tut mir so leid, aber ich kann mir nicht leisten, irgendetwas herzugeben«, sagte ich. »Es tut mir wirklich leid.«

Er senkte den Kopf. »Ich verstehe. Bitte verzeiht, dass ich Euch belästigt habe.« Er wandte sich ab.

Wie er da aus dem Laden humpelte, erinnerte er mich an

mein eigenes Schicksal, an mein Leben, wie es vor wenigen Monaten gewesen war. Auch ich hatte auf der Straße gelebt. Und trotz Isaacs milder Gabe würde ich bald wieder dort hocken, wenn es mir nicht gelang, Meister Benedicts Schatz zu finden.

Viel konnte ich nicht für den Mann tun, ich hatte ja wirklich selbst kaum etwas. Aber ich erinnerte mich, wie damals, im Juni, jemand, der ebenfalls so gut wie nichts besaß, mir geholfen und mich aufgenommen hatte, und das, obwohl eine hohe Belohnung auf meinen Kopf ausgesetzt war.

»Wartet«, sagte ich.

Schon halb zur Tür heraus, drehte sich Miles mit einem hoffnungsvollen Blick um. Ich ging durch den Arbeitsraum in die Vorratskammer. Außer einem Sack Hafer, einem Fass mit schalem Bier und einem Kanten salzigem Käse war nichts mehr da. Ich nahm den Käse, wickelte ihn in das Tuch, in dem Isaacs Honigkuchen gewesen war, und ging wieder in den Laden.

Ich hielt ihm das Päckchen hin. »Für Eure Kinder.«

Miles nahm den Käse mit zitternden Händen. Er blinzelte die Tränen aus seinen Augen. »Möge der Vater im Himmel Euch beschützen, lieber Herr. Gottes Segen auf Euch und Eurem Haus.«

»Mehr habe ich nicht.«

»Das verstehe ich, mein Herr, wirklich, das tue ich. Ich werde Euch nicht wieder belästigen, das verspreche ich. Gott schütze Euch.«

Gott schütze uns alle, dachte ich, als Miles den Laden verließ. Tom wirkte glücklich, weil ich dem Mann eine Freude bereiten konnte. Die anderen beiden Herrschaften schienen sich ebenfalls zu freuen – weil der Bettler mit seinem Gestank nicht länger die Luft verpestete.

»Habt Ihr jetzt vielleicht Zeit für zahlende Kundschaft?«, fragte der Mann, der eben schon gesprochen hatte.

Zeit war nun wahrlich nicht mein Problem. »Es tut mir leid, aber ich darf nichts …«

»Unser Meister schickt uns, um Venezianischen Theriak zu kaufen.« Dieser Wunsch war derzeit nichts Ungewöhnliches. Viele glaubten, dass Venezianischer Theriak, ein Gegenmittel für einige Gifte, auch gegen die Pest half. »Wir nehmen alles, was Ihr habt, und alles, was Ihr noch herstellen könnt.«

Ich hatte vor zwei Monaten ein Schild ins Fenster gehängt: *Vorübergehend geschlossen, demnächst wieder geöffnet!* Das half aber nicht immer, weil viele Menschen nicht lesen konnten. »Es tut mir leid, meine Herren«, sagte ich, »aber der Laden ist im Augenblick nicht geöffnet. Ich warte auf einen neuen Meister.«

»Wird er im Laufe des Vormittags eintreffen?«

»Ähm … nein.« Ich wollte ihm nicht sagen, dass Blackthorn bis auf Weiteres geschlossen war. Wenn sich das herumsprach, bevor ich einen neuen Meister zugeteilt bekommen hatte, würden wir all unsere Kundschaft verlieren. »Es … wird noch eine Weile dauern.«

Der Mann hielt mir eine offene Geldbörse hin. »Nun, so viel Zeit haben wir nicht. Gebt uns alles, was wir hierfür bekommen können.«

Ich starrte in die Geldbörse. Sie war voller Goldmünzen. Es waren Guineen, jede davon ein Pfund und einen Schilling wert. Ich konnte mindestens acht Stück sehen.

Meine Kehle wurde eng. »Ich … ich kann Euch nichts verkaufen.«

»Habt Ihr nichts vorrätig?«

Ich hatte jede Menge davon, auf dem Regal hinter dem Tresen. »Ich … ich darf ohne einen Meister keine Arzneien verkaufen.« Ich schluckte. »Die Straße hinunter gibt es noch eine Apotheke, wo …«

»Wir wollen nirgendwo anders kaufen«, sagte der Mann. »Unser Meister befahl uns, hierher zu kommen. Er meinte, Blackthorns Theriak sei der beste.«

Mit jedem Wort des Mannes fühlte ich mich elender. Unser Theriak *war* der beste. Und mit so viel Geld konnte ich jahrelang auskommen.

Tom begaffte die Münzen. *Nimm sie*, drängte eine Stimme in meinem Kopf.

Ich betrachtete die Männer. Sie hatten von einem Meister gesprochen, aber ich hatte keine Ahnung, wer das war. Auch die Männer selbst kannte ich nicht. Sie trugen beide einfache Kleidung aus Wolle und Leinen. Dienstboten dem Anschein nach. Aber nur dem Anschein nach.

Zwei Dinge fielen mir ins Auge: Erstens waren beide bewaffnet. Einer hatte einen Knüppel mit einer Eisenspitze über der Schulter hängen, der andere trug ein Kurzschwert in seinem Gürtel. Und zweitens hatten beide ein Bronzemedaillon auf ihre Wämser genäht, direkt über dem Herzen. Auf beiden prangte das gleiche Muster: ein Kreis mit einem Dreieck in der Mitte und darin etwas, das aussah wie ein Kreuz. Ringsum waren Buchstaben eingraviert, die ich aber nicht entziffern konnte.

Der Mann hielt mir die Geldbörse hin. Die Münzen klingelten. Wenn ich sie annahm, dann konnte ich die Pestzeit ohne Probleme überstehen.

Und wenn ihr Meister irgendjemandem erzählte, wo er den Theriak herhatte?

Ich fühlte Toms Blick auf mir, während ich um eine Entscheidung rang. Aber ich hatte keine Wahl. »Ich … ich kann nicht. Es tut mir leid.«

Der Mann schob mir die Geldbörse noch näher unter die Nase. Dann zog er seine Hand zurück. »Unser Meister wird nicht erfreut sein.«

Das klang wie eine Drohung. Aber es spielte keine Rolle: Wenn man mich dabei erwischte, wie ich Arzneien verkaufte, verlor ich alles: meinen Laden, meine Zukunft, alles, was Meister Benedict mir hinterlassen hatte. Das würde ich niemals riskieren. Nicht für alles Gold auf der Welt.

»Es tut mir wirklich leid«, sagte ich.

Der Mann machte den Mund auf, um noch etwas zu sagen, aber Isaac trat vor. »Der Junge hat sich entschieden.«

Der Mann funkelte uns alle böse an. Dann drehte er sich auf dem Absatz um und ging. Sein Begleiter folgte ihm dichtauf. Ich brauchte meine ganze Willenskraft, um sie nicht zurückzurufen.

Isaac legte mir die Hand auf die Schulter. »Du hast die richtige Wahl getroffen. Wenn du erst mal auf dem Markt warst und etwas zu essen gekauft hast, wird es dir schon besser gehen. Und noch besser natürlich, wenn du Benedicts Schatz gefunden hast.«

Mir war elend. Tom dagegen war bloß verwirrt.

»Schatz?«, fragte er. »Und … *Essen*?«

Tom hätte vor Glück fast geweint, als er den Honigkuchen sah. Während er ein Stück verspeiste, zeigte ich ihm den Brief meines Meisters.

»Erstaunlich«, sagte er und spuckte dabei Krümel in alle Richtungen. Tom schaute sich im Arbeitsraum um, als ob er überlegte, in welchem der unzähligen Gefäße auf den Regalen Meister Benedicts Schatz versteckt sein könnte.

Ich glaubte nicht, dass ich dort suchen musste. »Er wollte,

dass ich dieses Rätsel löse, um den Schatz zu finden. Er würde ihn nicht irgendwo verstecken, wo ich aus purem Zufall darauf stoßen muss.«

Tom nahm sich noch ein Stück Kuchen. »Warum glaubte Meister Benedict, dass du ihn allein nicht finden würdest?«

Das war in der Tat das größte Rätsel. Diesen Umstand hatte er in seinem Brief besonders hervorgehoben.

... ich habe einen Schatz für dich versteckt, den du – so wie ich dich kenne – aufgrund deiner liebenswerten Torheit noch nicht gefunden hast und womöglich nie finden wirst ... Oder aber du wirst nie finden, was zu finden ich dir bestimmt habe ...

Und doch war es ihm offensichtlich sehr wichtig. Ihm – und mir. Nicht wegen des Geldes. *... was zu finden ich dir bestimmt habe. ... Errate das Geheimnis. Es liegt in meiner Liebe zu dir verborgen.*

Isaac hatte sich ähnlich ausgedrückt. *Benedict deutete an, dass er dir etwas Besonderes hinterlassen hätte. Etwas, das nur für deine Augen bestimmt ist.*

Was war meinem Meister so wichtig gewesen, von dem er befürchtete, dass ich nicht von selbst darauf kommen würde? Ich verstand einfach nicht, worauf er hinauswollte. Allerdings hatte ich dennoch etwas in seiner Botschaft gefunden.

Tom war es ebenfalls aufgefallen. Er deutete auf den letzten Absatz. »Das ›L‹ ist kleingeschrieben«, sagte er.

»Ja«, sagte ich. »So ein Fehler wäre Meister Benedict ganz bestimmt nicht unterlaufen. Es muss ein Hinweis sein.«

»Ein Hinweis für was?«

Ich hatte keine Ahnung. Meister Benedict hatte mir in den vergangenen drei Jahren so viele verschiedene Codes beigebracht, dass ich mich gar nicht an alle erinnern konnte. Und dann gab es natürlich noch unglaublich viele, die er mich nicht gelehrt hatte – die er mich nicht mehr lehren *konnte*. Oder die er nicht für mich enträtseln wollte, weil ich selbst hinter die Lösung kommen sollte.

Vielleicht sollte ich in seinen Notizen nach dem Schlüssel suchen. Aber die Notizen meines Meisters waren, gelinde gesagt, ein einziges Chaos. Im Laden und im Arbeitsraum hatte stets tadellose Ordnung geherrscht, aber in den Stockwerken darüber sah es ganz anders aus. Die meisten Räume, einschließlich des Schlafzimmers meines Meisters, waren so mit Büchern und Dokumenten vollgestopft, dass man damit eine eigene Bibliothek hätte füllen können. Und mein Meister hatte seine Notizen nie sortiert. Jedenfalls nicht so, dass ein anderer als er selbst durchgeblickt hätte.

Oft hatte er mich nach oben geschickt, um ein Buch zu holen. »Ich brauche Culpeppers *Herbarium*«, sagte er manchmal. »Es ist in der Kammer im dritten Stock.«

In einem gewöhnlichen Haus wäre dieser Raum ein Schlafzimmer gewesen, aber bei uns war es ein Archiv mit Stapeln aus Büchern und Papieren. Der einzige Raum ohne Bücher war der Kriechkeller unter dem Haus, wo die Eiskammer war. Er hatte immer einen richtigen Keller daraus machen wollen, war aber nie dazu gekommen. Und der einzige Grund, warum dort unten weder Bücher noch Dokumente verwahrt wurden, war die Feuchtigkeit, die sie nicht vertragen hätten.

Jedes Mal, wenn er mich nach einem Buch schickte, ging ich nach oben und stand erst einmal ratlos in der Gegend herum. »Meister …«

»Zwölfter Stapel von der nordwestlichen Ecke aus gezählt, gegen den Uhrzeigersinn«, rief er dann die Treppe hoch. »Viertes Buch von unten. Der Einband besteht aus genarbtem Leder.« Dank seiner Anweisungen fand ich genau das

Buch, das er haben wollte. Kopfschüttelnd ging ich wieder nach unten.

Aber mein Meister war nicht mehr da und konnte mir nicht mehr sagen, wo ich suchen sollte. Und so saßen Tom und ich da, aßen Honigkuchen und starrten ratlos auf das kleine ›L‹.

Es dauerte eine Weile, bis ich darauf kam.

Wir wollten erst nach dem Mittagessen auf den Markt gehen und mit Isaacs Geld neue Vorräte einkaufen, weil ich vorher noch über Meister Benedicts Brief nachgrübeln musste. Bridget leistete uns Gesellschaft. Sie marschierte um den Arbeitstisch herum und pickte an allem, was sie finden konnte; Tom hatte heute Brötchen gebacken. Er holte gerade die warmen Laibe mit einem Holzschieber aus dem Ofen, als ich mit einem Jubelschrei vom Schemel aufsprang und Bridget vor lauter Schreck unter den Tisch hopste. »Das ist es!«, schrie ich.

»Aaahh!«, kreischte Tom auf und heißes Brot flog durch die Luft.

»Tut mir leid«, sagte ich.

Bridget kam unter dem Tisch hervor und schlug entrüstet mit den Flügeln. Tom schaute trostlos in den Kessel, in dem zwei goldbraune Brötchen langsam im Wasser versanken. »Jetzt sind sie verdorben.«

»Völlig egal. Komm her und sieh dir das an.« Ich legte den Brief meines Meisters auf den Arbeitstisch. »Ich habe die Lösung gefunden. Das ›L‹ ist nicht kleingeschrieben, weil es wichtig ist. Es ist kleingeschrieben, weil es *nicht* wichtig ist.«

»Das verstehe ich nicht«, sagte Tom.

»Ich dachte erst, dass es Teil der versteckten Botschaft sei, weil es kleingeschrieben ist. Aber Meister Benedict hat es kleingeschrieben, weil es eben nicht Teil davon ist. Verstehst du? Er hat die Botschaft in den Großbuchstaben versteckt.«

Ich holte ein Tintenfass und kreiste mit einer Schreibfeder alle Großbuchstaben im Brief meines Meisters ein.

Christopher,
ich habe einen Schatz für dich versteckt, den du – so wie ich dich kenne – aufgrund deiner liebenswerten Torheit noch nicht gefunden hast und womöglich nie finden wirst. Unter unserem Dach. In unserem eigenen Elysium, unserem eigenen Reich.
Es ist wohl einem gewissen Unverständnis zu verdanken, dass dir die wahre Natur dieser Sache noch nicht klar geworden ist.
Es ist jetzt dein Reich, dein Elysium. Verhalte dich dementsprechend, in allem, was du tust. Oder aber du wirst nie finden, was zu finden ich dir bestimmt habe.
lies dies sorgfältig. Errate das Geheimnis. Es liegt in meiner Liebe zu dir verborgen.

Und schon hatten wir die Botschaft entschlüsselt. Hintereinander geschrieben ergaben die Buchstaben folgende Anweisung:

STUDIERE UNSERE VOEGEL

Tom war beeindruckt. »Clever«, sagte er. Dann bemerkte er das Entsetzen auf meinem Gesicht. »Was ist los?«

»Tom«, sagte ich. »Unsere Vögel sind weg.«

Kapitel 4

Wir blickten zu Bridget hinüber, die jetzt wieder die Mehlkrümel auf dem Arbeitstisch aufpickte. Sie merkte, dass wir sie anstarrten, und schaute fragend zu uns hoch.

Vor dem Mord an meinem Meister hatten wir auf dem flachen Dach unseres Hauses ein paar Dutzend Tauben in einem Verschlag aus Holz und Drahtgeflecht gehalten. Als der Kult das Haus auf den Kopf stellte, waren die Vögel vor Angst davongeflogen. Nur Bridget war geblieben.

Meister Benedict hatte seine Botschaft Monate bevor er starb geschrieben, als unsere Tauben alle noch da gewesen waren. Er hatte ja nicht wissen können, dass sie verschwinden würden. »Wie soll ich unsere Vögel studieren, wenn sie nicht mehr da sind?«

»Vielleicht deutest du die Botschaft falsch«, sagte Tom.

»Wie soll ich sie denn sonst deuten?«

»Weiß ich nicht. Ich begreife bloß nicht, wie dir die Vögel helfen sollten, den Schatz deines Meisters zu finden. Wo soll er denn sein? Etwa unter ihrem Gefieder?«

»Vielleicht sollten sie mich dorthin führen. Tauben sind wirklich klug.« Bridget war mir auf meiner Flucht vor dem Kult durch ganz London gefolgt.

»Aber Meister Benedict sagte doch, dass das, was du suchst, im Haus ist.«

Da hatte Tom recht. Und als mein Meister noch am Leben war, hatte er die Tauben nur selten aus dem Käfig gelassen. Es war unwahrscheinlich, dass sie mich irgendwo hinführen sollten. Oder?

Bridget pickte das Mehl auf. Ich schaute ihr zu. … *ich habe einen Schatz für dich versteckt. … Unter unserem Dach. In unserem eigenen Elysium, unserem eigenen Reich.*

Unter unserem Dach?

»Denkst du, dass *unter unserem Dach* auch *auf dem Dach* bedeuten könnte?«, fragte ich.

Wir starrten einander an. Dann schnappte ich mir die verblüffte Bridget und raste die Stufen hoch, durch die Luke auf das Dach hinaus.

Die Taubenkästen waren zerstört worden, als man das Haus durchwühlte. Damals war ich über den Verlust unserer Tauben sehr traurig gewesen, aber nachdem die Pest ausgebrochen war, hatte ich meine Meinung geändert. Denn die Pestverordnung der Stadt sah vor, dass alle Haustiere getötet werden mussten, in der Hoffnung, so die Ausbreitung der Krankheit zu verhindern. Das betraf auch Bridget – als ob ich es auch nur einen Augenblick in Erwägung ziehen würde, ihr ein Leid anzutun!

Aber ich musste sie ständig im Haus behalten, damit niemand sie sehen oder ihr Gurren hören konnte. Aus diesem Grund hatte ich den Taubenschlag nie repariert. Ich hatte nur die Tür offen gelassen, falls einige Tauben überlebt hatten und nach Hause zurückkehren wollten. Heute war ein einzelner Vogel darin, ein Rotkehlchen, das in dem verlassenen Käfig nach Futter suchte. Es flatterte davon, als ich eintrat.

Ich setzte Bridget auf den Boden. »So, dann mal los.«

»Was machst du da?«, fragte Tom.

»Ich studiere unsere Vögel.« Bridget stupste mit dem Schnabel gegen meine Stiefelspitze. Ich schob sie weg. »Komm schon, Bridget. Such Meister Benedicts Schatz.«

Tom schaute mich an, als hätte ich den Verstand verloren. Bridget dagegen tat, was Tauben meistens tun: nichts.

Tom scharrte mit den Füßen, während meine Wangen anfingen zu brennen. Das hier fiel wohl nicht unter die Kategorie »gute Ideen«.

»Vielleicht sollten wir einfach selbst danach suchen?«, schlug Tom vor.

Und das taten wir. Wir suchten den verlassenen Taubenschlag von oben bis unten ab. Wir drehten die Nester in den zerbrochenen Taubenkästen um, zogen lose Bretter ab und spähten hinter die Kiefernplanken, aus denen der Verschlag gebaut war.

»Hier ist nichts«, sagte ich enttäuscht.

»Nun wissen wir wenigstens, dass der Schatz irgendwo im Haus ist«, sagte Tom. »Wir sollten jetzt auf den Markt gehen und später weitersuchen. Vielleicht fällt dir in der Zwischenzeit was Neues ein.«

Ich war mir ziemlich sicher, dass er nur auf das Essen scharf war. Aber er hatte recht. Wenn ich bloß hier herumstand, brachte uns das auch nicht weiter. Tom freute sich, als ich ihm zustimmte.

Ich dagegen freute mich gar nicht auf die Aufgabe, die vor uns lag.

Ein Besuch in der Royal Exchange war eine deprimierende Angelegenheit.

Früher war der große Markt einer meiner liebsten Orte in der Stadt gewesen. Wenn ich mit meinem Meister herkam, begaffte ich die Waren, die zum Verkauf standen: glänzende Seide aus China in allen Farben des Regenbogens, blumige Essenzen aus Arabien, süß duftende, geröstete Kaffeebohnen aus der

Neuen Welt. Die Rufe der Kaufleute, mit denen sie ihre Waren anpriesen, hallten in den Galerien wider, während die Kunden durch die Gänge schlenderten, mit den Händlern feilschten und sich an Wein und frisch gebackenen Kuchen ergötzten oder mit Bekannten schwatzten, denen sie zufällig begegneten.

Das war einmal. Die meisten Stände hatten geschlossen. Die Händler waren aus der Stadt geflohen. Kaum jemand kaufte noch etwas. Die verbliebenen Kunden konnte man zählen, die Stimmung war gedrückt und trostlos. Schweigend schlichen die Leute von einem Stand zum nächsten, erwarben nur das Allernötigste und bezahlten, indem sie die Münzen in Schalen mit Essig warfen, von dem man sich erhoffte, dass er die Krankheit wegätzte.

Tom und ich gingen langsam zwischen den Ständen hindurch und versuchten, den Kontakt mit den anderen Kunden soweit es ging zu vermeiden. Wir kauften nur die billigsten Nahrungsmittel und stapelten sie in dem Handkarren, den ich aus der Apotheke mitgebracht hatte. Gleichzeitig atmeten wir so flach wie möglich – und nicht nur wegen der fauligen Pestluft.

Der Gestank der Menschen war atemberaubend, und das lag nicht ausschließlich an ihrem normalen Körpergeruch. Da man glaubte, dass Gerüche die Krankheit fernhielten, trugen, kauten oder badeten die Leute in allem, was übel roch. Ein Mann war von oben bis unten mit Essig beschmiert, weil er offensichtlich glaubte, was gut war für Münzen, war auch gut für ihn. Ein anderer trug eine Kette aus verfaulten Zwiebeln um den Hals. Neben ihm ging eine Frau, die sich die Wangen so mit Knoblauch und Raute vollgestopft hatte, dass sie aussah wie ein Hamster.

Tom legte den Arm vor die Nase. »Ich muss mich gleich übergeben.« Dann deutete er auf einen Mann, der ein Tuch um den Kopf gewickelt hatte. »Schau dir das mal an.« In einem Nest obenauf saß eine Schale, in der Holzkohle glühte und ihn mit Rauch umgab. »Das wäre ein Kunde für deine Hausrauchmaschine.«

Ich verkniff mir eine Gegenbemerkung, während wir uns einem weniger stinkenden Teil des Markts näherten, wo ein warmer Sommerwind durch die offenen Gänge wehte. Und da rochen wir etwas, was in gewisser Weise schlimmer war als jeder andere Geruch.

Eine Frau in einer Metzgerschürze stand vor ihrer Ware. »Schweinefleisch!«, rief sie. »Gebratenes Schweinefleisch, frisch vom Land!«

Tom packte mich am Arm und stöhnte. »Fleisch! Ich kann mich nicht mal daran erinnern, wann ich zum letzten Mal Fleisch gesehen habe!«

Mein Magen knurrte wie ein wütender Löwe, und ich umklammerte das, was uns von Isaacs Geld noch geblieben war. Am besten gar nicht hinschauen. Wir konnten es uns nicht leisten, auch nur eine Münze für eine Leckerei zu verschwenden.

Aber dieser Duft … Tom starrte trübsinnig auf die Auslagen der Metzgerin, während wir unseren Karren an ihrem Stand vorbeischoben. »Oh … allein die Vorstellung, Christopher: frische, knusprige, marinierte Rippchen … mit einer Bratensoße …«

Ich hielt bei einem Müller an und kaufte noch mehr Mehl. Tom sprach weiter, bis ihm die Köstlichkeiten ausgingen, die man aus Schweinefleisch machen konnte. Dann ging er zu anderen Tieren über: »Roastbeef … glasierter Fasan … Lammeintopf mit diesen kleinen Karotten in …«

»Das reicht, Tom«, sagte ich.

»Würstchen … gesottenes Hammelfleisch … Rippchen mit Soße …«

»Das hattest du schon.«

Toms Unterlippe bebte. »Ich wette, der König isst Rippchen mit Soße, so oft er will.«

Ich legte die Fingerspitzen an meine Schläfen. »Ich will das nicht mehr hören.«

Toms jammervolle Aufzählung dieser Leibgerichte drückte auf meine Stimmung. Wir hatten nur das Nötigste gekauft: Mehl, jede Menge und sehr billig, ein bisschen Hafer, harten, gesalzenen Käse, Eier und Butter, ein kleines Fässchen Dünnbier, einen Block Eis für unsere Eiskammer und sechs Dutzend Karotten, die ich für einen Penny das Bund ergattert hatte. Das war alles, was zwischen mir und dem Hungertod stand.

Und während ich meinen Karren über den Markt schob, hatte ich mit einem Mal das Gefühl, dass wir beobachtet wurden.

Aus dem Augenwinkel bemerkte ich eine Bewegung. Da, hinter dem Stand des Getreidebauern. Ich wirbelte herum.

Die Gestalt duckte sich weg. Ich erhaschte den Blick auf ein grünes Kleid und kastanienbraune Locken.

»Hast du das gesehen?«, fragte ich.

»Was gesehen?«, fragte Tom.

»Ich glaube, wir werden von einem Mädchen verfolgt.«

Tom schaute sich um. »Eine Taschendiebin vielleicht?«

Ich war mir nicht sicher. Aber ich sah sie nicht zum ersten Mal. »Sie hat uns schon auf dem Weg hierher beschattet.«

Tom legte eine Hand auf den Wagen und hielt nach kleinen Taschendiebinnen Ausschau, während ich den Karren weiterschob. Aber es gab noch andere zwielichtige Gestalten auf dem Markt: Angst und Panik hatten die Stadt erfasst und eine neue Art von Händlern hervorgelockt, die sich nun auf den doppelstöckigen Galerien der Royal Exchange breitgemacht hatten. Und jeder dieser Händler verkaufte sein eigenes, einzigartiges Produkt: ein todsicheres Heilmittel für die Pest.

Der Markt war mittlerweile berüchtigt für diese Quacksalber. Die Tatsache, dass keins dieser Heilmittel je gewirkt hatte, tat ihrem marktschreierischen Gehabe keinen Abbruch. Und sie hielt auch die Käufer in ihrer Verzweiflung nicht davon ab, fast jeden Preis dafür zu bezahlen.

Einer dieser Wunderheiler hatte mehr Menschen um sich versammelt als seine Konkurrenten. Er stand auf einer Kiste, in der Hand eine Kupferdose. »Hier drin«, schrie er, »liegt das Geheimnis! Das Geheimnis, dass euch retten wird, euch und eure Familie, eure Kinder. Ja, Sir, sehr schlau von Euch, Eure Familie wird es Euch danken.«

Der Quacksalber hielt einem korpulenten Mann in der ersten Reihe einen Krug mit Essig hin, in den dieser eine Münze fallen ließ. Er wickelte ein paar Kräuter aus der Kupferdose in ein Stück Papier und reichte sie nach unten, ehe er sich wieder den anderen Kunden zuwandte.

»Das ist Stephanus-Atem, jawohl. Enthält eine besondere Kräutermischung, ohne irgendeines dieser heidnischen Gifte aus fernen Ländern, mit denen die Apotheker herumpanschen. Die Kraft von Stephanus-Atem kommt einzig aus den sanften Hügeln Englands, gesegnet von Gott dem Herrn.«

»Lügner.«

»Was …?« Der Quacksalber hielt überrascht inne, als sich ein Mann durch die Menge schob. Er war groß und breitschultrig, mit langen blonden Haaren – es war keine Perücke, sondern sein eigenes Haar, das in Wellen über seine Schultern fiel. Er trug eine Jacke und Hosen aus Seide, beides übersät mit verschiedenfarbigen Flecken.

Ich kannte solche Flecken. Über die Jahre hatte ich sie oft genug an meiner eigenen Kleidung und der meines Meisters gesehen: schwarze Kohleschlieren am Kragen, getrocknetes Blut an den Ärmelsäumen, klebriger, honigfarbener Theriak an den Hosen.

Dieser Mann war Apotheker. Und er warf dem Quacksalber einen Blick voller Abscheu zu.

Der dagegen lächelte. »Lügner, sagt Ihr? Aber Sir, ich habe Beweise. Erblickt die Zauberkraft von Stephanus-Atem!«

Er streckte die Hand aus. Ein kleiner Junge stieg hinter ihm auf die Kiste.

»Noch vor drei Tagen«, sagte der Wunderheiler, »war dieser Junge todkrank und stand vor Petrus' Himmelspforte. Dann verabreichte ich ihm den Stephanus-Atem. Und schaut ihn Euch nun an! Nicht das winzigste Anzeichen von Pest!«

Der Apotheker schnaubte. »Unfug!«

»Habt Ihr keine Augen im Kopf, Sir? Hier steht er vor Euch, vollständig geheilt …«

Der Apotheker wandte sich der Menge zu. »Hat jemand den Jungen mit Pestbeulen gesehen? Oder mit einem Ausschlag? Hat irgendjemand gesehen, dass er krank war?«

Der Quacksalber errötete. In der Menge rumorte es. Andere wiederum sprangen dem Mann bei. »Ihr habt wohl Euer eigenes Heilmittel, was?«, sagte der korpulente Mann, der das Päckchen mit der »Arznei« des Quacksalbers gekauft hatte, zu dem Apotheker.

»In der Tat.«

Der Quacksalber grinste. »Aha! Nun kommen wir der Sache schon näher. Er will seine eigene Arznei verkaufen – und wie alle Apotheker wird er euch zweifellos einen Wucherpreis nennen! Gute Leute, für eine einzige Krone lasse ich euch den Stephanus-Atem …«

»Ihr liegt falsch.«

Die Zuschauer wandten sich wieder dem Apotheker zu.

»Meine Arznei kostet nichts«, sagte er.

Das Gesicht des Wunderheilers rötete sich. »Ihr gebt sie umsonst her?«, sagte er ungläubig. »Was spielt Ihr für ein Spiel?«

»Ich bin nicht derjenige, der mit gezinkten Karten spielt.« Der Apotheker drehte sich zu den Leuten um. »Ich sage euch, mein Heilmittel kostet euch rein gar nichts. Ich werde weder von euch noch von euren Familien eine einzige Münze verlangen. Die Reichen kriegen ihre Arzneien und die Armen sterben voller Qual, so ist es doch. Aber jeder, egal ob arm oder reich, verdient es zu leben. Ich werde mein Heilmittel dem Stadtrat zur Verfügung stellen«, sagte er. »Und ich werde persönlich dafür Sorge tragen, dass er euch nichts berechnet. Geht nur ins Rathaus und bittet die Verantwortlichen, das Heilmittel von Galen Widdowson auszugeben.«

Tom wandte sich überrascht zu mir. »Kennst du den Mann?«

Ich kannte ihn nicht. Den Namen Galen hatte ich natürlich schon von meinem Meister gehört – Galen von Pergamon, ein Grieche aus der Antike, war der berühmteste Arzt der Menschheitsgeschichte. Aber ich konnte mich nicht erinnern, dass mein Meister je einen Apotheker mit diesem Namen erwähnt hatte. Trotzdem war ich beeindruckt. Seine stille Gelassenheit – und seine Verachtung für jene, die sich an der Verzweiflung der Menschen eine goldene Nase verdienten – erinnerten mich an Meister Benedict.

Galens Argumente schienen auf fruchtbaren Boden zu fallen. Der Unmut der Menge wuchs. Hier und da fiel das Wort »Betrug«. Die Verteidiger des Quacksalbers erhoben ebenfalls ihre Stimmen und kurze Zeit später war ein lautstarker Streit im Gange.

Tom gefiel dieser Stimmungswandel gar nicht. Er packte mich am Ärmel. »Machen wir, dass wir wegkommen.«

Der Wunderheiler wurde wütend. Er zog einen Prügel aus einer Schlaufe an seinem Gürtel und drohte Galen. »Verzieh dich gefälligst!«

»Damit du diesen guten Leuten das Geld aus der Tasche ziehen kannst?«, gab der Apotheker zurück. »Da riskiere ich doch eher eine Abreibung.« Er drehte sich zu dem beleibten Mann um. »Diese Arznei ist wirkungslos. Und ich kann es auch beweisen. Ich weiß nämlich, was wirklich drin ist.«

Galen riss dem Mann das Päckchen aus der Hand.

»He!«, rief der korpulente Kerl, aber Galen hatte bereits das Papier aufgerissen. Die getrockneten Kräuter rieselten in seine Hand.

Der Mann packte Galen am Kragen und hob die Faust zum Schlag.

Galen schob dem Mann seine Hand unter die Nase. »Tee.«

Der Mann schaute auf die Kräuter.

»Von den sanften Hügeln Englands?«, höhnte Galen. »Gesegnet von Gott dem Herrn? Dieser Tee stammt aus dem Orient, für zwei Pence und einen halben Penny die Unze.«

Alle starrten den Wunderheiler an. Der war blass geworden und Schweißperlen traten ihm auf die Stirn. Seine Augen zuckten von einem zum anderen. »Es … es ist nicht … nicht so …«

Unvermittelt drosch er auf Galen ein. Der Prügel traf den Apotheker an der Schläfe und wie ein gefällter Baum ging er zu Boden, verschluckt von den umstehenden Zuhörern.

Aber es war zu spät. »Du willst mich betrügen?«, brüllte der stämmige Mann und holte aus. Der Quacksalber wich zurück und schleuderte die kupferne Dose nach dem Angreifer. Die Kräuter – Tee aus dem Orient, zwei Pence und einen halben Penny die Unze – verteilten sich über die Menschen in der ersten Reihe.

Einige, die immer noch glauben wollten, dass es sich um ein Heilmittel handelte, griffen verzweifelt danach. Andere griffen sich den Quacksalber. Der Rest griff sich seine Vorräte, die in Jutesäcken neben der umgedrehten Kiste standen. Die Säcke wurden aufgerissen und der Tee überall verstreut.

Dann ging es erst richtig los.

Kapitel 5

Was folgte, war ein wahrer Aufstand.

Der Mob prügelte sich kreischend um den Tee. Bei jedem Schlag – egal, ob er sein Ziel traf oder nicht – wurden mehr Leute in den Kampf verwickelt und die Prügelei breitete sich aus. Eiligst brachten die Kaufleute ihre Waren in Sicherheit. Etliche schlugen sich, andere flohen und viele ließen das eine oder andere von den Verkaufstischen mitgehen.

Und wir standen mittendrin. Tom wich erschrocken zurück, und mir blieb nur ein Augenblick, um entsetzt die Augen aufzureißen. Dann spürte ich, wie der Handkarren durchgerüttelt wurde.

Ich drehte mich um. Eine Frau hatte einen Sack Mehl heruntergezerrt.

»He!« Ich wollte sie festhalten, aber sie duckte sich und stieß gegen meinen Karren. Ein Korb mit Eiern geriet ins Rutschen und kippte um. Zwei fielen heraus und zerbrachen auf den Pflastersteinen zu einem gelben Matsch.

Ich packte den Rest meiner kostbaren Eier, war aber zu ungestüm und zerbrach ein drittes. Der Dotter spritzte auf meinen Ärmel. »Tom! Hilfe!«

Tom wirbelte herum. Er warf seine Arme um unsere Vorräte und schirmte sie von der wütenden und gierigen Menge ab. Dann nickte er zu einer schmalen Gasse, die zwischen zwei geschlossenen Verkaufsständen hindurchführte. »Da hin!«

Ich schob den Karren an und bemühte mich, nicht noch mehr Eier zu verlieren. Tom lief neben mir her und blickte sich hektisch nach irgendwelchen Angreifern um. Gerade, als wir die Gasse erreicht hatten, blieb ein Rad in einem Spalt zwischen den Pflastersteinen stecken. Ein Sack – mein Hafer! – rollte vom Karren.

Unzählige Hände griffen danach. Tom sprang über den Karren, mitten hinein in die Möchtegern-Diebe. Er packte den Sack und zerrte ihn weg. Dabei riss der Jutestoff und gut ein Drittel des Hafers flog durch die Luft. Tom raffte den Sack zusammen und wich zurück, während die Leute die Haferkörner vom Boden aufklaubten.

Ich wollte ihm helfen, aber ich konnte nicht. Wenn ich den Karren im Stich ließ, dann würden wir alles verlieren. Ich schob einfach weiter, bis ich unsere Vorräte in die schmale Gasse geschafft hatte. Endlich in Sicherheit.

Dachte ich wenigstens.

Ich brachte den Karren zum Stehen. Auf halbem Weg die Gasse hinunter beugten sich zwei Männer über eine kleine Gestalt, die am Boden lag. Es war ein Mädchen mit kastanienbraunen Locken in einem grünen Wollkleid.

Einer der Männer trat ihr in die Rippen. Sie krümmte sich und versuchte sich zu schützen. Der Mann trat noch einmal zu. Sein Kumpan kauerte sich nieder, zog an ihrem Kleid und betatschte sie von oben bis unten.

Mit gekrümmten Fingern krallte sie nach seinen Wangen und schrie nach Leibeskräften. Der Mann stieß ihre Hände beiseite und brachte sie dann mit einem Fausthieb zum Schweigen. Er drehte sie herum und durchwühlte ihre Kleidung nach Geld.

»Sie hat nichts«, sagte er.

Der andere Mann, der stehen geblieben war, spuckte auf die Gestalt und trat noch einmal zu, aus reiner Bosheit.

Dann sah er mich.

Er packte seinen Freund am Kragen, zog ihn hoch und plötzlich starrten beide zu mir hin. Zu mir und meinem Karren.

Der Mann, der das Mädchen abgetastet hatte, zog ein Messer.

Mein Herz machte einen Satz. Ich hatte zwar auch ein Messer, aber damit kämpfen konnte ich nicht. *Ich werde alles verlieren*, dachte ich verzweifelt.

Dann spürte ich, wie jemand hinter mich trat. Die Männer hielten inne, zögerten einen Moment, und dann drehten sie sich um und rannten weg.

Tom legte mir die Hand auf die Schulter und wuchtete den Sack mit Hafer wieder auf den Karren. Sein Hemd war zerrissen, seine Wangen zerkratzt. Glücklicherweise hatten die Diebe mehr auf seine beeindruckende Größe als auf die Angst in seinen Augen geachtet.

Am liebsten hätte ich ihn umarmt. Aber erst mussten wir überlegen, was wir tun sollten. Die Männer hatten ihr Opfer einfach liegen gelassen. Das Mädchen rührte sich und stöhnte.

Tom und ich wechselten einen Blick. Für den Bruchteil einer Sekunde überlegten wir wohl beide, ob wir weglaufen sollten. Dem Ausdruck in seinen Augen nach zu urteilen, schämte sich Tom für diesen Gedanken genauso wie ich.

Aber wir mussten vorsichtig sein. Tom und ich schoben den Karren weiter und blieben sechs Schritte von dem Mädchen entfernt stehen. Bevor wir näher gingen, begutachteten wir zuerst ihre Haut.

Ich erkannte das Kleid und das lockige Haar. Es war das Mädchen, das uns gefolgt war. »Alles in Ordnung?«, fragte ich.

Sie versuchte sich hochzustemmen, aber ihre Beine wollten das Gewicht nicht tragen Sie kroch zur Seite und lehnte sich gegen eine Hauswand. Die Locken fielen ihr über das Gesicht.

Ich betrachtete ihren Nacken aus der Nähe. Keinerlei Schwellungen oder rote Flecken und zu schwitzen schien sie auch nicht. Sie atmete schwer und offensichtlich tat ihr der Bauch weh, aber das war nach den Tritten, die sie hatte einstecken müssen, auch kein Wunder.

Ich war mir ziemlich sicher, dass sie nicht an der Pest erkrankt war. Ich trat noch näher und ging neben ihr in die Hocke. Das Mädchen versuchte wieder, sich hochzuziehen, gab es dann aber auf und sackte zu Boden. Dabei glitt ihr das Haar aus dem Gesicht.

Ich hatte sie für sehr jung gehalten, weil sie so klein war, aber aus der Nähe betrachtet war sie älter als gedacht, vielleicht zwölf oder dreizehn. Sie hatte große grüne Augen und eine kecke Nase, die leicht nach oben zeigte und mit Sommersprossen besprenkelt war. Ich riss die Augen auf.

Ich kannte sie.

Kapitel 6

»Sally?«, sagte ich.

Sally kam aus Cripplegate, demselben Waisenhaus, in dem ich aufgewachsen war, bis Meister Benedict mir ein Zuhause gegeben hatte. Da in Cripplegate die Mädchen streng von den Jungen getrennt wurden, hatte ich Sally nie wirklich kennengelernt. Aber ich hatte einmal geholfen, sie gesund zu pflegen, als sie an der Grippe erkrankt war, und dann hatten wir uns vor ein paar Monaten am Oak Apple Day wiedergetroffen und sie hatte mir geholfen, einem Gegenspieler meines Meisters einen Streich zu spielen.

Sie schenkte mir ein schmerzerfülltes Lächeln. Ihre Zähne waren blutig. »Hallo, Christopher«, sagte sie.

Tom wich erschrocken zurück. Aber die Blutung in ihrem Mund hatte nichts mit einer Krankheit zu tun, sondern war das Resultat der brutalen Fausthiebe. »Bringen wir sie nach Hause«, sagte ich.

Tom vergewisserte sich mit einem kurzen Blick auf mich, dass er nichts zu befürchten brauchte. Dann bückte er sich und wollte sie hochheben.

Sie spuckte Blut aus. »Ich kann laufen.«

Noch einmal versuchte Sally aufzustehen. Und beinahe wäre es ihr auch gelungen, doch dann verschleierten sich ihre Augen. Ihre Knie gaben nach und sie sackte zusammen. Ihre Wange schabte gegen die Hauswand.

»Au«, wimmerte sie.

Diesmal widersprach sie nicht, als Tom sie in seine Arme nahm. Er hob sie so mühelos hoch wie den Sack mit Hafer, den er dem Mob entrissen hatte – und wahrscheinlich wog sie auch nicht viel mehr.

Wir eilten nach Hause, so schnell wir konnten. Bei jedem Schritt von Tom zuckte Sally zusammen und stöhnte, aber das ließ sich im Augenblick nicht ändern. Hinter uns lärmte und wütete die Menge, und wir wollten die Royal Exchange so schnell wie möglich hinter uns lassen.

Tom trug Sally in den Laden. Ich zog die Strohmatratze, auf der ich schlief, hinter dem Tresen hervor und zerrte sie zum Kamin, in dem ein feuchtes Holzscheit brannte und den Raum mit Rauch erfüllte. Tom legte Sally darauf ab und ging dann nach hinten, um unsere Vorräte zu verstauen.

Ich tupfte ihr mit einem Baumwolltuch das Blut vom Mund ab. Im Schein des Feuers konnte man einen Fleck auf ihrer Wange erkennen, wo die Diebe sie geschlagen hatten. Das würde einen Bluterguss geben. Trotz des Rauchs hustete sie nicht, also waren ihre Lungen vermutlich unverletzt. Aber die Art, wie sie sich krümmte, ließ mich befürchten, dass das Blut aus ihrem Magen kam.

Ich musste sie untersuchen. Zuallererst brauchte sie etwas gegen die Schmerzen. »Kannst du mir die Mohnsamen bringen?«, bat ich Tom.

Er suchte die Regale ab. »Äh …«

»In der Ecke, zweites Regal von oben. Neben dem großen braunen Krug mit Weingeist.«

Ich tauchte einen Kupfertopf in unser Wasserfass und stellte ihn auf das Feuer. Als das Wasser kochte, nahm ich den Krug, den Tom mir brachte, und … »Das ist der falsche«, sagte ich. In dem Krug hätten getrocknete Mohnkapseln und -stängel sein sollen. Stattdessen war er bis zum Rand mit einem dicklichen Sirup gefüllt, der nach Honig und Kräutern roch. »Das ist Venezianischer Theriak.«

»Tut mir leid«, sagte Tom und stellte den Krug wieder weg. »Ich dachte, du sagtest, der Mohn würde neben dem Weingeist stehen.«

»Das stimmt. Er ist gleich da …« Aber als ich mich umdrehte und es ihm zeigen wollte, sah ich, dass ich mich geirrt hatte. Der Mohn stand zwei Borde weiter unten.

»Der da«, sagte ich und deutete stirnrunzelnd auf den Krug.

Tom brachte mir das richtige Gefäß. Verwirrt starrte ich auf das Regal. Ich starrte so lange, bis Sally stöhnte und ich mich daran erinnerte, dass ich eine Aufgabe hatte. Ich warf einen gehäuften Löffel der Mohnmischung in das kochende Wasser und gab noch Honig hinzu, um das Getränk schmackhafter zu machen. Als ich Sally einen Becher davon reichte, schluckte sie es heiß hinunter.

Ich gab dem Trank ein paar Minuten Zeit, um zu wirken. Dann kniete ich mich neben sie. »Bist du uns nachgegangen?«, fragte ich.

»Ich habe dich auf der Straße gesehen«, sagte sie.

»Aber warum bist du nicht einfach zu uns gekommen und hast Hallo gesagt?«

»Ich wollte warten, bis du zurückkommst, bis dein Meister bei dir ist.«

Sie wusste nicht, dass Meister Benedict tot war. Woher auch? Ich wollte sie schon fragen, was sie von ihm wollte, als sie zusammenzuckte und das Gesicht verzog.

»Ich muss deine Rippen abtasten«, sagte ich.

Sally wappnete sich und atmete ein paar Mal ein und aus. Dann trank sie den Rest des Mohntees und knöpfte ihr Kleid auf. Sie bedeckte ihre Brust, zog das wollene Mieder nach unten, wandte sich ab und spuckte Blut in das Baumwolltuch.

Auf Sallys blasser Haut prangte ein Stiefelabdruck, wo einer der Diebe sie getreten hatte. Als Tom den Abdruck sah, saugte er scharf den Atem ein. »Das Leben in der Stadt wird jeden Tag schlimmer.«

Ich konnte ihm nicht widersprechen. So bedrückend der Tumult auf dem Markt auch gewesen war, derartige Dinge waren neuerdings an der Tagesordnung. Das war eine der schlimmsten Begleiterscheinungen der Pest: Die Angst vor der Krankheit brachte die Menschen gegeneinander auf. Das Vertrauen und der Zusammenhalt der Gemeinschaft waren zerrüttet. Es war, als würden wir inmitten von Fremden leben.

Natürlich hatte Sally, die aus Cripplegate kam, Vertrauen und Zusammenhalt nie kennengelernt. »Was wolltest du überhaupt dort?«, fragte ich. »Ich hätte eigentlich gedacht, dass die Aufseher die Kinder im Waisenhaus einschließen würden?«

»Cripplegate hat dichtgemacht«, sagte sie. »Der Vogelmann sagte, wir würden sonst alle sterben.«

»Wer?«

»Der Prophet.« Durch den Trank waren ihre Augen glasig geworden. »Er kam zu uns.«

Überrascht schaute ich sie an. »Ich habe schon von ihm gehört.« Als Tom mich fragend ansah, erklärte ich: »Isaac hat mir erzählt, es sei ein Prophet in London unterwegs, der den Verlauf der Pest vorhersagen könne.«

»Das kann er auch«, sagte Sally und Tom riss die Augen auf. »Er hat uns gewarnt, dass wir krank werden würden. Die Aufseher haben uns allen Medizin gegeben, aber der Vogelmann meinte, auch die könne nicht verhindern, was vorherbestimmt sei. Und so war es auch. An diesem Tag wurden drei der Kleinsten krank.«

»Was ist mit ihnen geschehen?«

»Man hat sie ins Pesthaus nach Bishopsgate geschickt.«

Das Pesthaus war eine baufällige Holzhütte, wo man Kranke isolierte. Mich schauderte bei dem Gedanken an die Kinder, die man zum Sterben dorthin gebracht hatte.

Sally fielen die Augen zu. »Die Aufseher wollten uns im Waisenhaus einsperren, aber der Vogelmann sagte, wir würden krank werden, wenn wir da blieben. Also mussten wir Cripplegate verlassen. Die Gesunden kamen nach Saint Mark's in Wembley.«

»Warum bist du nicht mitgegangen?«

»Ich durfte nicht. Ich bin zu alt.« Der Becher baumelte leer an ihrem Finger. »Deshalb bin ich dir nachgegangen. Mir ist eingefallen, dass du Lehrling bei Apothekermeister Benedict Blackthorn bist. Ich dachte, er braucht vielleicht eine Magd.« Sie schaute zu Tom hoch. »Du bist echt groß.«

Tom warf mir einen belustigten Blick zu.

»Das ist der Mohn. Er fängt an zu wirken«, sagte ich leise. »Sie kann nicht mehr klar denken.« Ich drehte mich zu Sally um. »Ich muss jetzt deinen Bauch untersuchen.«

»All'sklar.«

Sie summte ein Liedchen vor sich hin, während ich ihren Bauch und Rücken abtastete. Als ich an ihre Rippen kam, keuchte sie auf.

»Tut mir leid.« Ich drückte noch einmal und sie presste quietschend ihr Gesicht ins Stroh. Glücklicherweise schien alles an seinem Platz zu sein.

»Sieht nicht so aus, als ob was gebrochen wäre«, sagte ich,

was an ein Wunder grenzte. »Aber deine Rippen sind ziemlich böse geprellt.«

»Dann will ich sie nich«, sagte sie schleppend. »Kannich sie verkauf'n?« Sie kicherte.

»Halt sie fest«, sagte ich zu Tom.

Er richtete Sally auf. Sie starrte Tom an, ohne ihn wirklich zu sehen, und fing wieder an zu summen. Ich legte ihr einen festen Verband um Brust und Bauch an, nachdem ich ihr eine Kampferkompresse auf die wunden Stellen gelegt hatte, die helfen sollte, Knochen und Organe schneller gesunden zu lassen. Auf die Aufschürfungen strich ich eine Paste aus Honig und Knoblauch.

Sie betrachtete das bernsteinfarbene, klebrige Zeug auf ihrer Haut. »Ich bin ein Honigkuchen.« Ihr Summen wurde leiser und ihr Kopf fiel nach vorn auf Toms Schulter. »Nacht, Herr Riese«, murmelte sie und schlief ein.

Tom legte sie vorsichtig auf die Strohmatratze. »Was machen wir jetzt mit ihr?«

Das fragte ich mich auch. Ihre Verletzungen waren zwar schmerzhaft, schienen aber nicht so gefährlich, wie ich anfangs befürchtet hatte. Vermutlich war sie in einer Woche wieder auf dem Damm. Aber sie hatte ein größeres Problem. Jetzt, wo sie nicht mehr im Waisenhaus aufgenommen werden durfte, musste sie auf der Straße leben, bis sie eine Arbeit bekommen hatte, und das war – zumindest im Augenblick – absolut unmöglich. Die wenigen wohlhabenden Bürger, die noch in der Stadt geblieben waren, stellten keine neuen Dienstboten ein. Und selbst wenn eine Stelle frei wurde, musste sie mit Tausenden Mädchen darum wetteifern, die ebenfalls Arbeit suchten.

»Ein paar Tage kann sie hierbleiben«, sagte ich. »Sie muss sich sowieso erst mal ausruhen.« Was danach sein würde, wusste ich nicht. Ich wollte sie nicht auf die Straße setzen, aber die Vorräte, die wir gekauft hatten, würden nicht für ein weiteres hungriges Maul reichen. Langsam bereute ich es, dass ich Isaacs Angebot, mich mit ihm in der unterirdischen Bibliothek einzuschließen, nicht angenommen hatte.

Wenn ich bloß Meister Benedicts Schatz finden könnte! Ich musste unbedingt die Botschaft entschlüsseln. Als ich auf den Schemel stieg, um die Gefäße, die Tom mir gebracht hatte, wieder aufzuräumen, stutzte ich.

»Hast du hier oben etwas umgestellt?«, fragte ich Tom.

»Nein«, sagte er.

»Und warum ist dann alles durcheinander?«

Es war nicht nur der Mohn, der am falschen Platz gestanden hatte. Etliche andere Krüge waren ebenfalls nicht da, wo sie hingehörten. Meister Benedicts Räume mochten chaotisch sein, aber im Laden herrschte stets tadellose Ordnung, und sei es auch nur der Kundschaft wegen. Besser gesagt war ich es, der den Laden in Ordnung halten musste. Und obwohl sowohl mein Meister als auch die Kunden nicht mehr da waren, hatte ich nichts daran geändert.

Doch jetzt waren die Gefäße durcheinander. Selbst die Etiketten wiesen nicht alle nach vorne, wie sie sollten. »Du kannst dir die Sachen ruhig ansehen«, sagte ich zu Tom.

»Ich würde nichts anfassen, ohne dich vorher zu fragen«, sagte Tom. »Außerdem weiß ich ja sowieso nicht, was drin ist.«

Ich glaubte ihm. Aber warum waren dann die Gefäße verstellt?

Ich sprang vom Schemel und schaute mich im Laden um.

»Was ist los?«, fragte Tom.

Ich ging in den Arbeitsraum. Hier war es nie so ordentlich wie im Laden, und weil ich ständig an irgendwelchen Experimenten arbeitete, lagen auf den Arbeitstischen Werkzeuge und Instrumente verstreut. Doch auf den Regalen hatte alles seinen Platz. Aufmerksam betrachtete ich die Gefäße hier. Und während ich sie noch anstarrte, fing mein Herz an zu hämmern.

Tom beobachtete mich nervös vom Türrahmen aus. »Was ist denn?«

»Meine Zutaten sind nicht da, wo sie hingehören«, sagte ich.

»Was soll das heißen?«

»Das heißt, dass jemand hier war.« Mein Herz klopfte zum Zerspringen. »Jemand ist in meinen Laden eingebrochen.«

Kapitel 7

Tom schluckte. »Bist du … bist du sicher?«

Der Gedanke erschütterte mich bis ins Mark, aber welchen Grund sollte es sonst für das Durcheinander geben?

»Vielleicht warst du es selbst«, sagte Tom. »Unabsichtlich.«

»Ich habe erst heute Morgen Staub gewischt«, sagte ich. »Und da war noch alles, wie es sein sollte.«

Es musste passiert sein, als wir auf dem Markt waren. Jemand war hier. Die Vorstellung beunruhigte Tom genauso wie mich. »Was wurde gestohlen?«

Das war ja das Seltsame. Ich schaute in alle Krüge und Dosen, aber soweit ich sehen konnte, hatte der Einbrecher ein kleines Vermögen an Arzneien und Zutaten auf den Regalen stehen gelassen. Auch die Bücher – einige äußerst wertvoll – waren noch alle da. Sogar die Kasse unter dem Tresen war unberührt.

»Aber wenn man nichts stehlen will«, gab Tom zu bedenken, »warum sollte man überhaupt einbrechen?«

Ich dachte an die Schurken vom Erzengel-Kult, von denen die Apotheke vor drei Monaten verwüstet worden war. Auch sie hatten es weder auf Geld noch auf Arzneien abgesehen. Sie hatten nach etwas gesucht, nach etwas Besonderem.

Meine Kehle schnürte sich zusammen. »Oh nein.«

»Was?«, fragte Tom.

»Der Schatz. Meister Benedicts Schatz.« Wenn jemand ihn gestohlen hatte …

»Warte mal«, sagte Tom. »Wie sollte jemand Meister Benedicts Schatz stehlen? Du weißt nicht, wo er versteckt ist. Isaac weiß nicht, wo er versteckt ist. Bis heute Morgen wusstest du doch noch gar nicht, dass es überhaupt einen Schatz gibt.«

Ich keuchte auf. »Der Brief!« Meister Benedicts Brief. Ich raufte mir die Haare und rannte in den Arbeitsraum. Er lag geöffnet auf dem Tisch, genauso, wie ich ihn liegen gelassen hatte. »Ich habe dem Dieb sogar die Botschaft entschlüsselt!«, sagte ich verzweifelt.

Tom glaubte nicht, dass irgendein Dieb das Rätsel gelöst hatte, an dem ich mir die Zähne ausbiss. Er war ja noch nicht einmal davon überzeugt, dass überhaupt eingebrochen worden war.

»Meine Sachen sind durcheinander«, beharrte ich.

Tom verzog das Gesicht. »Also ehrlich, gleich nachdem du von Meister Benedicts Schatz erfährst, kommt jemand und klaut ihn? Woher sollte überhaupt irgendjemand von dem Schatz wissen?«

Ich erstarrte. »Die Männer«, sagte ich.

»Was für Männer?«

»Die im Laden. Der Bettler, Miles Gaspar. Oder ... die anderen beiden!«

»Was ist mit denen?«

Ich ging nach vorn in den Laden und deutete zum Ende des Tresens. »Sie standen an der Tür, während ich hinten mit Isaac gesprochen habe. Die beiden standen die ganze Zeit da!«

»Aber die Tür war zu«, gab Tom zu bedenken.

»Na und? Ich konnte dich ja auch hören. Hast du auf sie geachtet?«

»Ja. Na ja, manchmal. Als Miles reinkam, habe ich mit ihm gesprochen.«

Ich ließ mir das Gespräch mit den beiden Männern noch einmal durch den Kopf gehen. Es ging um Venezianischen Theriak. Sie hatten behauptet, ihr Meister hätte sie geschickt, um Venezianischen Theriak zu kaufen.

Und Venezianischer Theriak war in einem der Gefäße, das an der falschen Stelle stand.

Ich holte es aus dem Regal. Aber mein Blick bestätigte mir, was ich beim ersten Augenschein schon gesehen hatte: Die Menge im Gefäß hatte sich nicht reduziert. Es war noch genauso viel drin wie vorher.

»Da siehst du es«, sagte Tom. »Wenn sie es gewesen wären, hätten sie es mitgenommen.«

»Dann war es Miles Gaspar«, sagte ich. Und ich hatte ihm unseren Käse geschenkt!

Tom schüttelte den Kopf. »Er hat unmöglich hören können, was ihr gesprochen habt. Er war nicht einmal in der Nähe der Tür.«

»Dann müssen wir rausfinden, wer es war.«

»Und wen willst du fragen? Bridget?«

Meine Taube schaute vom Kaminsims zu uns und gurrte.

»Nein.« Ich ruckte mit dem Daumen in Richtung Fenster. »Wir fragen jemanden, der unseren Laden keine Sekunde aus den Augen lässt.«

Auf der anderen Straßenseite in einem der Fenster der Taverne »Zum Grünen Ochsen« saß ein Mädchen von siebzehn Jahren. Dorothy, die Tochter des Wirts, hatte die Füße auf den Fenstersims gelegt und strickte. Sie sah, wie ich zu ihr hindeutete, und winkte mir lächelnd zu.

Tom wurde rot. »Oh. Ach so. Na ja … Ich … ich warte hier.«

»Wieso?«

»Na ja … ähm … wegen Sally!«, rief er. Sie schlief auf meiner Strohmatratze. Ihre Brust hob und senkte sich mit ihrem flachen Atem. »Jemand muss doch auf sie aufpassen.«

»Ich habe ihr Mohn gegeben. Sie wird stundenlang schlafen.«

»Trotzdem. Ich bleibe besser hier.« Er verlagerte sein Gewicht von einem Fuß auf den anderen. »Nur um sicher zu sein.«

Ich runzelte die Stirn. »Was ist los?«

Das Rot auf Toms Wangen wurde dunkler. »Ich will da nicht hingehen.«

»Aber warum denn nicht?«

Tom ruckte mit dem Kopf zur Taverne, wo Dorothy uns durch das Fenster beobachtete. »Mir gefällt nicht, wie dieses Mädchen mich anschaut.«

»Wie schaut sie dich denn an?«

»Als ob sie ein Metzger wäre«, sagte Tom, »und ich ein schlachtreifer Ochse.«

Ich musste ein Lachen unterdrücken. »Ich verspreche dir, bei mir bist du sicher. Dorothy wird dir schon nichts tun.«

»Aber sie will mich ihrer Familie vorstellen!«

»Ach, hab dich nicht so«, sagte ich. Trotzdem musste ich ihn mit Gewalt über die Straße zerren.

Der »Grüne Ochse« hatte wie jeder Laden in der Stadt beinahe seine gesamte Kundschaft eingebüßt. Vor der Pest war die Taverne ein beliebter Treffpunkt gewesen und mindestens genauso belebt wie die Straßen ringsum. Ich war gerne dort gewesen, und manchmal – bei besonderen Anlässen – hatte mich Meister Benedict dorthin zum Essen eingeladen. Dorothy hatte als Schankmädchen für ihren Vater gearbeitet. Mit jeder Schale Eintopf bekam man von ihr ein freundliches Wort. Aber jetzt gab es nicht mehr viel für sie zu tun und daher verbrachte sie die meiste Zeit an ihrem Fensterplatz und strickte.

Auch heute war der Schankraum fast völlig leer. Der einzige Kunde war ein einsamer Säufer, der am Kamin saß und im Halbschlaf vulgäre Lieder lallte.

Dorothy wirkte erfreut, dass wir hereingekommen waren. »Hallo, Christopher«, sagte sie. Ihr Blick zuckte zu Tom. Sie setzte sich aufrecht hin und glättete die Schürze über ihrem türkisfarbenen Leinenkleid.

Tom versuchte sich hinter mir zu verstecken, was ihm nicht so recht gelingen wollte, weil er zweimal so breit war wie ich. Dorothy schenkte ihm das einnehmendste Lächeln, das ich je gesehen hatte. »Wie schön, dich wiederzusehen, Thomas.«

Tom wurde puterrot. »Hallo«, murmelte er kaum hörbar.

»Ich habe mich schon gefragt, wann du mich mal besuchen kommst«, sagte sie.

Jetzt wurde Tom so knallrot, dass ich dachte, gleich würde er in Flammen aufgehen. Er brummelte etwas in seinen Bart, was so klang wie »Immer viel Gebäck«, was aber genauso gut »Ich will hier weg« hätte heißen können. Tom hatte anscheinend recht: Die Wirtstochter war auf der Suche nach einem Ehemann. Wut brandete in mir auf – Wut auf die Diebe, weil die Situation zum Schreien komisch war, ich aber viel zu aufgeregt, um sie zu genießen.

Immer noch lächelnd wandte sich Dorothy zu mir. »Wer war das Mädchen, das bei euch war?«

Ich erzählte ihr rasch von Sally und kam dann gleich zur Sache. »Jemand ist bei mir eingebrochen.«

Dorothy erstarrte, klappte erstaunt den Mund auf und ließ die Nadel in der eingestochenen Masche ruhen. »Wann?«

»Als wir auf dem Markt waren. Hast du gesehen, wie wir heute Morgen losgegangen sind?«

»Sicher.«

»Und hat jemand nach uns die Apotheke betreten?«

»Ja.«

Ich schnappte nach Luft. »Wer?«

»Ein Mann.« Sie zuckte mit den Schultern. »Ich habe ihn noch nie gesehen.«

»Warum bist du nicht gleich zu mir gekommen und hast mir gesagt, dass jemand eingebrochen ist?«, fragte ich ratlos.

Sie schaute mich verwirrt an. »Weil er nicht eingebrochen ist. Er ist einfach reingegangen.«

»Was soll das heißen?«

»Das, was ich gesagt habe. Ein paar Minuten nachdem du weg warst, ist der Mann in die Apotheke gegangen.«

»Aber … die Tür war verriegelt.«

Dorothy schürzte die Lippen. »Ja, das war irgendwie seltsam. Ich dachte, ich hätte gesehen, wie du abgeschlossen hast, aber dann kam der Mann und ging einfach rein, und ich dachte, wahrscheinlich ist Thomas noch im Laden.«

Natürlich. Während ich die Tür abgeschlossen hatte, war Tom zum Hinterausgang raus und hatte den Handkarren geholt. Dorothy hatte ihn nicht weggehen sehen und daher nicht gemerkt, dass keiner mehr im Laden war.

Aber eine Sache war mir immer noch ein Rätsel.

Wie war der Mann hineingekommen?

Ich rannte wieder zur Apotheke. Tom folgte mir. Dorothy schaute durch das Fenster zu, wie wir beide vor der Ladentür standen.

»Ich weiß genau, dass ich abgeschlossen habe«, sagte ich.

»Vielleicht stimmt mit deinem Schlüssel was nicht«, sagte Tom.

Das wusste ich erst, wenn ich es probiert hatte. Ich drehte

den Schlüssel im Schloss. Er war etwas schwergängig, aber ich hörte, wie der Riegel einrastete. Tom drückte gegen die Tür. Sie war abgeschlossen.

»Siehst du?«, sagte ich. »Alles bestens.«

Tom ruckelte am Türgriff. »Und wie soll dann ...?«

Knacks.

Die Tür sprang auf.

Wir starrten sie an, wie sie da in ihren Angeln leicht hin- und herschwang. »Was ...?«

Dann fiel mein Blick auf den Riegel im Schloss. Er war nicht ganz ausgefahren. Als Tom am Griff gerüttelt hatte, hatte er den Riegel so bewegt, dass er sich aus der Verankerung gelöst hatte.

Ich drehte den Schlüssel bei geöffneter Tür. Diesmal bewegte er sich ganz leicht und der Riegel fuhr genau so aus, wie er sollte.

»Christopher.« Tom bückte sich neben dem Türpfosten und inspizierte das Loch, in das der Sperrriegel einrastete. »Guck mal.«

Ich sah, was er entdeckt hatte. In dem Loch steckte ein Stück Holz, das verhinderte, dass der Riegel ganz nach innen fuhr.

Mit seinem Messer versuchte Tom, das Holz zu entfernen, aber es bewegte sich nicht. »Das war kein Zufall«, sagte er. »Das Holzstück wurde absichtlich da reingeschoben.«

Ich konnte nicht fassen, was ich da sah. Jemand hatte meine Tür manipuliert.

Ich rannte wieder zum »Grünen Ochsen«. »Der Mann, den du gesehen hast«, sagte ich zu Dorothy, »wie lange war er im Laden?«

Dorothy war aufgestanden und schaute zur Apotheke hinüber. »Eine ganze Weile. Vielleicht eine Stunde. Ich bin mir nicht sicher.«

Eine ganze Stunde! »Hatte er irgendwas bei sich, als er wieder ging?«

Sie kniff die Augen zusammen und versuchte, sich zu erinnern. »Ich habe nichts gesehen. Er blieb einen Moment im Türrahmen stehen und stocherte am Pfosten herum.«

»Am Pfosten?«

»Da, wo Thomas jetzt ist.« Sie deutete auf Tom, der immer noch versuchte, das Holz aus dem Loch zu pulen.

»Heute Morgen waren drei Männer bei mir im Laden«, sagte ich, aber sie schüttelte den Kopf. »Von denen war es keiner, wenn du das meinst. Der Mann war größer. Und er war ganz in Blau gekleidet. Blaues Wams, blaue Hosen, blaue Lederschuhe.«

Ich versuchte mich zu besinnen, aber ich konnte mich an keinen derart gekleideten Kunden unserer Apotheke erinnern. Mehr als die Farbe seiner Garderobe interessierte mich natürlich sein Gesicht.

»Das konnte ich nicht erkennen«, sagte sie entschuldigend. »Er trug eine schwarze Perücke und einen Schal. Blau, genauso wie der Rest seiner Kleidung. Den hatte er vor sein Gesicht gebunden, wegen der Seuche.«

Viele Menschen hatten parfümierte Tücher vor Mund und Nase, um sich vor der Pest zu schützen. Aber ich bezweifelte, dass dies der Grund für die Maskerade war.

Ein Mann, etwas größer als der Durchschnitt, ganz in Blau gekleidet. Das war keine große Hilfe. Gar keine, um genau zu sein. Enttäuscht drehte ich mich um.

»Warte mal.«

Ich blieb stehen.

»Da war noch was«, sagte sie. »Als der Mann den Laden verließ, hat er den Schal über die Nase hochgezogen, und ich habe etwas auf seiner Brust gesehen. Einen kleinen Knopf aus Metall, wahrscheinlich Messing.«

»Auf seinem Wams?«

»Ja. Aber eher hier, auf der Seite.« Sie tippte sich auf die Brust, wo ihr Herz saß. »Ich habe es nur ganz kurz gesehen. Er hat den Schal schnell wieder darübergelegt, als er merkte, dass man den Knopf sehen konnte.«

Ein kleiner Knopf aus Metall.

Mein Herz schlug schneller. »Dieser Knopf«, sagte ich, »könnte der auch aus Bronze gewesen sein?«

»Schon möglich.«

Bronze. Ein kleiner Bronzeknopf … oder ein Medaillon.

Wie die beiden Männer eins getragen hatten.

Ich sauste wieder über die Straße. Tom kniete im Türrahmen und saugte an seinem blutenden Daumen. Er hatte das Holzstück aus dem Loch gestemmt, sich dabei aber verletzt. Ich erzählte ihm, was Dorothy gesehen hatte. »Sie waren es! Der Dieb hatte das gleiche Medaillon am Wams. Einer von beiden hat sich wahrscheinlich an der Tür zu schaffen gemacht, als sie hereinkamen.«

»Und ich habe es nicht bemerkt«, sagte Tom bestürzt. »Es tut mir leid.«

Ich machte ihm keinen Vorwurf. Aber ich war außer mir vor Wut. »Ich lasse mich nicht bestehlen!«

»Dorothy hat doch gesagt, er hätte nichts mitgenommen.«

»Er hätte ohne Weiteres einen Sack mit Münzen unter seinem Schal oder in seinem Wams verstecken können.«

Tom schaute mich skeptisch an. »Münzen? Du meinst von Meister Benedicts Schatz? Glaubst du wirklich, er hat ihn gefunden?«

»Ich weiß es nicht«, sagte ich niedergeschlagen. »Aber wer es auch war, er hat eine Stunde lang mein Haus durchwühlt. Er hat keine Arzneien gestohlen, keine Zutaten, keine Instrumente und auch keine Bücher. Außer dem Schatz habe ich aber sonst nichts. Also, wenn er nicht deswegen da war, warum dann? Was hat er gewollt?«

Darauf wusste Tom auch keine Antwort. Und er brachte noch etwas zur Sprache. »Wir wissen ja nicht mal, wer der Mann war. Was können wir denn schon ausrichten?«

»Die Männer, die hier im Laden waren, erwähnten einen Meister«, sagte ich. »Und sie trugen das gleiche Bronzemedaillon wie der Dieb. Wenn wir herausfinden, was für ein Medaillon das ist, können wir vielleicht auch herausfinden, wer hier im Laden war.«

Und ich wusste auch schon, wer uns dabei helfen konnte.

Kapitel 8

Tom geriet ins Stolpern und blieb dann stehen. Er krümmte sich, stützte die Hände auf die Knie und keuchte: »War … war es wirklich … nötig, den … ganzen Weg … zu rennen?«

»Ich will … ihn nicht … verpassen«, sagte ich, genauso außer Atem. So wie es aussah, hatten wir es gerade noch rechtzeitig geschafft.

Die mächtigen Mauern des Towers erhoben sich über uns. Die quadratischen Türme schienen über die Stadt zu wachen. Wimpel und Banner mit dem Wappen des Königs flatterten von den Zinnen wie Leuchtfeuer in einer Welt, die grau vor Krankheit war. Am Tor warteten vier Pferde. Drei Soldaten, nach dem Emblem auf den Waffenröcken Männer des Königs, beluden die Tiere mit Bündeln und Taschen.

Wir stolperten zum Tor. Dort wartete ein Mann und überwachte die Arbeit der Soldaten. Er war in schwarze Seide gekleidet, und in seinem Gürtel steckten ein vom Kampf schartig gewordenes Breitschwert und eine Pistole mit Perlmuttgriff. Über dem linken Auge trug er eine Augenklappe. Diese Seite seines Gesichts war mit Narben übersät, wovon eine neueren Datums war. Die Wunde verlief von der Stirn über das versehrte Auge bis zu seinem Mundwinkel und gab ihm ein besonders grimmiges Aussehen. Der Hieb hätte einen gewöhnlichen Mann umgebracht. Ich wusste es genau, weil ich miterlebt hatte, wie die Axt auf ihn niederfuhr.

Es war Lord Richard Ashcombe, der Beschützer des Königs.

Seine furchterregende Erscheinung – und sein ebenfalls angsteinflößender Ruf – verbargen ein großes Herz, das unermüdlich für unseren König schlug. Nach der Sache mit dem Erzengel-Kult hatte er sich als wahrer Freund für mich erwiesen. Aber ich muss zugeben, dass er mich immer noch ein wenig einschüchterte.

Er sah uns näher kommen, richtete ein paar Worte an den Soldaten, der ihm am nächsten stand, und kam dann mit einem Bündel Papiere in der Hand zu uns. Allerdings nicht zu nah.

»Jungs.« Seine Stimme knarrte und klang angesichts der schlimmen Narbe, die seine Miene entstellte, noch grober. »Schön, dass ihr noch am Leben seid.«

Das ließ sich nicht leugnen. »Geht es … geht es Seiner Majestät gut, Mylord?«

»Es geht ihm gut, aber er sorgt sich um sein Volk. Woher wisst ihr, dass ich in London bin?«

»Meister Isaac hat es uns erzählt.«

Lord Ashcombe grunzte. »Ich musste ein paar Papiere abholen, Berichte über den Krieg mit den Holländern …« Er hielt das Dokumentenbündel in die Höhe. »Und dann werde ich schnurstracks zum König zurückkehren.« Seine Männer führten sein Pferd herbei. »Wolltet ihr mich nur begrüßen oder gibt es etwas Bestimmtes?«

Ich erzählte ihm von dem Einbruch in der Apotheke. Er lauschte, eine Hand bereits am Sattelknauf. Als ich ihm von dem Holzstück im Schloss erzählte, hob er die Augenbrauen.

»Das ist dreist«, sagte er.

Ich fand es eher feige und sagte ihm das auch. Aber Lord Ashcombe schüttelte den Kopf. »Wenn es einer dieser beiden Männer war, dann hat er riskiert, dabei beobachtet zu werden.

Und außerdem bestand die Gefahr, dass ihr Komplize während des Einbruchs erwischt wird – oder dass man sich an einen der Männer erinnert, wenn die Sache bekannt wird. Es wäre einfacher gewesen, des Nachts ein Fenster einzuschlagen.« Er kniff sein gesundes Auge zusammen. »Aber dann hätte man die Tat sofort entdeckt.«

»Mylord?«

»Denkt doch mal nach. Dieser Dieb wäre unbemerkt davongekommen, wenn ihm der Fehler mit den Gefäßen nicht unterlaufen wäre. Und du konntest dir nur deshalb sicher sein, dass eingebrochen wurde, weil er das Holzstück nicht aus dem Loch holen konnte, während das Schankmädchen zusah. Das deutet darauf hin, dass es um mehr geht als um einen bloßen Einbruch. Für den Dieb war es von höchster Bedeutung, dass niemand etwas mitbekommt.«

Er hatte recht. Wenn Meister Benedict mit der Anordnung seiner Arzneien nicht so penibel gewesen wäre, hätte ich nie gemerkt, dass jemand in meinem Laden gewesen war. Besonders nicht, da er – soweit ich das beurteilen konnte – nichts gestohlen hatte.

»Das ist das Seltsamste an der Sache.« Lord Ashcombe warf mir einen scharfen Blick zu. »Warum all die Mühe, um dann mit leeren Händen wieder abzuziehen?«

Meine Wangen wurden heiß. Der Beschützer des Königs hatte das ganz besondere Talent zu wissen, wann ich nicht die Wahrheit sagte. Ich wollte niemandem von Meister Benedicts Schatz erzählen, aber ich hatte nun wirklich keinen Grund, es vor Lord Ashcombe geheim zu halten. Ihm konnte ich vertrauen. Und ich brauchte seine Hilfe.

Mit gesenkter Stimme, damit keiner der Soldaten etwas hören konnte, sagte ich: »Meister Benedict hat mir etwas hinterlassen. Etwas, das noch ein Geheimnis ist. Ich glaube, dass der Dieb danach gesucht hat.«

Jetzt war Lord Ashcombes Interesse vollends geweckt. Und ich wusste auch, warum. Er hatte nie herausgefunden, wo ich das Rezept für das Feuer des Erzengels versteckt hatte. Und er wollte es haben.

»Es ist nicht *das*«, sagte ich schnell. »Meister Benedict hätte das Rezept nie im Haus aufbewahrt.«

»Aber der ›Schatz‹ könnte etwas in dieser Art sein«, bohrte Lord Ashcombe nach. »Das Schankmädchen sagte doch, sie hätte nicht gesehen, ob der Mann etwas bei sich hatte. Wenn es ein Rezept war, ein Pergament oder so etwas, hätte er das doch ganz leicht unter seinem Wams verstecken können.«

An ein Rezept hatte ich nicht gedacht. Jetzt aber fiel mir wieder ein, was Isaac gesagt hatte.

Benedict deutete an, dass er dir etwas Besonderes hinterlassen hätte. Etwas, das nur für deine Augen bestimmt ist.

Meister Benedict hatte seine besten Rezepte immer mit Codes verschlüsselt, damit andere Apotheker sie ihm nicht stehlen konnten. Deshalb hatte er mir auch beigebracht, wie man Codes knackte. Für Meister Benedict war ein geheimes Rezept durchaus ein Schatz.

Er sorgte dafür, dass nur ich allein sein wichtigstes und kostbarstes Rezept – das Feuer des Erzengels – zu Gesicht bekam. Und wenn dieser neue Schatz etwas Ähnliches war, dann war es womöglich genauso wundersam – und genauso gefährlich.

Und viel mehr wert als bloß Gold.

Lord Ashcombes schwarzes Auge bohrte sich in mich. »Erzähle mir alles, was du über diese Diebe weißt.«

Ich berichtete, was ich von Dorothy erfahren hatte, und erwähnte auch die Medaillons. »Es war eine Art Symbol darauf. Ein Kreis mit einem Dreieck darin und einem Kreuz.«

Lord Ashcombe schüttelte den Kopf. »So ein Zeichen kenne ich nicht. Sie haben einen Meister erwähnt. War noch irgendetwas auf dem Medaillon? Ein Motto? Oder ein Wappen?«

Am Rand des Medaillons zogen sich Worte ringsum, aber ich hatte sie nicht lesen können. Ich wollte Lord Ashcombe gerade darüber informieren, als einer der Soldaten sich zu Wort meldete. »Sagtet Ihr, es wär aus Bronze?«

Wir drehten uns um. Der Soldat des Königs hatte sein Pferd gezügelt und runzelte die Stirn. »Die Medaillons, die war'n aus Bronze? Auf'm Wams über'm Herzen? Oh, Verzeihung, General«, sagte er, als ihm klar wurde, dass er unaufgefordert gesprochen hatte.

Lord Ashcombe wischte die Entschuldigung beiseite. »Sagt, was Ihr wisst, Mann.«

»Na ja, ich weiß ja nich, ob's dasselbe ist«, sagte der Soldat. »Aber meine Frau, die arbeitet im Rathaus, in der Küche, wisst Ihr? Und sie sagt, dass alle von so 'nem Propheten reden.«

Ich schaute zu Tom. Wieder dieser Prophet. Derjenige, den Sally Vogelmann genannt hatte. Das war heute schon das dritte Mal, das ihn jemand erwähnte.

Lord Ashcombe hakte nach. »Der Prophet, der seit einiger Zeit in der Stadt weilt?«, fragte er.

Der Soldat nickte. »Der Kerl weiß, wo die Pest als Nächstes zuschlägt und so Sachen. Und meine Frau meint, er hätte Gefolgsleute, und die haben irgendwelche Schutzamulette. Kleine Bronzemedaillons, direkt über'm Herzen.« Er tippte sich auf seinen ledernen Wappenrock.

»Wie heißt dieser Prophet?«, fragte Lord Ashcombe scharf.

Der Soldat verzog bedauernd das Gesicht. »Tut mir leid, General. Ich hab nicht so genau hingehört. Ich liebe meine Agnes, aber sie redet manchmal ziemlich viel.«

Ich erinnerte mich an Isaacs Worte: *Wenn tatsächlich ein Prophet in der Stadt ist, dann ist dies ein beängstigendes Zeichen dafür, dass die Welt jenseits der unseren wieder einmal ein Auge auf uns geworfen hat. Und ich muss dir ja nicht erklären, wie gefährlich das ist.*

Der Mann in meinem Laden hatte mich gewarnt, sein Meister würde nicht erfreut sein, weil ich ihm keinen Theriak verkaufen wollte. Hatte er den Vogelmann damit gemeint? Hatte ich einen Propheten verärgert?

Lord Ashcombe befahl uns, der Sache nachzugehen. Ich glaube nicht, dass Tom von dieser Idee begeistert war, und obwohl ich die Diebe unbedingt fassen wollte, machte mich der Gedanke daran auch nicht besonders glücklich. Aber mir fiel nichts Besseres ein, was wir sonst hätten tun können.

»Geht ins Rathaus«, sagte Lord Ashcombe, »und sprecht mit Will Gonson. Er ist Stadtrat für den Bezirk Crooked Lane.«

Der Soldat räusperte sich. »Ähm … bitte um Verzeihung, General, aber Gonson ist tot, Sir. Vor drei Wochen. Die Pest.«

Der Beschützer des Königs fluchte. »Er kämpfte mit uns am Edge Hill. Wer hat seinen Platz eingenommen?«

»Maycott, glaube ich, Sir.«

»Hol mir was zu schreiben.«

»Ähm …«, sagte der Soldat wieder und schaute sich ratlos um.

»Nehmt das hier, Mylord«, sagte ich.

Ich hob mein Hemd an. Darunter trug ich die Apothekerschärpe meines Meisters, die mit schmalen Taschen bestickt war, in denen Glasphiolen mit Zutaten und Arzneien steckten. Aber ich hatte auch etliche nützliche Instrumente dabei. Aus einer der Taschen zog ich eine kurze Schreibfeder und ein zierliches Tintenfass

Lord Ashcombes Gesicht veränderte sich einen Moment lang. Wenn ich nicht gewusst hätte, dass es so ganz gegen seine Natur war, hätte ich glauben können, der Beschützer des Königs wirke belustigt. Er riss einen Streifen von einem Dokument ab, das er bei sich hatte, und kritzelte etwas darauf. Dann reichte er mir den Zettel.

»Gib das dem Stadtrat Maycott im Rathaus. Frag ihn nach irgendwelchen Einbrüchen und bringe so viel wie möglich über diesen Propheten in Erfahrung. Maycott ist keiner meiner Leute, also kann ich dir nicht versprechen, dass er dir hilft, aber er ist ein anständiger Mann und sollte meine Handschrift erkennen, auch ohne mein Siegel. Sieh nur zu, dass du um seinen Sekretär, einen gewissen Shingleton, einen großen Bogen machst. Dieser Kerl ist ein echtes Wiesel.«

Tom und ich lasen, was auf dem Zettel stand.

Maycott,
gib dem Jungen alles, was er will.
Ashcombe

»Kurz und bündig«, flüsterte Tom.

Lord Ashcombe schwang sich auf sein Pferd. Die Soldaten des Königs stiegen ebenfalls auf und reihten sich hinter ihm ein.

»Soll ich Euch Bericht erstatten?«, fragte ich.

»Dein Laden ist deine Angelegenheit«, sagte Lord Ashcombe. »Ich muss zum König zurückkehren, also musst du dieses Rätsel allein lösen. Es sei denn natürlich, dein Meister hat dir irgendetwas Interessantes hinterlassen. In diesem Fall will ich Bescheid wissen. Und zwar sofort.« Er beugte sich vor. »Und Christopher – wenn es ein Rezept ist, dann will ich es sehen. Also bitte diesmal keine *zufälligen* Explosionen. Verstanden?«

»J…ja, Mylord«, stammelte ich. »Aber … wie soll ich Euch benachrichtigen? Kehrt Ihr nicht nach Salisbury zurück?«

»Nur für einen Tag.« Er senkte die Stimme. »Behalte es für dich, aber die Pest breitet sich auch in Wiltshire aus. Der Hof wird sich bald nach Oxford begeben. Übermorgen werde ich dort sein und alles für die Ankunft Seiner Majestät vorbereiten.«

»Soll ich eine Botschaft im Tower für Euch hinterlassen?«

»Nein. Auch das solltest du nicht weitererzählen, aber der Tower ist geschlossen. Ich lasse eine Wache am Tor stehen, damit keiner etwas merkt, aber es ist niemand mehr da. Wenn du mir eine Nachricht schicken willst, sag Maycott Bescheid. Er wird sich darum kümmern.«

»Oh. Ähm … na gut.«

»Was ist denn jetzt noch?«

»Ach, nichts. Nur …« Ich erzählte ihm von Sally. »Ich habe gehofft, dass sie im Tower Arbeit finden könnte.«

»Hör zu«, sagte Lord Ashcombe, »wenn du mich endlich gehen lässt, kann ich bei Hofe nachfragen, ob dort Dienstboten benötigt werden. Nachdem ich diese Papiere überbracht habe. Dem König. Der übrigens auf mich wartet.«

Ich wurde rot. »Tut mir leid.«

Er schnickte mit den Zügeln und sein Pferd setzte sich in Bewegung. Lord Ashcombes Blick wurde weicher – nur ein kleines bisschen – und er hob grüßend die Hand.

»Ich bin wirklich froh, dass ihr wohlauf seid, Jungs. Wir haben schon zu viele gute Männer an diese verdammte Pest verloren. Also seht zu, dass ihr gesund bleibt.« Er schob die Pistole in seinem Gürtel zurecht. »Das ist ein Befehl.«

Kapitel 9

Im Rathaus war es brechend voll.

Die Räume der Stadtverwaltung befanden sich in einem Flügel hinter dem Blackwell Market, in der Nähe der nordwestlichen Ecke der Stadtmauer. Durch die beiden Eingänge strömten so viele Menschen, dass die Schlange, die sich um den Marktplatz herumwand, bis nach Cheapside reichte.

Genau wie Tom und ich wollten alle zum Stadtrat. Einige benötigten Gesundheitsausweise, die ihnen bescheinigten, dass sie nicht von der Pest befallen waren. Nur dann durften sie eine Reise antreten. Andere suchten Arbeit oder baten um Almosen für die Armen. Viele wollten sich über die angekündigte Feuer-Steuer beschweren, die erhoben werden sollte, damit rings um die Stadt große Feuer angezündet werden konnten, mit deren Hilfe man die Pest eindämmen wollte.

Es waren Tausende von Menschen. Einige warteten schon seit Wochen darauf, bei einem Stadtrat vorgelassen zu werden. Hier und da kochte die Stimmung über, und die Menschen drängten und schubsten sich, sie schrien und drohten, und nach unserem Abenteuer in der Royal Exchange hatte ich keine Lust, auch nur eine Minute lang anzustehen. Ganz abgesehen davon, dass hier der beste Ort war, um sich mit der Pest anzustecken.

»Ich habe eine Idee«, sagte ich.

»Oh nein!«, stöhnte Tom

»Es ist eine gute Idee.«

»Oh *nein*!«

»Würdest du bitte … einfach mitkommen.« Wir quetschten uns zu dem Tor in der Cat Street. Dort angekommen, schrie ich: »Nachricht für Stadtrat Maycott! Nachricht für Maycott! Im Namen des Königs! Macht Platz!«

Ich schubste Tom vorwärts. Die Leute grummelten, aber sie wichen zur Seite, wenn auch nur widerstrebend. Toms bullige Gestalt bahnte uns einen Weg, bis wir einen Seiteneingang erreichten. Wir schlüpften hinein und standen in einer herrlich menschenleeren Eingangshalle.

Rechts und links reihte sich Tür an Tür. Die Wände waren mit glänzend polierten, mit Schnitzereien verzierten Holzpaneelen verkleidet. In beide Richtungen verlief ein Gang, von dem immer wieder Gabelungen abzweigten.

Tom schaute sich um. »Und wohin jetzt?«

Ich hatte keine Ahnung, ich war noch nie hier gewesen. Meister Benedict hatte sich von Politik stets ferngehalten. »Wir könnten jemanden fragen«, sagte ich.

»Aber wir dürften doch gar nicht hier sein.«

»Eigentlich schon.« Ich ging in irgendeine Richtung und zog dabei Lord Ashcombes Zettel aus der Schärpe. »Lord Ashcombes Unterschrift macht es zu einer Angelegenheit des Königs. Wenn wir erklären, dass – uff!«

Als ich um die Ecke bog, prallte ich frontal mit jemandem zusammen, der daraufhin in einem Gewirr aus Perückenlocken und Leinenschößen hintenüberpurzelte. Der Mann, den ich umgeworfen hatte, war ziemlich groß und hatte kleine Schweinsäugelein. Und da sein Hintern Bekanntschaft mit dem Fußboden gemacht hatte, blickten diese Äuglein nicht glücklich drein.

»Tut mir leid, Sir, ich bitte vielmals um Entschuldigung«, sagte ich und wollte ihm hochhelfen.

»Weg von mir«, schimpfte er und wich zurück. »Wer seid ihr? Wie seid ihr hier reingekommen?«

»Wir sind … ähm … Kuriere«, sagte ich. »Wir haben eine Botschaft von Lord Ashcombe für Stadtrat Maycott.«

Er streckte die Hand aus. »Lass mich mal sehen.«

Ich zögerte.

»Ich bin Geoffrey Shingleton, Sekretär von Stadtrat Maycott«, sagte er. »Seine Post geht in jedem Fall durch meine Hände.«

Ich erinnerte mich an Lord Ashcombes Warnung. »Aber …«

Weiter kam ich nicht. Shingleton riss mir den Zettel aus der Hand.

Er las ihn. Dann schnaubte er. »Soll das vielleicht ein Scherz sein?«

»Was? Nein!«

»Da ist kein Siegel drauf«, sagte Shingleton und kniff die Augen so stark zusammen, dass er eigentlich gar nichts mehr sehen konnte. »Und keine Unterschrift, die der Rede wert wäre. Es ist nicht einmal ein anständiges Blatt Papier. Das ist der schlechteste Fälschungsversuch, den ich je erlebt habe.«

»Das ist keine Fälschung«, sagte ich empört. »Lord Ashcombe hat uns herbefohlen. Er sagte, dass Stadtrat Maycott seine Handschrift erkennen würde.«

»Das glaube ich kaum.« Shingleton hob die Glasabdeckung der Wandlampe neben uns ab und hielt den Zettel mit Lord Ashcombes Botschaft in die Flamme. Entgeistert sah ich zu, wie er sich kräuselte, in Flammen aufging und dann zu Asche zerfiel.

Ein Mann kam um die Ecke, der schwarzen Jacke und dem Wappen darauf nach zu urteilen, ein Beamter der Stadtwache.

»Gerade zur rechten Zeit, Mr Reed«, sagte Shingleton. »Setzt diese beiden hier auf die Straße.«

»Auf der Straße« war genau da, wo ich landete. Mr Reed zerrte uns am Kragen durch die Halle und warf uns durch eine Seitentür am anderen Ende des Rathauses hinaus.

Der Beamte der Stadtwache schubste mich so fest, dass ich bäuchlings in den Dreck fiel. Er machte Anstalten, Tom die gleiche Behandlung zukommen zu lassen, aber angesichts dessen stämmiger Gestalt besann er sich. Stattdessen tätschelte er sein Schwert.

»Versucht eure Tricks woanders«, sagte er und schlug die Tür zu.

Tom half mir hoch. Brummelnd kam ich auf die Füße. »Dich stößt nie jemand in den Dreck«, maulte ich.

»Was machen wir jetzt?«, fragte Tom.

Ich hatte gute Lust, der Tür einen Tritt zu verpassen. »Wir müssen wieder da rein.«

Das Problem war nur, dass ich keine Ahnung hatte, wie ich das anstellen sollte. Shingleton hatte meinen Zettel verbrannt und ich konnte schlecht mit leeren Händen zu Stadtrat Maycott kommen. Aber ich konnte auch nicht wieder zu Lord Ashcombe, der längst die Stadt verlassen hatte. Und der Einzige, der mir helfen konnte, mit dem Beschützer des Königs Kontakt aufzunehmen, war – Stadtrat Maycott. Ich drehte mich im Kreis.

Ein Tritt gegen die Tür war doch gar keine so schlechte Idee. Das Türblatt erzitterte unter meiner Stiefelsohle und es gab ein lautes *Wump!*. Aber die Sache gab mir keine richtige Befriedigung und außerdem tat mir jetzt der Fuß weh.

»Vielleicht könnte uns der Soldat aus dem Tower helfen«, sagte Tom. »Wir können seine Frau fragen, was sie weiß.«

Ich zog den Stiefel aus und rieb mir meine Zehen. »Der ist mit Lord Ashcombe weggeritten. Und wo ich seine Frau finden soll, weiß ich auch nicht. Dein Vater hat nicht zufällig einen Kunden, der im Rathaus arbeitet?«

Wie sich herausstellte, kannten wir tatsächlich jemanden, der für die Stadt arbeitete – obwohl keiner von uns beiden im Mindesten damit gerechnet hätte. Die Tür, durch die wir nach draußen befördert worden waren, ging auf. Und im Türrahmen stand ein gut gekleideter Mann.

»Tom!«, sagte dieser Mann. »Dachte ich's mir doch!«

Tom blinzelte verwirrt. »Dr. *Parrett*?«

Der Mann vor uns war einmal einer der besten und geschätztesten Ärzte in ganz London gewesen. Dann waren im letzten Sommer seine Frau und sein Sohn James bei einem schrecklichen Feuer ums Leben gekommen. Vor Kummer dem Wahnsinn anheimgefallen, gab er seine Praxis auf und wanderte von da an nur noch ziellos durch die Straßen. Er schlief in seinem ausgebrannten und verfallenen Haus, in dem festen Glauben, dass James noch immer am Leben und bei ihm sei.

Als der Kult des Erzengels Jagd auf mich gemacht hatte, hatte mir Dr. Parrett ein Dach über dem Kopf gegeben – nun, zumindest das, was von dem Dach noch übrig war. Später hatten Tom und ich regelmäßig nach ihm gesehen, aber seit Anfang des Sommers waren wir nicht mehr dort gewesen, zum einen, weil er in seiner geistigen Umnachtung am liebsten für sich blieb, und zum anderen, weil wir wegen der Pest kaum noch aus dem Haus gingen.

Ihm jetzt im Rathaus zu begegnen traf uns völlig unvorbereitet. Was uns aber wirklich verblüffte, war sein Aussehen. Nach dem Tod seiner Familie hatte Dr. Parrett wie ein Bettler gelebt und sich auch so gekleidet. Heute allerdings trug er ein feines Seidenwams und seidene Hosen sowie eine brandneue Perücke. Er hatte immer noch diesen leicht wilden Ausdruck in den Augen, aber er sah viel besser aus als beim letzten Mal. Hoffnung machte sich in mir breit. Vielleicht war der Wahnsinn nun auch Vergangenheit.

Dr. Parretts Blick fiel auf mich. »Und Christopher auch! Na ja, wer sonst? Wo Tom ist, ist Christopher nicht weit.«

»Was tut Ihr hier?«, fragte ich. Dann erst fiel mir auf, wie das klang. »Ich meine … es ist schön, Euch zu sehen, Sir.«

Er lächelte. »Gleichfalls. Tut mir leid, dass ich nicht in der Apotheke vorbeigekommen bin, um euch zu besuchen, aber ich war sehr beschäftigt. Und um deine Frage zu beantworten: Ich bin als Pestarzt eingestellt.«

Das erklärte alles. Pestärzte standen im Dienst der Stadt, um die Kranken zu versorgen, besonders die Armen, die sich keine Arznei leisten konnten. Es war eine Anstellung, um die die meisten Ärzte einen großen Bogen machten, weil man mit den kränksten der Kranken in Kontakt kam. Außerdem war man völlig isoliert, weil niemand mehr Zeit mit jemandem verbringen wollte, der Tag für Tag in pestverseuchten Häusern ein und aus ging. Aber ein Pestarzt wurde gut bezahlt. Und die Isolation war für Dr. Parrett kein Problem. Seine Freunde hatten ihn schon lang im Stich gelassen.

Ich dagegen freute mich für ihn. Ein Pestarzt lebte äußerst gefährlich, aber es schien, als wäre es für Dr. Parrett genau das Richtige. Und das sagte ich ihm auch.

»Ja«, erwiderte er. »Mein Leben hat nun wieder einen Sinn. Und natürlich kann ich das Geld gut gebrauchen. Ich fing langsam schon an, mir Sorgen zu machen, wie ich mich weiter um James kümmern könnte.«

Mein Herz wurde schwer.

»Was führt euch Jungs denn ins Rathaus?«, fragte er. »Und warum in aller Welt hat euch Mr Reed hinausgeworfen?«

»Lord Ashcombe hat uns mit einer Nachricht zu Stadtrat Maycott geschickt«, sagte ich, »aber sein Sekretär hielt uns für Diebe und Betrüger.«

Dr. Parrett schüttelte den Kopf. »Noch nie habe ich einen so unangenehmen Mann wie diesen Shingleton getroffen.«

»Könnten Sie uns zu Stadtrat Maycott bringen?«, fragte ich voller Hoffnung.

Dr. Parrett kratzte sich unter seiner Perücke. »Ich bin Maycott nie begegnet.« Dann hellte sich seine Miene auf. »Aber ich kenne Stadtrat Aldebourne. Er ist verantwortlich für die Verteilung der Almosen, die von der Kirche im Land gesammelt werden, um den Armen Londons in dieser schweren Zeit zu helfen. Vielleicht könnte er euch Maycott vorstellen.«

Nachdem Lord Ashcombes Zettel in Rauch aufgegangen war, musste ich darauf vertrauen, dass Dr. Parretts Wort für Stadtrat Aldebourne genug Gewicht hatte, um uns an seinen Kollegen weiterzuleiten. Aber ich war mir nicht sicher, ob das funktionieren würde. Obwohl es Dr. Parrett schon deutlich besser ging, war er immer noch geistig verwirrt. Für ihn war sein Sohn nach wie vor am Leben.

Trotzdem, eine andere Möglichkeit hatten wir nicht. Dr. Parrett hielt uns lächelnd die Tür auf. Tom ging hinein. Ich klopfte mir den Staub aus den Kleidern und folgte ihm. Der Wachmann, der uns auf die Straße gesetzt hatte, war immer noch im Gang. Als er uns sah, machte er Anstalten, sich auf uns zu stürzen.

Dr. Parrett hob die Hand. »Sie gehören zu mir, Mr Reed.«

Ich hob ebenfalls die Hand, um Mr Reed mit einer eindeutigen Geste zu zeigen, was ich von ihm hielt. Tom schlug sie mir eilig nach unten.

Dr. Parrett führte uns in den großen Saal, wo die Antragsteller warteten. »Warum hat euch Ashcombe hergeschickt?«, wollte er wissen.

Ich wusste nicht, wie viel ich ihm erzählen durfte. »Habt Ihr zufällig jemanden mit einem Bronzemedaillon auf dem Wams gesehen?«

»Einige. Sucht ihr jemand Bestimmten?«

»Vielleicht jemand, der ganz in Blau gekleidet war?«, fragte ich eifrig.

»In Blau?« Dr. Parrett legte den Kopf schräg. »Ich glaube nicht.«

»Diese Medaillons«, sagte Tom. »Wisst Ihr, wofür sie da sind?«

»Sie schützen den Träger vor dem Engel des Todes.«

»Aber nur einige wenige Leute tragen sie«, gab ich zu bedenken.

»Ja«, sagte Dr. Parrett, »das sind Melchiors Männer.«

Melchior. Endlich kannte ich den Namen des Mannes, der mich schon den ganzen Tag in Erzählungen verfolgte. »Jemand, den ich kenne, nennt ihn Vogelmann.«

Dr. Parrett lachte. »Ha! Das ist eine ziemlich gute Beschreibung. Obwohl nicht ganz so respektvoll, wie er es verdient, möchte ich meinen.«

»Man behauptet, er sei ein Prophet.«

»Er *ist* ein Prophet.«

Tom schaute sich nervös um. »Ehrlich?«

»Oh ja.« Dr. Parrett nickte. »Offiziell ist er Pestarzt, so wie ich. Aber er hat die Gabe. Er weiß Dinge, von denen nur hellsichtige Personen wissen können.«

Tom machte große Augen. »Zum Beispiel?«

Dr. Parrett blieb vor einer der schweren Holztüren stehen,

die den Gang säumten. »Melchior begreift den Verlauf der Pest wie niemand sonst. Ich rede nicht von seiner Fähigkeit als Arzt, obwohl er zweifellos über gute Kenntnisse verfügt. Nein, er kann voraussagen, welchen Weg die Seuche einschlagen wird. Melchior weiß, wer als Nächstes sterben wird.«

Mein Blut wurde kalt. Sally hatte das Gleiche behauptet, aber zu diesem Zeitpunkt hatte sie schon den Mohnsaft getrunken. Ich war nicht sicher gewesen, ob ich ihr glauben konnte. »Wie ist das möglich?«

»Ich weiß es nicht. Aber ich habe es gesehen. Unsere Wege kreuzen sich gelegentlich. Ich habe viermal miterlebt, dass er diese … Vision hatte, wer erkranken würde. Und er hat sich noch nie geirrt: Jedes Mal ist diese arme Seele der Seuche anheimgefallen. Seine Gabe ist echt.« Dr. Parrett senkte die Stimme. »Obwohl ich das an diesem Ort vielleicht nicht so laut sagen sollte.«

»Warum nicht?«

»Nun … Melchior hat kürzlich Voraussagen gemacht, die einige Stadträte betreffen. Etliche Leute hier sind ziemlich nervös geworden.« Dr. Parrett klopfte an die Tür, vor der wir standen.

»Herein«, sagte eine Stimme von drinnen.

Das Zimmer war eng und vollgestellt. Es war kaum Platz, um die Tür zu öffnen, weil sie gegen den Schreibtisch stieß, der in der Mitte der Kammer stand. Doch in dem Zimmer selbst herrschte eine tadellose Ordnung, und die Papiere und Folianten, die auf dem Tisch und den Regalen lagen, waren fein säuberlich aufgestapelt.

Ein sehr kleiner Mann saß mit gebeugtem Rücken am Schreibtisch und schrieb in einen dieser Folianten. Er war vielleicht fünfzig Jahre alt. Seine Perücke hatte er über einen Dokumentenstapel gelegt und so war die kahle Stelle auf seinem Hinterkopf nicht zu übersehen.

»Guten Tag, Henry«, sagte Dr. Parrett.

»Hmm?« Henry schrieb noch einen Moment weiter und blickte dann über den Rand seiner silbernen Nickelbrille, die auf seiner Nasenspitze balancierte, zu uns auf. »Oh, hallo, John«, sagte er liebenswürdig. »Bitte legt Euren Bericht einfach hierher.« Geistesabwesend deutete er mit seiner Schreibfeder auf einen hohen Papierstapel in einer Ecke seines Schreibtischs.

»Eigentlich bin ich wegen dieser beiden Jungen hier«, sagte Dr. Parrett. »Ich möchte Euch gerne Christopher Rowe vorstellen. Er ist Apothekerlehrling. Und das ist Thomas Bailey, der Sohn eines Bäckers. Die beiden brauchen Aldebournes Hilfe.«

»Ach ja?« Henry betrachtete uns mit wohlmeinender Neugier. »Was kann der Stadtrat für euch tun?«

Dr. Parrett wandte sich zu uns. »Das ist Henry Cole, der Sekretär von Meister Aldebourne. Sagt ihm, was Shingleton getan hat.«

Ich erzählte, wie Shingleton Lord Ashcombes Zettel verbrannt hatten. Noch bevor ich geendet hatte, verdrehte Henry Cole die Augen. »Mich würde interessieren, ob er das auch in Anwesenheit von Lord Ashcombe gewagt hätte, aber ich … Ach, verflixt!«

Ein Tintentropfen war von Henrys Federspitze auf das Blatt gefallen, an dem er gerade arbeitete. Er stand auf und holte aus einer Schublade einen Lappen hervor, mit dem er an der Tinte tupfte. Im Stehen war er nicht viel größer als im Sitzen.

»Das Blatt ist ruiniert.« Seufzend warf Henry den Lappen in die Ecke und wandte sich dann wieder zu uns. »Ähm … Christopher, nicht wahr? Ich werde Meister Aldebourne gerne bitten, mit Maycott zu sprechen, obwohl ich nicht weiß, wann er wieder im Rathaus sein wird. Im Augenblick schicke ich ihm die Arbeit nach Hause. Er fühlt sich nicht gut.«

Tom warf mir einen Blick zu. Ich wusste genau, was er dachte. Und offensichtlich dachte Dr. Parrett das Gleiche. »Hat ihn jemand untersucht?«, fragte er beunruhigt.

»Es ist nur eine leichte Erkältung«, sagte Henry schnell.

»Aber hat er sich *untersuchen* lassen?«

Henry rückte seine Brille zurecht. »Ähm …«

»Henry!«, rief Dr. Parrett.

»Er will nicht, dass ich einen Arzt rufe«, sagte Henry rechtfertigend. »Aber es kann unmöglich die Pest sein. Wenn er es mir nicht selbst gesagt hätte, wäre ich nie auf die Idee gekommen, dass er krank ist.«

Dr. Parrett runzelte die Stirn. »Aldebourne bleibt zu Hause, weil er sich nicht wohlfühlt – aber er sieht nicht krank aus? Ist es denn seine Art, sich vor der Arbeit zu drücken?«

»Natürlich nicht.«

»Als Ihr bei Aldebourne zu Hause wart«, hakte Dr. Parrett nach, »habt Ihr da seine Familie gesehen?«

»Nein, er hat mich allein empfangen.«

Das klang gar nicht gut. Tom war bereits einen Schritt zurückgewichen. Henry dagegen wirkte lediglich ratlos.

»Melchior hat eine Prophezeiung gemacht«, sagte Dr. Parrett zu dem Sekretär.

»Melchior? Nein, nein, nein. Ich versichere Euch, John, der Stadtrat ist …« Henrys Hand zuckte zu seinem Mund. »Moment mal … Ihr meint doch nicht etwa … Aldebournes *Familie*?«

Eine Frau schrie auf.

Es kam von draußen, aus der Richtung der großen Eingangshalle. Einen Moment lang rührte sich keiner.

Dann hörten wir weitere Schreie und Rufe.

»Was zum Teufel …?«, sagte Henry.

Er schnappte sich seine Perücke und eilte an uns vorbei in den Gang. Wir rannten ihm nach. Die Schreie wurden lauter. Es klang, als ob wieder ein Tumult ausgebrochen wäre. Dann wurde der Lärm schwächer.

Henry war als Erster durch die Tür. Die meisten der Menschen, die eben noch in langen Schlangen angestanden hatten, waren geflohen. Einige waren niedergetrampelt worden und lagen stöhnend auf dem Boden. Ein Häuflein Bittsteller drückte sich an die Wand, die dem Ausgang gegenüberlag. Der Fluchtweg wurde ihnen versperrt von einer Gestalt in der Mitte der Halle.

Es war ein Mann. Er war gut gekleidet, obwohl seine Kleidung zerknittert war und sein Kinn unrasiert. Auf den Armen trug er ein Mädchen von etwa neun Jahren in einem smaragdgrünen, mit Spitze besetzten Kleid. Der Kopf des Kindes lag schlaff in seiner Armbeuge.

Henry schreckte zurück. »M…Meister Aldebourne!«, sagte er.

Aldebourne drehte sich zu uns um. Jetzt konnten wir das Gesicht des Mädchens sehen. Ein Blutfaden sickerte aus ihrem Mund, über ihre Wange bis in ihr Ohr. Ihre offenen Augen starrten blicklos an die Decke.

Das Mädchen in Aldebournes Armen war tot.

Kapitel 10

Tom stolperte so schnell rückwärts, dass er mich beinahe umgerannt hätte. Henry stand wie erstarrt im Türrahmen. Seine Brille war noch weiter nach unten gerutscht und sein Gesicht war so bleich wie das des toten Mädchens.

Stadtrat Aldebourne schien es nicht zu bemerken. »Bitte helft mir«, sagte er. »Meine Tochter.« Er schüttelte sie sanft. »Sie will nicht aufwachen.«

Mit ruhigen Schritten trat Dr. Parrett vor. »Wir sollten sie schlafen lassen. Sie braucht Ruhe«, sagte er sanft.

Stadtrat Aldebourne blinzelte. »Oh. Ja. Ja, natürlich.« Er kniete sich hin und legte den Leichnam des Mädchens ab. Er schob ihr das Haar aus dem Gesicht und zog rotblonde Strähnen aus dem blutigen Schaum auf ihrer Wange.

Die Tür, durch die wir gekommen waren, lag in der Nähe des Haupteingangs. Anders als diejenigen, die an der gegenüberliegenden Wand in der Falle saßen, befanden sich zwischen uns und der sicheren Freiheit lediglich ein paar Verletzte, die am Boden lagen. Ich empfand ein unbändiges Verlangen, der geflohenen Menge nachzurennen. Tom erging es ebenso. Seine Hand schob sich auf meinen Arm zu, als ob er mich mit sich ziehen wollte.

Ein Mann an der Wand schaute sehnsüchtig zu mir hin. Er wünschte sich wohl, den Platz mit mir tauschen zu können. »Der Narr hat uns alle dem Untergang preisgegeben«, stöhnte er.

Dr. Parrett hob die Hand. »Bitte bewahrt Ruhe. Die Diagnose steht noch nicht fest.«

»Es ist die Seuche«, heulte eine Frau, »was gibt es da noch zu untersuchen?«

Das fragte ich mich auch. Aber jemand anderer erhob Einspruch.

Die Stimme ertönte vom anderen Ende der Halle. Sie dröhnte durch den Raum und hallte von den Wänden wider.

»Ihr fällt also ein Urteil für alle anderen?«

Jeder Einzelne drehte sich um. In der geöffneten Tür stand eine schattenhafte Gestalt, deren Silhouette sich scharf vor dem hellen Sommerhimmel abhob. Dann trat die Gestalt – wer auch immer es war – einen Schritt vor.

Es war ein Mann. Er trug einen kirschroten, knöchellangen Mantel aus schwerem Leder. Auch seine dunkelbraunen Handschuhe waren aus Leder, und die Finger waren so lang, dass sich die Spitzen krümmten wie Krallen. Auf dem Kopf saß ein breitkrempiger schwarzer Hut. Aber es war sein Gesicht, das die meisten Blicke auf sich zog.

Denn von seinem Gesicht war nichts zu sehen.

Der Mann trug eine Ledermaske. In der Mitte saß ein langer, leicht nach unten gebogener Schnabel. Und am Ende des Schnabels erhob sich eine kleine Rauchsäule, als ob er Feuer atmen würde.

Der Vogelmann, dachte ich.

Die Maske verlief rund um seinen Kopf und hüllte ihn ganz und gar ein. In das Leder waren zwei dicke Sichtgläser eingenäht, wie eine riesige Brille. Hinter dem Glas waren die Augen der einzige Teil des Mannes, der sichtbar war. Und diese Augen funkelten mit einer Intensität, wie ich sie bisher nur bei einem Menschen gesehen hatte: bei Lord Ashcombe.

Der Mann trat vor. In der Hand hielt er einen langen silbernen Stock, an dessen Knauf ein kleines Ungeheuer saß. Kopf und Körper waren pechschwarz. Aus seinen Schultern wuchsen silberne Flügel. Der Mann hob den Stab wie zu einer Beschwörung.

Die Menschen verstummten. Tom beugte sich vor und flüsterte mir so leise ins Ohr, dass ich ihn kaum verstehen konnte: »Was ist das?«

»Das«, sagte Dr. Parrett, der in der Tat über ein scharfes Gehör verfügen musste, »ist Melchior.«

Hinter dem Pestarzt – *oder Prophet*, dachte ich – traten acht Männer in unser Blickfeld. Sie hatten steinerne Mienen und trugen schmucklose Kleidung aus Leinen und Wolle, die sie als einfache Bürger auswies. Und auf ihren Wämsern, direkt über ihren Herzen, war ein Bronzemedaillon aufgenäht.

Es waren diese Männer, die ich hatte finden wollen. Und doch schenkte ich ihnen kaum einen Blick. Genau wie Tom starrte ich mit offenem Mund den Mann mit der Vogelmaske an.

Er trat vor und seine Lederabsätze schlugen dumpf auf die Pflastersteine. Seine Männer folgten ihm. Sie flankierten ihn wie eine Leibwache. Wie die Männer, die in meinem Laden waren, steckten Waffen in ihren Gürteln: Schwerter, Äxte, Knüppel und Steinschlosspistolen.

Melchior dagegen war unbewaffnet. Er trug auch kein Medaillon. Stattdessen hatte er ein Symbol auf seinen Ledermantel gemalt. Es war schwarz und saß ebenfalls über dem Herzen.

Es war das gleiche Symbol wie auf den Medaillons: ein Kreis mit einem Dreieck in der Mitte, dessen Spitze nach oben zeigte. Aber Melchiors Zeichen war groß genug, dass ich meinen früheren Irrtum erkennen konnte: Statt eines Kreuzes, wie ich gedacht hatte, war das Symbol in der Mitte des Dreiecks ein Schwert, das mit der Spitze nach unten wies. Und jetzt konnte ich auch die Inschrift am Rand lesen. Sie war auf Lateinisch: *Contra malignitatem protege nos. Beschütze uns vor dem Bösen.*

Er nickte Dr. Parrett zu. Der Rauch aus seiner Maske umwaberte ihn. »Seid gegrüßt, Sir.«

Dr. Parrett verbeugte sich respektvoll. »Es ist mir wie immer eine Ehre, Melchior.«

Durch die Linsen in seiner Maske starrte Melchior auf die Leiche des Mädchens. »Noch eine?«

»Ich habe sie noch nicht untersucht«, sagte Dr. Parrett.

»Dann lasst uns anfangen.«

Melchior streckte seinen silbernen Stab aus und kippte mit dem Ende, an dem das Ungeheuer saß, das Kinn des Mädchens von einer Seite zur anderen. Er musterte ihren Hals. Als er keine schwarzen Schwellungen sah, hakte Melchior einen silbernen Flügel unter den Kragen und zog die Spitze nach unten, wodurch die Haut auf ihrem Schlüsselbein entblößt wurde.

Er erstarrte.

Die Haut des Mädchens war knallrot.

Die Menge stöhnte. Dr. Parrett nickte und sagte leise: »Sie hat das Zeichen. Es ist die Pest.«

Henry bekreuzigte sich so rasch, dass er sich beinahe die Brille von der Nase geschlagen hätte. Tom machte ein Zeichen gegen den bösen Blick und drückte sich an mich. Ich hatte nichts dagegen.

»Wir müssen die Leiche aus dem Saal schaffen«, sagte Dr. Parrett. Seine Stimme war immer noch leise. »Ich brauche dich, Tom.«

Tom presste sich so fest gegen mich, dass ich dachte, er würde mich zerquetschen. *»Mich?«*

Dr. Parrett deutete auf die Verwundeten, die noch immer auf dem Boden lagen. »Bitte hilf diesen Menschen nach draußen, sei so gut. Ich werde das Mädchen nehmen.«

Tom sah so aus, als würde er vor Erleichterung gleich in Ohnmacht fallen. Er wich von der Leiche zurück und rannte zu einer älteren Frau, die niedergetrampelt worden war. Sie hielt sich den Knöchel, hatte aber offensichtlich keine Schmerzen. Wie die meisten anderen starrte sie Melchior wortlos und ehrfurchtsvoll an.

Ich wollte Tom helfen, aber Dr. Parrett hielt mich zurück. »Bleib bei dem Stadtrat«, sagte er leise. »Aber fass ihn nicht an.«

Das musste man mir nicht zweimal sagen. Dr. Parrett nahm das Mädchen in seine Arme und trug den Leichnam hinaus. Stadtrat Aldebourne blieb, wo er war, und starrte auf den Boden.

»Es war vorherbestimmt«, sagte Melchior zu niemand Bestimmtem. Ich erinnerte mich an das, was Dr. Parrett gesagt hatte: *Melchior hat kürzlich Voraussagen gemacht, die einige Stadt-*

räte betreffen. Wieder war eine seiner Prophezeiungen wahr geworden.

Henry trat zögernd vor. »Ähm … Bitte verzeiht, Sir …«

Melchiors Männer wurden unruhig, als er sich näherte. Sie beobachteten ihn sorgsam und schoben die Hände unauffällig in Richtung ihrer Waffen.

Henry blieb stehen und schaute nervös von Melchiors Männern zu dem Propheten, der sie überragte. Melchior bemerkte es nicht. Er hatte den Blick zur Decke gewandt, als würde er nach etwas suchen.

Henry räusperte sich und versuchte es noch einmal. »Sir?«

Endlich schaute Melchior nach unten und fixierte Henry durch die Linsen in seiner Maske. »Wer seid Ihr?«

Der kleine Mann wich zurück. »H…Henry Cole, Sir. Ich bin Meister Aldebournes Sekretär. Ich helfe beim Verteilen der Almosen.«

Melchior sagte nichts.

Henry zerrte an seinem Kragen. »John Parrett sagte mir, Ihr … ähm … Ihr hättet kürzlich … noch mehr Voraussagen gemacht.«

Melchior legte den Kopf schräg. Der Rauch aus seinem Schnabel funkelte im Sonnenlicht.

Jetzt bekam ich Angst, dass Henry in Ohnmacht fallen könnte. »Er sagte … Ich hörte … einer von ihnen … sei … Meister Dench. Er … würde krank werden. Hat jemand … hat jemand … nach ihm gesehen?«

Die Menge wartete schweigend. Melchior starrte zu Henry hinunter. Dann, endlich, sagte er:

»Ich habe das Haus von Meister Dench heute Morgen aufgesucht. Er ist befallen.«

Die Menschen stöhnten.

Melchior wandte den Blick wieder zur Decke. »Ich habe sein Haus versiegelt. Er befindet sich in Quarantäne.«

Die Strapaze, die Melchiors Gegenwart ihm verursachte, war schließlich zu viel für Henry. Er stolperte rückwärts und prallte gegen die Wand, woraufhin er sich die Perücke vom Kopf zerrte. Mit den Locken wischte er sich über das Gesicht und tupfte den Schweiß ab, der ihm von der Stirn floss. »Meister Aldebournes Haus sollte ebenfalls versiegelt werden«, flüsterte er mir zu. »Die Leute werden rasen vor Zorn. Und ich war *da*. Wie konnte mir das entgehen?«

Das zu erklären war ganz einfach. Obwohl das Gesetz es erforderte, dass man innerhalb von zwei Stunden nach Auftreten verdächtiger Symptome nach einem Arzt zu schicken habe, versuchten viele, diese Symptome zu verbergen. Es war vorgeschrieben, dass alle infizierten Haushalte versiegelt wurden – mit allen, die dort lebten, ohne Rücksicht darauf, ob sie sich mit der Pest angesteckt hatten oder nicht.

Für die eingeschlossenen Menschen kam dies einem Todesurteil gleich. Einige Familien bestachen die Ärzte, damit sie behaupteten, ihre Angehörigen seien an etwas anderem als an der Pest erkrankt, und wieder andere verschwiegen die Sache einfach – so wie Meister Aldebourne es getan hatte.

Henrys Sorge war begründet. Die zwanzig Menschen, die an der Wand in der Halle standen, bedachten den verzweifelten Stadtrat mit Mörderblicken. Das lag nicht nur daran, dass er sie durch den Leichnam seiner Tochter in Gefahr gebracht hatte. Sie schätzten es auch gar nicht, wenn Mitglieder der Obrigkeit ihre eigenen Regeln nicht befolgten. Wenn jemand aus dem einfachen Volk sich so verhielt, zog das eine harte Strafe nach sich. Hätten sie es gekonnt, so hätten sie ihn an der nächsten Laterne aufgeknüpft.

Ich schaute zu Melchior und seinen Männern. Mein Magen macht einen Hüpfer, als ich merkte, dass Melchior mich anstarrte.

»Ich sehe dich«, sagte er. »Ich sehe dich jetzt.«

Er schwankte vor und zurück, wie angestoßen von einem Wind, den nur er spürte. Er legte den Kopf schräg, als würde er auf etwas lauschen.

Ich dagegen konnte nichts hören außer dem Hämmern meines Herzens. Henry, der neben mich getreten war, machte wieder einen Schritt rückwärts.

»Stimmt etwas nicht?«, fragte er.

»Er ist hier«, sagte Melchior.

Meine Stimme war nur noch ein Krächzen. »Wer denn?«

Melchior kam näher. »Wo bist du?«

Das Gemurre der Leute war verstummt. Selbst Stadtrat Aldebourne blickte gebannt zu Melchior empor.

Melchior hob seinen Stab. Seine Gefolgsleute fielen auf die Knie. Langsam drehte der Prophet den Kopf und starrte den Knauf in Form eines Ungeheuers am Ende seines Stabs an.

»Du wurdest berührt«, sagte er.

Er starrte immer noch das silberflügelige Ungeheuer an. Aber er redete mit jemand anderem. Mit mir.

»Berührt? V…von wem?«, stammelte ich.

»Von einem Engel«, sagte Melchior.

Langsam senkte sich der Stab. Der schwarze Kopf des Ungeheuers kam auf mich zu. Ich drückte mich fester an die Wand. Wenn ich gekonnt hätte, wäre ich mit den Steinen verschmolzen.

»Du bist mit einem Engel gegangen«, sagte er.

Mein Unterkiefer klappte auf. »Wie …? Woher wisst Ihr …?«

»Jetzt geht ein Engel mit dir. Er ruft dich. Du und die Deinen gehören jetzt ihm. Du gehörst dem Engel des Todes.«

Melchiors Augen brannten sich in meine. »Jemand, den du liebst, wird sterben.«

Kapitel 11

Ich stand wie erstarrt. Ich konnte mich nicht rühren.

Es war vollkommen still geworden. Mein Blick hing wie festgefroren an dem Ungeheuer am Ende von Melchiors Stab, das mich mit schwarzen Zähnen angrinste.

Dann brach Melchior zusammen.

Er sackte auf die Knie. Der Stab entglitt seinen schlaff gewordenen Fingern und fiel klappernd zu Boden. Seine Männer stürzten nach vorn und packten ihn. Er hing kraftlos in ihren Armen und schüttelte den Kopf, wie in einem Albtraum gefangen.

Mir fiel plötzlich auf, dass sich niemand mehr in meiner Nähe aufhielt. Die Menschen an der gegenüberliegenden Wand schauten mich entsetzt an. Henry war vor mir zurückgewichen. Er stand in dem Türrahmen, durch den wir gekommen waren, und es sah aus, als wollte er sich dahinter verstecken.

Die Stille endete, als Dr. Parrett und Tom zurückkehrten. Als sie an Melchior vorbeikamen, trat Tom auf die andere Seite von Dr. Parrett, um ihn zwischen sich und den maskierten Propheten zu bringen.

Dr. Parrett kniete sich neben Stadtrat Aldebourne. »Eure Tochter ruht sich aus«, sagte er. »Draußen, im Gras.«

Aldebourne senkte den Kopf. Dr. Parrett blieb bei ihm und redete leise auf ihn ein. Ich hörte nicht hin. Ich hielt meinen Blick auf den Pestarzt geheftet, der immer noch in den Armen seiner Männer hing. In meinen Ohren klingelte es. Melchiors

Stimme hallte in meinem Schädel wider. *Du bist mit einem Engel gegangen.*

»Christopher!«

Ich drehte mich um.

Tom stand neben mir und schaute mich ängstlich an. »Warum gibst du denn keine Antwort? Ich habe gefragt, ob es dir gut geht.«

Jemand, den du liebst, wird sterben. »Du … du hast doch das Mädchen nicht angefasst, oder?«, fragte ich.

»Natürlich nicht.« Tom blickte zu Dr. Parrett, der seine Hand auf Meister Aldebournes Arm gelegt hatte. »Ich begreife nicht, wie er das fertigbringt.«

»Er ist ein guter Mann.« *Außerdem hat er nichts zu verlieren.*

Dr. Parrett rief Henry zu sich. »Wir können hier nichts mehr tun«, sagte er leise. »Wir sollten den Saal räumen und den Stadtrat in sein Zimmer bringen.«

»Richtig. Ja. Gewiss doch.« Jetzt, wo er wieder eine Aufgabe hatte, schien der kleine Mann seine Fassung wiederzuerlangen. »Ihr guten Leute«, sprach er zu den Menschen, »unsere Türen bleiben heute Nachmittag geschlossen. Bitte kommt morgen wieder, dann werden wir euch weiterhelfen.«

»Wie weiterhelfen?«, fragte jemand.

Wir drehten uns um. Der Mann, der gesprochen hatte, stand in der offenen Tür der Eingangshalle, wo Melchior eben noch gewesen war. Groß, breitschultrig, lange blonde Haare.

Ich warf Tom einen überraschten Blick zu. Es war Galen, der Apotheker, dem wir auf dem Markt begegnet waren. Augenscheinlich erkannte auch Henry ihn, denn er seufzte und murmelte: »Ihr schon wieder.«

Galen hatte den Aufruhr nicht unbeschadet überstanden. An seiner Schläfe, wo der Schlag des Quacksalbers ihn getroffen hatte, wuchs eine Beule, eine dunkelrote Erhebung, die bereits lila wurde. Sein Augenlid war zugeschwollen und das Auge darunter blutunterlaufen, die Haut ringsum dunkel verfärbt. Seine fleckige Kleidung war zerknittert und am Kragen seiner Tunika klaffte ein Riss.

Der Apotheker trat ein. Seine Schritte wurden langsamer, als er an Melchior und seinen Männern vorbeiging, und er betrachtete den Vogelmann mit Interesse. Dann blieb er vor uns stehen.

»Bitte, Mr Cole, verratet den Leuten doch«, sprach er, »wie genau Ihr ihnen helfen könnt.«

»Mr Widdowson«, sagte Henry, »das ist nun wirklich nicht der richtige Zeitpunkt.«

»Ach nein? Wann wäre denn der richtige Zeitpunkt?« Galen deutete auf die umstehenden Menschen. »Nachdem sie auch an der Pest erkrankt sind?«

Die Leute keuchten auf. Henry wirkte aufgebracht. »Niemand hier wird sich mit der Seuche anstecken«, sagte er. Er wirbelte zu Galen herum. »Würdet Ihr jetzt bitte gehen?«

»Das würde ich liebend gerne«, sagte Galen. »Aber die Sache will es, dass ich mich mit Euch beschäftige.«

»Und ich habe Euch bereits meine Antwort gegeben. Wir sind nicht interessiert.«

»Wie kann es sein, dass Ihr nicht an einer Medizin interessiert seid, mit der man die Pest heilen kann?«

Murmeln erhob sich von den Menschen. Mir fiel auf, dass Dr. Parrett anscheinend wirklich nicht interessiert war. Er hatte nur einen flüchtigen Blick für den Mann übrig. Auch Melchior, der sich immer noch von seiner Vision in den Armen seiner Männer erholte, schien nicht weiter beeindruckt zu sein.

»Er hat keine Medizin, mit der man die Pest heilen kann«, versicherte Henry den versammelten Menschen.

Galen zog eine Augenbraue hoch. »Ihr seid so klug«, sagte er, »wie Ihr groß seid.«

Henry wurde krebsrot. »Wie könnt Ihr es wagen?«

Der Schlagabtausch hatte Stadtrat Aldebourne aus seiner Erstarrung gerissen. Immer noch auf dem Boden hockend, schaute er hoch. »Was geht hier vor? Wer seid Ihr?«

»Ah. Vergebt mir, Stadtrat.« Galen verbeugte sich tief. »Mein Name ist Galen Widdowson. Ich bin Apotheker und habe im Ausland studiert, wo ich nach einer Heilmethode für die Pest suchte. Nach vielen Jahren bin ich nun heimgekehrt. Denn endlich habe ich eine Medizin gefunden, die hilft.«

Henry trat zwischen Galen und seinen Meister. »Der Mann hat gerade seine Tochter verloren«, sagte er zu Galen. »Habt Ihr denn keinen Anstand?«

Galens Augen blitzten auf. »Anstand, Cole, hätte mir gestattet, das Mädchen zu retten. Stattdessen habt Ihr mich geschickt, Kindern zu helfen, die Euch rein gar nichts bedeuten.«

»Jedes Kind dieser Stadt bedeutet mir etwas«, protestierte Henry.

»Ist das so? Dann dürfte Euch dies hier freuen.« Galen drehte sich zum Tor herum und rief: »Kommt her!«

Eine Frau in Lumpen lugte nervös durch das Tor. Langsam kam sie näher und schob mit der Hand ein kleines Mädchen vor sich her.

»Alles in Ordnung«, sagte Galen freundlich. »Habt keine Angst.« Er bedeutete der Frau, vor ihn hinzutreten. »Also, meine Liebe, verratet uns: Welcher der anwesenden Herren hat Eure Tochter behandelt?«

Sie deutete auf Dr. Parrett.

»Zeigt sie ihm«, sagte Galen.

Ungeschickt knickste die Frau vor Dr. Parrett. »Wenn es Eurer Lordschaft beliebt«, sagte sie, »erinnert Ihr Euch an Beatrice? Ihr habt sie im Pesthaus untersucht.«

Sie schob das Mädchen näher. Dr. Parrett betrachtete sie. »Hm? Oh ja, aber natürlich, ich … Guter Gott.«

Er starrte die Kleine an.

Wir alle sahen zu, wie Dr. Parrett das Mädchen in Augenschein nahm. Melchior, der sich allmählich wieder erholt hatte, beobachtete die Szene im Kreis seiner Männer. Dr. Parrett schaute dem Mädchen in die Augen, in den Hals und tastete die Achselhöhlen ab. Er zog das Kleid zur Seite.

Dann trat er verblüfft zurück.

»Wie ist das möglich?«, flüsterte er.

Die Frau drückte das Mädchen an ihre Brust. »Der gute Meister Galen hat meiner Beatrice eine Medizin gegeben. Und dadurch wurde sie gesund.«

In der Menge summte und schwelte es. Aldebourne starrte das Mädchen an, als sei es von den Toten auferstanden. »Ist das wahr?«, fragte er.

Dr. Parrett untersuchte das Mädchen nun gründlicher. »Sie litt gestern noch an der Pest«, sagte er zu Melchior. Sein Gesicht war fassungslos. »Sie stand bereits an der Schwelle des Todes.«

Langsam wandte Melchior sich zu Galen um. »Ein Wunder.«

»Ein Zufall«, sagte Henry, der irgendwie erschüttert wirkte.

Galen schüttelte den Kopf, als sei er über eine falsche Antwort eines seiner Studenten enttäuscht. Henry schien nicht zu merken, dass die Menschen ihn nun mit den gleichen bitterbösen Blicken bedachten wie eben noch Meister Aldebourne.

»Bei allem Respekt, John«, sagte Henry zu Dr. Parrett, »es gibt keine Heilung für die Pest. Bei dem Mädchen muss eine falsche Diagnose vorgelegen haben.«

Dr. Parrett schüttelte den Kopf. »Ich versichere Euch, die Diagnose war richtig. Beatrice hatte Kopfschmerzen, Schweißausbrüche, sie musste sich erbrechen und hatte Bauchschmerzen. Sie lag im Delirium und die Krämpfe hatten bereits eingesetzt. Und auf ihrer Brust war ein eindeutiges Zeichen: ein roter Ausschlug, genau wie bei …« Er unterbrach sich mit einem Blick auf Aldebourne. »Wie bei so vielen anderen«, beendete er seinen Satz.

Melchiors Augen lagen immer noch auf Galen. »Erstaunlich.« Etwas in der Stimme des Mannes ließ mich aufhorchen. Es lag ein Stachel darin, etwas Bissiges. Aber da seine Worte von der Maske gedämpft wurden, konnte ich nicht feststellen, was genau es war.

Zum ersten Mal wagten sich die Menschen, die an der Wand standen, einen Schritt vorwärts. »Wir sind gerettet!«, schrie einer und ein anderer nahm den Ruf auf.

»Also, Moment mal …«, setzte Henry an.

Meister Aldebourne stand auf. Er packte Galen am Arm. »Könnt Ihr der Pest wirklich Einhalt gebieten?«

Galen legte seine Hand auf die des Stadtrats. Zum ersten Mal seit Ausbruch der Pest erlebte ich es, dass sich Fremde ohne Scheu berührten.

»Das kann ich«, sagte er. »Ich schwöre es bei meinem Leben.«

Aldebourne starrte ihn an, als ob er nicht genau wusste, ob der Apotheker echt war oder bloß eine Erscheinung. »Meine andere Tochter Annabelle. Sie ist auch erkrankt.«

»Dann bringt mich zu ihr«, sagte Galen, »und ich werde Euch beweisen, was ich vermag.«

Kapitel 12

Alle kamen mit. Galen führte die Menge an und ging mit dem Stadtrat voraus. Tom und ich folgten, neben uns Dr. Parrett. Hinter uns stapfte Henry, der mit hochrotem Gesicht irgendetwas vor sich hin murmelte.

Mir schwirrte der Kopf. Ich wusste nicht, wohin mit meinen Gedanken. *Eine Medizin gegen die Pest.*

Eine echte Medizin?

Auf dem Markt hatte ich bewundert, wie Galen den Schwindel des Quacksalbers aufgedeckt hatte. Seine Verachtung für den falschen Arzt erinnerte mich an meinen Meister, der sich auch immer über diese Scharlatane aufgeregt hatte. Galens Behauptung, er hätte selbst eine wirksame Medizin, hatte ich allerdings keine Bedeutung beigemessen. Aber als Dr. Parrett erklärte, das Mädchen sei von der Pest geheilt, war ich so verblüfft – und voller Hoffnung –, dass ich völlig vergaß, warum ich überhaupt ins Rathaus gekommen war.

Melchior. Auch er war dabei. Er ging neben der Menge, bewacht von seinen Männern. Der Pestarzt war nach seiner Vision wieder völlig zu Kräften gekommen. Er schritt aus und der Ledermantel wölbte sich wie ein Segel um seine Beine, während Rauch seinen Kopf umwölkte.

Nachdem er seine Prophezeiung ausgesprochen hatte, schien er das Interesse an mir verloren zu haben. Seine ganze Aufmerksamkeit galt Galen. Da sein Gesicht von der Maske völlig verhüllt war, konnte ich nicht erkennen, was er dachte.

Ehrlich gesagt war ich froh, dass er nicht weiter auf mich achtete.

Das Gleiche galt für seine Männer. Auch sie würdigten mich keines Blickes. Ich dagegen betrachtete sie genau und hielt Ausschau nach jemandem, der mir bekannt vorkam. Keiner passte auf Dorothys Beschreibung von dem Dieb in Blau, aber Kleidung konnte man problemlos wechseln. Ich sah unter ihnen auch nicht die beiden Männer, die im Laden gewesen waren.

Das hieß, dass Melchior mehr als acht Gefolgsleute hatte. Mindestens noch zwei mehr – die aus dem Laden – und der Dieb selbst, der, da ich sein Gesicht nicht kannte, jeder x-Beliebige hätte sein können. Ich fragte mich, wie viele Anhänger Melchior um sich versammelt hatte, und das lenkte mich kurz von der Prophezeiung ab, die mir immer noch im Kopf herumschwirrte.

Jemand, den du liebst, wird sterben.

»Er ist erstaunlich, nicht wahr?«

Dr. Parrett nickte zu Melchior und seinen Männern. Er hatte bemerkt, dass ich die Gruppe betrachtet hatte.

Ich sprach so leise, dass nur Dr. Parrett, Tom und Henry mich hören konnten. »Warum sieht er so komisch aus?«

»Die Gewandung?«, sagte Dr. Parrett. »Dergleichen tragen die Pestärzte auf dem Kontinent. Es soll eine Ansteckung verhindern. Das Leder schützt die Haut und die aromatischen Kräuter in dem Schnabel reinigen die Luft. Allerdings ist Melchiors Maske in der Tat ungewöhnlich.« Er betrachtete den Pestarzt voller Interesse. »Ich habe noch nie eine gesehen, aus der Rauch quillt.«

»Warum tragt Ihr nicht auch so was?«, wollte Tom wissen.

Dr. Parrett zuckte mit den Schultern. »Ich bin nicht sicher, ob es tatsächlich wirkt. Pestärzte stecken sich trotzdem an, und zwar nicht wenige. Außerdem kann ich mir nicht vorstellen, in dieser Gewandung jemanden zu behandeln. Allein meine Erscheinung könnte meinen Patienten in Angst und Schrecken versetzen und solcherart die Körpersäfte weiter ins Ungleichgewicht bringen. Mein Sohn hat eine Heidenangst vor ihm.«

Henry hörte kurz mit seinem Gebrummel auf und nickte. »Mir läuft auch ein Schauer nach dem anderen über den Rücken.«

Tom nickte ebenfalls, obwohl ich nicht wusste, was ihn mehr ängstigte: Melchiors Äußeres oder dass Dr. Parrett von seinem toten Sohn sprach.

»Trotzdem sind Melchiors Dienste höchst willkommen«, versicherte uns Henry.

»Ja«, sagte Dr. Parrett. »Aber es ist seine Gabe, die ihn so herausragend macht.«

Jetzt lief mir ein Schauer über den Rücken. »Hat er wirklich den Tod von Meister Aldebournes Tochter vorhergesehen?«

»Nicht direkt«, sagte Dr. Parrett. »Er meinte lediglich, dass die Pest jemanden hinwegraffen würde, der Aldebourne nahestand.«

»Seine Weissagungen über Meister Dench haben sich ebenfalls erfüllt«, warf Henry ein.

Dr. Parrett schüttelte den Kopf. »Lasst euch eins gesagt sein, Jungs: Hört zu, wenn Melchior spricht.«

Mein Magen verknotete sich, als Henrys Augen zu mir hinzuckten. Mir war schon aufgefallen, dass er gebührenden Abstand zu mir hielt.

»Kann das nicht auch einfach ein Zufall sein?«, sagte ich hoffnungsvoll. »Ich meine, es sterben doch im Moment so viele Menschen. Wenn man irgendwelche Voraussagen macht, wen es ungefähr trifft, dann kann man doch gar nicht danebenliegen, nicht wahr?«

Dr. Parrett lächelte. »Du klingst wie Benedict. Normalerweise würde ich dir zustimmen: Während eines so verheerenden Ausbruchs wäre es ein Leichtes, Todesfälle vorauszusagen. Niemand würde sich etwas dabei denken, wenn nicht alle Prophezeiungen zuträfen. Aber das ist das Besondere an Melchior: Er hat sich noch nie geirrt. Nicht ein einziges Mal.«

Mir wurde übel.

Dr. Parrett nickte zu den Männern, die Melchior umringten. »Sein Erfolg hat ihm viele Jünger beschert. Er predigt sogar zu ihnen in einer der verlassenen Kirchen.«

»Er predigt?«, wiederholte Tom. »Ich dachte, er wäre Pestarzt.«

»Das stimmt auch. Aber weil so viele Pastoren die Stadt verlassen haben, fehlt es an geistlicher Unterweisung. Viele einfache Leute besteigen die Kanzel und sprechen ihren Brüdern und Schwestern Mut zu. Ich glaube, Melchior ist bestens dafür geeignet, eine solche Lücke zu füllen. Ich habe gehört, dass die Kirche bei seinen Predigten brechend voll ist.«

»Was predigt er denn?«

»Ich weiß es nicht. Ich wollte schon längst mal hingehen, aber meine Pflichten haben es bisher nicht erlaubt.« Mit abwesendem Blick schaute Dr. Parrett in den Himmel. »Ich habe von solchen Menschen gehört, die von Gott mit der Gabe der Voraussicht gesegnet wurden. Die Pest lockt naturgemäß die Schwarzseher auf die Straßen, aber Melchior … es ist, als sei er nicht von dieser Welt. Ich habe so etwas wie ihn erst ein Mal erlebt, während der Pest von 1652 in Paris.« Seine Augen waren klar, als er sich zu mir drehte. »Damals habe ich deinen Meister kennengelernt.«

Ich blinzelte. »Tatsächlich?«

»Ja. In diesem Jahr breitete sich die Pest in der französischen Hauptstadt aus, und viele glaubten, London sei als Nächstes dran. Ich fuhr nach Paris, weil ich keinerlei Erfahrung in der Behandlung von Pestkranken hatte und die neuesten Techniken lernen wollte. Ich wurde dort zu einem Abendessen eingeladen und Benedict war ebenfalls da. Schon komisch, nicht wahr? Wir wohnten nur ein paar Häuserblocks voneinander entfernt, und doch mussten wir in ein fremdes Land reisen, um uns zu begegnen.«

»Warum war er in Paris?«, fragte ich gebannt.

»Dein Meister hat zu dieser Zeit viele und lange Reisen unternommen. Ich kann mich noch gut daran erinnern, wie besessen Benedict damals von dieser Seuche war. Er war entschlossen, eine Heilmethode zu entwickeln. Der Gastgeber an jenem Abend war seit Langem ein Freund deines Meisters. Er erzählte mir, dass diese Besessenheit mit einem Ereignis aus der Vergangenheit zu tun hatte, mit einem früheren Lehrling, glaube ich. Ah, da sind wir.«

Ich runzelte die Stirn. Meister Benedict und besessen von der Pest? Seit wann? Ich wollte noch mehr von Dr. Parrett erfahren, aber Stadtrat Aldebourne entriegelte bereits die Haustür.

Melchior folgte ihm nach drinnen, ebenso wie Dr. Parrett. »Ihr bleibt hier«, sagte er zu uns.

»Als ob er uns das erst sagen müsste«, murmelte Tom fassungslos.

Auch Galen blieb draußen und wartete auf die Diagnose der Pestärzte. Der Apotheker hatte kein Wort gesprochen, seit wir das Rathaus verlassen hatten. Er stand mit verschränkten Armen da und starrte stumm zu Boden. Das Flüstern der Menge schien er nicht zu bemerken.

Henry wirkte wütender als je zuvor. Als die Ärzte im Haus verschwunden waren, durchbohrte er den Mann mit seinen Blicken.

»Mr Cole?«, sagte ich.

»Ja?«, antwortete Henry, ohne Galen aus den Augen zu lassen.

»Warum glaubt Ihr nicht an Galens Medizin?«

»Hat John nicht gesagt, du seist ein Apothekerlehrling? Hat dein Meister nicht auch Ärger mit diesen Quacksalbern?«

»Mein Meister ist tot, Sir«, sagte ich und trat mit der Stiefelspitze in den Staub. »Seit ein paar Monaten.«

»Oh.« Henry blickte mich beschämt an. »Das tut mir leid, mein Junge. Das wusste ich nicht. War es die Pest?«

Tom gab ihm Antwort, so musste ich es nicht tun. »Er wurde vom Kult des Erzengels ermordet.«

Henry wirkte überrascht. »Der Kult des … Moment mal. John meinte, der Name deines Meisters sei Benedict gewesen. Doch nicht Benedict Blackthorn?«

»Ihr habt ihn gekannt?«, sagte ich.

»Ich habe nur von ihm gehört. Sein Ruf eilte ihm weit voraus. Was für ein Verlust für die Stadt! Besonders jetzt. Hat er dir sein Wissen darüber weitergegeben?«

»Worüber?«

»Über die Pest natürlich.«

Jetzt war ich gründlich verwirrt. »Darüber haben wir nie geredet.«

»Aber Benedict Blackthorn war eine Koryphäe in Sachen Pest«, erklärte Henry ratlos. »Das muss er doch mit dir besprochen haben. Seine Forschungsarbeiten, seine Suche nach Arzneien, seine Untersuchung von ähnlichen Krankheiten und deren Heilmethoden, die Kräuter, von denen er glaubte, sie begünstigen oder lindern Symptome der Pest …«

Ich schüttelte den Kopf. Henry runzelte die Stirn. »Ich hätte schwören können, dass Blackthorn ein wahrer Experte war«, sagte er. »Na ja, vielleicht bin ich nicht auf dem neuesten Stand. Ich war während dieser Erzengel-Morde nicht in der Stadt. Eigentlich habe ich seit der letzten Pest gar nicht wirklich in London gelebt. Ich bin erst vor zwei Monaten wieder zurückgekehrt und habe die Stelle bei Meister Aldebourne angenommen, als sein Sekretär an der Pest gestorben war.«

»Ihr seid *nach London* zurückgekehrt?«, fragte Tom. »Ausgerechnet jetzt?«

»Aber natürlich«, sagte Henry stolz. »Auf meine Weise bin ich auch ein Pest-Experte. Ich weiß, dass ich mich mit Ärzten wie Melchior oder John nicht messen kann, aber es ist unsere Pflicht, unsere Talente in den Dienst der Allgemeinheit zu stellen, und ich habe ein Talent für Zahlen. Ich reise von Stadt zu Stadt und helfe oft in Zeiten der Krise. Denn wenn die Pest ausbricht, kann eine gut verwaltete Stadt Leben retten – besonders das der Ärmsten der Armen. Wenn man den Mittellosen die Wohltätigkeit wegnimmt, sterben sie wie die Fliegen.

Genau das ist mein Problem mit Galen. Die Pest zieht Scharlatane und Betrüger an wie die Ernte die Heuschrecken. Sie kommen in Scharen und schwatzen den Menschen ihre Wundermittel auf, mit denen man nicht einmal einen Pickel heilen könnte. Ich habe es immer und immer wieder erlebt – und gleich werden wir es gemeinsam erleben, das versichere ich dir.«

»Aber Galen hat gegen die Quacksalber auf dem Markt gewütet«, sagte ich. »Und er will kein Geld für seine Medizin.«

Henry kratzte sich am Kopf. »Das ist ungewöhnlich, ich geb's zu. Als er in mein Büro kam, verlangte er nichts für sich selbst. Er wollte nur, dass die Stadt die Zutaten für seine Medizin kauft, damit er sie für die Leidenden herstellen könne.«

»Also, wenn er niemanden betrügt …«, begann ich.

»Dann hat er eine wirksame Medizin? Unmöglich.«

»Warum?«

»Weil es so etwas nicht gibt«, sagte Henry schlicht. »Ich habe diese Seuche oft genug erlebt, und ich weiß, dass es das Werk von Mächten ist, die sich unserer armseligen Versuche und Bemühungen entziehen. Alles, was wir tun können, ist das Leiden zu lindern.«

Die Tür zu Stadtrat Aldebournes Haus öffnete sich. Melchior kam heraus und ging zu seinen Männern. Zwei von ihnen reichte er einen kleinen Gegenstand. Ich konnte nicht erkennen, was es war. Die Männer betrachteten ihn einen Moment, dann gingen sie davon.

Dr. Parrett trat zu uns. »Es ist, wie Meister Aldebourne gesagt hat. Seine Tochter hat die Pest. Wir müssen das Haus umgehend versiegeln.«

Henry wirkte bestürzt. »Lieber Gott«, sagte er. Dann nickte er einer Gruppe von Männern zu, die uns zum Haus gefolgt waren.

Sie hatten alles dabei, was sie brauchten, und machten sich sogleich daran, die Erdgeschossfenster mit Planken zu vernageln. Die Tür wurde nicht verbarrikadiert, aber ein Mann malte ein großes rotes Kreuz darauf. Darüber schrieb er die Worte, die auf so vielen Türen der Stadt prangten:

Dr. Parrett reichte Henry die Hausschlüssel. Der Sekretär stellte zwei seiner Männer ab. Einer von ihnen würde tagsüber an der Tür Wache stehen, der andere nachts. Sie waren dafür verantwortlich, dass die Familie im Haus blieb; von diesem Moment an durften lediglich Ärzte, Pfleger oder Apotheker das Haus verlassen. Jeder sonst, der hineinging, würde mit dem Rest der Familie unter Quarantäne gestellt werden.

Der Stadtrat beobachtete diese bedrückende Prozedur von der Haustür aus. Galen sprach ihn an. »Habt keine Angst. Ich werde Annabelle heilen. Darauf gebe ich Euch mein Wort.« Und damit ging er ins Haus.

Melchior wandte sich an Dr. Parrett. »Das möchte ich mir ansehen«, sagte er, und sowohl er als auch Dr. Parrett folgten dem Apotheker durch die Tür.

»Ich will das auch sehen«, sagte ich zu Tom.

Tom packte mich an der Schulter. »Wenn du auch nur den Versuch machst, da reinzugehen, dann schmeiße ich dich zu Boden und setze mich auf dich.«

»Ich meinte doch durch's Fenster. Komm mit.«

Eine Leiter zu finden war einfach. Vier Häuser in der näheren Umgebung waren bereits versiegelt, auf allen Türen leuchtete das rote Kreuz mit der Inschrift. Wo immer das geschah, stellten die Wachen Leitern bereit, denn der sicherste Weg, den Kranken Nahrungsmittel oder sonstige Dinge zu bringen, war über die Fenster in den oberen Stockwerken.

Sich mit Quarantäne-Wachen anzulegen war nicht ratsam. Sie waren nicht sonderlich beliebt. Alle hatten Angst vor den Totenkarren, aber noch mehr verabscheuten es die Menschen, wenn ihre Nachbarn in ihren Häusern eingeschlossen wurden, wo sie fast unweigerlich starben. Dazu kam, dass die Wachen in dem Ruf standen (und zwar nicht grundlos), Raufbolde, Säufer und Tagediebe zu sein. Selbst die tugendhaften und ehrlichen Männer in ihren Reihen mussten stets darauf gefasst sein, bei Fluchtversuchen von den Pestkranken angegriffen zu werden. Tom und ich hatten mit eigenen Augen eine solch schreckliche Attacke mitangesehen. In meiner Straße brachen ein Anwalt und seine Frau aus ihrem Haus aus, indem sie den Wachmann mit Schießpulver überschütteten und anzündeten. Der arme Mann hatte schreiend auf dem Pflaster gelegen. Seine Verletzungen waren so schwer gewesen, dass wir nicht mehr tun konnten, als ihm Mohnsaft einzuflößen, damit er ohne Schmerzen von dieser in die nächste Welt übertreten konnte.

Der Pestwächter vor dem Nachbarhaus der Aldebournes beäugte uns misstrauisch, als wir uns seine Leiter ausborgen wollten. Er gab sie uns nur widerstrebend, immerhin trug er die Verantwortung dafür, aber wir versprachen, sie ihm wiederzubringen, und als er sah, in welcher Gesellschaft wir uns befanden, konnte er schlecht ablehnen. Wieder bei Aldebournes Haus angekommen, kletterte ich die Leiter hoch und spähte durch ein Fenster im dritten Stock.

Der Stadtrat stand in der Ecke, dicht an einen Schrank gepresst, als ob er am liebsten hineingeklettert wäre. In den Armen hielt er eine schluchzende Frau, vermutlich seine Gemahlin. Beide starrten auf das Bett, in dem ihre Tochter lag.

Das Mädchen sah entsetzlich aus. Das lange dunkle Haar war feucht und klebte an dem schweißnassen Gesicht. Die Wangen waren bleich, die Augen eingesunken. Sie hatte die Hände auf den Bauch gelegt, krümmte sich und erbrach sich in einen Nachttopf.

Dr. Parrett hielt sie dabei fest. Im Delirium faselte Annabelle unzusammenhängendes Zeug, aber Dr. Parrett nickte, als ergäben ihre Worte einen Sinn, und sprach beruhigend auf sie ein.

Galen stand am Kamin und hatte mir den Rücken zugekehrt. Melchior stand allein in der Ecke gegenüber dem Stadtrat und schaute zu. Der Feuerschein spiegelte sich auf den Linsen in seiner Maske. Es sah so aus, als würde er innerlich brennen.

Tom stieg hinter mir die Leiter hoch. Eine Sprosse unterhalb von mir blieb er stehen, aber er war groß genug, um mir trotzdem über die Schulter blicken zu können. Er machte ein würgendes Geräusch. »Das ist … das ist …«

Einen Augenblick lang dachte ich, er würde Melchior anschauen. Dann jedoch wurde mir klar, was ihn so erschüttert hatte: Aldebournes Tochter sah genauso aus wie Cecily, seine älteste Schwester. Lange dunkle Haare, ein rundes Gesicht, helle Haut, hübsche Augen. Selbst das Nachthemd, das sie trug, war dem von Cecily zum Verwechseln ähnlich.

»Ich will das nicht sehen«, sagte Tom und kletterte wieder nach unten. Ich wollte ihm schon nachgehen – er sah wirklich aus, als könnte er jetzt einen Freund gebrauchen, und ich wollte ihn nicht allein da stehen lassen –, aber dann rückte Galen ein Stück zur Seite, und ich erkannte, was er tat.

Er hatte einen Topf Wasser über das Feuer gehängt. Es kochte und er schüttete das Wasser in einen schweren Becher. Und dann zog er unter seinem Gürtel einen kleinen schwarzen Lederbeutel hervor.

Melchior drehte sich ebenfalls zu Galen. Wir beide schauten zu, wie Galen das Wasser umrührte, um es abzukühlen. Dann nahm er aus seinem Beutel eine ziemlich große Menge eines grauen Pulvers und schüttete es in den Becher. Dabei rührte er die ganze Zeit um.

Nach einer Weile reichte Galen Dr. Parrett den Becher. Seine Worte klangen durch die Glasscheibe gedämpft. »Gebt ihr das hier. Sie muss es ganz austrinken.«

Dr. Parrett setzte Annabelle auf. »Wie lange wird es dauern?«, fragte er.

»Weniger als einen Tag«, sagte Galen. »Noch vor Einbruch der Nacht wird es ihr besser gehen. Ihr werdet sehen.«

Dr. Parrett entdeckte mich am Fenster. Er kam zu mir, öffnete das Fenster aber nicht. »Ich bleibe hier bei Annabelle«, rief er durch die Scheibe. »Ihr solltet heimgehen. Ich komme in der Apotheke vorbei, wenn es etwas zu berichten gibt.«

Ich verabschiedete mich von ihm und stieg die Leiter wieder nach unten. Tom stand allein an einer Ecke von Stadtrat Aldebournes Haus, die Hände wie zum Gebet gefaltet. Als ich zu ihm gehen wollte, hielt Henry mich zurück.

»Und? Was ist passiert?«, fragte er.

Ich erzählte ihm, was ich gesehen hatte.

»Das ist alles?«, sagte Henry. »Ein gräuliches Pulver? Das soll die Pest aufhalten?« Er warf die Arme in die Luft, drehte sich um und ging.

Ich konnte seine Reaktion nachvollziehen. Aber Henry war kein Apotheker. Er wusste nicht, dass nichts, was wir herstellen, jemals beeindruckend aussieht. In der Schärpe unter meinem Hemd steckten allerdings ein Fläschchen mit einem unscheinbaren gelben Öl, das sich durch Eisen fressen konnte, und ein halbes Dutzend kleiner schwarzer Bohnen, deren Verzehr innerhalb weniger Minuten den Tod brachte. Wir konnten niemanden mit Magie blenden. Der Segen – und der Fluch – in unseren Heilmitteln wirkte im Verborgenen.

Wenn diese Arznei wirklich funktionierte, dann war das Mädchen da oben im dritten Stock erst der Anfang. Zehntausende und noch viel mehr konnten gerettet werden.

Eine Welt ohne die Pest.

Ich dachte an Meister Benedict und wünschte, er könnte es noch erleben.

Kapitel 13

Wir gingen heim, und als wir zur Apotheke kamen, hörten wir etwas, was ich dort noch nie zuvor gehört hatte.

Tom legte den Kopf schräg. »Sag mal … *singt* da jemand?«

Es kam vom Kamin. Über die hintere Kante des Ausstellungstischs ragten zwei mit Nägeln beschlagene Schuhe, die im Takt des Liedes wippten. »*Ach, lieber Igel, lass mich leeeeben … ich will dir meine Schwester geeeeben …*«

»Sally?«, sagte ich.

Ihr Kopf schob sich um das Tischbein herum. »Hallo«, sagte sie fröhlich. Ihre grünen Augen leuchteten. Sie lag rücklings auf meiner Strohmatratze, die Beine hochgelegt und mit den Fersen an der Tischkante eingehakt. Bridget hockte auf ihrer Brust.

Sally fing wieder an zu summen. Dann sagte sie: »Ich mag deinen Vogel.« Bridget schien die Musik zu genießen. Sie hatte die Augen halb geschlossen und rührte sich nicht.

»Ist das die Wirkung des Mohnsafts?«, flüsterte Tom ratlos.

»Ich glaube, so ist sie immer«, flüsterte ich zurück. Ich ging um den Tisch herum. »Warum liegst du so da?«

»Meine Brust tut nicht so weh, wenn ich die Beine hochlege«, sagte sie.

Nachdem die Wirkung des Tees verflogen war, waren natürlich die Schmerzen zurückgekehrt. Ihr ständig Mohn einzuflößen wäre gefährlich gewesen, daher bat ich Tom, mir bei der Herstellung eines Aufgusses mit Weidenrinde zu helfen. Sally trank den Sud, und Tom fiel plötzlich ein, dass er am Verhungern war, woraufhin er sich über den restlichen Honigkuchen hermachte. Ich hatte auch Hunger. Bei der ganzen Herumrennerei hatten wir das Mittagessen verpasst. Ich setzte mich neben Tom auf den Tresen und schnitt von dem Käselaib, den ich auf dem Markt gekauft hatte, einige Scheiben ab. Sally blieb auf der Strohmatratze liegen.

»Willst du was davon?«, fragte ich.

»Ach, schon gut«, sagte sie. Ihr knurrender Magen sagte etwas anderes.

Ich rettete das letzte Stück Honigkuchen vor Toms gierigen Händen und reichte es Sally auf einem Teller, zusammen mit etwas Käse. »Nimm dir noch mehr, wenn du möchtest.«

Sie schüttelte den Kopf. »Das reicht, vielen Dank.« Aber sie leerte ihren Teller noch schneller als Tom. Als ich eine weitere Käsescheibe darauflegte, zögerte sie.

»Wir sind hier nicht in Cripplegate«, sagte ich. »Hier darfst du einen Nachschlag bekommen. Schau *ihn* an.« Und dabei deutete ich auf Tom.

Tom grunzte protestierend, obwohl er sein Messer schon wieder im Käse versenkt hatte. Sally blickte zu Tom und dann wieder zu mir.

»Ich zahl's dir zurück.«

»Natürlich.«

In Wahrheit hatte sie bereits angefangen, es mir zurückzuzahlen, noch bevor ich überhaupt heimgekommen war. Nachdem sie aufgegessen hatte, nahm sie Nadel und Faden und ein paar Wollhosen, die neben der Matratze lagen, und stichelte daran herum. Dabei summte sie vor sich hin.

Das waren meine Hosen. »Was machst du da?«

»Deine Sachen sind dir zu kurz geworden«, sagte sie. »Ich lasse die Säume heraus.«

Ich wurde rot. Neben Tom fühlte ich mich nie groß. Aber ich war über den Sommer gute vier Zentimeter gewachsen und langsam wurden mir meine Kleider zu klein. Wenn Meister Benedict noch gelebt hätte, hätte er mir etwas Neues zum Anziehen gekauft – und dabei unentwegt darüber geklagt, dass die Jungen in Cripplegate nicht lernten, wie man näht. Hosen hatte ich besonders nötig. Meine zwickten mittlerweile da, wo es sehr unangenehm werden konnte.

»Und überall sind Löcher«, sagte Sally tadelnd.

Ich musste wirklich besser auf meine Kleidung achten. »Danke«, sagte ich verlegen.

»Ich hab dir doch gesagt, dass ich dir helfen kann«, trällerte sie. »Außerdem bist du Lehrling in einem sehr wichtigen Laden. Du solltest nicht mit Löchern in den Hosen herumlaufen.« Sie steckte ihre Hand in das Hosenbein und schob wackelnd ihren Finger durch einen großen Riss am Hinterteil.

»Aber …« Ich drehte mich zu Tom um, der sich immer noch mit Käse vollstopfte. »Die hatte ich doch gestern noch an.«

»Ich weiß«, sagte er.

»Hast du das Loch nicht gesehen?«

»Doch, natürlich.«

»Und warum hast du nichts gesagt?«

»Weil ich's lustig fand.«

Sally kicherte.

Ich plusterte mich auf. »Du …«

»Denk an die Hausrauchmaschine«, sagte Tom spitz. »Ich glaube, jetzt sind wir quitt.«

»Noch nicht ganz. Aber bald.« Ich zog eine Phiole aus der Schärpe unter meinem Hemd und hielt sie hoch.

Tom beäugte das Fläschchen misstrauisch. »Was ist das?«

»Rizinusöl.«

Er riss die Augen auf. »Das würdest du doch nicht machen!«

»Ach nein?« Ich ging in den Arbeitsraum und stapfte dann die Treppe hoch. »Ich hoffe, du genießt dein Abendessen«, sagte ich noch über die Schulter.

Ich ließ Tom im Ungewissen, ob er sich auf eine Runde Dünnpfiff gefasst machen musste oder nicht. Aber das war nicht der Grund, warum ich nach oben ging. Ich wollte nicht, dass die anderen merkten, wie wenig ich gegessen hatte.

Bei der ganzen Aufregung um eine Heilmethode gegen die Pest hatten wir etwas Wesentliches vergessen: Ich hatte immer noch kein Geld. Wenn ich jetzt auch noch Sally durchfüttern musste, führte kein Weg an der Rationierung der Vorräte vorbei.

Ich hätte es aussprechen sollen, aber es war mir irgendwie unangenehm. Tom freute sich immer so auf das Essen. Und ich wollte Sally wirklich das Gefühl geben, dass es hier anders war als in Cripplegate. Vor drei Jahren hatte Meister Benedict mich hergebracht, hatte mir ein Zuhause gegeben, in dem ich mich sicher und willkommen fühlte. Ich wollte gerne für Sally das Gleiche tun, selbst wenn es nur für kurze Zeit war.

Ich seufzte. Vermutlich benahm ich mich töricht. Tom begriff die Situation sehr gut, und ich war mir sicher, dass auch Sally es verstehen würde. Aber ich wollte nicht mit ihnen darüber reden, weil ich mir dann wie ein vollkommener Versager vorkommen würde. Tom und ich waren ins Rathaus gegangen, um den Mann zu finden, der bei mir eingebrochen hatte. Wir waren mit leeren Händen zurückgekommen. Mehr noch: Ich hatte keine Ahnung, was ich als Nächstes tun sollte.

Und einmal ganz abgesehen von einer möglichen Wirkung des Heilmittels machte ich mir ernsthaft Sorgen: über Melchior, seine Prophezeiung, seine Vorhersage über jemanden, der mir nahestand. Und über die Diebe in den Reihen von Melchiors Gefolgsleuten.

Meine Gedanken drehten sich im Kreis. Wenn ich nur wüsste, was die Männer gestohlen hatten, dann könnte ich vielleicht dahinterkommen, was das alles zu bedeuten hatte. Tom hielt es immer noch für unwahrscheinlich, dass sie den Schatz meines Meisters an sich genommen hatten, aber ich konnte mir keinen anderen Grund vorstellen, warum sonst jemand hier im Laden herumschnüffelte. Selbst wenn die beiden Männer Isaac und mich nicht belauscht hatten, hatte der Dieb doch ganz bestimmt den Brief mit der entschlüsselten Botschaft auf dem Arbeitstisch gefunden. Und Lord Ashcombe hatte behauptet, dass dieses Verbrechen gut durchdacht war. Es stand außer Zweifel, dass der Dieb *irgendetwas* von meinem Meister gewollt hatte.

Aber was? Gold, wie ich ursprünglich gedacht hatte? Ein Rezept, wie der Beschützer des Königs vermutete?

Oder war es etwas ganz anderes?

Mir fiel der Hinweis ein, den mein Meister mir gegeben hatte: *Studiere unsere Vögel.*

Ich hatte immer noch keine Ahnung, was er damit meinte. Ich wanderte in den oberen Stockwerken herum und wühlte ein bisschen in den Bücherstapeln, in der Hoffnung, dass ich auf irgendetwas stoßen würde. Und ich stieß tatsächlich auf etwas: Über einen Folianten krabbelte eine sehr, *sehr* große Spinne.

Nachdem die erste Panikattacke vorbei war und ich erfolgreich mein Verlangen unterdrückt hatte, schreiend wegzurennen, atmete ich ein paar Mal tief durch, nahm ein Glas, stülpte es über die Spinne und setzte sie so gefangen. Ich mochte diese ekligen Viecher nicht, aber die Körperteile der Spinne, ihre Beine, Haare und das Spinnengift, waren wertvolle Apothekerzutaten.

Ich schaute, wie sie versuchte, aus ihrem Gefängnis zu entkommen. Und dabei fiel mein Blick auf das Buch, auf dem sie saß. Mit einer Hand das Glas festhaltend, zog ich das Buch unter ihr weg.

Italienische Pestheilmittel.

Das Buch rief mir Henrys Behauptung wieder ins Gedächtnis: *Benedict Blackthorn war ein Experte in Sachen Pest.*

Dr. Parrett hatte etwas ganz Ähnliches gesagt: *Ich kann mich noch gut daran erinnern, wie besessen Benedict damals von der Pest war. Es hatte mit einem Ereignis aus der Vergangenheit zu tun, mit einem früheren Lehrling, glaube ich.*

Mir wurde klar, dass ich durchaus mehr über diese angebliche Besessenheit herausfinden konnte. Denn Meister Benedict hatte sich nicht nur Notizen über seine Studien und seine Experimente gemacht. Er hatte auch Tagebuch geführt und seine Gedanken und die Ereignisse des Alltags aufgeschrieben. Ich hatte sie nach seinem Tod entdeckt, unter Büchern verborgen, die er seit Jahren nicht mehr angerührt hatte.

Die Tagebücher reichten weit in die Vergangenheit zurück, bis zu der Zeit, als er selbst als Lehrling zu seinem ersten Meister kam, einem Mann namens Allan Wade, der unter dem großen John Parkinson gearbeitet hatte, dem Apotheker von König James I. und dem Gründer unserer Gilde. Das erste Tagebuch, das ich fand, stammte aus dem Jahr 1624, als er in meinem Alter gewesen war. Es war ein merkwürdiges Gefühl, sich Meister Benedict als Lehrling vorzustellen.

Die Seiten, alt und vergilbt, waren durch die Worte meines Meisters mit Leben erfüllt. Seine Handschrift war damals noch ganz anders, die eines jungen Mannes, nicht so glatt und geschwungen, wie sie später geworden war. Als ich dieses Tagebuch entdeckte, hatte ich es verschlungen, war fasziniert gewesen von dem vierzehnjährigen Benedict Blackthorn, der sich darüber beklagte, dass er immer die Böden schrubben musste! Aber schon bald verwandelte sich der Honig seiner Worte in meinem Mund zu Asche, weil ich ihn so sehr vermisste. Ich musste das Buch weglegen und das Zimmer verlassen. Seitdem war ich nur noch einmal zurückgekehrt, in einer schlaflosen Nacht, und hatte bei Kerzenlicht weitergelesen. Aber ich war nur ein paar Seiten weit gekommen, ehe mich wieder diese Traurigkeit packte. Danach hatte ich es aufgegeben.

Aber jetzt hatte ich ein Ziel. *Ein früherer Lehrling.*

Ich dachte daran, was Isaac mir gesagt hatte: In diesem Jahrhundert hatte es bereits drei Pestausbrüche gegeben: 1603, 1625 und 1636. Meister Benedict war 1610 geboren, 1625 war er also fünfzehn Jahre alt und immer noch Lehrling gewesen. Aber 1636 war er schon selbst ein junger Meister.

Mit einem eigenen Lehrling?

Ich quetschte mich zwischen die Stapel, wo er seine Tagebücher aufbewahrte. Ich blätterte sie durch und suchte nach Einträgen aus dem Jahr 1636. Aus diesem Jahr fand ich drei Bände, in die er täglich hineingeschrieben hatte.

Die Pest entwickelt sich am besten in den warmen Monaten, daher blätterte ich bis zum Sommer vor. Meister Benedict notierte, dass die Seuche im Juni Fahrt aufnahm, obwohl ich aus seinen Berichten schloss, dass der damalige Ausbruch nichts war im Vergleich zu dem heutigen. Es kamen nicht einmal ein Zehntel so viele Menschen zu Tode. Aber trotz der niedrigeren Todesrate wurde das Haus meines Meisters von der Pest heimgesucht. Jemand starb.

George.

George Staple. Ich erinnerte mich wieder. Ich hatte Meister Benedict einmal nach seinen früheren Lehrlingen gefragt. Vor mir hatte es drei gegeben. Einen kannte ich: Hugh Coggshall, der später sein Freund wurde und auf der Suche nach dem Feuer des Erzengels sein Leben verlor. Die anderen beiden waren George Staple, sein erster Lehrling, und Peter Hyde, sein dritter. Er hatte mir immer nur ihre Namen genannt. Jedes Mal, wenn ich nachfragte, hatte er das Thema gewechselt.

Der erste bedeutsame Eintrag war vom 2. Juli 1636. Nur eine einzige Zeile.

Mein Lehrling hat die Pest.

Die folgenden drei Tage hatte er nichts hineingeschrieben. Erst wieder am 6. Juli.

George ist gestorben. Ich habe alle Medizin ausprobiert, die ich finden konnte. Nichts hat geholfen.
Heute Morgen hörte ich von einer Arznei aus Newcastle, von der viele behaupten, sie würde wirken. Ich fragte nicht weiter nach, denn es hatte keinen Sinn mehr. George war nicht mehr zu helfen.
Der arme Junge hat solche Schmerzen gelitten. In seinem Delirium rief er nach seinem Vater. Ich brachte es nicht über mich, ihm zu sagen, dass sein Vater tot war. Stattdessen sagte ich: »Ich bin hier«, und hielt seine Hand, als ob er mein Sohn wäre.
Ich weiß, dass ich ihn nicht hätte anfassen dürfen. Aber das war mir egal. George war so ein lieber, freundlicher Junge. Das hat er nicht verdient. Niemand hat so etwas verdient.

Dieses Leiden muss ein Ende haben. Ich schwöre dir, Gott, ich werde ein Mittel gegen diese entsetzliche Krankheit finden. Morgen fahre ich nach Newcastle.

Ich wusste bereits, dass diese Reise nicht erfolgreich verlaufen war. Zwischen seinen Büchern und Tagebüchern hatte ich auch Notizen über Pestarzneien gefunden. Mein Blick fiel auf ein Bündel Pergament, das ich vor zwei Monaten gelesen hatte.

Ich nahm es zur Hand, und während ich durch die Seiten blätterte, hörte ich die Stufen knarren, dann schwere Schritte hinter mir.

»Ich würde dich nie vergiften«, sagte ich.

»Ich weiß.« Tom drückte sich zwischen den Bücherstapeln durch und setzte sich neben mich auf den Boden. »Ich dachte bloß, du könntest etwas Gesellschaft brauchen.«

Er hatte recht. »Schau dir das an«, sagte ich und drehte das Buch um, damit Tom es sehen konnte.

Meister Benedict hatte eine Liste mit allen bekannten Pestmitteln und angeblichen Heilmethoden aufgestellt. Alles nur Denkbare war aufgezählt, angefangen bei bekannten und gewöhnlichen Mitteln wie Venezianischem Theriak und Zugpflastern bis zu so absurden und grotesken Ratschlägen wie Hühner zu schlachten, zu rupfen und dann an die Füße des Patienten zu binden. Seite um Seite war gefüllt und dann mit dicken schwarzen Strichen durchgekreuzt worden. Und am Ende, am Fuß der letzten Seite, standen zwei Worte in Großbuchstaben.

ALLES NUTZLOS

»Das ist alles, was er zu diesen Heilmethoden sagt«, erklärte ich. »Nichts davon ist wirksam, was auch der Grund ist, warum ich mich mit vorsorgenden Maßnahmen wie der Hausrauchmaschine beschäftigt habe. Aber als ich diese Notizen zum ersten Mal las, war mir nicht klar, dass es meinen Meister Jahre gekostet haben muss, all diese Mittel herzustellen, sie zu testen und zu erkennen, dass sie nichts taugen. Dr. Parrett und Henry haben recht. Meister Benedict war tatsächlich davon besessen, ein Heilmittel für die Pest zu entwickeln. Und ich habe den Grund dafür herausgefunden.«

Ich zeigte Tom die Einträge im Tagebuch meines Meisters über den Tod seines Lehrlings. »Das ist ja schrecklich«, sagte Tom. »Aber warum interessierst du dich so dafür?«

»Wenn Meister Benedict ein Pest-Experte war, warum hat er dann nie mit mir darüber geredet?«

Wir hatten über alles gesprochen. Das fehlte mir vermutlich am meisten: die Gespräche, die Diskussionen. Aber in den drei Jahren, in denen ich bei ihm war, fand die Pest lediglich ein einziges Mal Erwähnung: letzten Dezember, als ein Komet am Himmel auftauchte.

Alle waren sich darüber einig, dass ein Komet ein böses Vorzeichen war und schreckliche Ereignisse verkündete. Einige sprachen gezielt von der Pest. Voller Sorge hatte ich meinen Meister danach gefragt, als wir abends am Tisch vor einem Teller Suppe saßen.

Er hatte eine Weile geschwiegen und in den Dampf geblickt, der von seinem Teller aufstieg. »Wir wissen nicht, was ein Komet uns sagen will.«

»Aber könnte es vielleicht bedeuten, dass uns eine Pestwelle bevorsteht?«, hatte ich wissen wollen.

Meister Benedict schwieg so lange, dass ich schon anfing zu

zweifeln, ob er überhaupt antworten würde. Endlich hatte er gesagt: »Wir sollten hoffen und beten, dass es nicht so ist.« Und danach hatte er kein Wort mehr darüber verloren.

Tom gab mir das Buch zurück. »Dr. Parrett hat deinen Meister 1652 kennengelernt. Der Lehrling starb 1636. Die Dinge ändern sich. Vielleicht hat sich dein Meister anderen Sachen zugewandt, hat angefangen, nach …«, er senkte die Stimme, »… nach dem Feuer des Erzengels zu suchen.«

»Vielleicht.« Trotzdem kam mir das Ganze ziemlich merkwürdig vor.

»Erzählst du mir eigentlich irgendwann mal, was passiert ist, als ich zusammen mit Dr. Parrett die Verletzten aus dem Rathaus gebracht habe?«

Ich schaute auf. »Was meinst du?«

»Ich habe dein Gesicht gesehen, als ich zurückgekommen bin. Etwas ist vorgefallen.«

Ich war mir nicht sicher, wie viel ich ihm sagen wollte. Stattdessen durchwühlte ich den Stapel auf der Suche nach einem anderen Blatt mit Notizen, einem, das ich vor längerer Zeit gelesen hatte. Ich fand es: eine zusammengebundene Pergamentrolle. Als ich sie Tom vor die Nase hielt, stöhnte er auf.

Über die Anderswelten und ihre Bewohner:
Engel, Teufel und andere Geschöpfe

»Nicht schon wieder«, sagte er.

»Hör doch mal zu«, sagte ich. Ich fuhr mit dem Finger über die Seite und las vor.

»Der Erzengel Michael ist Gottes rechte Hand, sein eifrigster Diener. Als göttlicher General führt er die Armeen des Herrn in die Schlacht gegen die Mächte der Hölle. Seine Kraft kommt aus Gott; sein heiliges

Feuer verbrennt die Niederträchtigen und die Dämonischen. Wenn wir diese Kraft nur für uns gewinnen könnten! Welche Wunder wir wirken würden!«

»Das hat Meister Benedict vor fast vierzig Jahren geschrieben«, sagte ich. »Damals war er selbst noch ein Lehrling, aber schon da versuchte er, etwas zu finden, das noch nie zuvor jemand gefunden hatte.«

»Und was hat das mit der Sache im Rathaus zu tun?«, fragte Tom.

»Melchior wusste Bescheid«, sagte ich. »Er wusste über das Feuer des Erzengels Bescheid.«

Tom blieb der Mund offen stehen. »Das hat er gesagt?«

»So was in der Art. Ich glaube nicht, dass er direkt etwas über das Feuer wusste. Aber er wusste, dass ich etwas getan hatte. Er meinte, ich sei mit einem Engel gegangen, und dass jetzt ein Engel mit mir gehen würde.« Ich fuhr mit einem Finger über eine Bodendiele und dachte an Melchiors Prophezeiung. »Er sagte, es sei der Engel des Todes.«

Tom kreuzte die Finger und drückte sie an seine Brust. »Was hat er noch gesagt?«

Jemand, den du liebst, wird sterben.

»Nichts«, sagte ich. »Aber hör dir das an.« Ich las weiter aus Meister Benedicts Notizen vor.

»Neben seiner Aufgabe als Gottes General ist Michael auch als Heiler und Beschützer bekannt.«

»Das klingt doch gar nicht so schlecht«, sagte Tom.

»Und außerdem als Engel des Todes.«

»Oh«, sagte Tom.

»Es kommt noch schlimmer«, warnte ich ihn.

»Gemäß der römisch-katholischen Lehre trägt Michael die Seelen der Verstorbenen in den Himmel. In ihrer Todesstunde steigt er hinab und

gibt jeder Seele die Möglichkeit zu bereuen, bevor sie in die Ewigkeit übergeht. Allerdings ist Michael in der theistischen Lehre nicht der einzige Todesengel.

Sein Gegenspieler und Feind ist Samael, der Zerstörer. Einige Quellen sehen ihn als Luzifers obersten Befehlshaber und Anführer der revoltierenden Armee der Engel. Als Erzengel des Todes träufelt er Gift in die Münder der Menschen. Dieses Gift zerstört sie von innen heraus, sodass sie sterben.«

Tom kreuzte die Finger so fest, dass sie weiß wurden. »Das ist die Pest. Damit ist die Pest gemeint.«

Genau das beunruhigte mich am meisten. Wenn man Dr. Parrett glauben wollte, konnte Melchior den Verlauf der Pest vorhersagen. Er wusste über Engel Bescheid. Er wusste, dass ich vor wenigen Monaten mit einem Engel zu tun gehabt hatte.

Und seine Männer waren bei mir eingebrochen.

Warum? Lag die Antwort in diesem Pergament? Hatte es etwas mit dem Feuer des Erzengels zu tun?

Oder ging es um die Pest? Mein Meister war offensichtlich als Fachmann für diese Seuche bekannt. Waren die Diebe also auf der Suche nach einem Rezept, wie Lord Ashcombe vermutet hatte? Oder nach etwas anderem, mit dem mein Meister die Pest zu bekämpfen gedachte?

Und wenn er etwas dergleichen gewusst hatte, warum fand sich dann nichts darüber in seinen Aufzeichnungen? Und warum hatte er es mir gegenüber nie erwähnt?

Melchior hatte im Rathaus den Engel des Todes gesehen. Er hatte gesagt, ich sei gezeichnet. War das vielleicht meine eigene Schuld? Hatte ich, indem ich das Feuer des Erzengels benutzte, die Aufmerksamkeit Michaels auf mich gezogen? Oder – schlimmer noch – die von Samael? Was, wenn Samael der Engel war, den Melchior an meiner Seite gesehen hatte?

Jemand, den du liebst, wird sterben. Jetzt, da Meister Benedict nicht mehr am Leben war, gab es nur einen einzigen Menschen, der damit gemeint sein konnte. Er saß mir gegenüber und überflog die Seite mit einem Ausdruck wachsender Beunruhigung auf dem Gesicht. Ich konnte seine Sorge nachfühlen.

Was, wenn ich meinen besten Freund auf dem Gewissen hatte?

Wir beschäftigten uns noch etwa zwei Stunden lang mit Meister Benedicts Aufzeichnungen und lasen alles über die Todesengel, was wir finden konnten. Als ich nach unten ging, um nach Sally zu sehen, hatte sie trotz ihrer Schmerzen alle meine Sachen geflickt. Zufrieden zeigte sie mir ihre Arbeit.

Tom wurde nicht schlau aus ihr. »Sie ist ziemlich gut gelaunt für ein obdachloses, arbeitsloses Mädchen, das gerade grün und blau geschlagen worden ist.«

Ich dagegen verstand sie ziemlich gut. Auch ich war in Cripplegate gewesen. »Heute Morgen«, sagte ich, »saß sie noch auf der Straße und wusste nicht, wohin sie gehen oder was aus ihr werden sollte. Heute Nachmittag hat sie ein Dach über dem Kopf und einen vollen Bauch. Prügel hin oder her, ihr Leben ist im Augenblick viel besser, als sie es sich erhofft hat.«

Wenn Meister Benedict nicht gewesen wäre, wäre es mir vielleicht auch so ergangen wie Sally. Ich machte mir immer noch Sorgen, was mit ihr geschehen sollte, weil ich es mir einfach nicht leisten konnte, sie noch viel länger durchzufüttern. Trotzdem war ich froh, dass sie hier war.

Ich nahm die Bücher mit nach unten, um Tom Gesellschaft zu leisten, der mit dem gekauften Mehl neue Brötchen für uns backte. Während ich bis in den Abend hinein las und die Seiten nach Hinweisen durchsuchte, zog dieser wunderbare Duft nach frischem Brot durch das Haus. Ich hatte nie etwas anderes sein wollen als Apotheker, aber ich musste zugeben, dass Toms Handwerk viel besser roch als meins.

Zum Abendessen aßen wir Brot, das wir in Öl tunkten. Sally, die wissen wollte, wie Tom und ich lebten, fragte, wo mein Meister sei. Ich erzählte ihr, was geschehen war – wobei ich das eine oder andere Detail wegließ –, und sie lauschte mit großen Augen. Sie schien es kaum glauben zu können, dass ein Junge, der vor drei Jahren noch in Cripplegate gewesen war, etwas aus seinem Leben gemacht hatte. Ihre Augen glänzten, als sie sich im Laden umschaute. Ich fragte mich, wie sie ihre eigene Zukunft sah.

Unser Abendessen war jäh zu Ende, als die Eingangstür mit einem Ruck geöffnet wurde. Es war Dr. Parrett. Er stand im Türrahmen und starrte uns an, als ob wir gar nicht da wären.

Tom und ich sprangen auf. »Dr. Parrett«, sagte ich. »Was ist geschehen?«

Er blinzelte, als ob meine Stimme ihn geweckt hätte. »Geschehen? Viel ist geschehen. Ja, wahrhaftig, eine Menge ist geschehen.« Er zog die Perücke vom Kopf und ich sah, dass seine Augen schimmerten.

»Die Medizin«, sagte er. »Galens Medizin. Sie wirkt.«

Kapitel 14

Ich brach als Erster das Schweigen.

»Seid Ihr … seid Ihr sicher?«, fragte ich. »Es besteht nicht vielleicht die Möglichkeit, dass … ich meine … es ist nicht bloß ein Zufall?«

Dr. Parrett lehnte sich an die Tür und wischte sich mit einem Taschentuch über die Stirn. »Du hast das Aldebourne-Mädchen gesehen. Das Delirium, die Zeichen auf der Haut. Wenn die Krankheit schon so weit fortgeschritten ist, dann … Aber Annabelle erbricht nicht mehr. Die Schweißausbrüche sind verschwunden. Sie kann wieder klar denken. Und sie hat Hunger. Sie hat wirklich und wahrhaftig Hunger.« Er schüttelte den Kopf. »Es ist ein Wunder, Christopher, ein wirkliches Wunder.«

Wir hörten Lärm von draußen. »Sie kommen hier entlang«, sagte Dr. Parrett. Er lehnte sich zur Tür hinaus und winkte. »Hier!«, rief er. »Hierher!«

Hierher? Ich ging zur Tür, um nachzusehen, mit wem er redete.

Es war Galen. Er kam die Straße entlanggeeilt, offensichtlich auf dem Weg ins Rathaus, und ihm auf dem Fuß folgte eine … Horde. Man konnte es nicht anders beschreiben. Die Menschen schrien und beteten, zerrten an seiner Kleidung und flehten ihn an, auch ihnen zu helfen. Galen wirkte verängstigt; die Menschen bedrängten ihn immer heftiger und unbeherrschter. Henry, der Galen begleitete, musste rennen, um mit ihm Schritt zu halten. Immer wieder blickte er sich um, offensichtlich noch besorgter über die wild gewordenen Leute als Galen.

Ich war ebenfalls besorgt. Wild gewordene Menschenhorden machten Dinge kaputt.

»Schließt die Fensterläden!«, befahl ich Tom und Sally. Wir waren gerade damit fertig, als die Menge unser Haus erreichte.

Galen fiel förmlich in das Ladengeschäft, konnte sich aber noch abfangen, bevor er zu Boden ging. Der Kragen seines Wamses war abgerissen und an seinem Hemd fehlten zwei Knöpfe. Auch Henry stolperte und fiel tatsächlich hin. Voller Panik kroch er über die Holzdielen.

Ich versuchte, die Tür zuzuschlagen, aber der Druck der Menschen von außen schob mich rückwärts. Tom stieß die Tür zu und lehnte sich so lange mit seiner Schulter dagegen, bis ich den Riegel vorgeschoben hatte. Die Tür, ja die ganze Wand erzitterte, als die Menschen von außen dagegenschlugen und nach Galen riefen. Ich konnte nur beten, dass sie die Fenster in Ruhe ließen.

Dr. Parrett half Henry beim Aufstehen. Sally bückte sich und hob die Brille des Sekretärs auf, wobei sie zusammenzuckte und sich die Rippen hielt. Tom und ich standen neben Galen, der schwer atmend am Tresen lehnte.

Dr. Parrett packte seine Hand und schüttelte sie. »Ihr seid ein Geschenk des Himmels, Sir«, sagte er.

Peinlich berührt errötete Galen. Henry sah so aus, als ob er eine zweite Meinung einholen wollte. »Wo ist Melchior? Ich dachte, er würde mit uns ins Rathaus zurückkehren.«

Mir wurde flau im Magen. Melchior? Hier in meinem Zuhause?

»Melchior ist mit seinen Männern gegangen«, sagte Dr. Parrett. »Aber er hat gesehen, was ich gesehen habe. Fragt ihn ruhig, er wird es Euch sagen. Die Medizin wirkt.«

Henry wollte etwas erwidern, doch ein kleiner Lederbeutel, der ihm gegen die Brust geklatscht wurde, ließ ihn nicht zu Wort kommen.

Galen hatte die Geduld verloren. »Euer Stadtrat Dench ist von der Pest befallen, nicht wahr? Gebt ihm das. Und seid Zeuge, wie er in Euren Armen gesund wird.«

»Das werde ich«, sagte Henry. Es sollte wohl eine Drohung sein, aber seine Stimme klang eher wie die eines trotzigen Kindes. »Und ich brauche auch Euer Rezept.«

Ich zuckte zusammen. Hatte Henry tatsächlich gerade eben einen Apotheker nach seinem geheimen Rezept gefragt? Galen starrte ihn bloß mit offenem Mund an. Dann straffte er die Schultern.

»Mr Cole«, sagte er, »ich habe die letzten zwanzig Jahre mit der Suche nach einem Heilmittel für die Pest zugebracht. Ich habe in der Gosse geschlafen, habe Mahlzeiten zu mir genommen, die nur aus Würmern bestanden, und ich habe mich Gefahren ausgesetzt, die Ihr nicht einmal ansatzweise begreifen würdet, selbst wenn ich sie Euch erklärte. Ihr würdet lediglich behaupten, ich erzähle Märchen, um kleine Kinder zu erschrecken.«

Er deutete auf den Beutel in Henrys Hand. »Das Rezept ist das Ergebnis von jahrzehntelanger Arbeit. Ich habe mein ganzes Leben diesen Studien gewidmet. Und ich werde es nicht hergeben. Nicht Euch, nicht dem Stadtrat, nicht einmal dem König persönlich würde ich es geben, selbst wenn er mir das ganze Königreich verspräche. Habt Ihr mich verstanden?«

Henrys Gesicht rötete sich. »Das werden wir ja sehen«, murmelte er und wandte sich zum Gehen. Nervös blickte er zur

Tür, die immer noch unter den Schlägen der Menge erzitterte. »Ähm … Christopher? Gibt es hier vielleicht einen Hinterausgang?«

»Einen Moment noch, Henry«, sagte Dr. Parrett. »Wir müssen Vorbereitungen treffen, um die Arznei der ganzen Stadt zur Verfügung zu stellen. Galen, wie viel habt Ihr sonst noch bei Euch?«

Galen schien von der Frage überrascht zu sein. »Nichts mehr.«

Wir alle starrten ihn entgeistert an.

»Nichts?«, wiederholte Tom entsetzt.

»Sir!«, rief Dr. Parrett protestierend.

Galen wirkte empört. »Wie viel soll ich denn noch haben? Die Zutaten sind schwer aufzutreiben und außerdem kostspielig. Ich bin erst am Samstag in England angekommen und musste dem Kapitän des Schiffs, das mich hergebracht hat, das meiste überlassen, was ich hatte, bloß damit er mich in der Nähe von London absetzt. Das wenige, das mir geblieben war, habe ich Beatrice im Pesthaus gegeben und Aldebournes Tochter. Das, was Ihr in der Hand haltet, ist der Rest.« Er nickte Henry zu.

»Was braucht Ihr, um mehr herzustellen?«

»Zutaten. Gerätschaften. Einen Arbeitsraum. Ein Lagerhaus, wenn ich so viel machen soll, dass es für die ganze Stadt reicht.«

Mein Herz machte einen Satz. Einen Arbeitsraum? »Ihr könnt Blackthorn benutzen«, sagte ich.

»Ja!« Dr. Parretts Augen leuchteten. »Guter Junge!«

Galen blinzelte. »Was ist Blackthorn?«

»Dies hier, Meister«, sagte ich. »Hier. Dieser Laden.«

Ich versuchte, ruhig zu bleiben, aber innerlich hüpfte ich vor Freude. Das war einfach perfekt. Mit der finanziellen Unterstützung der Stadtväter war der Laden gerettet. Aber wichtiger – viel wichtiger! – war, dass die Apotheke meines Meisters helfen konnte, die Stadt zu retten.

»Wir haben alles, was Ihr braucht«, sagte ich und sauste in den Arbeitsraum, um es ihm zu zeigen. »Schaut doch!«

Aber Galen zeigte sich unbeeindruckt. »Nein, mein Junge, das wird nicht reichen«, sagte er und ich ließ die Schultern hängen. »Es ist eine schöne Apotheke, aber ich brauche viel größere Mengen an Zutaten. Und der Arbeitsraum reicht bei Weitem nicht aus, um ganz London zu versorgen.«

»Aber es wäre doch ein Anfang, nicht wahr?«, ließ sich Dr. Parrett vernehmen. »So lange, bis der Stadtrat Euch angemessen unterbringt. Bitte, Sir, die Menschen sterben. Ihr müsst sofort mit der Arbeit beginnen!«

»John hat recht«, sagte Henry. »Mir scheint dieser Ort wie geschaffen für Eure Zwecke, jedenfalls vorläufig. Was die finanziellen Mittel für Eure Zutaten und Gerätschaften angeht, so werden diese von Meister Aldebourne kommen, und ich bin derjenige, der alle Dokumente unterzeichnet.«

Der veränderte Ton, den Henry anschlug, schien Galen etwas aus der Fassung zu bringen. »Ich sage Euch, der Laden ist nicht groß genug …«

»Nichtsdestotrotz werdet Ihr hier arbeiten, bis wir ein größeres Quartier gefunden haben.«

Galen warf Henry einen misstrauischen Blick zu. »Wenn Ihr nicht herbeischafft, was ich brauche, wird es keine Arbeit geben.«

»Ich werde persönlich mit Meister Aldebourne darüber sprechen«, sagte Dr. Parrett. »In der Zwischenzeit kann Christopher Euch helfen, Euch hier einzurichten.«

Ich konnte kaum glauben, was ich da hörte. Ich würde helfen, das Heilmittel für die Pest herzustellen! »Ich werde Euch zeigen, wo alles ist, Meister …«

»Warte mal.« Galen legte einen Finger an mein Schlüsselbein. Er schaute von mir zu Henry und dann wieder zu mir. »Warst du nicht im Rathaus? Zusammen mit ihm?«

»Nein«, sagte ich. Galen verengte die Augen. »Na ja … ja. Irgendwie schon. Ich war bei ihm, aber nicht mit ihm zu…«

»Und ganz zufällig landen wir hier? Wie bemerkenswert.« Galen betrachtete mich von oben bis unten. »Ich weiß immer noch nicht, wer du überhaupt bist.«

»Oh, bitte verzeiht, Meister«, sagte ich. »Ich bin Christopher Rowe. Ich bin der Lehrling in dieser Apotheke. Oder war es. Ich meine, ich bin es immer noch, aber …«

»Aha.« Galen schaute sich im Arbeitsraum um. »Du weißt also, wofür diese ganzen Sachen da sind, richtig? Und was man mit den Zutaten anfängt?«

»Ja.«

»Nein.«

»Ich … Meister?«

»Ich will dich nicht haben.«

»Aber … warum nicht?«

»Weil *du* …«, wieder bohrte mir Galen den Finger in die Brust, »mit *ihm* im Rathaus warst.« Und damit deutete er auf Henry.

»Christopher wollte lediglich ein Bittgesuch an den Stadtrat richten«, sagte Dr. Parrett.

»Und Mr Cole will *lediglich*, dass ich hier arbeite.« Galen drehte sich zu mir um. »Sag mir: Dein früherer Meister, dieser Blackthorn, hat der seine Rezepte in die Welt hinausposaunt?«

Ich errötete. »Nun ja … nein.« Ganz im Gegenteil, um genau zu sein. »Aber …«

»Na bitte!«

»Sir«, sagte Dr. Parrett geduldig. »Ihr müsst genügend Medizin für alle Kranken der Stadt herstellen. Dazu braucht Ihr Leute: Assistenten, Lehrlinge. Ihr könnt nicht allein arbeiten.«

»Ich habe auch nicht vor, allein zu arbeiten. Aber ich werde mir meine Assistenten selbst aussuchen.«

Galen schaute sich um. Sally stand im Hintergrund. Sie hatte alles genau beobachtet, sich aber so still verhalten, dass ich ihre Anwesenheit beinahe vergessen hatte. Galen schien sich nicht für sie zu interessieren. Sein Blick glitt über sie hinweg, als ob sie nur eins der ausgestopften Tiere wäre, und richtete sich schließlich auf Tom.

»Du.« Er musterte meinen Freund. »Arbeitest du auch hier?«

Tom hatte nicht erwartet, angesprochen zu werden. »Ich? Nein, Sir. Ich gehe bei einem Bäcker in die Lehre.«

»Aha.« Galen nickte, zog einen Porzellankrug aus dem Regal und stellte ihn, das Etikett von Tom abgewandt, vor ihn hin. Er öffnete den Deckel und schob den Krug meinem Freund entgegen. »Was ist das?«

Selbst aus der Entfernung erkannte ich den Zinnober. Tom schaute ratlos zu mir hin und sagte dann: »Ich weiß es nicht.«

»Und das?« Er stellte ein klares Glasgefäß vor Tom. Der Geruch zog mir in die Nase: Alkohol mit dem Aroma nach ungewaschenen Socken. Am liebsten hätte ich Tom vorgesagt. Baldriantinktur. *Baldriantinktur.*

»Ich weiß es nicht«, sagte Tom wieder, der jetzt vollends verwirrt war. »Wie ich schon sagte, Sir, ich bin bloß ein Bäckerlehrling. Christopher ist der Apotheker, und …«

»Sehr gut.« Galen legte Tom die Hand auf die Schulter. »Ich nehme den hier.«

Tom blinzelte. »Aber …«

»Du hast von nichts eine Ahnung«, vervollständigte Galen den Satz. »Ganz genau. Und weil du nicht weißt, womit du arbeitest, kannst du mir auch mein Rezept nicht stehlen.«

Mein Unterkiefer klappte auf. »Meister Galen«, sagte ich, »ich würde Euch nie Euer Rezept stehlen!«

Galen zog eine Augenbraue hoch. »Dafür werde ich sorgen«, sagte er. Und damit legte er mir die flache Hand auf die Brust, schob mich rückwärts in den Laden und schlug mir die Tür meines eigenen Arbeitsraums vor der Nase zu.

DIENSTAG,

1. September 1665

Zahl der Pesttoten des gestrigen Tages: 1.198

Todesfälle insgesamt: 31.749

Kapitel 15

Schon wieder.

Schon wieder hatte man mich aus meinem Zuhause ausgesperrt. Na ja, nicht ganz. Diesmal musste ich nicht die Gastfreundschaft von Fremden in Anspruch nehmen. Aber Galen hatte mich nicht nur aus dem Arbeitsraum ausgeschlossen, während er darin zugange war, sondern mir auch verboten, ihn zu betreten, wenn er nicht da war. »Hier sind weder neugierige Augen noch ein wissbegieriger Geist willkommen«, sagte er.

Henry und Dr. Parrett waren mir auch keine Hilfe. Dr. Parrett hatte zwar Verständnis für mich, aber er bestand darauf, dass der Mann, der das Heilmittel für die Pest entdeckt hatte, bestimmte Forderungen stellen durfte.

»Es kommt dir ungerecht vor«, sagte Dr. Parrett, »aber deine Apotheke wird der Ort sein, an dem die Rettung der Stadt ihren Anfang nahm. Sie ein paar Tage lang Galen zu überlassen ist ein geringer Preis dafür, findest du nicht? Und du musst zugeben, Christopher, dass dein Meister genauso dachte, wenn es darum ging, sein Werk zu schützen.«

Das stimmte zwar, machte die Sache aber nicht leichter. Und ich hatte auch keine echte Handhabe gegen Galens Entscheidung. Obwohl Meister Benedict mir Blackthorn hinterlassen hatte, würde mir die Apotheke erst dann gehören, wenn ich volljährig und ein freier Bürger der Stadt geworden war. Ich hatte gehofft, in Henry einen Verbündeten zu finden, weil er

Galen offensichtlich nicht traute. Aber wie sich herausstellte, war das genau der Grund, warum er wollte, dass Galen hier mit seiner Arbeit anfing.

»Ich muss die Sache mit Meister Aldebourne besprechen. Er hat die Verfügung über die Geldmittel der Stadt«, sagte er, als Dr. Parrett gerade nicht hinhörte. »Wenn die Medizin tatsächlich Wirkung zeigt, dann steht das Haus des Stadtrats nicht länger unter Quarantäne. Im Moment ist es am einfachsten, wenn Galen hier arbeitet. Dann kann ich ihn im Auge behalten. Besser gesagt: du. Erzähl mir sofort, wenn du etwas Auffälliges bemerkst, verstanden?«

Ich versicherte ihm, dass ich das tun würde, obwohl ich keine Ahnung hatte, wie er sich das vorstellte. Was sollte ich durch eine geschlossene Tür schon sehen? Aber geheime Nachrichten mit dem Sekretär von Stadtrat Aldebourne auszutauschen erinnerte mich daran, warum ich überhaupt ins Rathaus gegangen war. Ich bat Henry, mich Stadtrat Maycott zu empfehlen.

»Ja … richtig«, sagte Henry, als er und Dr. Parrett sich zum Gehen wandten. »Ich werde ihn fragen, ob er dich empfängt. Aber ehrlich gesagt, Christopher, wird dein Anliegen für den Stadtrat im Augenblick eher unwichtig sein. Möglicherweise musst du ein paar Wochen warten.«

Ein paar Wochen! Dann war der Dieb womöglich schon durch halb Europa geflohen! Aber ich war ja bloß ein mittelloser Lehrling ohne Meister. Niemand würde mir zuhören. Wie immer.

»Das hindert sie aber nicht dran, sich an meinen Sachen zu bedienen«, grummelte ich, nachdem Henry und Dr. Parrett gegangen waren.

»Wie bitte?«, fragte Sally.

»Ach, nichts.« Ich ließ mich in einen Sessel neben dem Kamin fallen und … hing meinen tiefsinnigen Gedanken nach, obwohl »schmollen« es wohl eher traf. Sally versuchte, mich in ein Gespräch zu verwickeln, aber nachdem ich ihr ein paar Mal lediglich mit einem Grunzen geantwortet hatte, gab sie es auf und spielte mit Bridget, bis sie einschlief. Ich blieb wach, weil ich mit Tom reden wollte, wenn Galen mit ihm fertig war.

Aber selbst das war mir nicht vergönnt. Galen hielt ihn bis Mitternacht im Arbeitsraum unter Verschluss und scheuchte ihn dann umgehend heim. Er konfiszierte meinen Schlüssel und schloss den Arbeitsraum ab, sodass ich nicht hineinkonnte, wenn er weg war. Die Tatsache, dass man nur durch den Arbeitsraum in die oberen Stockwerke gelangen konnte, schien ihn nicht im Mindesten zu kümmern.

Galen hatte keine Ahnung, dass mich ein Schloss nicht aufhalten würde. Meister Benedict hatte immer einen Ersatzschlüssel draußen aufbewahrt, hinter einem markierten Backstein an der Rückseite des Hauses. Sobald Galen gegangen war, holte ich den Schlüssel, ging in den Arbeitsraum und schaute mich um. Ich hatte ihm die Wahrheit gesagt: Ich würde ihm nie sein Rezept stehlen. Aber das bedeutete nicht, dass ich es nicht herausfinden wollte.

Aufmerksam ging ich durch den Raum, betrachtete die Tische, die Regale, die Gerätschaften. Unglücklicherweise hatte Galen Tom befohlen, den Arbeitsraum von oben bis unten zu säubern, ehe sie gingen. Einige der Krüge waren bewegt worden und die Instrumente standen über den ganzen Arbeitstisch verteilt. Aber ohne irgendeinen Hinweis, was sie mit meinen Zutaten gemacht hatten, konnte ich nicht herausfinden, woraus genau Galens Medizin bestand. Wenn ich mehr erfahren wollte, musste ich warten, bis Tom wieder da war.

Es ging mir viel zu viel im Kopf herum, als dass ich hätte schlafen können. Die Tatsache, dass ich Sally meine Strohmatratze überlassen hatte, damit ihr die Rippen nicht so wehtaten, war meiner Nachtruhe auch nicht besonders zuträglich. Ich nahm mir ein paar Decken und legte sie auf den nackten Boden unter dem Tresen, neben die schnarchende Bridget. Das war besser als gar nichts, dachte ich mir.

Tja, es war aber nicht *viel* besser. Ich wurde für meine Fürsorge mit einem schmerzenden Rücken und einem Hämmern im Kopf belohnt. Nachdem ich mich ein paar Stunden lang hin und her gewälzt hatte, gab ich den Gedanken an Schlaf auf und ging nach oben. Da mir offiziell der Zutritt zum Arbeitsraum verwehrt war, wollte ich Meister Benedicts Notizen über die Pestheilmittel – und die Todesengel – nach unten bringen, solange ich noch Gelegenheit dazu hatte.

Bridget wachte auf, setzte sich auf meine Schulter und begleitete mich, aber selbst ihr liebevolles Gurren konnte meine Laune nicht heben. Und auch nicht die leichten Schritte, die ich hinter mir vernahm.

»Guten Morgen«, sagte Sally fröhlich.

»Morgen«, brummte ich.

»Was machst du da? Kann ich dir helfen?«

Wie konnte sie zu dieser gottlosen Stunde nur so heiter sein? »Tom hatte recht«, sagte ich. »Du bist viel zu gut gelaunt.«

»Wär's dir lieber, ich wäre trübsinnig?«, fragte sie.

»Ja.«

Sie legte ein trauriges Gesicht auf.

»Viel besser«, sagte ich. »Danke.«

Ich widmete mich wieder meiner Suche. Dann hörte ich hinter mir ein anderes Geräusch.

»Sally«, sagte ich.

»Ja?«

»Trübsinnige Leute summen keine fröhlichen Liedchen.«

Stille. Dann: »Wie wäre es, wenn ich dir ein trauriges Lied vorsinge? Dann kannst du weinen.«

Ich drehte mich zu ihr um. Sie hatte das Gesicht zu einem derart tragischen Ausdruck verzogen, als wäre ihre Katze unter eine Kutsche geraten und überfahren worden. Ich wollte es nicht, aber ich musste lachen.

»Na schön«, sagte ich. »Es tut mir leid. Ein bisschen Musik könnte nicht schaden.«

»Wirklich?« Sie strahlte. »Wenn du eine Laute hast, kann ich für dich spielen.«

»Eine Laute?«

Sie nickte. »Im Waisenhaus hat man uns Mädchen beigebracht, Instrumente zu spielen, damit wir unsere Herrschaften unterhalten könnten, wenn wir irgendwo Arbeit gefunden hätten.«

»Ich habe keine Musikinstrumente«, sagte ich. »Ich glaube nicht, dass Meister Benedict etwas für Musik übrighatte.«

»Tatsächlich? Ich könnte ohne Musik nicht leben. Ich *liebe* Musik.«

Ich gestikulierte auf die Papierstapel und die Bücher, die überall verstreut lagen. »Wir konnten ohne das hier nicht leben.«

»Ich mag auch Bücher.« Sally hob eins auf und blätterte es durch. »Mein Vater hat mir das Lesen beigebracht, ehe er starb. Und das Rechnen.«

Sally war erst spät nach Cripplegate gekommen. Ich war ein Baby gewesen, als man mich ins Waisenhaus brachte, aber als Sallys Eltern starben, war sie schon acht Jahre alt. Sie ertranken, als das Handelsschiff, mit dem sie auf dem Weg zum Kontinent waren, in einem Sturm unterging. Aus meinem Gedächtnis kramte ich ihren Nachnamen hervor. Deschamps. »Dein Vater war Franzose, nicht wahr?«

Sie nickte, offensichtlich erfreut, dass ich mich daran erinnerte. »Aber meine Mutter war Engländerin, und als sie sich verliebten, ist er nach London gezogen, um sie zu heiraten.« Mit dem Finger fuhr sie über den Einband des Buchs in ihrer Hand. »Ich glaube, er hat sich in England nie richtig zu Hause gefühlt. Er vermisste Paris.«

Ihre Erwähnung von Paris rief mir Dr. Parretts Worte von gestern ins Gedächtnis – und den Tagebucheintrag, den ich gefunden hatte. Ich dachte wieder an Meister Benedicts toten Lehrling und fragte mich, mit einiger Enttäuschung, warum er nie mit mir über die Pest gesprochen hatte.

Bridget knabberte an meinem Ohr. Sie merkte immer, wenn ich traurig war. Ich glaube, Sally sah es ebenfalls, denn sie wechselte das Thema. »Welche Bücher soll ich nach unten tragen?«

»Gar keine«, sagte ich. »Deine Rippen sind geprellt. Du sollst dich ausruhen.«

Ein Anflug von Sorge huschte über ihr Gesicht. »Ich will nicht einfach nur herumsitzen, wenn alle anderen arbeiten.«

Meister Benedicts Güte hatte mich beinahe vergessen lassen, woher ich kam. Sally, ein Mädchen aus Cripplegate, wusste genau, was sie von der Zukunft zu erwarten hatte. Niemanden setzte man so schnell vor die Tür wie ein nutzloses Waisenkind.

»Na gut«, sagte ich. »Aber du solltest trotzdem nichts heben. Wie wär's, wenn du stattdessen das Frühstück machst?« Obwohl es erst in etwa zwei Stunden hell werden würde, hatte ich bereits Hunger. »Wir müssen sowieso die Vorräte aus der Speisekammer holen, bevor Galen kommt. Ansonsten kriegen wir den ganzen Tag lang nichts zu essen.«

Sie klatschte in die Hände. »Hast du Eier? Eier braten kann ich gut.«

Ich hatte Eier, Isaac sei Dank. »Nimm dir an Kräutern, was du brauchst.«

Ich schwöre, ich hatte noch nie jemanden gesehen, der über das Vorhandensein von Eiern so glücklich war wie sie. Sie half mir, die Vorräte in den Laden zu bringen – ich musste sie mehrmals ermahnen, immer nur kleine Portionen zu tragen –, und dann bereitete sie leise singend am Kamin im Ladengeschäft das Frühstück vor. Ich gab es auf, die Papiere meines Meisters sortieren zu wollen, und stapelte sie einfach in einigermaßen ordentlichen Haufen hinter dem Tresen auf. Während ich das tat, fiel mir ein, dass es doch einen Weg gab, wie ich in die oberen Stockwerke gelangen konnte, selbst wenn der Arbeitsraum abgeschlossen war: durch die Luke im Dach. Es wäre alles andere als ideal – ich musste eine Leiter stehlen, um von außen auf das Dach zu klettern –, aber trotzdem ließ ich die Luke unverriegelt, nur für alle Fälle.

Ich holte gerade eine letzte Ladung an Büchern aus Meister Benedicts Schlafzimmer, als Sally im Türrahmen auftauchte. Sie hielt sich die Seite und verzog das Gesicht.

»Das Frühstück ist fertig«, sagte sie gepresst.

»Ich habe dich gewarnt«, sagte ich.

»So schlimm ist es nicht«, behauptete sie, aber ihr schmerzverzerrtes Gesicht sprach eine andere Sprache. Langsam ließ sie sich auf Meister Benedicts Bettkante nieder. Jetzt, da sie ihr Gewicht nicht mehr spürte, seufzte sie erleichtert auf und legte sich dann auf die Matratze. »Das ist aber schön. So weich.«

»Es sind Gänsedaunen drin.«

Sally stützte sich auf ihre Ellbogen. »Warum schläfst du dann im Laden?«

»Was meinst du?«

»Na, du hast ein eigenes Zimmer und ein Bett aus Gänsedaunen«, sagte sie. »Warum schläfst du immer noch auf einer Strohmatratze unter dem Tresen?«

»Weil ... weil dort mein Bett ist«, sagte ich. »Das hier ist Meister Benedicts Schlafzimmer.«

»Ich dachte, er hätte dir das Haus hinterlassen«, sagte sie.

»Hat er. Aber das hier sind seine Sachen.«

Ich streckte die Hand aus. Sie starrte mich kurz an und fasste dann meine Hand.

Ich zog sie vom Bett hoch und glättete die Laken. Dann hob ich den Stapel mit Papieren auf und brachte sie nach unten. Sally folgte mir, wobei sie mich die ganze Zeit nicht aus den Augen ließ.

Tom tauchte am frühen Morgen auf, unter seinem Wams drei weiche Zimthörnchen, eins für jeden von uns. Als ich ihm sagte, dass ich im Arbeitsraum gewesen war, hätte er sich beinahe verschluckt.

»Das wird Galen gar nicht gefallen, wenn er davon erfährt«, sagte er.

Langsam riss mir der Geduldsfaden. »Das ist mein Zuhause!«, sagte ich und schlug mit der Faust in die Handfläche. »Mein. Zuhause.«

»Und wenn du es dir mit Galen verdirbst, dann setzt er dich vor die Tür. Er hat dich sowieso schon auf dem Kieker.«

»Was soll das heißen?«

»Gestern Abend«, sagte Tom, »hat Galen mich über dich und

Meister Benedict ausgefragt. Wer dein Meister war, was er über die Behandlung von Pestkranken wusste, eure Arzneien und Heilmethoden. Er ist überzeugt davon, dass du es auf sein Rezept abgesehen hast. Er denkt, dass Henry deshalb vorgeschlagen hat, dass du ihm hilfst.«

Ich wurde rot. Genau das war ja der Grund, warum Henry gewollt hatte, das ich Galen assistierte, aber das war doch nicht meine Schuld. »Ich will niemandem das Rezept stehlen!«

»Das weiß ich ja«, sagte Tom geduldig, »aber Galen nicht. Wenn er sich bei Stadtrat Aldebourne über dich beschwert, dann sitzt du ruckzuck auf der Straße. Also treib's nicht zu weit.« Tom warf mir einen leidenden Blick zu. »Und außerdem: Sei froh, dass du nicht für ihn arbeitest.«

»Wieso? Was musst du denn machen?«

»Den ganzen Tag raspeln und mahlen und sauber machen. Aber das ist nicht das Problem. Er ist besessen. Er lässt mich nicht in seine Nähe, wenn er arbeitet. Er glaubt nämlich, dass ich auch nicht abgeneigt wäre, sein Rezept zu stehlen.«

Ich hatte nicht weiter über Galens Befürchtung nachgedacht. Ich wollte nur helfen, das Heilmittel herzustellen. Und trotz der Tatsache, dass er mir nicht vertraute, wollte ich etwas von dem Mann lernen. Obwohl er nicht einmal ansatzweise so freundlich war wie mein Meister, so erinnerte er mich doch in vielem an ihn: seine Entschlossenheit, seine Fürsorge für seine Patienten, sein Widerwille gegen Betrüger. Auch Meister Benedict war ein verschlossener Mann gewesen, der Geheimnisse geliebt hatte. Die Ähnlichkeit zwischen den beiden war nur noch stärker geworden, nachdem ich mehr über die Vergangenheit meines Meisters erfahren hatte. Beide waren viel gereist und beide hatten nach einer Heilung für die Pest gesucht.

Außerdem brauchte ich einen neuen Meister. Ich setzte mich auf meinen Schemel und dachte nach. Ich hatte die Sache falsch angepackt. Statt ihn zu vergraulen, sollte ich versuchen, den Mann zu beeindrucken. Wenn ich ihm bewies, wie viel Meister Benedict mir beigebracht hatte, wenn ich ihm zeigte, wie nützlich ich sein konnte, dann ließ er mich vielleicht doch helfen.

Ich musste mir überlegen, wie ich ihn überzeugen konnte. Trotzdem nagte die Neugier an mir. Irgendwo in meinem Arbeitsraum gab es Zutaten, mit denen man die Pest besiegen konnte. »Sag mir wenigstens, was du zusammengemischt hast«, verlangte ich.

»Christopher.«

»Nur eine Sache. Mehr nicht. Dann lass ich dich in Ruhe.«

»Christopher.«

»Bitte! Bittebittebitte. Biiiiiitte! Bittebittebittebittebitte …!«

»Also gut!« Tom warf einen nervösen Blick zur Tür. »Aber du darfst es niemandem verraten.«

»Wem sollte ich es schon verraten?«, gab ich zurück. »Ich rede doch bloß mit dir und mit Bridget. Und sie kann ein Geheimnis für sich behalten.«

Bridget gurrte zustimmend. Tom schaute zu Sally.

»Ich werd's auch niemandem verraten.« Sie lächelte strahlend. »Ich habe ja keine Freunde.«

Kapitel 16

Wir drängten uns im Arbeitsraum. Tom biss sich auf die Lippe.

»Um die Wahrheit zu sagen«, meinte er, »weiß ich gar nicht, was ich da zusammenmische.«

Er führte uns zu dem Tisch vor dem Ofen. Darunter standen ein paar größere Gefäße und darüber auf Regalen eine Reihe von kleineren Krügen mit Zutaten. »Ich meine, ich erkenne Holzkohle und Zucker, klar, aber ich habe keine Ahnung, was sonst noch drin ist.«

Daraus konnte ich ihm keinen Vorwurf machen. Allein über diesem Arbeitstisch zählte ich achtundzwanzig Krüge. Abgesehen von ein paar gewöhnlichen Zutaten wie Petersilie und schwarzem Pfeffer enthielten die restlichen Gefäße exotische Bestandteile: Terpentin aus Zypern, Tonheilerde aus Armenien, *Delphinium staphisagria* aus Afrika. Aus Vorsicht hatte Galen die Etiketten auf den Gefäßen geschwärzt. Ich erkannte die Inhaltsstoffe nur deswegen, weil ich sie schon so oft benutzt hatte.

Tom sagte, er hätte gestern Abend hauptsächlich Zutaten zu Pulver zerkleinert, besonders Holzkohle, die Galen möglichst fein gemahlen haben wollte. *Ein gräuliches Pulver*, erinnerte ich mich. *Das Mittel enthält also Holzkohle.*

Ich hörte die Stimme meines Meisters, als stände er hinter mir und blickte mir über die Schulter. *Viele Zutaten können einer Arznei eine graue Farbe verleihen. Du musst erst alles untersuchen und gründlich nachdenken, ehe du irgendwelche Schlüsse ziehst.*

Er hatte recht. Möglicherweise war es nur wenig Holzkohle. Und angesichts der Tatsache, dass Galen so paranoid war, würde es mich nicht überraschen, wenn die Sache mit der Holzkohle nur ein Ablenkungsmanöver war und etwas ganz anderes dem Pulver die gräuliche Farbe gab. Aber was? Und welche Zutaten waren wichtig? War es eine ganz bestimmte oder die Art, wie mehrere Zutaten zusammenwirkten?

Wieder hörte ich Meister Benedict. *Schau gut hin, Christopher. Kommt dir davon irgendetwas bekannt vor?*

Und das tat es wirklich.

Venezianischer Theriak. Die meisten Zutaten, die Galen Tom vor die Nase gestellt hatten, waren Inhaltsstoffe des Theriak. Aber Galens Medizin war ein graues Pulver, während der Theriak ganz anders aussah: Es war ein klebriger Sirup.

»Was hat Galen gemacht, während du hier gearbeitet hast?«

Tom zuckte mit den Schultern. »Keine Ahnung. Ich durfte ja nicht in seine Nähe kommen.« Er deutete in die am weitesten entfernte Ecke des Raums. »Galen sitzt da drüben. Und er schreit mich an, wenn ich auch nur einen Schritt in seine Richtung mache.«

Sally hörte schweigend zu und hob die Augenbrauen. Ich vermutete, sie dachte das Gleiche wie ich.

Ich ging in die Ecke, in die Tom gedeutet hatte. »He, ich sollte dir doch nur *eine* Sache zeigen!«, protestierte er.

Hier gab es sowieso nichts zu sehen. Was immer Galen an Instrumenten benutzt hatte, war weggeräumt worden. Und er hatte den Arbeitstisch so gründlich gesäubert, dass nirgends auch nur ein Krümelchen herumlag. Selbst der Besen, die Bürste und die Lappen neben dem Arbeitstisch waren sauber.

»Hat Galen auch die Zutaten benutzt, die er dir gegeben hat?«, wollte ich wissen.

»Ich glaube nicht«, sagte Tom. »Aber er hat auf jeden Fall an etwas gearbeitet.«

Das war doppelt interessant. Er hatte keine von meinen Zutaten benutzt, aber er hatte trotzdem etwas hergestellt.

Weil er die Zutaten schon bei sich hatte?

Ein geheimer Inhaltsstoff, dachte ich. Den er mit etwas kombiniert hat, was auch im Venezianischen Theriak enthalten ist?

Ich stand in meinem Arbeitsraum und starrte ratlos auf den Tisch.

Tom sah sich das nicht lange mit an. Nachdem er mehrmals versucht hatte, mich mit durchaus vernünftigen Fragen aus meiner Starre zu reißen – »Was hoffst du auf einem leeren Tisch zu finden?« –, packte er mich schließlich am Kragen und schleppte mich aus dem Arbeitsraum. Dann sorgte er dafür, dass ich die Tür abschloss. Und gerade noch rechtzeitig, denn wenige Minuten später spazierte Galen in den Laden.

Sein Auge war von dem Schlag, den er gestern abbekommen hatte, schwarzblau verfärbt. Trotzdem war er bestens gelaunt. »Guten Morgen, alle miteinander«, sagte er.

Nach dem, was ich im Arbeitszimmer gesehen hatte, war mir eine Idee gekommen. »Meister Galen«, sagte ich, »darf ich Euch etwas zeigen?«

Er zögerte erst, doch dann nickte er. Ich sprang auf, holte meinen Krug mit dem Venezianischen Theriak und löffelte etwas davon in eine Schale. »Das ist das Rezept, das mich mein Meister gelehrt hat.«

Mit gelangweiltem Ausdruck nahm er die Schale entgegen, aber als er sah, was sich darin befand, war sein Interesse geweckt. »Eine gute Konsistenz. Kräftiges Aroma. Woher bezieht ihr euren Lorbeer?«

»Aus Spanien.«

Er tauchte den Finger ein und kostete den Theriak. Seine Augenbrauen schossen nach oben. »Das ist ganz außergewöhnlich.« Er kostete noch einmal. »Den hat Blackthorn hergestellt?«

»Nein, Sir, das war ich.«

Er musterte mich einen Augenblick. »Ich muss gestehen, Christopher, ich bin beeindruckt. Du besitzt Fähigkeiten, die ich bei einem bloßen Lehrling nicht erwartet hätte.«

»Ich hatte einen wunderbaren Meister«, sagte ich.

»Das hat mir Tom auch gesagt.«

»Meister Benedict hat mir außerdem viele unterschiedliche Möglichkeiten beigebracht, wie man Geheimnisse bewahren kann.« Jetzt galt es, Vorsicht walten zu lassen. »Alle möglichen Codes und solche Sachen. Ich habe nachgedacht und …«

Galen schlug mir herzlich auf die Schulter. »Nachdenken ist gut. Aber wir wollen doch nicht voreilig sein, nicht wahr? Tom, kommst du?«

Er schob meinen Freund in den Arbeitsraum. Tom warf mir einen entschuldigenden Blick zu, ehe er die Tür zudrückte. Mit hochrotem Gesicht stellte ich den Theriak wieder an seinen Platz und setzte mich auf meinen Schemel.

Sally, die sich auf den Fenstersims an der Ladenfront gesetzt hatte, hatte alles mitangesehen. Sie besaß genug Anstand, um meine Verlegenheit zu ignorieren. »Was machen wir jetzt?«, fragte sie.

Meine Arzneien und meine Fähigkeiten als Apotheker hatten Galen nicht davon überzeugt, mich helfen zu lassen. Vielleicht sollte ich noch eine Hausrauchmaschine herstellen. Allerdings konnte ich mir Toms Entsetzen vorstellen: *Du wirst*

Galen nicht für dich einnehmen, wenn du ihn in Brand steckst, Christopher.

Das Problem war, dass er mich nicht für vertrauenswürdig hielt. Wenn ich für ihn arbeiten wollte, dann musste ich mir überlegen, wie ich ihn vom Gegenteil überzeugen konnte. Ich würde darüber nachdenken. Aber erst einmal hatte ich etwas anderes zu erledigen. Nachdem mir Tom die Zutaten gezeigt hatte, die er für Galen mischen musste, wollte ich mir noch einmal die Aufzeichnungen meines Meisters über die Pest durchlesen.

Ich deutete auf die Stapel hinter dem Tresen. »Ich muss die noch mal durchsehen.«

Sally rutschte vom Fenstersims. »Darf ich auch gucken?«

»Klar.«

Wir fingen mit den Büchern an. Sally blätterte interessiert die Seiten um. Ich kannte bereits die Ansicht meines Meisters über die angewendeten Heilmethoden gegen die Pest – ALLES NUTZLOS –, und so versuchte ich stattdessen, seine Experimente mit diesen Mitteln über die Jahre nachzuvollziehen. Allein anhand seiner Notizen erkannte ich, wie sein Wissen und sein Können als Apotheker mit den Jahren beständig wuchs. Aber trotzdem war ihm in der Behandlung der Pestkranken kein Erfolg beschieden.

Habe die Bournemouth-Arznei versucht. Keine Wirkung.
Habe die Newcastle-Kur angewendet. Keine Wirkung.
Habe alle Engelwurz-Varianten ausprobiert. Keine Wirkung.
Keine Wirkung.
Keine Wirkung.
Überhaupt. Keine. Wirkung.

Als sich das Jahr 1636 dem Ende zuneigte, war die Verzweiflung in jedem seiner auf die Seite gekritzelten Worte zu spüren.

Das beste Ergebnis erzielt man mit der inneren Anwendung des Venezianischen Theriaks, wobei die Theriaks aus Paris und London eine ähnliche Wirksamkeit zeigen. Viele glauben, dass in dieser Arznei Stoffe enthalten sind, die – in der korrekten Mischung – die Heilkraft verstärken und die Pest besiegen könnten. Ich bin mir da nicht so sicher. Das Höchste, was wir von diesen Mitteln erwarten können, ist eine körperliche Entspannung der von der Pest Befallenen, und ich vermute, dass dies allein dem Mohn zuzuschreiben ist. Ich habe jedenfalls keinen Unterschied zwischen einer Behandlung mit dem Theriak und einer einfachen Gabe von Mohnsaft feststellen können. Alle anderen bekannten Heilmethoden zeigen überhaupt keine Wirkung. Ich habe beinahe jeden Penny, den ich besaß, dafür verwendet, alle möglichen Mittel zu beschaffen, die mir auf meinen Reisen vor die Nase kamen. Ich habe es sogar bei den Quacksalbern versucht, die ihre Wundermittel auf dem Markt feilbieten. So gesehen bin ich nicht besser als die armen und verzweifelten Leute, denen diese Schwindler das letzte Geld aus der Tasche ziehen. In der Hoffnung, ihr eigenes Leben und das ihrer Lieben retten zu können, werfen diese Ahnungslosen all ihre Ersparnisse diesen Halsabschneidern in den Rachen, die mit den abstrusesten Methoden hausieren gehen.

Ich dachte an Galen und den Quacksalber in der Royal Exchange. Dann las ich weiter.

Einige der vermeintlichen Ärzte auf dem Markt sind Fanatiker, die tatsächlich glauben, eine Heilmethode entdeckt zu haben. Diesen Männern kaufe ich immer etwas ab, denn wer weiß, worauf ein Mensch bei seinen ehrlichen Bemühungen durch puren Zufall stoßen kann? Andere sind nichts weiter als Betrüger. Einige davon sind dermaßen dreist, dass sie immer wieder in einer Stadt auftauchen, sobald die Pest dort erneut ausbricht. Da gab es einen Schurken, der eine so glatte Zunge hatte, dass ich mich beinahe von ihm hätte über den Tisch ziehen lassen. Er präsentierte zwei jüngst geheilte Brüder, und zwar mit einer ungeheuren Überzeugungskraft. Doch dann erinnerte ich mich, dass ich sein Gesicht schon einmal gesehen hatte: Derselbe Mann hatte 1625 genau an demselben Platz eine andere Arznei angepriesen und dabei zwei kleine Kinder als »geheilt« vorgestellt. Die beiden erwachsenen Brüder von heute waren die beiden kleinen Kinder von damals.
Aber was bleibt mir denn anderes übrig? Ich kaufe ihre zusammengepanschten Wässerchen und probiere sie aus. Denn genau wie die Israeliten von einst vermag auch ich nicht den Unterschied zwischen einem Verrückten und einem Propheten zu erkennen.

Ich starrte den letzten Satz an.

»Was ist los?«, fragte Sally.

»Dieser Prophet«, sagte ich, »der in Cripplegate war.«

»Der Vogelmann?«

»Sein richtiger Name ist Melchior. Hast du miterlebt, wie er seine Voraussagungen gemacht hat? Ich meine, hast du es selbst gehört?«

Sie nickte. »Die Leiter des Waisenhauses haben uns alle zusammengerufen, damit er uns untersuchen konnte. Er meinte, der Engel des Todes sei in unsere Schule gekommen und drei der Kinder würden krank werden.«

»Das hat er euch *gesagt*?«

»Na ja, in gewisser Weise. Der Vogelm… Melchior hat mit Reverend Talbot gesprochen. Ich habe mich rangeschlichen und gelauscht. Was ich eigentlich nicht durfte.«

»Und seine Prophezeiung hat sich bewahrheitet?«

»Ja. Melchior hat sogar ihre Namen gewusst. Obwohl sie nicht krank waren, haben die Leiter des Waisenhauses sie gleich von uns abgesondert, und sie baten Melchior, uns allen die Medizin zu geben, vorsorglich, so sagten sie.«

»Was hat er euch verabreicht?«, fragte ich.

»Ich glaube, es war das da.« Sie deutete auf die Schale, die auf dem Tisch stand. Die Schale, die ich Galen zum Kosten gegeben hatte.

Venezianischer Theriak. Schon wieder. Genau danach hatten Melchiors Gefolgsmänner gestern gefragt. *Unser Meister befahl uns, hierherzukommen. Er meinte, Blackthorns Theriak sei der beste.*

Es brauchte eine Menge Theriak für ein ganzes Waisenhaus. »Habt ihr alle davon bekommen?«, fragte ich.

Sally nickte. »Melchior war einverstanden, uns allen etwas zu geben, obwohl er sagte, dass die Medizin nicht ändern könnte, was Gott beschlossen habe. Und so war es auch.« Sie schlang ihre Arme um die Knie und zog sie eng an ihre Brust. »Danach wurden noch mehr krank. Reverend Talbot schickte die Kranken ins Pesthaus und schloss das Waisenhaus. So kam ich hierher.«

Mir war eiskalt geworden. Ich erzählte Sally, was Melchior im Rathaus zu mir gesagt hatte. Sie hörte zu, die Hand entsetzt vor den Mund geschlagen.

»Bitte sag Tom nichts davon«, bat ich. »Das würde ihm nur

Angst machen.« Als ob ich selbst nicht bereits krank vor Angst gewesen wäre.

»Bist du sicher, dass Melchior ihn gemeint hat?«, fragte sie.

»Wen sonst sollte er meinen?« Natürlich bedeuteten mir Isaac, Dr. Parrett und Lord Ashcombe auch etwas. Aber Tom ... Abgesehen von Meister Blackthorn war er meine einzige Familie. Allein schon der Gedanke daran, dass er krank werden könnte, verursachte mir Übelkeit. Ich wusste nicht, was ich ohne ihn machen sollte.

»Glaubst du, dass Melchior wirklich den Todesengel sehen kann?«, fragte Sally.

»Ich weiß es nicht. Ich meine ...« Ich erzählte ihr auch, was ich über die Erzengel Michael und Samael gelesen hatte. »Und ich habe ebenfalls schon Dinge gesehen ... Ich habe ihre Macht erlebt.« Ich schüttelte den Kopf. »Ich wünschte, ich wüsste, was Melchior tut. Wenn er den Leuten nicht helfen kann, was bezweckt er dann mit seinen Weissagungen? Warum ist er überhaupt ein Pestarzt? Was predigt er da in dieser Kirche? Und dann sind da noch seine Männer, seine Anhänger.«

»Die waren auch im Waisenhaus«, sagte Sally. »Sie haben ihn begleitet, während er die Kinder untersuchte. Es war, als hätte er seine eigene Armee dabei.«

Das war es. »Es *ist* eine Armee.« Ich setzte mich auf. »Sie sind genau wie Soldaten. Sie befolgen *seine* Befehle.«

»Na und?«

»Einer von ihnen ist gestern hier eingebrochen.«

»Wirklich? Was wollte er?«

»Ich bin mir nicht sicher. Aber der Punkt ist, dass sie alles tun, was Melchior ihnen sagt. Wenn also einer seiner Männer hier eingebrochen ist, dann ...«

Sallys Augen wurden groß. »Dann geschah das auf Melchiors

Befehl. Aber … was hat ein Prophet in einer Apotheke zu suchen?«

Seine Männer hatten behauptet, dass sie den Theriak haben wollten. Aber der war nicht gestohlen worden. »Ich habe keine Ahnung, was er will«, gestand ich. »Und genau das macht mir Sorgen. Ich muss mehr über ihn erfahren.«

Sally strahlte mich an. »Tja, in dem Fall«, sagte sie, »weiß ich genau, wo wir suchen müssen.«

Kapitel 17

Ein Gutes hatte Melchiors rauchende Vogelmaske: Er fiel auf. Er blieb nirgends unbemerkt. Ich wollte dort nach Informationen suchen, wo üblicherweise am meisten getratscht wird: in den Tavernen, den Kaffeehäusern, auf den Märkten. Aber Sally wusste etwas Besseres.

»Er wohnt in Saint Andrew's«, sagte sie.

»In der Kirche neben Cripplegate?«, sagte ich. »Was ist mit Reverend Glennon?«

»Der ist weggelaufen, als die Pest kam. Melchior ist kurz danach eingezogen. Am nächsten Tag kam er zu uns und machte seine Weissagungen.«

Melchior und Cripplegate. Die zwei Dinge, die ich am meisten verabscheute, einträchtig beisammen. »Er wohnt also im Pfarrhaus, vermute ich mal.«

Sie schüttelte den Kopf. »Nein, in der Kammer des Kirchendieners, unter der Kapelle.«

Das war merkwürdig. Im Pfarrhaus hätte er es viel bequemer als in einem dunklen, feuchten Keller. Warum bezog er ausgerechnet dort Quartier? »Ich frage mich, woher er kommt.«

»Reverend Talbot sagt, vom Kontinent.«

Ich runzelte die Stirn. Selbst durch die Maske hörte man, dass Melchior keinen Akzent hatte. »Für mich klingt er nach einem Engländer.«

Sally zuckte mit den Schultern. »Talbot sagte, dass Pestärzte von einer Stadt zur nächsten ziehen und dorthin gehen, wo sie gerade gebraucht werden.«

Wir gingen in Richtung Kirche, aber wir kamen nicht dort an. Als wir Cheapside durchquerten, hob ich die Hand. »Warte.«

Aus südlicher Richtung kamen die Geräusche einer Menschenmenge. In diesen Zeiten konnte das nur zweierlei bedeuten: entweder ein Aufruhr, wobei dies nicht danach klang, oder … Wir eilten den Geräuschen entgegen. Und wir fanden ihn.

Melchior ging an der Spitze einer Menge von etwa dreihundert Menschen. Genau wie gestern wurde er von acht Männern begleitet. Sie umringten ihren Anführer und schützten ihn vor der erregten und drängelnden Menge. Die Leute riefen seinen Namen. Einige flehten ihn um Hilfe an, andere jammerten und klagten aus voller Kehle, ein raues, unbeherrschtes Geheul, das in den Ohren wehtat.

Melchior dagegen sagte kein Wort. Er ging unbeirrt einfach voran, den Stab mit dem schwarzen Ungeheuer vor sich hertragend. Die viel zu langen Finger seiner behandschuhten Hand umklammerten den Stab.

Sich der Menge anzuschließen war, als würde man in eine Viehherde laufen: Wir wurden förmlich vom Strom der Menschen mitgerissen. Ich versuchte, näher an Melchior heranzukommen, aber es gelang mir nicht, mich durch die Menge zu zwängen. Sally, die kleiner und wendiger war, schlüpfte durch die Masse und verschwand.

Der Weg, den wir gingen, schien willkürlich gewählt zu sein. An Kreuzungen und Straßeneinmündungen wechselte Melchior hin und wieder ganz unvermittelt die Richtung, den Stab hoch erhoben, die Augen durch die Linsen in der Vogelmaske starr geradeaus gerichtet, als ob ihn himmlische Hinweisschilder durch das Labyrinth der Londoner Straßen führen würden. Was immer seinen Weg lenkte, brachte uns schließlich vor ein großes, vierstöckiges Haus an der Ecke der Budge Row und Walbrook Street.

Melchior blieb stehen. Das Haus war versiegelt. Auf die Tür waren das rote Kreuz und die Bitte um Gottes Gnade gemalt. Ein paar Schritte davor brannte ein Feuer. Die Scheite knisterten und knackten und Funken stoben auf. Aus dem dicken Rauch, der über die Kreuzung waberte, zog der Geruch nach Terpentin.

Die Wache an der Tür blickte der Menge nervös entgegen. Melchior trat vor. Diesmal blieben alle anderen zurück. Es wurde still.

»Ich will nach Stadtrat Eastwood sehen«, sagte Melchior mit durch die Maske gedämpfter Stimme.

Noch ein pestkranker Stadtrat, dachte ich. So schnell, wie die Beamten der Stadt sich ansteckten, war es ein Wunder, dass überhaupt jemand bereit war, diese Aufgabe zu übernehmen. Der Wachmann war erleichtert, dass der Pestarzt nicht zu ihm persönlich wollte. Er schloss die Tür auf und Melchior ging ins Haus.

Die Menschen liefen umher, fanden sich zu Grüppchen zusammen und warteten. Ich hielt Ausschau nach Sally, aber ich konnte sie nirgends entdecken. Ich wollte gerade nach ihr suchen, als die Tür aufging. Die Menge verstummte.

Melchior starrte den Wächter an. Der Mann zuckte unter dem Blick der Vogelmaske zurück.

»Wo ist er?«, fragte Melchior.

»Eastwood?« Der Mann riss die Augen auf. »Niemand hat das Haus verlassen, Eure Eminenz, das schwöre ich!«

»Meister Eastwood ist tot«, sagte Melchior. »Ich sprach von dem Engel des Todes. Er weilt nicht länger unter diesem Dach.«

Der Wächter zitterte so sehr, dass er seine Hellebarde fallen ließ. Sie rutschte die Stufen hinunter und klapperte auf die Pflastersteine. »Ich … Ich … Ich …«

Melchior ging zu dem Feuer. In der aufsteigenden Hitze flackerte und bebte seine Maske, als ob sie in den Flammen schmelzen würde. Er griff in die Tasche seines Ledermantels und zog die geschlossene Faust wieder heraus.

Auf der Straße war es still. Erst war nur das Knistern des Feuers zu hören. Dann ein leises, dumpfes Murmeln.

Es war Melchior. Er beugte sich vor und umfasste mit einer Hand seine Faust. Er sagte etwas, das ich nicht verstehen konnte.

Dann, ganz plötzlich, warf er den Arm hoch und aus seiner Hand flogen Hunderte weiße Federn. Der heiße Atem des Feuers trieb sie nach oben und sie sahen aus wie Schneeflocken, die von der Erde in den Himmel fielen. Sie tanzten und kreiselten, schwebten in der Luft. Erst langsam, ganz langsam, dann immer schneller fanden sie zu einem Wirbel zusammen.

Die Federn stiegen bis zu den Dächern der umliegenden Häuser auf. Der Wirbel löste sich auf und die Federn flogen auf ihren eigenen Schwingen durch die Straße.

Und dann, wie durch eine unsichtbare Hand gelenkt, machten sie kehrt, flatterten nach unten und landeten auf der Schwelle eines anderen Hauses.

»Dort«, sagte Melchior. »Der Engel des Todes ist dort.«

Der Schreck fuhr in die Menge und einige Menschen kreischten auf und flohen. Ich stand bloß zitternd da und starrte auf die Federn, die im Schlamm lagen.

Die Morgensonne beschien das Haus, das Melchiors Prophezeiung auserwählt hatte. Das Dach schimmerte rötlich im hellen Licht. Melchior eilte zur Haustür. Seine Anhänger folgten ihm, genauso wie der größte Teil der Menschenmenge.

Eine Hand zupfte an meinem Ärmel.

Ich drehte mich um. Es war Sally. Sie hatte die Finger in den Mund gesteckt.

Mir schwirrte der Kopf. »Was hast du denn?«

»Ifhabfirfiefingerferfang.«

»Was?«

Sie zog die Hand aus dem Mund. »Ich hab mir die Finger verbrannt.«

Ich war über ihre Worte so verdattert, dass ich beinahe vergaß, was ich gerade erlebt hatte. »Lass mich mal sehen.«

Ihre Finger waren rot. An zweien bildeten sich schon Brandblasen. »Wie ist das passiert?«, wollte ich wissen.

»Ich habe mit der Hand in das Feuer gefasst«, sagte sie.

»Warum in aller Welt hast du das getan?«

»Deswegen.«

Sie steckte die verbrannten Finger wieder in ihren Mund und hielt mir ihre andere Hand hin. Auf ihrer Handfläche lagen zwei angekohlte, zusammengerollte Pergamentstreifen. Sie waren lang und schmal, kaum einen Zentimeter breit. Auf einer Seite waren Buchstaben, mit Tinte geschrieben.

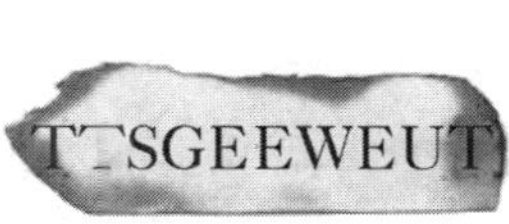

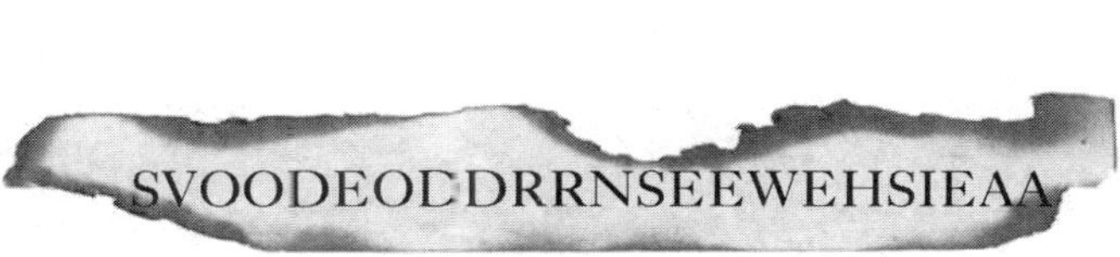

»Wo kommt das denn her?«, fragte ich.

Sally nahm die Finger wieder aus dem Mund und sagte: »Von Melchior. Ich habe gesehen, wie er es aus der Hand genommen hat, während er vor sich hin murmelte. Und als er die Federn hochwarf, hat er es ins Feuer fallen lassen.«

Das war mir nicht aufgefallen. »Ich habe nur auf die Federn geachtet.«

»Genau wie alle anderen«, sagte sie. »Ich glaube, deswegen hat er das gemacht. Er wollte nicht, dass irgendjemand ihn dabei beobachtet, wie er das Pergament verbrennt.«

Kapitel 18

Ich beugte mich über den Tresen und betrachtete die Pergamentstreifen. »Erzähl mir noch mal genau, was du gesehen hast.«

Wir waren nach Hause gegangen, damit ich Sallys Hand verarzten konnte. In der Apotheke hatte ich ihre Finger mit Blackthorns Beruhigender Brandsalbe eingecremt und sie mit Baumwolltüchern verbunden. Dann hatte ich die beiden Pergamentfragmente, die Sally aus dem Feuer geholt hatte, auf dem Tresen ausgebreitet.

Sally hatte eine der Daunenfedern mitgenommen, die Melchior in die Luft geworfen hatte. Im Augenblick saß sie unruhig auf dem Schemel mir gegenüber und zwirbelte die Feder mit ihren unversehrten Fingern hin und her. Ich wünschte, sie würde damit aufhören. Aus irgendeinem Grund machte mich die Feder nervös.

»Ich war ganz vorne«, sagte Sally, »direkt neben Melchior. Als er an dem Feuer stand und anfing zu murmeln, zog er die Federn aus der Tasche. Dann, als er sich vornübergebeugt hatte, hielt er plötzlich inne, als ob ihn etwas überrascht hätte. Dann schob er seine Finger in die Hand mit den Federn und zog das da heraus.« Sie deutete auf die Pergamentstreifen auf dem Tresen. »Dann, als er die Federn hochwarf, ließ er das Pergament mit der anderen Hand ins Feuer fallen. Alle haben hochgeschaut und … ich weiß auch nicht. Ich fand das irgendwie merkwürdig. Wie in Cripplegate, wenn wir etwas vor den

Aufsehern verheimlichen wollten.« Sally verrenkte sich den Hals, um die Buchstaben auf dem Pergament erkennen zu können. »Was meinst du? Was bedeutet das?«

Ich hatte nicht die geringste Ahnung. Nur eins wusste ich sicher: Diese Botschaft war codiert. Und Codes benutzte man, wenn man etwas geheim halten wollte.

Welche Geheimnisse hatte ein Prophet?

Nichts an diesem Mann ergab für mich einen Sinn. Erst ließ er seine Männer in mein Haus einbrechen. Jetzt fanden wir einen Code bei ihm – genau so einen Code, wie ihn mein Meister immer benutzt hatte, wenn er nicht wollte, dass irgendjemand den Inhalt erfuhr.

Ich schüttelte den Kopf. Spekulationen führten zu nichts. Ich musste Melchiors Botschaft entschlüsseln. Unglücklicherweise brachte mich das zu einem neuen Problem.

Der Code ließ sich kaum knacken. Jede codierte Botschaft war eine Herausforderung, weil man erst einmal wissen musste, welche Art von Code man vor sich hatte, ehe man anfangen konnte, die Botschaft zu lesen. Waren bloß die Buchstaben vertauscht, konnte man von Glück sagen – zum Beispiel, wenn E für F stand und F für G und so weiter. Aber manche Codierungen waren unglaublich kompliziert, beinhalteten Buchstabenverschiebungen, für die man einen Schlüssel brauchte.

Wenn man geschickt war, kam man vielleicht selbst auf die Lösung. Aber im Augenblick war mein Kopf so leer wie meine Speisekammer. Schlimmer noch: Wir hatten ja nicht die ganze Botschaft. Sally hatte nur Teile davon aus den Flammen ziehen können. Ich wusste zwar nicht, wie lang der Streifen ursprünglich gewesen war, aber es bestand kein Zweifel daran, dass ein Teil davon verbrannt war. Da Buchstaben fehlten, bestand kaum die Möglichkeit, die Art des Codes herauszufinden.

Trotzdem saß ich vor diesen Fragmenten und brütete. Melchior hatte dieses Pergament unbedingt verstecken wollen. Und deshalb wollte ich unbedingt wissen, was darauf stand.

»Was ist das?«

Erschrocken zuckte ich zusammen.

Ich drehte mich um. Tom stand hinter mir und schaute über meine Schulter auf die Notizen, die ich gemacht hatte. Sein Gesicht war weiß bepudert.

»Wo kommst du denn her?«, fragte ich.

»Galen hat mich aus dem Zimmer geschickt«, sagte er.

»Was hast du angestellt?«

»Nichts. Er will allein sein, irgendetwas Geheimes, denke ich. Ich soll die Tür bewachen.« Er schaute zu den Büchern, die aufgeschlagen vor mir lagen, und die Notizen, die ich auf Papiere gekritzelt hatte. »Codes? Schon wieder?«

Ich erzählte Tom, was vor dem Haus des Stadtrats geschehen war. »Noch eine Prophezeiung«, sagte er mit großen Augen.

»Nun ... ja«, sagte ich und erschauerte bei der Erinnerung daran. »Aber guck mal, was Sally gefunden hat. – Wo ist sie überhaupt?«

Sie hatte Melchiors Feder auf einem Bündel mit Aufzeichnungen liegen gelassen. Bridget hockte daneben, am Rand des Tresens. Von Sally war nichts zu sehen.

Jetzt war ich vollends verwirrt. »Wie lange habe ich ...? Wie spät ist es?«

»Zwei Uhr.« Mit einem sehnsüchtigen Blick schaute Tom zu unseren Vorräten, die wir in der Ecke aufgestapelt hatten. »Kann ich bitte etwas zu essen haben? Galen gestattet mir keine Mahlzeit, während wir arbeiten. Ich nasche seit einer Stunde vom Zucker.«

Angesichts der weißen Spuren auf seinem Gesicht hätte man meinen können, er hätte den ganzen Kopf in den Zuckertopf gesteckt. Aber jetzt, wo er es sagte, merkte ich, dass ich auch Hunger hatte. Bei dem Versuch, Melchiors Code zu knacken, hatte ich völlig die Zeit vergessen.

Tom schnitt für uns beide ein großes Stück Käse ab. Wir hatten kein Brot, weil wir – seit Galen den Arbeitsraum übernommen hatte – nicht mehr an den Ofen herankamen.

»Wir müssen nachts backen, wenn er weg ist«, sagte ich. Tom schaute missmutig drein. »Ich mache das schon«, sagte ich. »Du musst nicht hierbleiben.«

Er seufzte. »Nein, schon gut. Ich kann …«

Die Eingangstür ging auf und Sally kam herein. Sie summte ein neues Lied.

»Wo warst du?«, fragte ich.

»In der Taverne gegenüber«, sagte sie. »Ich habe mit dem Mädchen dort gesprochen, mit Dorothy.«

Ich schaute durch das Fenster zum »Grünen Ochsen«. »Was hat sie gesagt?«

»Nichts über Melchior.«

Sie lächelte Tom an. Er wurde rot und stopfte sich Käse in den Mund. Ich unterdrückte ein Lachen, und Sally ließ sich auf einem Schemel zwischen uns nieder und nickte zu dem Buch, in dem ich gerade gelesen hatte. »Hast du etwas gefunden?«

Ich schüttelte den Kopf. »Und du?«

»Ich weiß nicht genau.« Sie nahm Melchiors Feder und schob mir das Buch zu, auf dem sie gelegen hatte. Es war eine Sammlung von Aufzeichnungen meines Meisters. Auf den Einband hatte er den Titel geschrieben.

Beobachtungen über das Verhalten der Vögel

»Das habe ich bei den anderen Büchern gefunden«, sagte sie. »Ich habe mir überlegt, ob Melchior diese Federn vielleicht aus einem bestimmten Grund benutzt hat, daher habe ich versucht, den passenden Vogel dazu zu finden.« Sie hielt Tom die Feder hin. »Ich glaube, sie kommt von einer Taube.«

Tom wusste offensichtlich nicht, was er mit dieser Information anfangen sollte. Ich genauso wenig. Melchior hatte diese Federn benutzt, um herauszufinden, welchen Weg der Engel des Todes genommen hatte. War es von Bedeutung, auf welche Weise er diese Weissagung vollzogen hatte?

Ich fing an, die Notizen meines Meisters durchzublättern. Bridget, die wohl gemerkt hatte, dass wir über Vögel sprachen, plusterte sich auf, schlug majestätisch mit den Flügeln und marschierte über den Tresen zu mir. Sie stieg auf das Buch und gurrte, woraufhin ich sie hochhob und streichelte.

Der Gedanke an Vögel erinnerte mich an etwas, was mir mein Meister während einer Lektion über die alten Römer erzählt hatte. Die Römer hatten Priester, die Auguren genannt wurden und die den Flug der Vögel studierten, um die Zukunft vorherzusagen. Auch die Vogelart, die man dabei beobachtete, spielte eine Rolle. Vielleicht war es hier genauso. Wenn eine Weissagung so ähnlich war wie ein Rezept, dann waren die Zutaten, die man verwendete, wichtig. Wenn wir herausfanden, warum Melchior diese Federn benutzt hatte, dann konnten wir vielleicht darauf schließen, wie er …

Ich erstarrte mitten in der Bewegung, die Seite halb umgeblättert.

Sally, die mich beobachtete, fragte: »Was ist?«

Ich hob Bridget vor mein Gesicht und starrte sie an. Mein Puls raste.

»Vögel«, sagte ich.

Bridget gurrte.

»Ist mir irgendwas entgangen?«, fragte Tom.

Ich reichte ihm Bridget und nahm das Buch. Mit der Hand fuhr ich über den Titel. *Beobachtungen über das Verhalten der Vögel.*

»Du hast es gefunden«, hauchte ich.

Tom schaute Bridget an. »Hab ich? Was denn?«

»Nicht du. Du.« Und damit deutete ich auf Sally.

Ich blätterte durch die Seiten, schnell und hektisch, und fand, wonach ich suchte – im letzten Abschnitt, dem längsten, denn dies waren die Vögel, über die Meister Benedict am besten Bescheid wusste.

Tauben

Immer schneller und schneller blätterte ich das Buch durch, kaum noch auf die Worte achtend. Als ich zur vorletzten Seite kam, fiel ein gefalteter Zettel heraus. Er rutschte über den Tresen und segelte zu Boden.

Sally hob ihn auf und faltete ihn auseinander. Dann hielt sie ihn mir hin. »Für dich.«

Es war die Handschrift von Meister Benedict. Mein Herz hämmerte und ich fing an zu lesen.

Christopher,
wenn der junge Vogel sich niederlässt, an seinem
rechtmäßigen Platz,
dann – versteckt zu seinen Füßen – findet er seinen Schatz.

Die geheime Botschaft meines Meisters ... *Studiere unsere Vögel* ... Damit war nicht gemeint, ich solle sie beobachten. Ich sollte sie *studieren*. Hier, in seinen Aufzeichnungen.

»Das ist es«, sagte ich. »Das ist der Hinweis.«

»Was ist der Hinweis?«, fragte Tom.

»Der Zettel ist von Meister Benedict.« Ich hielt die Botschaft meines Meisters hoch. »Hier steht, wie wir den Schatz finden.«

Kapitel 19

Tom riss mir den Zettel aus der Hand. Sally beugte sich über den Tresen, um ihn ein zweites Mal zu lesen. Was mich betraf, so verwandelte sich die Aufregung über die Entdeckung rasch in Enttäuschung.

»Das nutzt mir nur leider gar nichts«, sagte ich, »wenn Melchiors Männer den Schatz schon gestohlen haben.«

»Das weißt du doch gar nicht«, sagte Tom mit einer Engelsgeduld.

Sally schaute mich verständnislos an. Ich zögerte, weil ich mir nicht sicher war, wie viel ich ihr sagen sollte. Dann seufzte ich. Sie hatte die Botschaft bereits gelesen und gehört, wie Tom und ich uns über den Schatz unterhielten. Es hatte keinen Sinn, ihr etwas vorzuenthalten. Außerdem, wenn sie wirklich vorgehabt hätte, mich zu bestehlen, hätte sie sich gestern, als sie allein im Laden aufgewacht war, über meine Vorräte hermachen und fliehen können. Es gab also im Moment keinen Grund, ihr nicht zu vertrauen.

Ich erklärte ihr, was vor sich ging, und zeigte ihr den Brief meines Meisters mit den eingekreisten Buchstaben. Sie runzelte die Stirn.

»Und warum denkst du, der Dieb hätte den Schatz gefunden?«

»Ich habe den Brief auf dem Tresen liegen lassen, als wir zum Markt gingen«, sagte ich. »Der Dieb muss ihn gesehen haben.«

»Aber in dem Brief steht doch nicht, wo der Schatz ist. Da steht bloß …«

Ruckartig setzte ich mich auf. »… wo ich den nächsten Hinweis finde.«

Meine Gedanken rasten. Sally hatte recht. Der Brief führte nicht zum Schatz, sondern nur zu einer weiteren Botschaft. Selbst wenn der Dieb die Botschaft enträtselt hätte, hätte er daraus noch lange nicht schließen können, wo der Schatz versteckt war.

Das bedeutete also … In Gedanken ging ich alle Möglichkeiten durch.

Der Dieb hatte das Rätsel des Briefs gelöst, diese Botschaft gefunden und danach auch den Schatz. Sehr unwahrscheinlich.

Der Dieb war auf der Suche nach dem Schatz gewesen und hatte ihn zufällig gefunden. Möglich, aber ebenso unwahrscheinlich.

Der Dieb hatte nichts gefunden und war mit leeren Händen wieder abgezogen. Auch möglich, aber auch unwahrscheinlich. Wenn man irgendwo einbricht, dann doch in der Absicht, etwas zu stehlen, es ergab also keinen Sinn, nichts Wertvolles mitgehen zu lassen.

Oder aber der Schatz war nie der Grund für den Einbruch gewesen – und der Dieb war wegen irgendetwas ganz anderem hier gewesen.

Ich konnte mir immer noch nicht vorstellen, was das sein sollte. Sally und Tom hatten auch keine Ahnung. Dafür hatte Tom aber eine gute Idee. »Warum suchen wir nicht einfach nach dem Schatz? Wenn wir das Versteck finden, dann sehen wir ja, ob er noch da ist oder nicht. Dann weißt du, ob der Dieb ihn gestohlen hat. Richtig?«

Vollkommen richtig. Beseelt von neuem Mut strich ich den

Zettel auf dem Tresen glatt. *Wenn der junge Vogel sich niederlässt*, stand da. Schon wieder Vögel.

Das war interessant. Meister Benedict hatte sich immer gut um unsere Tauben gekümmert, und zwar nicht nur, weil sie eine wertvolle Quelle für Salpeter waren. Nachdem ich zu ihm gekommen war, hatte er mir die Fürsorge der Vögel übertragen. Aber manchmal hatte er noch selbst nach ihnen gesehen. Er meinte, dann könnte ich mehr Zeit auf meine Studien verwenden, doch ich hatte den Verdacht, dass er sie einfach gern mochte.

»Habt ihr nicht oben auf dem Dach einen Taubenschlag?«, fragte Sally.

»Da haben wir schon gesucht.« Ich packte Tom am Ärmel. »Aber wir haben nicht *darunter* nachgesehen. Das ist es, Tom. Das ist es!«

Tom runzelte die Stirn. »Was ist denn unter dem Taubenschlag?«

»Der Dreck auf dem Boden. Und das, was darüber ist.«

»Und was ist das?«

»Taubenkacke!«, rief ich triumphierend.

Tom und Sally wechselten einen Blick. »O-kay …«, sagte Tom langsam.

»Ich mein's ernst. Lies doch den Hinweis.« Ich deutete auf den Zettel. »Da: ›das Kostbare versteckt zu seinen Füßen‹. Das Kostbare. Zu seinen Füßen. Taubenkacke ist nämlich wirklich kostbar. Daraus macht man Salpeter. Deshalb haben wir überhaupt Tauben gehalten!«

Tom dachte nach. »Das ist ziemlich clever«, sagte er schließlich. »Aber ist da überhaupt genug Platz, um einen Schatz zu verstecken? Da oben ist nicht viel Dreck und Erde.«

Ich überlegte. Tom hatte recht. Die Erdkrume unter dem

Taubenschlag war nur dünn. Wenn wir den Kot abschabten, ging auch die meiste Erde ab, und darunter war …

»Die Dachschindeln!«, rief ich. »Darunter liegen die Dachschindeln! Wenn Meister Benedict eine hochgehoben hat, dann konnte er den Schatz darunter verstecken. Und wenn das Dach mit Erde bedeckt ist, sieht niemand, dass da irgendetwas ist. Das ist brillant!« Ich schüttelte Toms Arm. »Wer käme schon auf die Idee, unter Vogelkacke nach einem Schatz zu suchen?«

»Nur du«, sagte er.

Ich ignorierte die spitze Bemerkung. »Komm schon.«

»Wohin?«, fragte Tom.

»Aufs Dach, wohin denn sonst?«

»Galen lässt uns doch nicht durch den Arbeitsraum.«

»Wir borgen uns von einem Pestwächter eine Leiter.«

»Wo kriegen wir denn eine so lange Leiter her, mit der wir auf dein Dach klettern können?«

»Gar nicht«, sagte ich. »Wir steigen so hoch es geht und klettern das letzte Stück am Fachwerk hoch.«

Tom starrte mich entsetzt an. »Am Fa… Fa… Was?!«

»Was ist denn?«, fragte ich.

»Ich klettere nicht an deinem Haus hoch!«

»Warum nicht?«

»Ich glaube, die Frage kannst du dir selbst beantworten.«

»Wir gehen doch andauernd hoch aufs Dach.«

»Ja, durch die Luke, aber doch nicht die Wände hoch! Können wir nicht einfach warten, bis Galen fertig ist?«

»Ich will nicht warten!«, sagte ich laut.

Tom bedeutete mir, leise zu sprechen, und warf einen Blick zur Tür des Arbeitsraums.

Aber mir war jetzt alles egal. »Was macht er überhaupt da

drin?«, fragte ich. »Wenn er dich bloß immerzu Sachen zerkleinern lässt, was tut *er* dann die ganze Zeit?«

Tom dachte nach. »Er liest. Da drin sind doch jede Menge Bücher. Oh, und einmal habe ich gesehen, wie er sich an einem kleinen Lederbeutel zu schaffen gemacht hat. So wie der, den er Henry gestern zugeworfen hat.«

Noch so ein Lederbeutel? »Du hast wahrscheinlich nicht gesehen, was drin war, oder?«

»Nein. Er benutzt fast nie irgendwelche Gerätschaften, wenn ich in der Nähe bin.« Tom ruckte mit dem Finger zum Arbeitsraum. »Ich glaube, deshalb hat er mich rausgeschickt. Er will nicht, dass ich sehe, was er macht.«

Aber ich wollte es sehen. Das Problem war nur, dass ich nicht wusste, wie ich es anstellen sollte. Hinten am Haus gab es keine Fenster. Meister Benedict hat sie zumauern lassen, als er den Laden gekauft hat, damit keiner hineinschauen konnte. Aus diesem Grund hat er auch kleine Metallplättchen über den Schlüssellöchern anbringen lassen. Ich hatte rein gar keine Möglichkeit, Galen zu beobachten …

Moment mal. Doch, die hatte ich!

»Nein«, sagte Tom.

»Nein – was?«, fragte ich.

»Was auch immer du gerade denkst.«

»Ich habe doch noch gar nichts gesagt.«

»Dann sag es auch nicht!«

»Ich weiß, wie wir Galen beobachten können«, sagte ich.

»Du machst diese Tür nicht auf«, sagte Tom.

»Muss ich gar nicht. Wir klettern hoch aufs Dach, wie ich sagte. Aber von da aus gehen wir wieder ins Haus. Dann schleichen wir uns wieder nach unten und gucken in das Arbeitszimmer …«

»Wie sollen wir ins Haus kommen? Die Luke ist verriegelt.«

»Nein, ist sie nicht«, sagte ich. »Ich habe sie heute Morgen entriegelt.«

Tom drehte sich zu Sally um. »Ach, hätte er es doch bloß nicht gesagt!«

»Der Plan ist perfekt«, behauptete ich.

Tom verschränkte die Arme vor der Brust. »Erstens, wenn Galen dich sieht, wird er glauben, dass du ihm sein Rezept stehlen willst. Er wird dich nicht nur aus deinem Haus werfen. Er wird dich auch in Eisen legen lassen. Und zweitens kann dein Plan gar nicht funktionieren, weil du nie die Treppe runterkommst. Die Stufen knarren viel zu laut. Galen wird dich schon beim ersten Schritt hören.«

Da musste ich ihm leider recht geben. Ich sackte auf meinem Schemel zusammen. »Ich will mein Zuhause wiederhaben.«

Dann hatte ich eine Idee.

»Nein!«, rief Tom.

»Ich hab doch noch gar nichts gesagt!«

»Dann lass es auch!«

»Wenn wir am Geländer runterrutschen …«

Die Glocke über der Eingangstür ersparte mir Toms Entgegnung. Herein trat Dr. Parrett, in Begleitung von Henry, der ein großes Kassenbuch dabeihatte.

»Wunderbare Neuigkeiten«, sagte Dr. Parrett. Sein Hemd und seine Jacke waren zerknittert, als hätte er in seinen Kleidern geschlafen – oder als hätte er gar nicht geschlafen. Aber seine Augen leuchteten. »Aldebournes Tochter ist vollständig genesen! Und nachdem Stadtrat Dench die Medizin bekommen hatte … nun, sagt Ihr es ihnen, Henry, Ihr habt das Pulver verabreicht.«

Henry schien noch ganz benommen zu sein. »Es wirkt. Der

Stadtrat erholt sich. Er wird gesund. Ich … Ich habe mich geirrt. Galen hat wahrhaftig ein Heilmittel gefunden.«

Mir war, als würde mir eine riesige Last von den Schultern genommen. Ich konnte die Nachricht kaum glauben, nach all dem Schrecken, den wir durchlebt hatten, aber zum ersten Mal seit Monaten empfand ich keine Angst mehr. Weder Tom noch Sally sagten ein Wort, doch auf ihren Gesichtern konnte ich dieselbe Freude sehen. Und dieselbe Erleichterung.

Auch Dr. Parrett und Henry waren voller Begeisterung, obwohl es Henry jetzt peinlich war, dass er der ganzen Sache am Anfang nicht getraut hatte. »Ich vermute, Galen wird mir meine Zweifel bis zum Sanktnimmerleinstag unter die Nase reiben. Aber ich habe es verdient.«

»Wir wollen zu ihm«, sagte Dr. Parrett. »Ist er im Arbeitszimmer?«

Tom trat ihm in den Weg. »Tut mir leid, Doktor. Meister Galen hat mich angewiesen, niemanden hineinzulassen.«

Dr. Parrett trug die Zurückweisung mit Fassung und guter Laune. »Dann werde ich hier draußen auf ihn warten.«

Henry war nicht ganz so gelassen. »Nein, nein«, widersprach er. »Wir müssen sofort mit Galen reden. Es gibt ein ernstes Problem mit seiner Liste.« Er hielt das Buch hoch, das er mitgebracht hatte.

»Was stimmt damit nicht?«, wollte ich wissen.

Henry schlug das Buch auf und zeigte uns die Liste, die Galen ihm übergeben hatte. Ich verstand sofort, wo das Problem lag. Galen hatte die Zutaten tonnenweise geordert. Wie bei den Krügen im Arbeitsraum, die Tom mir gezeigt hatte, waren einige Inhaltsstoffe ziemlich gewöhnlich – Nelkenpulver, Holzkohle, Lavendel, Zucker –, aber andere waren schwer zu beschaffen, besonders in großen Mengen. Was Galen verlangte, reichte aus, um ein Dutzend Apotheken zu bestücken. Ich konnte mir nicht vorstellen, was das alles kostete.

Henry schon. »Eintausend Pfund. Und das ist bloß für die erste Schiffsladung und die Miete für das Lagerhaus. Die Gesamtsumme wird zehnmal so hoch sein, mindestens.«

»Es ist gut angelegtes Geld.«

»Ja, aber woher kommt es?«

Dr. Parretts Stimme klang ungeduldig, als würde er diese Diskussion nicht zum ersten Mal führen. »Aldebourne hat Euch angewiesen, es aus der Almosenkasse zu nehmen.«

»Aber dann bleibt nichts mehr übrig«, sagte Henry. »Wovon soll ich die Ärzte bezahlen, die Schwestern, die Quarantäne-Wachen? Und die Armen, wie sollen wir die ernähren? Ich kann eine Stadt doch nicht aus der Handkasse finanzieren!«

»Wir müssen uns um die Finanzen keine Sorgen machen, wenn die Pest erst einmal besiegt ist.« Obwohl Dr. Parrett ruhig blieb, war seine Gereiztheit nicht zu überhören.

»Ja, aber es wird Wochen dauern, um genügend Medizin herzustellen. Was sollen wir bis dahin machen?«

»Sparen. Den Gürtel enger schnallen. Ich verzichte auf mein Gehalt, wenn Euch das beruhigt, Mann!«

Henry war wie vor den Kopf geschlagen. »Ich … nun ja. Das ist sehr großzügig von Euch, John, aber das kann keine zweihunderttausend Bedürftigen ernähren. Galen kann doch gewiss wenigstens ein paar billigere Alternativen für einige dieser Zutaten finden.« Er schob sich an Tom vorbei und klopfte an die Tür zum Arbeitsraum. »Galen! Könntet Ihr bitte kurz aufmachen? Ich muss mit Euch sprechen.«

Dr. Parrett ließ die Diskussion nicht auf sich beruhen. »Andere werden ebenfalls Opfer bringen, Henry. Sie können doch gar nicht anders, wo so viele Menschen sterben!«

Henry bedachte ihn mit einem ungläubigen Blick. »Und ob sie das können, Sir! Ihr wärt überrascht. Aber das ist gar nicht der Punkt. Ohne diese Rücklagen werden die Menschen verhungern, ehe irgendjemand die Medizin verabreicht bekommt!«

»Dann holen wir sie zurück!«, schrie Dr. Parrett.

Henry schaute ihn verwirrt an. »Was um alles in der Welt meint …?«

RUMS.

Der Schlag kam aus dem Arbeitszimmer. Wie eine Axt, die in einen Baumstamm geschlagen wird.

Dann hörten wir den Schrei.

»Hilfe!«

Das war Galens Stimme.

»Hilfe! Hiiiilfe! Hiiiiiiiiiiiiiilfe!«

Henry packte den Türgriff und drehte daran.

Er rührte sich nicht.

Galen schrie weiter.

»Was soll das? Ist die Tür abgeschlossen?«, wunderte sich Henry.

Tom, der zur Salzsäule erstarrt war, schüttelte den Kopf.

»Und warum öffnet sie sich dann nicht?«

Die Tür sprang auf. Und wir alle, wie wir da waren, stolperten einer nach dem anderen in den Arbeitsraum.

Die Hintertür schwang leicht im Wind hin und her. Mein Blick glitt von der offenen Tür zu der gegenüberliegenden Ecke des Raums. Dort kauerte Galen an der Wand und schrie.

»Hilfe! Mörder! Hilfe!«

Einen Augenblick lang dachte ich, der Mann sei verrückt geworden. Es war doch niemand hier außer uns.

Dann sah ich den blutigen Schnitt auf seiner Wange. Und

dicht an seinem Hals ragte ein hölzerner Schaft mit einem gefiederten Ende aus dem Holzbalken hinter ihm. Der Pfeil hatte sich durch Galens gerüschten Kragen gebohrt und ihn an der Wand festgenagelt.

Kapitel 20

Galen konnte sich gar nicht beruhigen. Nachdem wir ihn von dem Pfeil befreit hatten, blieb er noch eine ganze Weile in seiner Ecke und kreischte jeden an, der es wagte, sich ihm zu nähern. Irgendwann ließ er sich von uns überzeugen, dass ihm keine Gefahr mehr drohte. Schlagartig änderte sich seine Stimmung. Wie ein Löwe marschierte er in der Apotheke auf und ab, wütete und tobte und schwafelte etwas von Dieben, Attentätern und Verschwörern.

Dr. Parrett schließlich konnte aus Galen herauslocken, was er gesehen hatte – was sich auf das Näherkommen eines Armbrustpfeils beschränkte, der von einem schäbig gekleideten Mann durch die offene Hintertür abgefeuert worden war. Dr. Parrett schüttete ihm heimlich ein bisschen Mohnsaft in seinen Wein, woraufhin Galen sich etwas beruhigte.

Henry sah aus, als könnte er ebenfalls etwas Mohnwein gebrauchen. Er war außer sich, aber nicht nur wegen des Anschlags auf Galen. Die Neuigkeit, dass Galen eine wirksame Heilmethode gegen die Pest gefunden hatte, breitete sich wie ein Lauffeuer in der Stadt aus, und die Aufhebung der Quarantäne von Stadtrat Aldebournes Haus hatte nur noch Öl in die Flammen gegossen. Wenn die Menschen erfuhren, dass ein Mordanschlag auf ihren Wohltäter verübt worden war und sich der Übeltäter noch in den Straßen herumtrieb, war nicht auszudenken, was geschehen würde.

»Ihr dürft niemandem etwas davon sagen«, beschwor Henry

uns. Nachdem wir unser Einverständnis gegeben hatten, eilte er zum Rathaus, um Verstärkung anzufordern. Er kehrte mit zehn Soldaten zurück, die Galen in ihre Mitte nahmen und wegführten. Dr. Parrett begleitete sie, und so blieben Tom, Sally und ich allein zurück und wechselten sprachlose Blicke. Wir standen alle noch unter dem Schock des Erlebten.

Jemand hatte versucht, Galen zu ermorden. Man hatte versucht, den Mann umzubringen, der eine Medizin gegen die Pest gefunden hatte.

Der Pfeil, der Galen getroffen und den Tom aus der Wand gezogen hatte, lag noch auf dem Tresen. Sally hatte die Armbrust in dem überwucherten Kräutergarten hinter dem Haus gefunden. Der Attentäter hatte sie auf der Flucht weggeworfen, um unentdeckt zu entkommen.

Es war merkwürdig, wie unheimlich uns das Ding vorkam. Wenn Tom und ich gestern eine Armbrust gefunden hätten, hätten wir damit vermutlich auf alles Mögliche geschossen. Jetzt wollte keiner von uns die Waffe auch nur anfassen. Dieses Ding hätte beinahe Galen getötet – und mit ihm Tausende und Abertausende mehr, die ohne seine Medizin zugrunde gehen mussten.

»Das ist doch verrückt«, sagte Tom verstört. »Wer würde so etwas tun? *Warum* würde irgendjemand so etwas tun?«

Es war Sally, die der Antwort auf die Spur kam. Jemand hatte in der Nähe des Abzugs ein Symbol in das Holz der Armbrust geschnitzt.

»Aber … das ist doch Melchiors Zeichen«, sagte Tom verdattert. »Das auf den Bronzemedaillons. Und genau das gleiche wie das auf Melchiors Brust.«

»Nein«, sagte ich leise. »Es ist das genaue Gegenteil davon.«

»Was meinst du?«

Ich nahm die Waffe, die kleiner war als eine gewöhnliche Armbrust – geschaffen für einen Hinterhalt, nicht für den Krieg. Trotzdem drückte mir ihr Gewicht in die Handfläche.

Ich hielt sie, als wollte ich damit schießen. Das Symbol lag direkt unter der Hand, mit der ich den Abzug betätigen würde. Ich hatte das Gefühl, dass es mir die Haut versengte.

Ich legte die Armbrust weg. Auf einem Papierschnipsel skizzierte ich das Symbol von Melchiors Medaillon und legte es neben das auf der Armbrust.

»Melchiors Symbol ist eine Kombination aus zwei verschiedenen Zeichen«, sagte ich. »Das Dreieck steht für Feuer. Das mit der Spitze nach unten weisende Schwert ist das Zeichen des Erzengels Michael.«

Tom starrte mich mit weit aufgerissenen Augen an. Er glaubte zu wissen, worauf ich hinauswollte. Ich schüttelte den Kopf. »In diesem Fall bilden die beiden Symbole zusammen mit den Worten – *contra malignitatem protege nos*, *beschütze uns vor dem Bösen* – einen Schutzschild, ein Amulett gegen das Böse. Das andere Symbol besteht dagegen nur aus einem einzigen Zeichen. Das Dreieck über dem kurzen Kreuz repräsentiert Schwefel. Schwefel kann viele Bedeutungen haben, aber in diesem Fall weist er meiner Meinung nach direkt in die Hölle – und damit auf Dämonen oder gefallene Engel wie Samael. Die Inschrift lässt keinen Zweifel daran.«

»Was sagt sie?«, fragte Sally.

»Cadete ante iram suam.« Die Worte stachen in meine Lippen. »Das heißt: ›Fallt nieder vor seinem Zorn.‹«

Meine Haut brannte immer noch, wo sie mit dem Zeichen auf der Armbrust in Berührung gekommen war. Ich wischte mir die Hände an den Hosenbeinen ab, als ob ich sie mir schmutzig gemacht hätte. »Das hier ist kein Schutzschild. Es ist ein Zeichen für die Verehrung des Todesengels.«

Trotz Henrys Bemühungen, das Attentat auf Galen geheim zu halten, hatte sich nach wenigen Stunden eine tobende Menge vor dem Rathaus versammelt. Tom, Sally und ich schlossen uns in der Apotheke ein, verriegelten die Tür und verbarrikadierten die Fenster, bis es dunkel wurde. Auf den Straßen war es nicht mehr sicher.

Als es an die Tür klopfte, erstarrten wir vor Schreck. Wir blieben mucksmäuschenstill und lauschten, bis wir durch die Tür Dr. Parretts Stimme vernahmen. »Christopher, ich bin's.«

Henry war bei ihm, ein zutiefst erschütterter Henry. Und sie hatten noch jemanden bei sich, einen Beamten der Stadtwache. Ich ließ sie ein und warf dann schnell die Tür hinter ihnen zu.

»Wie haben die Leute es herausgefunden?«

»Durch Galen«, sagte Henry verzweifelt. »Nachdem das Beruhigungsmittel, das John ihm verabreicht hatte, nachgelassen hat, schrie er, man wolle ihn ermorden, es seien Attentäter in der Stadt unterwegs. Einer der Männer, die zu seinem Schutz abgestellt waren, hat es dann vermutlich weitererzählt. Das ist eine Katastrophe. Eine *Katastrophe.*«

Auch Dr. Parrett wirkte fahrig. »Jetzt ist ja alles gut. Galen ist in Sicherheit.«

»Ihr habt leicht reden.« Henry zerrte an seinem Kragen, der schweißfeucht war. »Ein Attentäter! Der Bürgermeister will meinen Kopf. Und wer weiß, vielleicht kommt Aldebourne seiner Bitte nach!«

Henry hatte allen Grund, sich Sorgen zu machen. Hier ging es nicht nur um seinen Posten. Wenn die Bevölkerung Londons zu dem Schluss kam, dass Henry Galen unzureichend beschützt hatte, dann würden ihn die Leute in der Luft zerreißen. Allerdings fand ich, dass er sich immer noch nicht genug Sorgen um Galen machte. Vier Zentimeter weiter links, und der Apotheker wäre verloren gewesen – und mit ihm sein kostbares Rezept. Der Mörder hatte nicht nur versucht, Galen umzubringen. Er hatte einen Anschlag auf uns alle verübt.

Sally hatte sich auf dem Fenstersitz zusammengerollt und beobachtete wie immer schweigend die Szene. Tom kauerte sich neben sie. Ich glaube, er stand immer noch unter Schock.

»Hat irgendjemand den Attentäter auf der Flucht beobachtet?«, fragte ich.

Verzweifelt warf Henry die Arme in die Luft. »Keine Menschenseele! Niemand hat irgendetwas gesehen!«

Ich hatte nichts anderes erwartet. Normalerweise hätten sich bei Galens Gekreische Dutzende von Schaulustigen versammelt, aber heutzutage achtete niemand mehr auf irgendwelche Hilfeschreie. Und einem schäbig gekleideten Mann schenkte man keine Beachtung. Das war ein ganz alltäglicher Anblick auf unseren Straßen.

»Und was jetzt?«, fragte ich.

»Der Angriff hat die Stadträte in Aufruhr versetzt«, sagte Henry. *Und nicht nur die*, dachte ich. »Sie haben Galen tausend Pfund geboten, wenn er ihnen das Rezept verrät.«

Ich war erstaunt. Tausend Pfund? »Hat er das Angebot angenommen?«

Henry schaute unglücklich drein. »Nein. Er wurde nur noch wütender. Ihr hättet ihn hören sollen. Er meinte, der Attentäter sei vielleicht sogar von den Stadträten geschickt worden, um ihm Angst zu machen, damit er ihnen das Rezept verrät.«

Wenn man bedachte, dass jemand gerade versucht hatte, ihn umzubringen, konnte man verstehen, dass Galen derzeit von Misstrauen beseelt war. Trotzdem war seine Behauptung ziemlich weit hergeholt.

»Ich sage euch, er hat getobt. Nur John ist es zu verdanken, dass er sich wieder ein bisschen beruhigt hat.« Henry deutete auf Dr. Parrett, der vor dem Tresen auf und ab ging. »Wie auch immer, die Stadtväter haben befohlen, dass wir Galen umgehend eine Werkstatt einrichten. Ich habe im Voraus für die Zutaten bezahlt, die er braucht, und auch das Instrumentarium bestellt. Darüber hinaus habe ich ein leeres Lagerhaus am

Fluss angemietet, das für die Herstellung großer Mengen des Heilmittels ausreichen sollte.«

»Wünscht Meister Galen, dass ich dort für ihn arbeite?«, fragte Tom.

Henry zuckte mit den Schultern. »Das weiß ich nicht. Ich darf euch ja nicht mal sagen, wo diese Werkstatt ist. Galen besteht darauf, dass der Standort geheim bleibt. Nur die Stadträte wissen Bescheid. Aber wir sind bald mit den Vorbereitungen fertig, und wenn Galen dich haben will, dann wird er nach dir schicken. In der Zwischenzeit ist er in einer der Wohnungen im Rathaus untergebracht, bewacht von Soldaten, und er weigert sich, herauszukommen.«

Henry wandte sich zu Dr. Parrett. »Auf Euch hört Galen, John. Ihr müsst ihn dazu bringen, sofort mit der Arbeit weiterzumachen. Er sagt, er habe nur einen weiteren Beutel voll Medizin hergestellt. Das ist gar nichts. Wir brauchen genug für eine ganze Stadt, und zwar schnell. Ich habe schon die gesamte Almosenkasse für diese Woche ausgegeben. Die Einwohner Londons sterben wie die Fliegen, und das wird sich erst ändern, wenn wir die Medizin haben.«

Dr. Parrett marschierte immer noch auf und ab.

»John«, sagte Henry. »Hört Ihr mir überhaupt zu?«

Dr. Parrett starrte ins Leere. Tom und ich wechselten einen Blick.

»Ähm … Dr. Parrett?«, sagte Tom.

Dr. Parrett blieb stehen. Langsam schaute er zu uns hin. »Ja?« Er schüttelte den Kopf, wie um einen Nebel zu vertreiben. »Oh. Ja«, sagte er mit kräftigerer Stimme. »Natürlich werde ich mit ihm reden.«

»Es wird noch ein paar Tage dauern, bis alles bereit ist. Galen soll solange hier weitermachen. Schleppt ihn in Ketten her, wenn es sein muss. Die Wachen können bei ihm bleiben und ein Auge auf Blackthorn haben, während er hier arbeitet.« Henry drehte sich um. »Und jetzt muss ich dich nach dem Schlüssel durchsuchen.«

Es dauerte einen Moment, bis mir klar wurde, dass er mit mir redete. »Was? Warum?«

»Aus diesem Grund sind wir hier. Galen will wissen, wie es kommt, dass die Hintertür nicht verschlossen war.«

»Aber … das war ich nicht!«, protestierte ich. »Ihr habt doch mit mir gesprochen, als es passierte!«

Henry breitete entschuldigend die Arme aus. »Galen besteht darauf. Und auch Stadtrat Aldebourne. Dreh dich bitte um.«

Ich kochte vor Wut, während der Soldat, der Henry und Dr. Parrett begleitet hatte, mich an allen möglichen Körperstellen abtastete. Das Gleiche machte er bei Tom und Sally, ohne etwas zu finden. Einen Augenblick lang sackte mein Magen nach unten, als sich Henry im Laden umschaute, auf der Suche nach einem möglichen Versteck für einen Schlüssel, denn natürlich hatte ich einen Schlüssel. Er lag in einer der Taschen meiner Apothekerschärpe, die an einem Haken hinter dem Tresen hing. Glücklicherweise nahm Henry Galens Verdacht mir gegenüber nicht sehr ernst. Wie ich bereits gesagt hatte, stand er ja direkt neben mir, als der Attentäter ins Hinterzimmer eindrang.

Aber die Frage blieb.

»Wie hat der Mörder nun wirklich die Tür aufbekommen?«, fragte ich, nachdem Henry, Dr. Parrett und die Stadtwache wieder gegangen waren.

Mein erster panischer Gedanke hatte der Möglichkeit gegolten, dass ich den Mörder versehentlich ins Haus gelassen hatte, und zwar durch die Luke im Dach, die ich offen gelassen hatte. Aber Galen hatte bestätigt, dass der Mann durch die Hintertür gekommen war. Und er habe gehört, wie sich der Schlüssel im Schloss drehte.

»Vielleicht hat Galen sich geirrt« sagte ich. »Was, wenn jemand das Schloss manipuliert hat, wie Melchiors Gefolgsmann es mit der Vordertür gemacht hat?«

Tom schüttelte den Kopf. »Die Tür war abgeschlossen. Richtig abgeschlossen. Ich habe das Schloss selbst nach irgendwelchen Holzstücken abgesucht. Galen hat mir sogar gesagt, ich solle nochmals überprüfen, ob die Tür auch wirklich verriegelt sei, ehe er mich aus dem Arbeitszimmer geschickt hat.«

»Dann muss noch jemand einen Schlüssel haben«, sagte Sally. »Irgendeine Ahnung, wer das sein könnte?«

Ich wusste lediglich von drei Schlüsseln. Galen hatte meinen. Der Ersatzschlüssel aus dem Geheimversteck hinter dem Backstein war in der Schärpe. Der dritte Schlüssel hatte Meister Benedict gehört. Ich erzählte, dass die Apothekergilde ihn nach seinem Tod im Mai konfisziert hatte.

»Haben sie ihn dir zurückgegeben?«, fragte Sally.

»Das hätten sie tun sollen«, sagte ich. »Aber die Gilde hat die Stadt wegen der Pest verlassen.« Mitsamt dem Geld, das sie mir schuldete.

»Vielleicht hat der Attentäter diesen Schlüssel benutzt.«

Eine andere Möglichkeit gab es wohl nicht. Aber ich hatte keine Ahnung, wie er an ihn herangekommen war. Das Gildehaus war seit Monaten geschlossen.

»Was, wenn jemand aus der Gilde ihn mitgenommen hat?«, mutmaßte Sally.

Tom wirkte geradezu verängstigt. Und ich konnte es ihm nicht verdenken. Einige der Mitglieder des Erzengel-Kults waren Apotheker gewesen. Wir hatten die Verschwörung zwar aufgedeckt, aber wie Lord Ashcombe so treffend gesagt hatte, wussten wir nicht, ob wir wirklich alle Übeltäter erwischt hatten.

»Oder ist es vielleicht möglich, dass dein Meister noch einen vierten Schlüssel hatte?«, fragte Sally.

Ich dachte nach. »Möglich schon. Aber ich habe keine Ahnung, wo der sein könnte.«

»Warum nicht hier?«

»Im Laden?«

»Im Haus«, sagte sie. »Was, wenn hier irgendwo noch ein Ersatzschlüssel versteckt war?«

Tom blinzelte. »Dann hätte der Dieb, der hier eingebrochen ist …«

»… ihn stehlen können«, beendete ich den Satz an seiner Stelle. »Aber der Einbrecher war Melchiors Mann.«

»Das würde bedeuten …«, setzte Tom an.

»… dass Melchior versucht hat, Galen umzubringen?« Wieder setzte ich den Satz für ihn fort.

Tom warf ratlos die Arme in die Luft. »Nichts davon ergibt einen Sinn. Warum sollte Melchior Galen töten wollen? Warum sollte *irgendjemand* Galen töten wollen? Er ist der Einzige, der das Rezept für die Medizin kennt.«

»Vielleicht nicht. Vielleicht weiß noch jemand, was in dem Rezept drin ist«, sagte Sally.

»Woher denn?«, gab Tom zurück. »Er lässt ja nicht mal mich in seine Nähe und ich habe keine Ahnung von der Arbeit eines Apothekers.«

»Na ja … Galen hat die Arznei entdeckt. Vielleicht war er nicht der Einzige«, sagte Sally.

»Wenn noch jemand ein wirksames Heilmittel hätte«, sagte

ich, »dann wüssten wir mittlerweile davon. Damit lässt sich ein Vermögen machen. Und man hätte bereits Tausende von Leben retten können.«

Es sei denn, dachte ich, *es ging gar nicht um Geld. Es sei denn, man wollte die Menschen gar nicht retten.*

Ich starrte die Armbrust an. Das Symbol im Holz. Mein Magen sackte wieder nach unten.

»Melchior«, sagte ich.

Tom und Sally schauten mich an.

»Woher weiß er, wer als Nächstes sterben wird?«, fragte ich.

»Er ist ein Prophet«, sagte Tom.

»Das denken zumindest alle. Aber was, wenn nicht? Was, wenn Melchior Bescheid weiß, weil er für die Ansteckung verantwortlich ist?«

»Er soll die Pest verbreiten?«, fragte Sally verdutzt.

»Das ist unmöglich«, sagte Tom. »Die Pest wurde im Frühjahr von einem niederländischen Kauffahrer eingeschleppt. Damals war Melchior noch gar nicht hier. Er kam erst vor zwei Monaten nach London.«

»Woher weißt du das?«, fragte ich.

»Also, ich bin mir ziemlich sicher, dass die Leute einen Mann in einer Vogelmaske nicht übersehen hätten.«

»Und einen Mann ohne Maske?«

Tom wollte etwas erwidern. Dann erstarrte er mit offenem Mund.

»Wie sieht Melchior aus?«, fragte ich. »Er trägt doch immer seine Gewandung. Hat irgendjemand schon mal sein Gesicht gesehen? Wenn er uns auf der Straße begegnen würde, würden wir ihn nicht beachten. Wir würden ihn ja nicht einmal erkennen, wenn er jetzt in den Laden kommen würde. Also, woher wollen wir wissen, wie lange er schon in der Stadt ist? Er hätte durchaus die Möglichkeit gehabt, die Pest nach London zu bringen.«

»Wenn das stimmt, wie infiziert er dann die Menschen?«, wollte Sally wissen.

»Ich weiß es nicht. Vielleicht ist an dieser Sache mit Samael etwas dran; vielleicht steckt er mit den Mächten der Finsternis unter einer Decke. Vielleicht weiß er aber auch einfach nur gut über die Pest Bescheid. Wie auch immer, wenn Melchior die Krankheit verbreitet, dann ist Galen sein ärgster Feind. Sein einziger Feind. Wenn Galen stirbt, dann kennt niemand das Geheimnis der Arznei. Und es gibt niemanden mehr, der Melchior im Weg steht.«

»Aber … warum sollte Melchior so etwas tun?«, fragte Tom. »Warum sollte irgendjemand die Pest über eine ganze Stadt bringen?«

»Auch das weiß ich nicht«, sagte ich. »Aber wir sollten es schnellstens herausfinden.«

Kapitel 21

Heute konnten wir nichts mehr unternehmen, es war schon zu spät. Wir würden bis morgen warten müssen. Und mir stand wohl wieder eine schlaflose Nacht bevor.

Tom ging nach Hause. Sally behauptete, dass sie kaum noch Schmerzen hatte, aber mir war klar, dass sie mir lediglich meine Strohmatratze überlassen wollte. Ich weigerte mich, sie anzunehmen, und weil Sally zu müde war, widersprach sie nicht. Sie summte sich in den Schlaf, und nach einer Weile ging die Melodie in das leise, gleichmäßige Geräusch ihres Atems über, nur hin und wieder übertönt von dem Knistern des Herdfeuers. Endlich wurde auch ich von meiner Müdigkeit übermannt und schlief ein.

Ich träumte von unseren Tauben. Meister Benedict und ich fütterten die Vögel mit kleinen Rollen aus verkohltem Pergament, auf denen schiefe und krumme Buchstaben standen.

»Sind sie des Rätsels Lösung, Meister?«, fragte ich. »Ich muss Euren Schatz finden.«

»Du weißt bereits, wo er ist«, sagte er. »Du glaubst es bloß noch nicht.«

Er bot mir die Pergamentrollen an. Ich pickte etwa die Hälfte davon aus seiner Handfläche, ehe ich merkte, dass ich mich in eine Taube verwandelt hatte.

Dieser groteske Traum schreckte mich aus dem Schlaf. Bridget, die sich neben mir eingekuschelt hatte, plusterte ihr Gefieder und gurrte schlaftrunken.

Ich war ein bisschen enttäuscht. Es war schön, dass Meister Benedict mich im Traum besucht hatte, aber ich war eine Taube gewesen und hatte nicht einmal fliegen dürfen. Trotzdem, irgendetwas an der Sache nagte an mir. Ich ließ mir die Szene immer wieder durch den Kopf gehen, was dazu führte, dass ich nicht mehr einschlafen konnte, obwohl ich hundemüde war.

Eine Weile wälzte ich mich noch hin und her, ehe ich mich in das Unvermeidliche fügte. Ich stand auf und versuchte, aus Melchiors Pergamentrollen schlau zu werden, aber mein erschöpfter Geist, der süße Rauch des Herdfeuers und das hypnotisierende Flackern der Flamme in der Lampe auf dem Tisch sorgten dafür, dass ich mich partout nicht konzentrieren konnte. Im Grunde genommen hatte ich auch gar keine Lust dazu.

Was ich wirklich wollte, war, nach dem Schatz meines Meisters zu suchen. Ich hatte eigentlich vorgehabt, auf Tom zu warten, aber ich konnte es einfach nicht länger aufschieben. Ich nahm also die schläfrige Bridget auf den Arm, schnappte mir mit der einen Hand eine Laterne und mit der anderen einen kleinen Spaten aus dem Arbeitsraum und ging hoch auf das Dach.

Bridget schien sich zu freuen, den Taubenschlag wiederzusehen. Sie flatterte von meiner Schulter zu ihrem alten Sitzplatz ganz hinten und schob ihren Schnabel in das Stroh. Mit dem Spaten schabte ich die Erde weg, die den Boden bedeckte, bis das Metall über die Bodenplatten darunter kratzte.

Ich schob den Spaten in die Spalten zwischen den Platten, in der Erwartung, dass sich eine davon lockern würde, aber sie alle blieben, wo sie waren. Ich kauerte mich nieder und fuhr mit den Fingern die Ritzen entlang.

Soweit ich das erkennen konnte, war der Mörtel in den Fugen unberührt. Er sah verwittert und alt aus, wie alles hier oben auf dem Dach. Ich überlegte, ob ich die Bodenplatten trotzdem ausgraben sollte, aber Isaac hatte mir erzählt, dass Meister Benedict den Schatz erst Anfang des Jahres versteckt hatte, nachdem der Kult des Erzengels die Jagd auf ihn aufgenommen hatte. Er lag also nicht unter den Bodenplatten. Die Antwort, die ich mir auf das Rätsel zusammengereimt hatte, war falsch.

Und dabei hatte alles so logisch geklungen. Niedergeschlagen warf ich den Spaten auf den Dreckhaufen und ließ ihn da liegen. Bridget flatterte wieder auf meine Schulter. Ich lockte sie in meine Armbeuge und streichelte ihr Gefieder.

»Was mach ich jetzt bloß?«, fragte ich.

Sie gurrte als Antwort.

»Das ist leider kein Traum mehr, Bridget. Ich habe vergessen, wie man mit Tauben spricht.«

Du weißt bereits, wo er ist, hatte mein Meister in meinem Traum gesagt, als ich ihn nach dem Schatz fragte. Auch in seinem Brief hatte etwas Ähnliches gestanden. *Erkenne das Geheimnis. Es liegt in meiner Liebe zu dir verborgen.*

»Erkennen«, dachte ich, nicht *»entdecken«*.

Was sollte ich erkennen? Was war es, was ich bereits wusste?

Ich dachte darüber nach. Meister Benedict hatte mir seine Apotheke hinterlassen, sein Zuhause. Der Schatz war irgendwo im Haus versteckt. Es hatte etwas mit den Vögeln zu tun, die ihm lieb und teuer gewesen waren.

Gestern Nacht war mir Meister Benedict im Traum erschienen. In dem Traum …

War ich der Vogel.

Ich zog den Brief meines Meisters aus dem Hosenbund und las ihn noch einmal.

Wenn der junge Vogel sich niederlässt, an seinem rechtmäßigen Platz,
dann – gut versteckt zu seinen Füßen – findet er seinen Schatz.

Seinen Schatz, stand da.

Aber der Schatz war für mich bestimmt. Es war *mein* Schatz.

Also war *ich* der Vogel.

Ich war hier hochgekommen, weil der rechtmäßige Platz unserer Vögel der Taubenschlag war. Aber mein rechtmäßiger Platz war …

In der Apotheke.

Als ich noch ein Waisenknabe gewesen war, hatte ich keine Ahnung gehabt, wohin ich gehen und was aus mir werden sollte, wie mein Schicksal aussehen würde. Ich war verloren gewesen. Ich hatte erst dann meinen Platz gefunden, als Meister Benedict mich an meinem Prüfungstag erwählt hatte. Unter seiner Führung war ich ein Apothekerlehrling geworden, *sein* Lehrling. Bevor ich ihm begegnet war, hatte ich keine Ahnung, dass eine Welt wie diese überhaupt existierte. Jetzt wollte ich nichts anderes mehr.

Die Apotheke, der Laden, der Arbeitsraum; mein Leben hier, in Blackthorn. Das war mein Platz.

Das Versteck des Schatzes musste sich also unter meinen Füßen befinden. Was bedeutete …

Unter den Dielenbrettern?

Ich runzelte die Stirn. Ich hatte die letzten drei Jahre auf diesen alten, ausgelatschten Dielen verbracht, war auf ihnen hin und her gelaufen und hatte manchen Tag damit zugebracht, sie zu schrubben und zu wienern. Ich kannte jeden Kratzer, jeden Riss, jede Spalte. Wenn Meister Benedict eine davon angehoben hätte, hätte ich es bemerkt. Also wie konnte er irgendetwas unter meinen Füßen verstecken? Er musste noch weiter nach unten …

Mein Herz setzte einen Schlag aus.

… gut versteckt, zu seinen Füßen …

Der Kriechkeller. Der Kriechkeller unter dem Erdgeschoss. Der Kriechkeller, den Meister Benedict immer hatte ausbauen wollen, wozu er aber nie gekommen war.

Ich rannte die Treppe hinunter. Bridget setzte ich auf eins der fast völlig leeren Regalborde in der Speisekammer. Dann schob ich das Fass mit Dünnbier, das ich auf dem Markt gekauft hatte, in eine Ecke und zog an dem Ring im Boden. Die Luke öffnete sich und unter mir gähnte eine dunkle Höhle.

Ich nahm eine Lampe mit. Da unten gab es nicht viel Platz, der Kriechkeller hatte nicht umsonst seinen Namen, er war so niedrig, dass man kriechen musste. Die Eiskammer war seitlich der Luke ins Erdreich gegraben und mit einer Wand aus Tonziegeln versehen, um die Kälte einzuschließen. Der restliche Raum war ungenutzt, der Boden bestand lediglich aus festgedrückter Erde, und der Geruch nach Moder und abgestandener Luft stieg mir in die Nase. Darüber hinaus befanden sich unter den dicken Stützbalken und den Backsteinen nur ein paar wenige Gegenstände, die mein Meister nicht mehr gebraucht, aber aus sentimentalen Gründen nicht hatte wegwerfen wollen, meistens alte Gerätschaften, wie die Instrumente, die er als Lehrling benutzt hatte.

Hier unten, unter der Erde, war es zwar kühler. Aber wegen der Feuchtigkeit war der Kriechkeller trotzdem ein unangenehmer Ort. Schwitzend kroch ich auf Händen und Knien vorwärts. Ich betrachtete den Boden. Wenn Meister Benedict – oder Melchiors Dieb – in der Erde gebuddelt hätte, würde man das sehen. Aber hier war alles unberührt.

Überall waren steinerne Stützen. Mithilfe der Lampe suchte ich auf den Backsteinen nach einem Zeichen, einer Markierung, die als Hinweis dienen konnte. Nichts. Mit wachsender Niedergeschlagenheit schwenkte ich die Lampe hin und her und suchte nach irgendetwas. Irgendwo.

In der Ecke bemerkte ich einen Schatten, der eine seltsame Form hatte. Da drüben. Auf der anderen Seite der Steinsäule.

Ich kroch rückwärts und umrundete dann die Stütze. Das Licht der Lampe fiel auf eine abgenutzte Apothekertasche mit einer Eisenschließe, die vor lauter Rost fast auseinanderfiel. Die Tasche war klein; es passten lediglich ein kleines Bündel Papiere hinein und eine Handvoll Zutaten.

Ich öffnete sie. Das Leder knarrte in meinen Händen, während ich die einzelnen Fächer absuchte.

Nichts.

Ich nahm die Tasche mit nach oben in den Arbeitsraum und stellte sie auf eine Werkbank. Bridget kam herbeigeflattert und trippelte neben mir auf und ab.

Im Licht des Tages untersuchte ich die Tasche noch einmal. Ich betrachtete die Fächer, die Stoffbespannung, die Nähte. Ich zog daran und schüttelte sie. An einem Ende brach das Leder und beinahe hätte ich die Tasche zerrissen.

Immer noch nichts.

Ich warf die Tasche zur Seite. Wenn Meister Benedict darin seinen Schatz versteckt hatte, dann hatte der Dieb ihn gestohlen. Wenn nicht, musste ich wieder von vorne anfangen.

In meiner Verwirrung fragte ich mich einmal mehr, was dieser Schatz tatsächlich war. Vielleicht Gold, wie ich ursprünglich gedacht hatte? In diese Tasche passten eine Menge Münzen hinein.

Aber das war nicht ihr Zweck gewesen. Sie war für Notizen,

Rezepte und Arzneien da. Was mich zu der Frage brachte: Wenn es kein Gold war, wie sollte ich den Schatz überhaupt erkennen? Es musste etwas ganz Besonderes sein.

Das hatte Isaac auch gesagt, erinnerte ich mich. *Etwas Besonderes. Etwas, das nur für deine Augen bestimmt ist.*

Und dann war ein Dieb gekommen. Melchiors Dieb. Melchior hatte einen seiner Leute geschickt, um mir etwas wegzunehmen. Ein Diebstahl, der unbemerkt bleiben sollte.

Die Gedanken wirbelten in meinem Kopf umher.

Melchior, der den Verlauf der Pest vorhersagte und der mit seinen Prophezeiungen immer richtiglag.

Ein Attentäter, der es auf Galen abgesehen hatte, den einzigen Mann, der je eine wirksame Heilmethode gegen die Pest gefunden hatte.

Und mein Meister. Der alles über die Pest und die angeblichen Arzneien gegen die Seuche wusste.

Galen hat die Arznei entdeckt, hatte Sally gesagt. Vielleicht war er nicht der Einzige.

Und Lord Ashcombe hatte sofort vermutet, dass es sich bei dem Schatz um ein Rezept handeln könnte.

Meine Gedanken waren ohrenbetäubend laut und sie bestanden nur aus Fragen. Fragen ohne Antworten. Ich war mir nicht sicher, was gestohlen worden war. Aber während ich hier saß, meinen Meister vermisste und an Melchior und Galen und die Pest und Arzneimittel dachte, wusste ich eins ganz sicher.

Ich würde es mir zurückholen.

MITTWOCH,

2. September 1665

Zahl der Pesttoten des gestrigen Tages: 1.275
Todesfälle insgesamt: 33.024

Kapitel 22

Am folgenden Tag mussten wir nicht nach Melchior suchen. Wir wussten genau, wo er sein würde.

Im Kampf gegen die Pest hatte König Charles bestimmt, dass alle Menschen, egal ob arm oder reich, den ersten Mittwoch im Monat mit Gebeten verbringen mussten. Und dies war eine Anordnung, die in der Stadt sehr ernst genommen wurde. Die Menschen drängten sich dicht an dicht in den Kirchen, wo sie ausnahmsweise keine Angst vor dem Kontakt mit Fremden hatten, weil sie darauf vertrauten, dass Gott sie beschützen würde. Und gemessen an der Menge, die Melchior gestern gefolgt war, hatte ich keine Zweifel, dass es in Saint Andrew's, der uralten Kapelle neben Cripplegate, wo der Pestarzt Quartier bezogen hatte, heute brechend voll sein würde.

Aber *damit* hatte ich nicht gerechnet: Die Leute quetschten sich Schulter an Schulter im Kirchenraum und das Summen von eintausend Gesprächen klingelte in meinen Ohren. Als ich noch im Waisenhaus gelebt hatte, waren wir manchmal zum Gottesdienst hergekommen. Ich hatte die Ritzen in den verwitterten Steinen gezählt und mich gefragt, wie lange die Kirche wohl noch stehen würde, ehe die Wände einstürzten. Die Menschenmenge, die sich nun hineinpresste, ließ mich das Schlimmste befürchten. Womöglich überstand das Gotteshaus nicht einmal mehr den heutigen Tag.

Ich seufzte, und nicht nur, weil ich es überhaupt nicht schätzte, dicht gedrängt in einer Menschenmenge zu stehen. Dieser Ort erinnerte mich an meine Tage im Waisenhaus. Von meiner Position aus konnte ich die wuchtigen Türme von Cripplegate kaum sehen. Die Bäume in dem Garten hinter der Kirche versperrten die Sicht auf das Gebäude. Trotzdem wäre ich liebend gerne woanders gewesen.

Wir sind nicht wegen der Vergangenheit hier, ermahnte ich mich. Wir waren wegen Melchior gekommen. Wir mussten ihn sehen und dazu mussten wir in die Kirche. Was nicht leicht war. Aber wenn man in solchen Situationen Tom dabeihat, ist man klar im Vorteil. Er ging voraus und ich folgte in der Gasse, die er mit seiner bulligen Gestalt bahnte. Sally hielt sich an meinem Hemdzipfel fest.

»Der wäre in Cripplegate sehr praktisch gewesen«, schrie sie mir ins Ohr und nickte zu Tom. Ich musste grinsen. Genau dasselbe hatte ich mir auch schon unzählige Male gedacht.

Mit Toms Hilfe kamen wir in die Kapelle, aber das Vorhaben, einen Sitzplatz zu ergattern, konnten wir vergessen. Ich wollte mich schon hinten an die Wand stellen, als Tom an meinem Ärmel zupfte. »Schau doch.«

Er nickte zur westlichen Wand. Und dort, unter einem prächtigen Buntglasfenster, stand Dr. Parrett. Der Doktor blickte mit einem verträumten Ausdruck zu dem Fenster hoch und achtete gar nicht auf die drängelnden und schiebenden Menschen.

Tom bahnte uns einen Weg. Wir drückten uns neben ihm an die Wand. Dr. Parrett schien es nicht zu bemerken.

»Hallo, Doktor!«, schrie Tom, um den Lärm der Menge zu übertönen.

Langsam senkte Dr. Parrett den Blick. Schweißtropfen standen auf seiner Stirn. »Hallo, Tom. Und da sind ja auch Christopher und Sally. Hallo.« Er schaute wieder zu dem Buntglasfenster hoch. »Wunderschön, nicht wahr?«

Das Fenster war von einem herrlichen Fries aus vielfältigen Farben eingerahmt. In der Mitte stand der auferstandene Christus, das leere Grab unter ihm. Er stieg von der Erde zu einer Taube im Himmel auf, die einen Ölzweig im Schnabel hatte.

Ein Schauer lief mir über den Rücken. Das Fenster war in der Tat wunderschön. Aber ich glaubte nicht, dass Dr. Parrett von der Kunstfertigkeit des Glasermeisters gesprochen hatte.

»James wird bald da sein.« Dr. Parrett lächelte. »Es dauert nicht mehr lang.«

Tom warf mir einen besorgten – und ziemlich ängstlichen – Blick zu.

»Dr. Parrett …«, setzte ich an.

»Seid ihr wegen Melchior gekommen?«

Der abrupte Themenwechsel brachte mich etwas aus der Fassung. »Ich … ja. Übrigens wollte ich Euch etwas fragen …«

»Das ist klug von euch. Er kennt die Wahrheit.«

»Dr. Parrett … Ich bin nicht sicher, ob er das ist, was er …«

»Ich dachte, dieser Tag würde niemals kommen.« Jetzt lief ihm der Schweiß von der Stirn bis zum Kinn und tropfte auf sein Wams. »Die Omen sind nicht zu übersehen. Der Komet im Winter, die Hitze des Sommers. Die Stellung der Planeten. Der Krieg mit den Holländern. Alles Vorzeichen für das Ende der Welt. Und mitten hinein tritt ein Prophet. Und ihm auf dem Fuße folgt die Heilung. Das ist es, versteht ihr? Die Unschuldigen werden wiedergeboren werden und wir werden unsere verloren geglaubten Liebsten wieder umarmen können.«

Die Menschen in unserer Nähe brachen in Jubel aus. Der Ruf nach Melchior breitete sich in der Kirche aus. Die Menschen schrien und flehten. Tom sah so aus, wie ich mich fühlte: hilflos. Der Tod der Kinder in Dr. Parretts Obhut, Melchiors Weissagungen, Galens Medizin … das war alles zu viel gewesen. Dr. Parrett hatte nun endgültig den Verstand verloren. Das mitanzusehen war herzzerreißend.

Sally, die Dr. Parrett erst seit Kurzem kannte, machte sich mehr Sorgen darüber, was seine Worte ausgelöst hatten. Sie drückte sich an mich und hielt sich die Seite, während die Schreie der Menge immer lauter wurden. Die Masse wogte und dehnte sich aus, wie ein lebendiges Wesen. Einen Moment lang fürchtete ich tatsächlich, das Dach der altehrwürdigen Kapelle würde einstürzen.

Dann erschien Melchior.

Das Schreien der Menge brandete ein letztes Mal auf. Noch ging sein Name von Mund zu Mund. Die Stimmen erhoben sich und fielen dann in sich zusammen. Alles wurde still. Melchior wartete, gehüllt in den Schatten des Torbogens, unter dem er stand, am südlichen Ende der Kapelle. Er wartete, bis kein Laut mehr zu hören war.

Schließlich trat er vor. Rauch kräuselte sich aus seinem Schnabel. Der Kopf seines silbernen Stabs schleifte über den Boden, ein Flügel des Ungeheuers kratzte auf den Steinen und das Klacken seiner ledernen Absätze hallte von den Dachbalken wider.

An der Kanzel blieb er stehen. Melchior starrte in die Menge. Seine Stimme klang zuerst leise, wie weit entferntes Donnergrollen.

»Eine Seuche geht um in dieser Stadt«, sagte er. »Ich lebe mitten unter euch, kümmere mich um euch, weine mit euch. Ich höre eure Worte, höre euer Flehen. Eine Seuche geht um in dieser Stadt.«

»Rette uns!«, rief ein Mann.

Andere nahmen den Ruf auf. »Rette uns! Rette uns!« Melchior wartete, bis die Rufe verhallt waren.

»Ihr verlangt nach Rettung«, sagte er, »weil ihr glaubt, dass diese Seuche etwas Besonderes ist. Natürlich glaubt ihr das: Sie zerstört euer Leben, eure Familien, euer Zuhause. Aber ich war an anderen Orten, in anderen Ländern, und ich sage euch: Daran ist nichts Besonderes. Woran diese Stadt leidet, ist eine Krankheit der Seele. Und sie lebt schon so lange im Herzen der Menschen, seit Adam von dem verbotenen Apfel kostete.«

Langsam hob Melchior seinen silbernen Stab. Mit ihm erhob er seine Stimme. Der Donner rückte näher. »Man spricht von Heilung. Von einer Medizin. Ich habe sie gesehen. Ihr auch?«

Der Stab hing über der Menge. Die Menschen in der Reihe direkt vor Melchior starrten auf das Ungeheuer über ihren Köpfen.

»Die Stadträte und ihre Kinder wurden geheilt. Was ist mit euren Kindern?«

Ein Grollen setzte ein, dumpf und schwer, als sich die Menschen unruhig auf ihren Plätzen hin und her bewegten.

»Warum habt ihr diese Medizin noch nicht bekommen? Die Stadträte wissen es nicht. Warum die Verzögerung? Die Stadträte wollen es nicht sagen.«

Das Grollen wurde lauter und schärfer. Es schwoll an und Wut erhob sich aus der Menge wie die Hitze aus glühenden Holzscheiten.

Ein Aufruhr, dachte ich. *Wenn er so weitermacht, wird es zu einem Aufruhr kommen.*

Und dann dämmerte es mir: Er *wollte* einen Aufruhr anzetteln.

Melchior schwang seinen Stab.

»Und so seid ihr es, die gewöhnlichen Menschen, die leiden. Ihr seid es …« Seine Stimme brach. »Ihr seid es …«

Melchiors Worte verklangen. Er stand da, schweigend, und schwankte vor und zurück.

Dann brach er zusammen. Sein Körper zuckte. Heftige Krämpfe zerrten an seinen Gliedern.

Die Menge keuchte auf. Sie wich zurück, wollte weg von ihm.

Plötzlich setzte sich Melchior auf. Er starrte durch seine Maske auf die Menge.

»Der Engel des Todes«, sagte er.

Er deutete auf die gegenüberliegende Ecke, auf ein Buntglasfenster. Ein Schatten verdüsterte die prallen Farben.

Der Schatten bewegte sich.

»Er flieht!«, rief Melchior. »Folgt ihm!«

Melchior sprang auf und schlug mit dem Stab gegen die Kanzel. Er stürmte in die Menge. Die Leute zuckten erschrocken zurück. Selbst seine Leibwächter wirkten überrascht.

Er rannte los. Bei der dicht gedrängten Menge hätte ich ein Durchkommen nicht für möglich gehalten, aber die Menschen schienen vor ihm nur so hinwegzuschmelzen. Niemand wollte ihn anrühren.

Der Mob drückte uns gegen die Wand, als Melchior an uns vorbei nach draußen lief. Dann wirbelte die Menge herum und floss ihm nach, wie eine wilde Strömung. Sie jagten ihm hinterher und verlangten heulend nach seinem Schutz. Seine Männer folgten ihm und schoben die Gläubigen dabei grob aus dem Weg, um zu ihrem Herrn zu kommen.

Ich schlang die Arme um den Kopf und wich der trampelnden Menge aus. Eine große Hand zog mich weg und hielt mich fest. Als ich um meine Ellbogen lugte, sah ich, dass Tom auch

Sally umfasst hatte. Er schirmte uns ab, sodass die Flut der Menschen gegen seinen Rücken brandete anstatt gegen uns.

Nach einer halben Ewigkeit dünnte sich die Menge aus. Tom ließ uns los. Ich drehte mich um.

Wir waren so gut wie allein. Ganz hinten kniete eine alte Frau mit gesenktem Haupt. Auf der anderen Seite hockte zusammengekauert eine fünfköpfige Familie. Die Kinder weinten in den Schoß ihres Vaters. Ein paar andere waren geblieben, wie erstarrt. Dr. Parrett war fort. Er war seinem neuen Propheten gefolgt.

Sally glitt schwer atmend an der Wand zu Boden. Sie war blass geworden und presste die Hände gegen ihre Seite.

Ich kniete mich neben sie. »Alles in Ordnung?«

»Wir sollten sie nach Hause bringen«, sagte Tom, aber sie winkte ab.

»Mir geht's gut.« Sie schob sich an der Wand wieder nach oben und versuchte sich an einem Lächeln, das aber zu einer Grimasse geriet. »Wirklich.«

»Was er gesagt hat …« Tom schüttelte den Kopf.

Er hatte dasselbe gesehen und gehört wie ich. Melchior hatte die Menge absichtlich aufgestachelt und gegen den Stadtrat aufgehetzt. Wenn er nicht auf den Engel des Todes verfallen wäre, hätten die Menschen wohl das Rathaus überrannt und bis auf die Grundmauern niedergebrannt.

»Wir sollten ihm nachgehen«, sagte Sally. »Wer weiß, was er als Nächstes vorhat.«

»Wir wissen doch genau, was er vorhat«, sagte Tom. »Noch mehr Prophezeiungen über Krankheit und Tod. Und deswegen sollten wir Melchior auf keinen Fall folgen.« Er wandte sich um und funkelte mich an, als ob er darauf warten würde, dass ich ihm widersprach.

Aber das tat ich nicht. »Tom hat recht.«

»Habe ich?« Seine Augen wurden schmal. »Inwiefern?«

»Schau dich um. Alle sind weg. Auch Melchiors Männer.«

»Na und?«

»Na, und Melchior lebt hier«, sagte ich.

Tom runzelte die Stirn. »Ich begreife nicht, was das eine mit dem anderen zu … Oh nein.«

Wir standen in der Nähe des Mittelgangs und ich blickte in die Richtung, aus der Melchior gekommen war. Ich konnte gerade noch die Kante der Tür sehen, die er offen gelassen hatte.

»So eine Chance kriegen wir nie wieder«, sagte ich.

»So eine Chance wollen wir gar nicht. Weder jetzt noch irgendwann!«, sagte Tom. »Christopher!«

Ich rannte zwischen den Bänken hindurch und dann den Gang entlang. Die wenigen Menschen, die noch in der Kirche verharrten, waren viel zu sehr mit sich selbst beschäftigt, um auf mich zu achten. Ich huschte durch den Torbogen und dann durch die Tür. Sally folgte mir. Tom schlurfte hinterher.

Der Raum südlich des Altars war klein. Links davon befand sich eine ebenfalls kleine Besenkammer mit ein paar Putzeimern und Wischmopps. Vor uns ging es durch eine Tür in den Garten hinter der Kirche. Rechts war eine weitere Tür mit einem kleinen Guckfenster. Ich schaute hindurch und sah Steinstufen, die sich in die Tiefe wendelten.

Ich probierte den Türgriff. »Abgeschlossen«, sagte ich. Das war zu erwarten gewesen, trotzdem war ich enttäuscht.

Sally schaute mich verwirrt an. »Warum benutzt du nicht die Schlüssel?«

»Welche Schlüssel?«

»Die Kirchenschlüssel. Für die Türen.«

Jetzt war ich verwirrt. »Woher soll ich denn die Kirchenschlüssel haben?«

Sie schenkte mir einen ungläubigen Blick und schob sich dann in die Besenkammer. Sie griff hinter eine Reihe von alten, modrig riechenden Mopps, und als sie die Hand wieder vorzog, baumelten darin ein paar Schlüssel an einem großen, eisernen Ring.

Ich starrte die Schlüssel an. »Woher weißt du denn, wo die Schlüssel sind?«

»Wir haben uns manchmal vom Waisenhaus hergeschlichen. Es gibt einen geheimen Weg hinten im Garten.«

Den geheimen Weg kannte ich. Ich hatte ihn selbst oft benutzt, wenn ich mich nachts aus dem Haus gestohlen hatte. Aber dann war ich an Orte gegangen, die mich interessierten und faszinierten, wie die Docks, wo die Schiffe lagen, oder durch die Hintertür eines Theaters. »Warum sollte irgendjemand in eine Kirche einbrechen?«

»Um die Vorratskammer zu plündern. Jeden Dienstag, wenn der Kirchendiener in der Schenke war.« Sally war überrascht. »Habt ihr Jungs das nie gemacht?«

»Dienstags waren wir viel zu sehr damit beschäftigt, uns von den Aufsehern verprügeln zu lassen«, sagte ich düster.

Sie zuckte mit den Schultern und drehte den Schlüssel im Schloss herum. »Siehst du?« Dann öffnete sie die Tür und ging die Treppe hinunter.

Tom starrte ihr entgeistert nach, eine Hand an der Wange. »Die ist ja noch schlimmer als du.«

»Ja«, sagte ich. »Mir gefällt sie.«

Kapitel 23

Schließlich gingen wir alle nach unten. Tom zupfte unentwegt an meinem Ärmel.

»Hör auf damit«, flüsterte ich. »Am Ende falle ich noch die Treppe runter.«

»Vielleicht kommst du dann wieder zu Verstand«, flüsterte Tom zurück. »Weißt du nicht mehr, was beim letzten Mal passiert ist, als wir unter die Erde gegangen sind?«

»Das ist nicht gerade hilfreich.«

»Soll es auch nicht sein.«

Die Wendeltreppe endete in einem schmalen Gang, der von vier Lampen an der rechten Wand erleuchtet wurde. Gegenüber jeder Lampe befand sich eine Tür, und eine weitere am Kopfende des Gangs.

»Wohin führen diese Türen?«, fragte ich Sally und nahm eine der Lampen vom Haken.

Sie zuckte mit den Schultern. »Wir haben sie nie geöffnet. Wir sind immer nur in die Speisekammer gegangen. Aber ich weiß, dass eins dieser Zimmer das Quartier des Kirchendieners ist.«

»Wo ist der Kirchendiener?«, fragte Tom.

»An der Pest gestorben. Hat Melchior auch vorausgesagt. Das behauptet man jedenfalls.«

Sie zeigte uns die Vorratskammer, die hinter der ersten Tür lag. Darin standen Flaschen mit Messwein, ein paar Dutzend Gläser mit Eingemachtem, etliche Gefäße mit Küchenkräutern und Gewürzen, wie zum Beispiel Minze und Nelken. Viel mehr war nicht mehr da. Nur auf dem Regal neben den Einmachgläsern lag noch ein Laib Hartkäse, in dem ein Messer steckte. Eine Ecke fehlte und auf dem Boden lagen ein paar Krümel.

Der nächste Raum beherbergte alte Kirchengegenstände: angelaufene Kreuze, staubige Möbel, rissige und mit Firnis überzogene Gemälde von Heiligen in zerbrochenen Bilderrahmen. Der Raum danach war leer. Nur ein einzelner Eisenhaken war in die gegenüberliegende Wand geschlagen.

Wir kamen zur letzten Tür. Der Alkoven vis-à-vis erregte meine Aufmerksamkeit. Ich stand da und starrte hinein. Sally und Tom gesellten sich zu mir. Ihr Atem beschleunigte sich.

»Großer Gott«, sagte Tom.

In der Mitte der gewölbten Nische hing ein Gemälde. Die Ölfarbe war von feinen Rissen durchzogen. Das Bild zeigte einen Mann, der inmitten einer Zuschauermenge auf den Knien lag und die Arme zum Gebet in den Himmel reckte. Auf seinem Schoß lag ein anderer Mann, der nur mit einem Lendentuch bekleidet war, die bleiche Haut übersät mit hässlichen roten Geschwüren. Hinter ihnen stand ein höhnisch grinsendes Skelett, das mit seiner Knochenhand nach dem Kranken griff.

Der Steinbogen der Nische war kunstfertig mit Figuren verziert. Rechts war ein Engel, der über einem Dutzend betender Menschen stand. In einer Hand hielt er ein Schwert, dessen Spitze den Boden berührte. Mit strengem Blick fixierte er die Gestalt auf der anderen Seite der Nische.

Diese Figur war ebenfalls ein Engel. Sein wunderschönes Gesicht war zu einer bösen Grimasse verzerrt. Auch er hatte ein Schwert in der Hand, mit der Spitze nach unten, wie sein

Gegenüber, aber dieses Schwert war kürzer und schmaler. Er stand auf einem Haufen aus Totenschädeln.

Hinter beiden erhob sich eine Armee aus geflügelten Soldaten. Sie stiegen in die Luft wie Wellen im Stein, bis sie in der Spitze des Bogens in einem erbitterten Nahkampf aufeinandertrafen.

Die beiden Statuen waren die Engel des Todes. Rechts Michael, links Samael. Über ihnen ihre Heere, die um die Seelen der Toten kämpften.

»Schaut mal«, flüsterte Sally.

Sie deutete auf den Nischenbogen. Neben Michaels und Samaels Köpfen waren zwei Symbole in den Stein geritzt. Es waren Symbole, die wir kannten.

Tom schüttelte den Kopf und murmelte etwas vor sich hin. Obwohl ich ihn nicht verstand, wusste ich genau, was er dachte. Ich dachte mittlerweile das Gleiche. Aber hinter uns war eine Tür, die wir noch nicht geöffnet hatten. Anders als die anderen war sie verschlossen. Glücklicherweise hing der Schlüssel für diese Tür an dem eisernen Ring in Sallys Hand.

Es war das Zimmer des Kirchendieners. Ein einfaches Bett mit einer Strohmatratze in der Ecke, eine Truhe am Fußende, daneben ein kleines Regal. Auf dem Nachttisch neben dem Bett standen eine Kerze und drei Flaschen von dem Messwein aus der Speisekammer. Zwei waren leer, in der dritten befanden sich noch ein paar Schlucke.

Rechts neben dem Bett stand ein grob gezimmerter Kleiderschrank, altersschwach und mit zahlreichen Scharten und Rissen. Er war groß und reichte bis zur Zimmerdecke. Dann gab es nur noch einen Schreibtisch mit einer weiteren Kerze und einen wackeligen Stuhl, die an der Wand neben der Tür standen. Auf dem Schreibtisch waren Papiere verstreut, die von einem leeren Teller beschwert wurden.

»Würdest du mir bitte mal erklären, wonach wir eigentlich suchen?«, fragte Tom.

»Nach irgendwas, was mir möglicherweise gestohlen wurde«, antwortete ich.

»Und was zum Beispiel?«

»Keine Ahnung. Vielleicht Gold. Oder irgendwelche Notizen mit der Handschrift meines Meisters.« Ich zögerte kurz. »Vielleicht ein Rezept.«

»Ein Rezept wofür?«

Ich sagte nichts. Bevor ich keine Gewissheit hatte, wollte ich ihnen nicht sagen, was ich vermutete. Aber während ich mich in dem Zimmer umschaute, wuchs das Gefühl in mir, dass etwas nicht stimmte. Melchior war so … gewaltig, ein Mann der großen Gesten. Und dieser Raum war so einfach eingerichtet. Selbst die Wände waren kahl und schmucklos. Nur über der rechten Ecke des Schreibtischs befand sich inmitten der Wasserflecken an der Wand eine einzelne schwarze Stelle.

»Warum wohnt Melchior hier unten?«, fragte ich.

Tom schaute sich unglücklich um. »Irgendwie passt es zu ihm, finde ich.«

»Wo sollte er denn sonst wohnen?«, fragte Sally.

»Im Pfarrhaus«, sagte ich. »Wenn Reverend Glennon geflohen ist, steht es doch leer. Es ist viel größer und viel schöner als hier. Und wo schlafen Melchiors Männer?«

»Nirgends. Ich meine, nicht hier. Sie gehen nach Hause.«

»Woher weißt du das?«

»Wir haben sie beobachtet«, sagte Sally, »bevor Cripplegate zugemacht wurde. Von der Bibliothek aus sieht man die Vorderseite der Kirche. Melchiors Männer verlassen abends die Kirche. Zwei von ihnen bleiben, um den Haupteingang zu bewachen. Die anderen kommen erst morgens wieder.«

»Was ist mit der Seitentür neben der Treppe? Die kann man doch nicht von der Bibliothek aus sehen.«

»Nein, aber der Weg durch den Garten führt direkt dort vorbei. Da hat nie jemand Wache gehalten.«

Das war seltsam. Wenn Melchior da unten wohnte, dann wäre der Seiteneingang eigentlich die Stelle, die auf jeden Fall hätte bewacht werden müssen. Die Tür war durch den dichten Pflanzenbewuchs nicht zu sehen, ein geheimer Weg führte daran vorbei, und jeder mit einem Schlüssel konnte sich unbemerkt in die Kirche hinein- und wieder hinausschleichen.

»Vielleicht wohnt er gar nicht hier«, sagte Tom. Er trat zurück und deutete auf den Kleiderschrank, den er geöffnet hatte, während Sally und ich uns unterhielten.

Er war leer. Genauso wie das Regal. Sally klappte den Deckel der Truhe am Fußende des Bettes hoch. Außer einer Garnitur Unterwäsche enthielt sie nichts.

»Wo sind seine ganzen Sachen?«, wunderte ich mich.

»Vielleicht braucht er keine«, sagte Tom. »Er trägt doch immer diesen Lederanzug.«

»Und du meinst, er schläft darin? Hier gibt's ja noch nicht mal ein Nachthemd.«

Es kam mir merkwürdig vor, dass sich in diesem Zimmer

keinerlei persönliche Gegenstände befanden. Es war fast so, als ob Melchior gar kein richtiger Mensch war. Wenn die Unterwäsche, die leeren Flaschen und die Unordnung auf dem Tisch nicht gewesen wären, hätte das Zimmer vollkommen unbewohnt gewirkt.

Ich ging zum Tisch und betrachtete die Papiere, als mein Blick wieder auf den schwarzen Fleck an der Wand fiel.

Er hatte eine merkwürdige Form. Die linke Seite war rundlich, rechts endete er in einer senkrechten, geraden Linie, wie abgeschnitten. Ich rieb mit dem Finger darüber und betrachtete ihn. Auf meiner Haut war ein grauer Fleck.

»Was ist das?«, fragte Sally.

»Ruß«, sagte ich.

Der Fleck an der Wand rührte von Kerzenrauch her. Von dem Rauch von unzähligen Kerzen. Aber die Form gab mir immer noch Rätsel auf. Die schnurgerade Linie auf der rechten Seite – wieso …?

»Da war etwas«, sagte ich und deutete auf die leere Wand.

Vielleicht ein Gemälde? Das aus der Nische?

Ich trat aus dem Zimmer und betrachtete den Rahmen des Bildes, fand aber keine Rußspuren. Ich kehrte wieder zum Schreibtisch zurück und folgte mit den Augen der Rauchlinie nach oben. Sie verlor sich in der Höhe, bis ich sie nicht mehr sehen konnte. Aber der Fleck war ziemlich lang, sodass der Gegenstand, der sich dort befunden hatte, sehr hoch gewesen sein musste.

Ich fuhr mit den Fingern über die Wand. Keine Nägel, Haken oder Stifte waren dort hineingeschlagen. Es gab nicht einmal ein Loch, wo vielleicht einmal etwas gewesen war. Aber trotzdem *war* dort etwas gewesen.

Ich schaute mich um. Es gab nur eine Sache, die an diese

Stelle passte. Der Kleiderschrank, in dem gähnende Leere herrschte und der seitlich des Bettes in eine Ecke gequetscht stand.

Ich ging zu dem Schrank und begutachtete die Seite, die neben dem Tisch gewesen sein musste. Dort war ein dunkler Streifen – der Rest der Rußspur. Kein Zweifel: Dieser Schrank hatte früher neben dem Schreibtisch gestanden.

Ich runzelte die Stirn. Warum hatte Melchior ihn umgestellt? Hier stand er doch äußerst ungünstig. Und die Wand, die dadurch frei geworden war, wurde ja nicht für ein anderes Möbelstück benutzt.

Es sei denn …

Ich packte die Vorderseite des Schranks und zog daran. Die Beine kratzten über den Boden.

»Aha«, sagte ich.

Hinter dem Schrank befand sich eine Nische in der Wand. In dem kleinen Alkoven hingen an ein paar Haken Melchiors Kleider. Die Schuhe standen auf einer Truhe, die man an die hintere Wand der Nische gerückt hatte.

Es gab drei Gewandungen. Die erste war ganz aus Seide gefertigt: Hose und Strümpfe, ein reich besticktes Wams mit einem warm gepolsterten Rücken, ein seidener Umhang und ein Schal. Es war die Kleidung eines wohlhabenden Mannes, was die Gewandung daneben umso fragwürdiger machte.

Diese bestand nämlich aus einer Ansammlung von schmutzigen und fadenscheinigen Lumpen. Es war die Bekleidung eines Bettlers. Die Risse in Jacke und Hosen waren mit andersfarbigen Stofffetzen geflickt. Das Ganze ähnelte sehr …

Nein, es ähnelte nicht – es waren die Kleider von …

»Miles Gaspar«, sagte ich.

»Wer?«, fragte Sally.

»Der Bettler. Der in die Apotheke kam.« Der um eine Arbeit gebettelt hatte und um Brot für seine Kinder, während Melchiors Männer ungeduldig darauf gewartet hatten, Venezianischen Theriak zu kaufen. »Das sind seine Sachen.«

Aber es hing noch eine dritte Gewandung in der Nische. Eine schlichte Kombination aus Hemd, Schal, Wams, Socken und Hose. Normale, gewöhnliche Kleidung, wie sie ein Ladenbesitzer oder ein Kaufmann tragen würde. Einem Mann in dieser Gewandung begegnete man täglich auf der Straße. Er würde nicht weiter auffallen, wäre da nicht eine Kleinigkeit.

Die Sachen waren alle blau.

Mein Herz hämmerte. Ich streckte die Hand aus, schob den Schal zur Seite und sah, was ich zu sehen erwartete.

Auf das Wams, über dem Herzen, war ein Bronzemedaillon genäht.

Kapitel 24

Melchior.

Es war Melchior. Nicht seine Männer. Melchior selbst war in mein Haus eingebrochen.

Mit zitternden Händen nahm ich die Schuhe vom Deckel der Truhe. Es waren drei Paar: eins aus einfachem, blau gefärbtem Leder, ein zweites aus weichem Hirschleder, glänzend poliert, und das dritte waren fleckige, ausgelatschte Stiefel mit durchgelaufenen Sohlen. Für jedes Gewand ein passendes Paar.

In der Truhe lagen verschiedene Perücken und in einem eigenen Fach etliche Hüte. Darunter befand sich eine Holzkiste, in der ich eine Reihe dünner Pinsel fand, ein paar falsche Bärte und einige kleine Porzellandöschen mit verschiedenen Farbpasten: Schminke. Es gab auch ein Fach mit falschen Narben, Geschwüren, sogar Nasen. Einschließlich eines knollenartigen Zinkens mit einer Warze seitlich der Spitze: die Nase von Miles Gaspar.

»Verkleidungen«, sagte ich. »Das sind alles *Verkleidungen.*«

»Christopher.«

Ich schaute hoch. Tom deutete auf die Seidenkleidung ganz links in der Reihe. »Die habe ich auch schon mal gesehen«, sagte er.

»Wo denn?«, fragte ich.

»In deinem Laden. Ein Mann in dieser Kleidung war in der Apotheke.«

Ich starrte die Sachen an, konnte mich aber nicht erinnern.

»Du warst im Arbeitsraum«, sagte Tom. »Das war am Samstag. Der Mann wollte mit Meister Benedict sprechen.«

»Was hat er gesagt?«

»Sonst nichts. Er fragte nach Benedict Blackthorn. Ich erzählte ihm die Sache mit dem Erzengel-Kult, woraufhin er überrascht schien. Er fragte, wer seinen Platz eingenommen habe, und ich antwortete, niemand, die Apotheke sei nicht geöffnet. Daraufhin ging er.«

»Wie sah er aus?«

Tom errötete leicht. »Ich … ich habe ihn mir nicht so genau angeschaut. Er war ganz normal, würde ich sagen. Aber ich … ich habe ihn nicht als Bettler erkannt.«

Woher auch? Dorothy hatte ja auch behauptet, den blau gekleideten Mann noch nie gesehen zu haben. Die Täuschungen waren perfekt. Verschiedene Farben, falsche Nase, gebückt gehend, humpelnd. Eine Verwandlung von einer Gestalt in eine andere.

Ich dachte noch einmal darüber nach, in welcher Reihenfolge Melchior was getan hatte.

Am Samstag war er im Laden gewesen. Er fragte nach Meister Benedict. Als Tom ihm erzählte, er sei tot, war er überrascht.

Am Montag kehrte Melchior als Bettler verkleidet zurück, mehr oder weniger gleichzeitig mit seinen eigenen Leuten, die er geschickt hatte, um Venezianischen Theriak zu kaufen.

Aber Tom hatte ihm bereits erklärt, dass der Apotheker tot war. Er musste wissen, dass ich seinen Männern nichts verkaufen durfte. Trotzdem schienen sie ehrlich verärgert, weil ich sie abweisen musste. Die Art wie sie auf den Bettler reagierten, sprach dafür, dass sie nicht wussten, wer er war.

Was nichts anderes bedeutete, als dass die beiden Männer lediglich ein Ablenkungsmanöver gewesen waren, die sich –

genau wie wir – von Melchiors Aussehen täuschen ließen. Er hatte sie vorgeschickt, damit er ungestört den Holzkeil in mein Schloss einschieben konnte, der die Tür blockierte. Dann hatte er die Apotheke beobachtet. Als wir gegangen waren, hatte er sich umgezogen und war zurückgekehrt, um ungestört das Haus zu durchsuchen.

Aber …

Ich hatte gedacht, dass Melchior es auf den Schatz meines Meisters abgesehen hatte, weil seine Männer Isaac und mich am Montag belauscht hatten. Melchior war jedoch bereits am Samstag in der Apotheke gewesen und hatte nach meinem Meister gefragt. Als er am Montag seine Männer schickte, um uns abzulenken, damit er die Tür manipulieren konnte, stand sein Plan, bei mir einzubrechen, bereits fest.

Was bedeutete, dass er über die Sache, nach der er gesucht hatte, schon Bescheid gewusst hatte, bevor Isaac nach London zurückkehrte. *Vor* unserem Gespräch, *bevor* ich den Brief meines Meisters bekam. Bevor ich etwas von dem Schatz wusste. Also wusste Melchior entweder vor mir davon – oder er war hinter etwas völlig anderem her.

Eine Täuschung nach der nächsten. Und alle hatten mit meinem Meister zu tun.

Nein, dachte ich. *Nein. Ganz und gar nicht.*

Jemand hatte versucht, Galen zu ermorden. Er hatte den Attentäter gesehen: einen schäbig gekleideten Mann. Ich wäre jede Wette eingegangen, dass es sich dabei um Melchior in seinem Bettler-Kostüm gehandelt hatte.

Was nichts anderes bedeutete, als dass Melchior versucht hatte, Galen umzubringen.

Bettler. Gefolgsmann. Edelmann. Pestarzt.

Ein Schauspieler, das war Melchior. Ein Schauspieler in unterschiedlichen Rollen. Und welche war die größte und die wichtigste?

»Der Prophet«, sagte ich. »Das ist auch bloß eine Verkleidung.«

»Aber seine Vorhersagen sind immer eingetroffen«, sagte Sally. »Er weiß wirklich, wo die Pest als Nächstes ausbricht.«

»Dann verbreitet er sie selbst«, sagte ich, »denn alles andere ist auch ein Schwindel.

Sogar die Bronzemedaillons. Er hatte das Symbol des Erzengels Michael und das von Samael, das auf der Armbrust eingeschnitzt war, von dem Alkoven gegenüber dem Zimmer abgekupfert. Das waren alles nur Requisiten für sein Schauspiel.«

Tom schob sich zur Tür. »Wir müssen weg.«

»Nein.« Nach dem, was wir gerade herausgefunden hatten, würde ich jetzt nicht einfach gehen. »Durchsucht alles, aber es muss so aussehen, als sei nichts berührt worden. Sucht überall. Durchsucht das ganze Zimmer.«

Sally machte sich sofort an die Arbeit und durchwühlte vorsichtig die Truhe. Aus Toms Gesicht sprach Verzweiflung und Unbehagen und er zögerte kurz, ehe er sich Melchiors Kleidung vornahm und sämtliche Taschen nach außen kehrte.

Das Erste, was ich unter die Lupe nahm, war der Schreibtisch. Ich kramte durch Melchiors Papiere. Bei den meisten handelte es sich um die wöchentlichen Totenlisten. Daneben standen Schreibfeder und Tintenfass, aber ich konnte nichts entdecken, was Melchior selbst geschrieben hatte.

An der rechten Seite hatte der Schreibtisch zwei Schubladen. Ich zog die obere davon auf und fand eine Reihe von Apothekergefäßen. Sie waren nicht beschildert, aber als ich eins davon öffnete, zog mir der Duft nach Honig und Kräutern entgegen. Eine kleine Kostprobe der zähen Substanz bestätigte mir, dass es sich um Venezianischen Theriak handelte, allerdings nicht nach dem Rezept meines Meisters. In den anderen Gefäßen war das Gleiche.

Plötzlich war mir, als würde mir das Herz in der Brust zerspringen. Falscher Prophet oder nicht, Melchior verbreitete die Pest. Vielleicht tat er es mit diesem Theriak.

Den ich gerade probiert hatte.

Beinahe hätte ich das Gefäß fallen gelassen. Ich wollte schon kräftig ausspucken, als mir einfiel, dass diese Möglichkeit doch sehr unwahrscheinlich war. Immerhin hatte er auch Sally in Cripplegate von dieser Medizin gegeben.

Das brachte mich auf eine andere Idee. »Die Kinder, die in Cripplegate die Pest bekamen«, sagte ich zu Sally. »Hat er sie berührt? Oder ihnen etwas Besonderes gegeben?«

»Ich glaube nicht. Wir alle haben den Theriak bekommen.« Sie legte den Kopf schräg. »Er hat die Aufseher angewiesen, ein Gebet für die Kinder zu sprechen, bevor er sie behandelte. Das haben wir gemacht. Wir haben gebetet.«

»Wo war Melchior zu diesem Zeitpunkt?«

»Weiß ich nicht. Ich habe nicht auf ihn geachtet. Ich habe gebetet.«

Da. Schon wieder. Ein Ablenkungsmanöver. Genau wie in meinem Laden, genau wie mit den Federn gestern auf der Straße. Melchior hatte alle getäuscht. Aber das zu wissen half mir nicht weiter. Sally hatte nicht mitbekommen, wie er die Kinder mit der Pest angesteckt hatte.

Sie konnte sich auch sonst an nichts erinnern, was von Bedeutung hätte sein können. Ich widmete mich wieder dem Schreibtisch und öffnete die zweite Schublade. Darin lag ein Buch. Ich holte es heraus und blätterte durch die Seiten.

»Schaut mal«, sagte ich.

In dem Buch ging es um den Schwarzen Tod aus dem Jahr 1347, die schlimmste Seuche, die die Welt je erlebt hatte. Tom erschauerte, als er sich die Zeichnungen betrachtete: abgemagerte Gestalten mit Pusteln und Beulen, die elend unter den Sensenhieben eines Engels zugrunde gingen, der Blut in die Münder seiner Opfer träufelte. Noch ein Bild von Samael, das Melchior für seine Zwecke ausschlachtete. Ich fragte mich, ob er die Idee aus diesem Buch hatte.

Unter dem Buch lag ein zweites. Eins, das ich sofort erkannte. Das *Herbarium* von Nicholas Culpepper. Mein Meister besaß eine Ausgabe; es war das letzte Buch, das er in seinem Leben gekauft hatte.

Ich blätterte darin, fand aber nichts Außergewöhnliches. Als ich es schon zurücklegen wollte, fiel mein Blick auf einen kleinen Beutel, der danebengelegen hatte. Der Inhalt war eine Mischung aus Gewürzen, ein Räuchermittel. Ich erkannte den Geruch: Es war das Räuchermittel, das Melchior in seinem Vogelschnabel verbrannte.

Das half mir nicht weiter. Ich wühlte tiefer, in der Hoffnung, ein Rezept zu finden. Stattdessen fand ich zwei weitere Beutel, beide klein und aus Leder. Ich zog die Knoten auf, mit denen sie verschlossen waren.

Darin befanden sich wieder Kräuter, in jedem Beutel eine andere Sorte.

In dem ersten Beutel waren abgeschnittene Pflanzenteile, die noch recht frisch waren. Ich schätzte, dass sie vor vier oder fünf Tagen gesammelt worden waren. An den Stielen hingen zusammengedrückte weiße Blüten. Die breiten Blätter waren gekräuselt und hatten einen Flaum aus weißen, weichen Haaren. Obwohl sie bereits trockneten, besaßen sie noch ihren typischen moschusartigen Geruch.

»Was ist das?«, wollte Tom wissen.

»Andorn«, sagte ich. Meister Benedict hatte diese Pflanze oft benutzt. Sie war ein ausgezeichnetes Heilmittel mit vielfältiger Wirkung: gut gegen Husten und Atemnot, weil sie schleimlösend wirkte; in heißem Sud eingeweicht, war sie als Schwitzkur geeignet; man konnte sie gegen Krupp und Schwindsucht einsetzen und bei Frauenproblemen. In großen Mengen verabreicht, diente sie als Abführmittel.

Die Kräuter in dem zweiten Beutel waren vollständig getrocknet und schon mindestens zwei Monate alt. Die Pflanzen hatten lange, schlanke Sprossen mit kleinen schwarzen Haaren und Blätter, die ebenfalls lang und schmal und wie Speerspitzen geformt waren.

»Und was ist das?«, fragte Tom.

Ich drehte die Sprossen in meiner Hand hin und her. »Ich weiß nicht.«

Die Pflanzenteile waren vollkommen geruchlos. Ich knabberte an einem Blatt und spuckte dann aus. Es schmeckte holzig, hatte einen leichten Maisgeschmack, war aber bitter. Meine Zunge brannte.

Ich hatte dieses Kraut noch nie gesehen.

Hatte Meister Benedict es gekannt?

Die Apothekertasche, dachte ich. Die Apothekertasche, die ich im Kriechkeller unter dem Laden gefunden hatte. Diese Tasche hatte nicht nur zur Aufbewahrung von Aufzeichnungen gedient, sondern auch für Zutaten.

Hatte Melchior die Kräuter aus meiner Apotheke gestohlen? Das Zeug war so trocken, dass es noch von meinem Meister stammen konnte. Trotzdem fiel es mir schwer zu glauben, dass eine Pflanze das »Besondere« war, das mein Meister mir hinterlassen hatte.

Es sei denn, diese Pflanze vermochte etwas ganz Wunderbares. Wie etwa die Pest zu heilen.

Ich musste an Toms Erzählung denken, dass er gesehen hatte, wie Galen mit einem Lederbeutel hantierte, als er glaubte, Tom würde nicht hinschauen. Eine geheime Zutat für seine Medizin, war mein erster Gedanke gewesen. Jetzt fragte ich mich, ob es vielleicht dieses Kraut gewesen war. War dies die geheime Zutat, die der Arznei ihre Wirkung verlieh?

Am liebsten hätte ich den ganzen Beutel mitgenommen. Aber wenn ich das tat, merkte Melchior, dass jemand hier gewesen war. Und wenn er den Beutel aus meiner Apotheke gestohlen hatte, dann war das vermutlich der erste Ort, wo er danach suchen würde. Stattdessen steckte ich eine der Sprossen in eine leere Phiole aus meiner Schärpe und verstaute sie dann wieder unter meinem Hemd.

»Gut, du hast also was gefunden«, sagte Tom. »Können wir jetzt gehen?«

Vermutlich sollten wir das tun. Wir waren schon eine ganze Weile hier unten. Und bloß weil keiner von Melchiors Leuten zurückgeblieben war, als ihr Anführer die Kirche verließ, hieß das noch lange nicht, dass sie nicht zurückkommen würden.

»Sally, hast du ...?« Ich drehte mich zu ihr um und sah, dass sie nicht mehr da stand, wo sie eben noch gewesen war. Ich schaute mich verwirrt um und entdeckte dann ihre Beine, die zappelnd unter dem Bett herausragten.

Sally grunzte und schob sich wieder nach hinten. Dann rollte sie sich auf den Rücken. Ihr Haar fiel ihr über das Gesicht und sie blies es sich von den Lippen. Ich bemerkte, dass sie sich die Hand auf ihre Seite presste. Wenn sie so weitermachte, würde die Rippe am Ende doch noch brechen.

»Was hast du denn da gemacht?«, fragte ich.

»Ich habe das hier gefunden«, keuchte sie.

Sie streckte die Hand aus und hielt mir eine weitere winzige Schriftrolle hin, genau wie die Fragmente, die Melchior gestern ins Feuer geworfen hatte.

Aber dieser Pergamentstreifen war unversehrt.

VTSEGAEATRELRDWERBGTOCORIROKWOFA

DEUOTTABNDEENUDSADDW

Ich nahm ihr den Fund aus der Hand und überflog die Buchstaben. »Sind da noch mehr?«

Sally schüttelte den Kopf. »Ich glaube nicht, dass Melchior das hier verstecken wollte. Ich glaube, er hat es versehentlich fallen gelassen. Aber da ist noch was hinter dem Schreibtisch.«

Sie deutete zu der Stelle. Ich ging neben ihr in die Hocke und sah, was sie entdeckt hatte: ein großes Stück Pergament. Mit Toms Hilfe zog ich es hervor.

Es war eine detailgetreue Karte von London. Überall innerhalb der Stadtmauern waren etwa ein Dutzend Stellen mit einem roten X markiert. Eins davon stach mir sofort ins Auge.

Die Ecke Budge Row und Walbrook Street. Sally und ich waren gestern da gewesen.

»Das ist das Haus von Stadtrat Eastwood«, sagte ich. »Und da.« Ich deutete auf ein anderes Kreuz. »Das von Stadtrat Dench.«

»Sind das alles die Häuser von Pesttoten?«, wollte Tom wissen.

Das konnte ich nicht sagen. Wir mussten die einzelnen Orte überprüfen und herausfinden, wer dort lebte, und dann …

Ich erstarrte.

Tom sah meinen Gesichtsausdruck. »Was ist? Was ist los?«

Mit einem zitternden Finger deutete ich auf die Karte.

Tom folgte meinem Finger. Über einem der Häuser prangte ein großes rotes Kreuz. Er runzelte die Stirn und betrachtete die umliegenden Straßen. Und dann wurden seine Augen groß.

»Aber … das ist …«

Er sprach es nicht aus. Das musste er auch gar nicht.

Melchior hatte Blackthorn auf seiner Karte markiert.

Kapitel 25

Tom machte ein ängstliches Gesicht. »Was soll das bedeuten?«

Ich betrachtete die Karte eingehender. Waren das alles Orte, die mit Melchiors Prophezeiungen zu tun hatten? Auf die Häuser der Herren Eastwood und Dench traf das zu. Mein Haus konnte ebenfalls dazugehören, je nachdem, wie man die Worte deutete, die er im Rathaus zu mir gesagt hatte. Aber er hatte auch bei Aldebourne, Cripplegate und hier in dieser Kirche Pesttote vorhergesagt, und keiner dieser Orte war mit einer Markierung versehen.

Sally deutete auf die Schriftrolle, die sie gefunden hatte. »Vielleicht gibt es zwischen der Karte und dem Pergament einen Zusammenhang.«

Das war eine interessante Idee. Ich strich den Pergamentstreifen glatt, aber noch immer erschloss sich mir die Bedeutung der Buchstaben nicht. Es waren einfach zu viele und die meisten markierten Orte auf der Karte kannte ich nicht.

»Was machen wir mit dem ganzen Kram?«, fragte Tom.

Ich wusste nicht, was wir damit machen *konnten*. Wir waren Lehrlinge, und wieder einmal erwies sich dieser Umstand als unüberwindbares Hindernis. Wir hatten schlichtweg nichts zu sagen und brauchten die Unterstützung von jemandem, der in der Stadt ein hohes Ansehen genoss – und außerdem handfeste Beweise, dass Melchior ein Verbrechen begangen hatte.

Wir hatten weder das eine noch das andere. Die drei Gewandungen und die Schminke nutzten uns gar nichts. Melchior konnte behaupten, sie gehörten nicht ihm, sondern hätten sich schon vorher in der Kirche befunden. Die Karte konnte er mit seinen »Prophezeiungen« erklären. Und ich wusste weder, worum es sich bei dem Kraut handelte, das ich gefunden hatte, noch, wie man den Code auf dem Pergamentstreifen entschlüsseln konnte. Tatsache war, dass *wir* diejenigen waren, die in Schwierigkeiten steckten, wenn herauskommen würde, dass wir bei Melchior eingebrochen waren.

Und wer sollte uns glauben? Dr. Parrett kannte uns gut genug, dass er unter anderen Umständen ein wertvoller Verbündeter gewesen wäre, aber nicht jetzt, wo sich sein Verstand endgültig verabschiedet hatte. Henry kam mir recht vernünftig vor, aber auch er schien Melchior zu vertrauen. Selbst wenn er eine Untersuchung riskieren würde, müsste er Melchior mit den Vorwürfen konfrontieren. Dann würde Melchior erfahren, dass wir hier gewesen waren. Und das war das Letzte, was ich wollte.

Der Mann, mit dem ich reden musste, war Lord Ashcombe. Er würde uns ganz gewiss glauben. Ich beschloss, bei Henry um ein Gespräch mit Stadtrat Maycott zu bitten. In der Zwischenzeit musste ich herausfinden, was für ein seltsames Kraut das war und was die Buchstaben auf dem Pergamentstreifen bedeuteten. Und wir sollten uns außerdem um die Kreuze auf der Karte kümmern.

Ich nahm eine alte Totenliste von dem Stapel auf dem Tisch. Auf die Rückseite schrieb ich – so gut ich es vermochte – die Stellen von der Karte ab, wo sich die Markierungen befanden. Ich hoffte, dass Melchior das Fehlen der einen Totenliste nicht bemerken würde, wenn er zurückkam.

Während ich schrieb, fiel mir noch eine weitere interessante Stelle ins Auge. »Schaut euch das mal an.«

Die Markierung befand sich ein kleines Stück nördlich der

Themse, nicht weit vom Tower entfernt, weitab von den anderen Kreuzen.

»Wer wohnt da?«, fragte ich.

Tom runzelte die Stirn. »Keine Ahnung. Das ist bei den Docks. Da stehen hauptsächlich Lagerhäuser.«

Lagerhäuser?

Was hatte Henry gestern Abend gesagt? *Ich habe ein leeres Lagerhaus am Fluss angemietet. Galen besteht darauf, dass der Standort geheim bleibt. Nur die Stadträte wissen Bescheid.*

Ich erzählte den anderen von meiner Vermutung. In Toms Gesicht stand das blanke Entsetzen. »Aber wenn Melchior Galens Lagerhaus markiert hat …«

Ich faltete die Totenliste zusammen und schob sie unter die Schärpe meines Meisters. »Wir müssen nachsehen, was da drin ist.«

Diesmal widersprach Tom nicht. Ich glaube, er war heilfroh, aus der Kirche herauszukommen. Wir schlossen die Türen zu Melchiors Zimmer und zum Keller wieder ab, hängten den Schlüssel an seinen Platz und machten uns auf den Weg zu den Docks. Dort versteckten wir uns hinter einem Stapel alter Kisten und beobachteten das Gebäude, das Melchior auf seiner Karte markiert hatte.

Wenigstens hoffte ich, dass es das richtige Lagerhaus war. Von außen sah es genauso aus wie all die anderen leer stehenden Lagerhäuser entlang der Themse. Die Fenster waren verbarrikadiert und alles machte einen verlassenen Eindruck. Es war unmöglich zu erkennen, was im Inneren vor sich ging.

Zum Glück dauerte es nicht lang, bis wir Klarheit bekamen. Nach einer halben Stunde ging die Tür auf.

Es war Galen. Er steckte den Kopf hinaus, schaute sich

schnell um, schlug die Tür wieder zu und schob den Riegel vor. Das tat er noch zweimal, im Abstand von jeweils zehn Minuten. Beim dritten Mal ließ er die Tür offen. Das, worauf er gewartet hatte, war endlich eingetroffen.

Sechs Wagen rumpelten hintereinander vor das Lagerhaus, jeder voll beladen mit Waren. Auf den ersten beiden standen schwere Porzellankrüge, auf den anderen vier stapelten sich große, verschlossene und versiegelte Jutesäcke. Von unserem Versteck aus konnte ich nicht erkennen, um was genau es sich handelte, aber ich vermutete, dass es die erste Fuhre der Zutaten von Galens Liste war.

Galen winkte die Männer ins Lagerhaus und verschwand dann selbst im Inneren. Die Männer fingen an, die Waren in das Gebäude zu schleppen.

Das war die Gelegenheit. »Wartet hier«, sagte ich.

»Christopher!« Aber ich rannte schon an den Wagen vorbei. Ich sprintete um das Gebäude herum, wo niemand mich sehen würde, in der Hoffnung, dort ein Fenster oder irgendeine Öffnung zu finden, durch die ich ins Lagerhaus hineinschauen konnte.

Unglücklicherweise waren auch hier die Fenster mit Brettern zugenagelt. Ich konnte rein gar nichts sehen. Ich rannte von einem Fenster zum nächsten und suchte nach einem Guckloch. Schließlich drückte ich eine kleine Holzscheibe aus dem Astloch einer Planke und spähte hindurch.

Das Fenster befand sich in einem langen Flur, von dem etliche Türen abgingen. Der Flur führte zu einem offenen, großen Raum. Die Arbeiter gingen durch diesen Eingang hin und her und folgten Galens Anweisungen, wo die Vorräte gestapelt werden sollten. Im Hintergrund erkannte ich drei lange Arbeitstische und etliche Gefäße und Gläser.

Ich blieb noch eine Weile und schaute zu, dann rannte ich zu Tom und Sally zurück.

»Das ist es«, sagte ich. »Das ist Galens geheime Werkstatt.«

Sally runzelte die Stirn. »Warum sind dann keine Wachen hier?«

Das war eine gute Frage. Ich hatte auch drinnen keine Soldaten gesehen.

»Vielleicht fürchten die Stadträte, dass sie den Mund nicht halten können«, sagte ich. »Die Sache mit dem Attentäter hat ja auch innerhalb kürzester Zeit die Runde gemacht.«

»Also lassen sie Galen ohne jeden Schutz? Das kommt mir aber nicht besonders klug vor.«

»Es ist sicherer, wenn niemand weiß, wo die Werkstatt ist.«

»Aber Melchior weiß es bereits«, sagte Sally.

Die Stadträte haben Angst vor ihm, dachte ich. *Aber sie vertrauen ihm auch. Und wenn er sie fragen würde, was mit der Medizin ist …*

Ich seufzte. Es konnte jeder gewesen sein. Jeder konnte ihm von diesem Lagerhaus erzählt haben, nicht ahnend, was der Vogelmann vorhatte. Das Einzige, was Melchior von den Stadträten *nicht* bekommen konnte, war Galens Medizin, weil der Apotheker ihnen das Rezept nicht verraten wollte. Ich fing an zu glauben, dass Galens Misstrauen vielleicht doch nicht ganz unbegründet war.

Die Arbeiter kamen wieder heraus. Wir duckten uns hinter die Kisten, während sie auf die leeren Wagen stiegen und davonfuhren. Galen blieb im Lagerhaus.

»Wo ist er?«, fragte Tom nervös.

»Er muss noch das Labor einrichten«, sagte ich. Aber die Warterei machte auch mich unruhig. So ganz allein, ohne Wachen, war Galen verwundbar. Melchior konnte jederzeit auftauchen und beenden, was er in meinem Haus begonnen hatte.

Die Sekunden wurden zu Minuten. Und die Minuten verrannen zäh.

Ich wusste nicht, was ich tun sollte. Ich konnte schlecht einfach hingehen und Galen warnen. Er würde vermutlich einen Anfall bekommen, wenn er erfahren würde, dass ich seine geheime Werkstatt kannte. Er würde glauben, dass Henry und ich uns gegen ihn verschworen hatten.

»Wir sollten ausschwärmen«, sagte ich. »Beobachtet das Gebäude, stellt sicher, dass Melchior nicht hineinkann.«

»Werden wir ihn denn erkennen?«, fragte Sally.

Gute Frage. »Wir müssen auf die drei Kostümierungen achten.« *Und hoffen, dass er keine neue hat, von der wir nichts wissen.* »Sally, du beobachtest die Tür. Tom und ich werden … urgh!«

Tom hatte mich nach unten gezogen. Die Tür hatte sich geöffnet. Galen kam heraus und sah sich sorgfältig um. Dann schloss er das Lagerhaus ab und ging eilig eine Gasse entlang nach Norden.

»Vielleicht will er in die Apotheke«, sagte Tom. »Ich muss zurück.«

Tom hatte recht. Es war schon Nachmittag. Wenn Dr. Parrett Galen überredet hatte, wieder an die Arbeit zu gehen, würde er damit rechnen, dass Tom auf ihn wartete.

Und nach dem, was wir bei Melchior gefunden hatten, musste auch ich mich an die Arbeit machen.

DONNERSTAG,

3. September 1665

Zahl der Pesttoten des gestrigen Tages: 1.411

Todesfälle insgesamt: 34.435

Kapitel 26

Nichts.

Sally und ich verbrachten den restlichen Mittwoch über den Büchern und Notizen meines Meisters, wir wollten etwas über die Pflanze herausfinden, die Melchior in seinem Beutel hatte. Ich war mir sicher, dass ich sie noch nie gesehen hatte, aber trotzdem suchte ich danach. Ich konnte es mir nicht leisten, auch nur einen einzigen Hinweis zu übersehen.

Es war eine mühsame Arbeit. Allein das bekannteste Nachschlagewerk, Culpeppers *Herbarium*, hatte etwa vierhundert Einträge. Ich konnte einige davon überspringen – ich war mir ziemlich sicher, dass Melchiors Pflanze keine Rübe war –, aber trotzdem ging die Sache langsam voran.

Die Pflanze war nicht bei Culpepper aufgelistet, aber das hatte ich auch nicht erwartet. Ich seufzte. Jetzt musste ich nur noch ungefähr hundert andere Bücher durcharbeiten, nicht zu vergessen die handschriftlichen Notizen von Meister Benedict. Die nahm ich mir zuerst vor. Es war hilfreich, dass mein Meister zu jeder Pflanze, die er beschrieb, eine detaillierte Zeichnung beigefügt hatte. So konnte ich auf einen Blick erkennen, ob ich die Beschreibung überhaupt lesen musste. Tom hätte uns helfen können, aber kurz nachdem wir eingetroffen waren, kehrte auch Galen zurück, diesmal mit zwei schwer bewaffneten Stadtwächtern, die er am Vorder- und Hintereingang postierte. Dann zog er Tom mit sich in den Arbeitsraum.

Heute zeigte sich Galen nicht von seiner freundlichen Seite; er warf Sally und mir einen schiefen Blick voller Misstrauen zu. Tom folgte ihm niedergeschlagen. Mir ging es genauso: Warum gab man immer mir für alles die Schuld?

Trübsinnig las ich bis spät in die Nacht in den Aufzeichnungen meines Meisters. Nachdem Galen die Apotheke verlassen hatte, taumelte Tom aus dem Arbeitsraum und fiel förmlich über den Tresen.

»Mrreichs«, sagte er.

Er sah schrecklich aus. »Du brauchst was zu essen«, sagte ich.

Sally stand auf. »Ich hole was.«

»HabkeinHunger«, sagte Tom.

Ich traute meinen Ohren nicht. »Was macht er da drin mit dir?«

»Hhnnnrrghhllg.«

»Hör zu, bleib heute Nacht hier. Ich …« Ich wusste nicht so recht, wo ich ihn unterbringen sollte. Vermutlich würde ich ihm meine Decken überlassen.

Tom stieß sich vom Tresen ab. Er war schon fast im Halbschlaf. »Mutter will, dass ich heimkomme.«

»Bist du sicher?«

»Mmllrrrgghh«, nuschelte er. Dann schleppte er sich hinaus auf die Straße.

Sally hielt nicht viel länger durch. Wir widmeten uns wieder Meister Benedicts Unterlagen, aber als ich das nächste Mal aufschaute, war sie auf ihrem Schemel eingeschlafen, die Ellbogen auf dem Tisch, das Kinn in die Handflächen gelegt. Ich stupste sie an.

Sie rührte sich und hob die Lider ein Stück. »Nächstes Buch?«

»Ja.« Ich schob ihr ein Bündel Notizen zu, die ich bereits gelesen hatte. »Da. Leg dich doch hin. Vielleicht liest es sich auf der Matratze besser.«

»Hört sich gut an.« Sie nahm die Dokumente mit, legte sie unter ihren Kopf und schlief sofort ein.

Ich blieb am Tresen sitzen und machte weiter, bis ich merkte, dass ich dieselbe Seite vier Mal gelesen hatte, ohne auch nur ein einziges Wort davon behalten zu haben. Ich legte den Kopf auf die Arme und ruhte mich aus. Nur für ein Minütchen.

Wieder träumte ich von unseren Vögeln.

Meister Benedict fütterte unsere Tauben mit winzigen Schriftrollen, auf denen Buchstaben durcheinanderpurzelten. Tom lag auf dem Rücken, die Augen geschlossen, die Hände über der Brust gefaltet, vor einem großen Feuer, das knisterte und knackte. Sally tanzte um ihn herum und sang.

lacrimosa dies illa
qua resurget ex favilla

Ihre Stimme klang abgehackt und stotternd.

»Was ist mit Tom geschehen?«, fragte ich.

judicandus homo reus
huic ergo parce, Deus

Bridget lief von rechts nach links über die Schultern meines Meisters. Er achtete gar nicht auf sie.

»Du kennst die Antwort bereits.«

»Nein, Meister. Ich brauche Eure Hilfe.«

pie Jesu Domine
dona eis requiem

»Ich habe dir bereits geholfen, Christopher«, sagte Meister Benedict. »Ich habe dir die Antwort gegeben. Denk an das Wie.«

»Ich verstehe nicht«, sagte ich.

»Du musst«, sagte er. »Dir läuft die Zeit davon.«

Er warf die Hände in die Luft. Die codierten Schriftrollen flogen hoch. Aber es waren keine Schriftrollen mehr, sondern Federn. Zarte weiße Gänsedaunen tanzten wie in einem Wirbelsturm in den Himmel.

Meister Benedict packte mich am Kragen, sodass ich beinahe das Gleichgewicht verlor.

Aber es war nicht länger Meister Benedict. Eine Hand in einem Lederhandschuh mit überlangen Fingern, zu Krallen gebogen, umfasste meinen Hals. In der anderen Hand hielt er eine Flasche. Ich schaute in ein Paar Glaslinsen. Aus dem Schnabel kräuselte sich Rauch, der meinen Kopf einhüllte und mir den Atem raubte.

»Die Zeit ist um«, sagte Melchior.

Ich fiel vom Schemel.

Schwer atmend saß ich in der Dunkelheit und schüttelte den Kopf, um die Bilder des Traums zu vertreiben. Nach einer Weile rappelte ich mich auf. Durch die Ritzen in den Läden drang schon schwach das Tageslicht. Es war Zeit, Bridget zu füttern und wieder an die Arbeit zu gehen.

Sally drehte sich um und rieb sich die Augen. »Warst du die ganze Nacht lang wach?«

So wie ich mich fühlte, war diese Frage gar nicht so abwegig. »Ich habe ein bisschen geschlafen.«

»Hast du was gefunden?«

Ich schüttelte den Kopf, setzte mich wieder auf meinen Schemel und fuhr fort, die Notizen meines Meisters durchzulesen. Kurze Zeit später landete ein Teller mit Käse neben mir auf dem Tresen, gefolgt von einem Becher mit Dünnbier.

»'anke«, sagte ich mit vollem Mund.

Sally, immer noch ein bisschen schlaftrunken, lächelte mich an, setzte sich neben mich und zog sich ein Buch heran. Ich war dankbar, sowohl für ihre Hilfe als auch für das Frühstück. Ich konnte mich einfach nicht konzentrieren; der Traum ging mir nicht aus dem Kopf.

Träume können Probleme lösen, hatte Meister Benedict oft gesagt. Ich hatte nie ganz verstanden, was er damit meinte. Normalerweise erinnerte ich mich nicht an meine Träume, und wenn doch, dann verwirrten sie mich nur noch mehr. Aber jetzt hatte mich mein Meister im Traum aufgesucht, zweimal hintereinander.

Und beide Male hatte er Melchiors Schriftrollen in der Hand gehabt.

Ich holte den Pergamentstreifen, den Sally unter Melchiors Bett gefunden hatte, aus meiner Schärpe. Weil ich gestern so lange mit dem Versuch zugebracht hatte, die Pflanze zu finden, hatte ich mich nicht um den Code gekümmert. Aber das war dringend nötig, denn Melchior würde keine bedeutungslosen Worte codieren. Was immer da stand, war wichtig.

Das Problem aber war und blieb, dass ich keine Ahnung hatte, wie sich dieser Code knacken ließ.

VTSEGAEATRELRDWERBGTOCORIROKWOFA

DEUOTTABNDEENUDSADDW

Ich versuchte, die Buchstaben rückwärts zu lesen.

WDDASDUNEEKNBATTOUEDAFOWKORIROCOTG-
BREWDRLERTAEAGESTV

Einen Buchstaben durch den im Alphabet folgenden zu ersetzen.

WUTFHBFBUSFMSEXFSCHUPDPSJSPLXPGBEFVPU-
UBCOEFFOVETBEEX

Durch den übernächsten.

XVUGICGCVTGNTFYGTDIVQEQTKTQMYQH-
CFGWQVVCDPFGGPWFUCFFY

Den jeweils zweiten Buchstaben wegzulassen.

VSGETERWRBTCRROWFDUTANENDAD

Die jeweils zwei folgenden Buchstaben.

VEERREGCIKFETBEUAW

Das Ergebnis war ernüchternd. Das einzige Wort, das ich zustande gebracht hatte – bis auf ein gelegentliches »er« oder »an«, das natürlich nichts zu sagen hatte –, war das Wort »Wut« am Anfang meines dritten Versuchs. Aber darauf bildete ich mir wahrhaftig nichts ein. Es war und blieb unverständliches Kauderwelsch. Und von meinem Meister hatte ich gelernt, dass sich irgendwann von ganz allein Worte bildeten, wenn man die Buchstaben nur genügend durchschüttelte. Ich starrte eine Weile auf den Buchstabensalat und kam auf … nichts. Ärgerlich legte ich die Schreibfeder weg. So konnte es doch nicht weitergehen. Es kam mir so vor, als würde ich in einer Kloake fischen. Ich würde Wochen brauchen, um alle möglichen unterschiedlichen Kombinationen auszuprobieren, und so viel Zeit hatte ich nicht. Wenn mir nicht schnell eine Antwort einfiel, dann hatte ich am Ende genauso viel wie jetzt, nämlich gar nichts.

Ich musste clever vorgehen. Ich brauchte den Schlüssel.

Aber wie sollte ich den finden?

Nichts, was ich über Melchior wusste, half mir weiter. Eigentlich traf das genaue Gegenteil zu: Je mehr ich über Melchior erfuhr – er war ein Betrüger, ein Dieb und ein Mörder –, desto stärker wurde der Eindruck, dass wir weniger über ihn wussten als am Anfang. Alles an ihm war eine Lüge.

Da waren diese Bücher in seinem Schreibtisch. Der Foliant über den Schwarzen Tod und Culpeppers *Herbarium*.

Lag in einem von ihnen ein Hinweis versteckt? Etwas, das mich auf des Rätsels Lösung bringen konnte? Ich hatte beide Bücher durchgeblättert, aber nichts entdeckt, womit man einen Code knacken konnte. Keine Briefe, keine Notizen.

Keine Notizen, dachte ich.

Ich betrachtete die Blätter, die vor mir auf dem Tresen lagen. Ich hatte nur wenige Versuche gemacht, Melchiors Code zu entschlüsseln, und schon waren mehrere Seiten vollgeschrieben.

Aber in Melchiors Zimmer waren nirgends irgendwelche Notizen gewesen. Wir hatten die Schriftrolle gefunden, aber nichts, was Melchior benutzt haben könnte, um die Botschaft zu codieren. Melchior hatte eine weitere Schriftrolle vor dem Haus von Meister Eastwood bei sich gehabt, aber auch dazu hatte ich keine Notizen gefunden. Keine Notizen, überhaupt nichts.

Ich habe dir die Antwort gegeben, hatte mein Meister gesagt. *Denk an das Wie.*

Ich erinnerte mich an ein Ereignis vor drei Jahren. Ich war noch keine Woche lang Lehrling bei Meister Benedict, als er mir meinen allerersten Code beibrachte, einen einfachen Buchstabentausch. Aus A wurde B, aus B wurde C und so weiter.

Zur Übung ließ er mich meinen Namen codieren.

DISJTUPQIFS

»Ist das nicht zu einfach?«, hatte ich ihn gefragt. »Wenn man bloß immer nur einen Buchstaben weitergeht. Das kann doch jeder herausfinden.«

Meister Benedict hatte eine Augenbraue hochgezogen. »Tatsächlich? Und was hättest du gesagt, wenn ich dir dieses Wort vorgesetzt und dich gefragt hätte, was es bedeutet?«

Ich errötete. Es war mein eigener Name, aber ich wusste genau, dass ich nie darauf gekommen wäre.

»Wenn man ein Geheimnis kennt, ist es einfach«, hatte Meister Benedict gesagt. »Aber du musst immer daran denken, dass nur die wenigsten Menschen überhaupt merken, dass dahinter ein Geheimnis steckt. Die meisten können nämlich nicht lesen. Und jene, die es können, sind meistens nicht mit der Kunst der Chiffrierung vertraut. Wenn man nicht befürchten muss, dass man es mit gewitzten Code-Knackern zu tun hat – Spione des Königs oder dergleichen –, ist es nicht nötig, übermäßig komplizierte Verschlüsselungen anzuwenden. Eigentlich ist es eher von Nachteil.«

Das hatte mich verwirrt. »Wieso?«

»Weil jede Botschaft, die codiert wird, auch irgendwann einmal wieder decodiert werden muss. Jemand soll doch die Botschaft lesen, nicht wahr? Je komplizierter der Schlüssel, desto schwieriger wird die Sache für den Empfänger.

Es dauert eine Weile, um einen komplexen Code zu entwickeln und anzuwenden. Wenn Geschwindigkeit vonnöten ist, könnte das ein Problem sein. Außerdem ist die Gefahr, dass man einen Fehler macht – sowohl beim Codieren als auch beim Decodieren –, größer.« Er deutete auf die Seite, die vor mir lag. »Manchmal sind die einfachsten Verschlüsselungen die besten. Denk daran, wenn du einmal versuchen solltest, einen Code zu knacken.«

Die einfachsten Verschlüsselungen sind die besten.

Ich grübelte wieder darüber nach, warum ich nirgends Notizen gefunden hatte. Wenn Melchior geheime Botschaften an seine Gefolgsleute schickte … na ja, die kamen mir nicht gerade wie die hellsten Leuchten vor, die die Stadt je hervorgebracht hat. Das waren bestimmt keine »gewitzten Code-Knacker«.

So einfach, dass jeder den Code entziffern kann.

Bis auf mich, offensichtlich. Wütend knüllte ich das Papier zusammen.

Ich las noch einmal Meister Benedicts Aufzeichnungen durch, weil ich unbedingt diese Pflanze finden wollte. Sally ging nach draußen. Ich dachte, sie bräuchte einfach eine Pause, und war überrascht, als sie eine Stunde später mit einer Papierrolle zurückkam.

»Wo warst du?«, fragte ich.

Sie hielt mir das Papier hin. »Ich habe die neueste Totenliste geholt.«

Ich schaute mir die Einträge an. Die Liste zählte alle Todesfälle innerhalb der Stadt auf, einschließlich der Todesarten. Aber in diesen Tagen interessierten sich alle nur für eine Ursache.

Die Krankheiten und Toten dieser Woche

Albschoss	1
Apostem	10
Auszehrung	6
Blähungen	3
Blasenkrampf	1
Blattern	2
Blutlauf	1
Diarrhoe	6
Erbrechen	1
Ertrunken 2, einer in St. Michael Queenhithe und einer in Stepney	2
Fehlgeburt	2
Fettleber	2
Fieber	364
Fleckfieber	157
Fraisen	81
Gallsucht	8
Geschwüre	5
Gicht	1
Herzanfall	1
Husten	1
Kinder	26
Kindbettfieber	38
Lähmung	2
Leistenbruch	1
Lungenkrankheit	16
Melancholie	2
Migräne	1
Nierensteine	2
Pest	6.988
Rachitis	7
Rotlauf	7
Säuglinge	28
Schlafsucht	1
Schlagfluss	1
Schwamm	3
Schwindsucht	106
Siechtum	52
Tonsillitis	1
Tot aufgefunden 3, einer in St. Mary Hill und zwei in St. Botolph Bishopsgate	3
Totgeburten	11
Verstopfung	8
Völlerei	69
Wassersucht	18
Würmer	25
Wurmfieber	43
Zähne	138

Getauft	Männlich	79	Begraben	Männlich	4116	Pest 6988
	Weiblich	88		Weiblich	4136	
	Insgesamt	167		Insgesamt	8252	

Anstieg der Begräbnisse in dieser Woche — 756

Gemeinden ohne Pestkranke — 12 Gemeinden, von der Pest befallen — 118

Der Brotpreis, wie er vom Bürgermeister und den Stadtvätern festgelegt wurde:
ein halbes Pfund Weizenbrot ein Penny, ein Weißbrot gleichen Gewichts anderthalb Pennys.

6988 Pesttote in dieser Woche.

Mein Herz wurde schwer. Das war bisher die höchste Zahl. Und jeder wusste, dass die Einträge für solche Krankheiten wie Schwindsucht, Fieber und Zähne zumeist Fehldiagnosen waren und die Leute in Wahrheit ebenfalls an der Pest gelitten hatten. Außerdem war dies nur die offizielle Zählung, wer wusste schon, wie viele allein und unbemerkt in den Feldern rings um die Stadt gestorben waren. Wenn die Liste von knapp siebentausend Toten sprach, dann waren es vermutlich eher zehntausend. Wäre Galen mit seinem Heilmittel nur früher eingetroffen!

Apropos: Wo war Galen? »Wie spät ist es?«, fragte ich Sally.

»Ungefähr zehn, schätze ich«, sagte sie.

Möglicherweise war er schon in seine neue Werkstatt eingezogen. Aber wo blieb Tom? Er hätte schon vor Stunden hier sein sollen, allein schon wegen des Frühstücks. Tom verpasste doch sonst nie eine Mahlzeit.

»Hat Tom erwähnt, wann er heute Morgen anfangen wollte zu arbeiten? Oder ob er zu Galen in die Werkstatt muss?«

Sally schüttelte den Kopf. »Vielleicht hat Galen ihn entlassen, weil er ihn nicht mehr braucht.«

»Das hätte er uns doch gesagt.«

»Vielleicht hat er verschlafen. Er hat gestern nicht gut ausgesehen.«

Der Traum kam mir wieder in den Sinn. Tom, mit gefalteten Händen und geschlossenen Augen.

Ich fing an, mir Sorgen zu machen. »Ich sehe mal nach ihm.«

Aber das war gar nicht nötig. In dem Moment, in dem ich vor die Tür trat, sah ich eine pummelige Frau die Straße entlangrennen, die Röcke mit beiden Händen gerafft.

Es war Toms Mutter. Als sie mich sah, rannte sie noch schneller. Ihr Gesicht war puterrot, der Schweiß lief ihr in Strömen über die Stirn. Sie keuchte so heftig, dass es klang, als würde sie ertrinken.

»Chris... Christopher ...«, japste sie.

Mein Magen verkrampfte sich. »Mistress Bailey? Was ist passiert? Wo ist Tom?«

»Wir .... wir sind weggegangen.« Sie krümmte sich und schnappte nach Luft. »Wir sind ... zum Fluss ge... gegangen ... auf eins der ... Boote.«

Eine der Möglichkeiten, wie die Menschen versuchten, der Pest zu entgehen, war eine Koje auf einem der Schiffe, die auf der Themse ankerten. Mittlerweile hatten sich Hunderte aufs Wasser begeben und abgeschottet, so ähnlich wie Isaac in seinem Kellergewölbe.

»Ist Tom bei Euch?«, fragte ich.

Immer noch keuchend schüttelte sie den Kopf. »Nein. Du ... du musst ihm helfen.«

»Ihm helfen? Was meint Ihr? Wo ist Tom?«

»Ich weiß, wir ... wir waren nicht gut ... zu dir.« Zwischen den Worten schluchzte sie. »Das ist ... unsere Strafe. Aber Tom ... Tom liebt dich. Er ist unschuldig. Bitte. Du musst ihm helfen.«

Panik machte sich in meiner Brust breit. »Sagt mir, wo er ist!«

»Zu Hause.«

»Aber Ihr habt doch gesagt, dass Ihr auf ein Boot gegangen seid.«

»Nein«, schluchzte sie. »Nur ich und Bill und die Mädchen. Tom ist im Haus. Niemand weiß etwas. Du musst ihm helfen.«

Ich hatte das Gefühl, mich übergeben zu müssen.
»Was weiß niemand?«
»Unsere Familie ist verflucht, Christopher! Tom hat die Pest.«

Kapitel 27

Ich rannte den ganzen Weg.

Sally konnte nicht mithalten. Ich raste durch die leeren Straßen, vorbei an versiegelten und verlassenen Häusern. Das Herz hämmerte mir in den Ohren.

Es konnte nicht die Pest sein. Sie irrte sich. Toms Mutter irrte sich. Solche übertriebenen Reaktionen gab es ständig. Der kleinste Husten, ein harmloser Schnupfen, und schon wagte sich niemand mehr in deine Nähe. Jeder ist sich selbst der Nächste, das war das Motto in dieser fürchterlichen Zeit.

Sie musste sich irren. Ich hatte Tom vor … wie lange war das her? – vor knapp zwölf Stunden gesehen. Er war gesund gewesen. Ich hatte ihn gesehen, gesund und munter.

Aber er war nicht gesund und munter, sagte eine Stimme in meinem Kopf.

Er war bloß müde, antwortete ich.

Und er hatte keinen Hunger gehabt.

Darauf wusste ich keine Antwort.

Du hast ihn gesehen, in deinem Traum. Du hast ihn gesehen.

Sei still.

Du bist gewarnt worden, weißt du noch? Jemand, den du liebst, wird sterben.

Sei still, sagte ich. Sei still, sei still, sei still!

Tom war nur erschöpft und ausgelaugt, wie wir alle. Das hieß noch lange nicht, dass er an der Pest erkrankt war. Es ging ihm gut.

Es ging ihm gut …

Ich rannte und rannte.

Das verstand ich nicht.

Toms Mutter hatte behauptet, sie hätte es niemandem gesagt. Aber die Erdgeschossfenster waren mit Brettern vernagelt und an der Haustür hing ein Vorhängeschloss. Daneben hatte man ein rotes Kreuz gemalt, drei Zoll hoch, und darüber die schrecklichen Worte:

An der Tür lehnte ein Pestwächter, ein Breitschwert in seinem Gürtel. Er stocherte an einem seitlich aus seinem Mund hervorstehenden Zahn herum.

Toms Haus war versiegelt. Wie war das möglich? In so kurzer Zeit!

Ich schüttelte den Kopf. Das spielte keine Rolle, Hauptsache war: Wir konnten ihn retten. Von allen Menschen in der Stadt konnten wir *ihn* retten.

Sally humpelte keuchend zu mir. Sie hielt sich die Seite.

»Die Medizin«, sagte ich. »Henry sagte, Galen hat noch etwas davon hergestellt. Wir müssen ihn finden.«

Sally nickte, sprechen konnte sie noch nicht. Sie drehte sich um und wollte wieder losrennen.

»Warte«, sagte ich. Tom war da drinnen ganz allein. Er fürchtete sich wahrscheinlich zu Tode. »Ich will erst mit ihm reden und ihm sagen, dass wir die Medizin für ihn besorgen.« Er musste wissen, dass wir uns um ihn kümmerten.

Ich lief zu dem Wächter, die keuchende Sally im Schlepptau. Sein Atem stank nach Fisch. Den habe ich schon mal gesehen, dachte ich.

Ich deutete auf das Schloss. »Könnt Ihr das bitte öffnen?«

Der Mann hielt mit dem Zahnstochern inne und spuckte aus. »Nein.«

»Ich muss hinein.«

Mit dem Daumen ruckte er zur Tür. »Siehst du nicht das Kreuz?«

Ich schaute nicht zu dem Kreuz. Ich schaute auf sein Wams. Als er den Arm bewegt hatte, hatte ich es gesehen, direkt über dem Herzen. Ein Bronzemedaillon. Es blitzte und glänzte in der Sonne.

Daher kannte ich ihn. Er war bei Melchior gewesen. Schiefzahn war einer seiner Leibwächter.

Mein Magen verkrampfte sich. In meinem Hinterkopf meldete sich eine leise Stimme zu Wort – die Stimme meines Meisters: *Sei vorsichtig, Christopher*.

»Wann wurde dieses Haus versiegelt?«

»Heute Morgen«, antwortete Schiefzahn. »Auf Melchiors Befehl.«

»Melchior war hier?«

»Hab ich doch gerade gesagt.«

Sei vorsichtig, Christopher.

»Ich … ich bin der Apotheker«, sagte ich. »Ich meine, ich arbeitete für den Apotheker. Für Galen Widdowson. Ich bin sein Lehrling.«

Schiefzahn schnaubte. »Klar doch. Und wer ist das, die Königin?« Spöttisch verbeugte er sich vor Sally. »Ist mir eine Ehre, Eure Majestät. Bitte entschuldigt den Gestank.«

»Und was ist dann das hier …?« Ich zog mein Hemd hoch und wollte ihm meine Apothekerschärpe zeigen. Aber ich hatte sie zu Hause gelassen. In meiner Panik war ich ohne sie losgerannt.

Der Pestwächter betrachtete mich belustigt. Ich wandte mich von ihm ab und rief zu den Fenstern der oberen Stockwerke hinauf. »Tom! *Tom!*«

Er kam nicht ans Fenster.

Warum kam er nicht?

»TOM!«

»Hör auf mit dem Geschrei«, knurrte Schiefzahn.

Am liebsten hätte ich mich auf ihn gestürzt. Der Wachmann spürte meine Wut und seine Augen blitzten auf, wie bei einem Tiger, der frisches Fleisch wittert.

Sally legte eine Hand auf meinen Arm. »Bitte, Sir«, sagte sie mit süßer Stimme. »Unser Freund antwortet nicht. Vielleicht braucht er Hilfe.«

»Da kümmert sich schon Melchior drum«, sagte Schiefzahn.

»Wir dürfen mit ihm reden, wenn wir wollen«, sagte ich mit erhobener Stimme. Eigentlich durften wir auch hineingehen, wenn wir wollten, auch wenn ich kein Apotheker war. Man würde uns nur nicht mehr hinauslassen.

Schiefzahn zuckte mit den Schultern. »Ich habe meine Befehle. Außer Melchior darf niemand rein oder raus, bis es dem

Jungen besser geht.« Wieder stocherte er an seinem Zahn herum. »Oder bis er tot ist.«

Meine Gedanken jagten in meinem Kopf hin und her. *Melchior will nicht, dass jemand hineingeht. Man darf nicht einmal mit Tom sprechen.*

Warum nicht?

Ich war zu wütend, um darüber nachzudenken. »Ich bin ein Apothekerlehrling«, sagte ich aufgebracht. »Ich wurde von Meister Benedict Blackthorn ausgebildet, dem größten Apotheker, den diese Stadt je gesehen hat.«

»So?« Schiefzahn beugte sich so weit vor, dass mir von seinem Atem schlecht wurde. »Tja, Junge, ich war in der Parlamentsarmee und ich wurde von Colonel Scrope ausgebildet, dem größten Totschläger, den dieses Land je gesehen hat.« Er legte seine schwielige Hand auf den Griff des Breitschwerts. »Also verzieh dich. Das gilt für euch beide. Oder ich zeige euch, was ich gelernt habe.«

Ich blieb, wo ich war. Er grinste und zog langsam sein Schwert aus der Scheide. Eisen schabte über Leder.

Sally trat vor mich hin. »Wir bitten Euch um Verzeihung, Sir«, sagte sie mit einem kleinen Knicks. Dann legte sie mir die Hand auf die Brust und schob mich rückwärts.

Ich packte sie an den Armen und wollte sie aus dem Weg schieben. Sie hielt mich ihrerseits fest und schüttelte mich.

»Du kannst Tom nicht helfen, wenn du tot bist«, sagte sie.

Ich schaute sie böse an. Schiefzahn grinste, das Schwert noch immer halb aus der Scheide gezogen.

Sally ließ mich nicht los. »Gehen wir zu Galen und erzählen ihm, was sie mit seinem Assistenten gemacht haben. Was hältst du davon?«

Natürlich.

Der zornrote Nebel in meinem Kopf verzog sich. Natürlich. Er war doch ein Apotheker. Er konnte uns nicht nur die Medizin für Tom liefern. Egal, was Melchior sagte, Galen besaß die Autorität, um dieses Haus zu betreten.

Wir mussten zum Rathaus. Als wir losrannten, warf ich noch einen Blick zu Toms Haus mit den leeren Fenstern. Schiefzahn schaute uns nach und schob sein Schwert wieder in die Scheide. Er schien enttäuscht zu sein, dass ich mich nicht mit ihm angelegt hatte.

Henry hatte uns erzählt, dass er Galen nach dem Attentat im Rathaus untergebracht hatte, daher suchten wir ihn dort zuerst. Glücklicherweise mussten wir uns nicht mit Hunderten von Bittstellern herumschlagen, weil die Unterkünfte des Rathauses abseits der Büros lagen. Der Eingang befand sich in der Adermanbury Street. Allerdings wussten wir nicht, wo genau Galen Quartier bezogen hatte.

»Fragen wir doch Henry«, sagte Sally.

Aber das mussten wir gar nicht. »Schau!«

Vor einer der Türen standen zwei Männer der Stadtwache. Einen davon hatte ich bereits gestern gesehen, als er Galen nach Blackthorn begleitet und den Arbeitsraum überprüft hatte, ehe Galen hineinging.

Wir rannten zu dem Mann. »Bitte, Sir«, sagte ich, »wir müssen zu Meister Galen.«

»Keine Besucher«, sagte der andere Soldat.

Aber der erste Wachmann erkannte mich. »Die sind in Ordnung. Sie arbeiten mit ihm zusammen.« Er klopfte an die Tür.

Eine Magd öffnete. »Ja?«

Wortlos rannte ich an ihr vorbei.

»Was zum …?«

Rechts führte ein schmaler Flur ins Wohnzimmer, links eine Treppe in den ersten Stock. Oben beugte sich ein dritter Wachmann über das Geländer.

Ich hetzte die Stufen hoch. »Meister Widdowson!«, schrie ich. »Meister Widdowson!«

Ich kam nicht weit. Ich hatte gerade den obersten Treppenabsatz erreicht, als ich von hinten gepackt und mit dem Gesicht nach unten auf die Dielenbretter gestoßen wurde.

Hart schlug ich auf. Ein Mann lehnte sich mit seinem ganzen Gewicht auf mich und setzte mir sein Schwert seitlich an den Hals.

Ich versuchte, nach Galen zu rufen. Meine Stimme war nur ein heißeres Krächzen. »Meister! Meister Widdowson!«

»Was geht hier vor?«

Ich drehte den Kopf und hoffte inständig, dass mir die Klinge nicht in den Hals schneiden würde. Der Soldat, der auf mir saß, packte mich am Haar und schob sein Schwert noch weiter vor. Sally steckte auf den unteren Treppenstufen fest, am Rocksaum gehalten von der Magd, die uns die Tür geöffnet hatte. Alle wirkten irgendwie ziemlich verärgert.

Galen, noch mit seinem Nachthemd bekleidet, stand im Türrahmen seines Schlafzimmers. Aus schmalen Augen starrte er mich an, als würde er überlegen, dem Soldaten den Befehl zu geben, mir die Kehle durchzuschneiden. Glücklicherweise reichte sein Misstrauen gegen mich nicht ganz so weit. Noch nicht.

»Lasst sie los«, sagte er.

Der Wachmann packte mich am Kragen und stellte mich auf die Füße. Die Magd begleitete Sally die Treppe hoch.

»Meister«, keuchte ich. »Ihr müsst Tom helfen. Er hat die Pest.«

Bei der Erwähnung der Seuche ließ mich der Mann los und wischte sich hektisch die Hand an seinem Waffenrock ab. Galen verzog keine Miene.

»Das weiß ich«, sagte er.

Das *wusste* er? Und warum stand er dann noch hier, in seinem Nachthemd, als wäre er gerade erst aufgestanden? »Aber was soll …?«

Mit einem Rippenstoß ermahnte mich Sally, mein Temperament zu zügeln. »Wir müssen zu ihm gehen, Meister«, sagte sie. »Tom braucht das Heilmittel.«

Galen betrachtete uns einen Moment lang. Dann wedelte er mit seiner Hand zu dem Soldaten und der Magd. »Lasst uns allein.«

Die beiden gingen die Treppe nach unten. Als sie außer Hörweite waren, fuhr Galen mich an: »Erwähne die Medizin nicht vor Fremden. Man weiß nie, wer zuhört.«

Mein Blut kochte. Ich hatte endgültig genug von Galens Verfolgungswahn. *Schrei ihn nicht an, Christopher*, redete eine kleine Stimme in meinem Kopf auf mich ein. Es fiel mir sehr schwer, mich zu beherrschen.

»Meister Widdowson …«, setzte ich an.

Aber der Apotheker fiel mir ins Wort. »Ich habe Tom die Medizin bereits gegeben«, sagte er, als ob ich begriffsstutzig wäre.

»Was?« Jetzt war ich vollends verwirrt. »Wann?«

»Heute Morgen selbstverständlich. Glaubst du, ich würde meinen eigenen Assistenten an der Pest sterben lassen?«

»Ihr wart bei Tom zu Hause?«

»Warum um alles in der Welt sollte ich dorthin gehen? Ich habe die Medizin den Männern gegeben, die sie abholen kamen.«

Ich verstand gar nichts mehr. »Was für Männer?«

Galens Stimme klang gereizt. »Melchiors Helfer, würde ich meinen. Sie hatten diese lächerlichen kleinen Bronzedinger auf den Wämsern. Sie meinten, Melchior habe bei dem Jungen die Pest diagnostiziert und Henry Cole habe sie aufgefordert, das Heilmittel für ihn zu holen.«

Galen hat Melchiors Männern die Medizin übergeben. »Habt Ihr noch etwas davon?«

»Nein, sie haben alles mitgenommen. Jetzt hör mir mal gut zu.« Galen straffte die Schulter. »Du musst dir keine Sorgen machen. Dein Freund wird die Medizin schon längst genommen haben. Morgen geht es ihm wieder gut.«

Galen klang vollkommen überzeugt. Ich dagegen glaubte keine Sekunde daran.

Erschrocken schaute Henry hoch, als ich in sein Büro gestürmt kam.

»Was … ach, du bist's, Christopher«, sagte er. »Und auch die junge Dame. Wie geht es euch?«

»Bitte, Mr Cole«, sagte ich, »wir brauchen Eure Hilfe.«

Er musterte uns von oben bis unten. Wir sahen vermutlich ziemlich wild aus: ich mit hochrotem Gesicht und völlig außer Atem, Sally keuchend und mit schief sitzendem Kleid, an dem die Magd gezerrt hatte. »Ja-a?«

»Wir müssen zu Tom«, sagte ich.

»Tom?«

»Mein Freund. Der große Junge, der für Galen arbeitet. Wir brauchen Eure Hilfe, um zu ihm ins Haus zu gelangen.«

Henry schaute von mir zu Sally und wieder zu mir. Er war augenscheinlich sehr verwirrt. »Tut mir leid, Christopher, aber ich verstehe nicht. Was ist mit dem Haus deines Freundes?«

Ich war mindestens genauso verwirrt wie er. »Es ist versiegelt.«

Henry runzelte die Stirn. Dann sprang er plötzlich von seinem Stuhl auf. Seine Brille fiel klappernd zu Boden. »Du meinst … er hat die … ist Galen auch …?«

»Galen geht's gut. Uns geht's auch gut. Ich …« Ich brach ab. »Ihr habt nichts davon gewusst.«

»Nein, Gott bewahre!« Henry machte das Kreuzzeichen.

In meinem Geist brodelte es. »Galen hat den letzten Rest der Medizin Melchiors Männern gegeben«, sagte ich langsam. »Sie haben sie bei ihm abgeholt. Um sie Tom zu geben.«

Genau genommen haben Melchiors Männer zu Galen gesagt, Ihr hättet sie geschickt. Aber Ihr wusstet überhaupt nicht, dass Tom krank ist.

Was bedeutet, dass Ihr sie nicht geschickt habt.

»Also«, sagte Henry, »wenn sich Melchior um deinen Freund kümmert, ist ja alles in Ordnung.« Erleichtert hob Henry seine Brille auf und setzte sie wieder auf seine Nase. »Tom wird bald wieder gesund sein.«

»Wir müssen zu ihm«, sagte ich.

»Es ist am besten, wenn erst die Medizin ihre Wirkung tut, meint ihr nicht auch?«

Wie konnte ich ihn dazu bringen, uns zu helfen? »Tom ist ganz allein, Mr Cole. Seine Familie ist auf die Themse gegangen. Wir würden gerne zu ihm und ihn pflegen, bis es ihm wieder besser geht.«

»Nun … das ist sehr nett von euch.« Seine Stimme wurde weich. »Aber euch muss doch klar sein, dass ich nicht gegen die Verordnungen der Stadtväter verstoßen darf. Ihr würdet ebenfalls unter Quarantäne gestellt, bis Tom wieder ganz gesund ist.«

»Das ist uns klar.«

»Na schön. Ihr könnt mit einem der Ärzte gehen. Ich glaube, Melchior ist im Augenblick im Rathaus. Er wird euch bestimmt mit...«

»Nicht Melchior!«

Ich hatte nicht schreien wollen. Henry schaute mich überrascht an. »Aber warum denn nicht? Hat er nicht das Haus versiegelt?«

Sally zupfte mich am Rücken meines Hemdes. Ich holte tief Atem.

»Bitte, Sir, ich möchte Dr. Parrett mitnehmen. Er ... Dr. Parrett kennt Tom, er war schon Arzt der Familie, als Tom noch ganz klein war. Ich glaube, es würde Tom helfen, wenn er sich um ihn kümmern könnte. Ist er im Rathaus?«

»Nein, er ist in der Stadt unterwegs, glaube ich. Ich habe John seit Dienstag nicht mehr gesehen.« Plötzlich wirkte Henry besorgt. »Weil wir gerade davon sprechen: Geht es ihm gut? Ich weiß, er ist euer Freund, aber er benimmt sich in letzter Zeit etwas merkwürdig.«

Merkwürdig war noch untertrieben. Aber das war im Augenblick nicht wichtig. Dr. Parrett mochte den Verstand verloren haben, aber er hatte mir das Leben gerettet, und ich wusste, dass er auch Tom helfen würde.

»Wenn Dr. Parrett wiederkommt«, sagte ich, »würdet Ihr ihn bitten, zu mir in die Apotheke zu kommen?«

»Gewiss doch«, sagte Henry. »Aber bist du sicher, dass du nicht doch mit Melchior ...?«

»Danke, Mr Cole.« Ich zog Sally hinaus auf den Flur und schloss die Tür.

Sally wirbelte zu mir herum. »Henry hat Melchior nicht gesagt, dass er zu Galen gehen soll.«

»Nein«, sagte ich.

»Also hat Melchior Galen angelogen – um die Medizin zu bekommen!«

Das war es, was er die ganze Zeit gewollt hatte. Er hatte nicht nur mich bestohlen, jetzt hatte er auch noch Galens Heilmittel geraubt.

Trotzdem blickte ich immer noch nicht durch. Wenn Melchior bereits ein wirksames Pestmittel gestohlen hatte – vorausgesetzt, es handelte sich bei dem Kraut, das ich in seinem Schreibtisch gefunden hatte, um ein solches –, warum musste er dann noch Galens Arznei stehlen? Oder brauchte er sie, um dem Rezept auf den Grund zu gehen?

»Ich kann nicht glauben, dass Melchior Tom mit der Pest angesteckt hat«, sagte Sally.

»Weißt du«, sagte ich langsam, »das glaube ich auch nicht.«

»Du denkst, dass Tom die Seuche anderswo bekommen hat?«

»Ich glaube, dass Tom überhaupt nicht an der Pest erkrankt ist.«

Sally blinzelte. »Aber Toms Mutter sagte doch …«

»Ich weiß, was sie gesagt hat. Aber sie ist kein Arzt. Im Moment geraten doch alle so schnell in Panik. Selbst einen Schnupfen halten die Leute für die Pest.«

»Ja, aber …«

»Hör zu.« Ich ging im Flur auf und ab und dachte laut. »Toms Mutter hat niemandem gesagt, dass er krank ist. Aber als wir bei ihm auftauchten, war Melchior bereits da. Das kann nur bedeuten, dass er wusste, dass Tom heute Morgen krank werden würde.«

»Weil Melchior ihn angesteckt hat«, sagte sie.

»Das dachte ich zuerst auch. Würde ich immer noch, wäre da

nicht der Soldat vor Toms Haus. Warum wollte er uns nicht reinlassen?«

»Weil Tom die Pest hat.«

»Trotzdem hätte man uns erlauben müssen hineinzugehen. Aber er wollte uns ja nicht mal mit Tom reden lassen. Warum nicht, wenn Tom wirklich krank ist? Außerdem war das keine gewöhnliche Wache.«

Auch Sally hatte das Medaillon gesehen. »Es war einer von Melchiors Männern.«

»Wenn Melchior einen von seinen Leuten als Wache abstellt«, sagte ich, »dann will er dort jemanden haben, der seinem Befehl unbedingt Gehorsam leistet. Melchior darf rein, sonst aber keiner. Und es darf auch keiner mit Tom reden.«

Sally dachte nach. »Warum nicht?«, fragte sie dann.

»Also, wenn Melchior vorhatte, Galens Heilmittel zu stehlen, dann ist es ihm gelungen. Aber er hat noch nicht herausgefunden, woraus es besteht, richtig? Je nachdem, wie kompliziert die Zusammensetzung ist, könnte das unter Umständen unmöglich sein. Es sei denn …«

»Man kennt jemanden, der weiß, was drin ist!«, beendete Sally den Satz. »Aber Tom weiß doch gar nichts.«

»Das wiederum weiß Melchior nicht.« Wieder lief ich auf und ab. »Tom arbeitet für Galen. Nehmen wir einmal an, dass Melchior glaubt, Tom wüsste, wie Galen die Medizin zubereitet hat. Wenn er Tom aus diesem Grund braucht, dann kann er es sich gar nicht leisten, ihn mit der Pest anzustecken. Er braucht ihn lebend.«

Aber nur weil Melchior Tom nicht tot sehen wollte, bedeutete das noch lange nicht, dass er ihm auch nicht wehtun würde. Im Gegenteil: Wenn Melchior Tom verhörte und der ihm keine Antwort geben konnte …

»Wir müssen nach Hause.« Ich rannte den Flur entlang. Sally hatte Mühe, mir zu folgen.

»Wollen wir nicht auf Dr. Parrett warten?«, fragte sie.

»Nein«, antwortete ich. »Ich muss nur etwas aus der Apotheke holen. Dann gehen wir zu Tom.«

»Aber der Soldat wird uns nicht reinlassen.«

Wut kochte in mir hoch. »Abwarten.«

Kapitel 28

Schiefzahn stand noch immer vor dem Haus. Sally und ich beobachteten von der Straßenecke aus, wie er sich gegen die Vorderseite von Toms Haus erleichterte und dann weiter an seinem Zahn herumstocherte.

»Wie kommen wir an dem vorbei?«, fragte Sally.

»Gar nicht«, sagte ich. »Wir gehen hintenrum.«

Ein Durchgang zwischen einer Metzgerei und einem Goldschmied führte zu der Gasse hinter Toms Haus. Als Schiefzahn nicht in unsere Richtung blickte, rannten wir los und huschten in den Durchgang.

»Meinst du nicht, dass auch die Hintertür verschlossen sein wird?«, sagte Sally.

»Das hält mich nicht auf.« Ich tätschelte die Apothekerschärpe unter meinem Hemd, in der – neben anderen Dingen – auch ein Fläschchen mit Vitriol-Öl steckte. Wegen dieser Flüssigkeit, die Eisen auflösen konnte, war ich noch einmal in der Apotheke gewesen. Damit konnte ich das Vorhängeschloss in kürzester Zeit öffnen und …

Ich blieb so abrupt stehen, dass Sally gegen mich prallte.

»Zurück. Zurück!«, flüsterte ich.

Ich schob sie wieder in den Durchgang, durch den wir gerade gekommen waren.

»Was ist los?«, flüsterte Sally.

Ich lugte um die Ecke. Sechs Häuser weiter war Toms Hintertür. Und davor stand ein Pestwächter. Er sah gelangweilt aus und stützte sich auf seine Lanze. An seiner Brust schimmerte ein Bronzemedaillon.

Sally verstand nicht, warum ich so überrascht war. »Es gibt doch immer zwei Wächter pro Haus, oder nicht?«

»Nicht gleichzeitig«, sagte ich. »Einer steht tagsüber Wache, der andere in der Nacht.«

Ich fluchte. Melchior wollte nicht, dass irgendjemand mit Tom Kontakt aufnahm. Ich hätte mit so etwas rechnen müssen.

»Glaubst du, dass wir die Wachen irgendwie davon überzeugen können, uns doch reinzulassen?«

Das bezweifelte ich. Aber da wir im Augenblick keine andere Möglichkeit hatten, schadete es nichts, es wenigstens zu versuchen. Ich zog mein Hemd aus.

»Nimm das«, sagte ich, »und lege es ordentlich zusammen.« Ich stieg aus meinen Stiefeln und meinen Hosen, bis ich nur noch meine Unterwäsche trug. Ich gab ihr meine Sachen.

Sally faltete sie zusammen und warf mir einen fragenden Blick zu. »Willst du den Verrückten spielen?«

»Nein, das Schauspielen wirst du übernehmen.« Ich zog eine Phiole mit Essig aus meiner Schärpe und goss den Inhalt über meine Kleidung. »Du gehst jetzt zu dem Wachmann und sagst, du seist die Magd der Baileys. Dr. Parrett habe dich angewiesen, Tom diese Sachen zu bringen. Er solle sie tragen, um schneller von der Pest zu genesen.«

Sally rümpfte die Nase bei dem Essiggeruch. »Die passen ihm doch nie.«

»Ich wette mit dir um eine halbe Krone, dass der Mann nicht einmal weiß, wie Tom aussieht. Sag ihm nur, dass du die Sachen ins Haus bringen musst.«

Sally wirkte etwas ratlos, aber sie nahm das Kleiderbündel unter den Arm und brachte es zu Toms Haus. Der Wächter sah ihr gleichmütig entgegen, bis sie vor ihm stehen blieb. Ich ging in Deckung und spähte um die Ecke.

Sally sagte etwas. Der Soldat antwortete und schüttelte den Kopf.

Sally versuchte es erneut. Der Mann erwiderte etwas.

Jetzt deutete sie auf das obere Stockwerk und machte ein besorgtes Gesicht.

Der Pestwächter zuckte entschuldigend mit den Schultern, schüttelte aber weiter den Kopf.

Sally kam mit hängenden Schultern zurück und trat zu mir in den Durchgang.

»Was hast du zu ihm gesagt?«, fragte ich.

»Alles Mögliche, was mir gerade eingefallen ist«, sagte sie. »Ich bat ihn, mich einzulassen, er sagte Nein. Ich sagte, Dr. Parrett hätte mich geschickt, ohne Erfolg. Dann fragte ich ihn, ob er an meiner statt hineingehen oder wenigstens die Tür öffnen würde, damit ich die Kleider hineinlegen könnte. Ich fragte sogar, ob ich sie durch eins der Fenster werfen dürfte. Ich sagte ihm, ich würde meine Stellung verlieren, wenn ich unverrichteter Dinge zu Toms Familie zurückkehren würde. Er meinte, es tue ihm sehr leid, aber so laute Melchiors Befehl. Absolut nichts und niemand dürfe hinein oder hinaus.«

Das war die Bestätigung, die ich brauchte. Hier ging es nicht um Toms Krankheit. Wir mussten ins Haus, koste es, was es wolle.

Die Frage war bloß – wie?

Nachdem ich mich wieder angezogen hatte, versteckten wir uns in einer der Gassen gegenüber von Toms Haus. Im Schutz der Schatten betrachtete ich die Lage und überlegte, welche Möglichkeit es gab, in das Haus zu gelangen. Aber alles, was mir einfiel, lief auf dasselbe Problem hinaus: Wir kamen nicht an den Wachen vorbei.

Die Vorhängeschlösser waren ein Kinderspiel, die konnte ich mit Vitriol-Öl auflösen. Aber es würde eine ganze Weile dauern, bis sich das Öl durch das dicke Eisen gefressen hätte.

Die Fenster im Erdgeschoss waren mit Brettern vernagelt. Ich konnte zwar ein Brett heraushebeln und die Scheibe einschlagen, aber das würde eine Menge Lärm machen. Und ich brauchte Zeit, um eine Öffnung zu schaffen, durch die ich hindurchpasste.

Die Fenster oben waren nicht verbarrikadiert. Hinauf kam ich mit einer Leiter, aber auch dafür benötigte ich Zeit.

Und Zeit war etwas, das ich nicht hatte. Ich musste mindestens eine der Wachen weglocken, und ich bezweifelte, dass mir das gelingen würde. Schiefzahn hatte bereits ziemlich deutlich bewiesen, dass er seinen Posten nicht einmal zum Pinkeln verlassen würde. Der Mann an der Hintertür war viel angenehmer, aber mindestens genauso beharrlich.

Wenn sie sich an die Schichtwechsel der Quarantäne-Wachen hielten, dann kam um zehn Uhr die Ablösung. Aber ich hatte keinen Grund zu glauben, dass diesen Männern leichter beizukommen war. Und je mehr Zeit verging …

Vielleicht zäumte ich das Pferd von hinten auf. Noch nie war jemand in ein Pesthaus eingebrochen. Aber viele Leute waren ausgebrochen. Wie hatten sie das angestellt?

Als die Pest um sich griff, hatten sich manche Familien aus der Quarantäne gestohlen, weil sie einen Schlüssel im Haus versteckt hatten, danach hatte man Vorhängeschlösser angebracht. Andere hatten einfach die Tür aufgebrochen, aber auch das war keine Option, wegen der Wachen. Und die dritte Möglichkeit, nämlich die Wachen zu bestechen, sollten wir erst gar nicht in Erwägung ziehen. Dies waren Melchiors Gefolgsleute, und ich hätte wetten können, dass sie unbestechlich waren.

Es gab Familien, die einen Tunnel aus ihrem Haus gegraben hatten. Da die meisten Häuser in einer Straße aneinandergebaut waren, konnte man eine Seitenwand durchbrechen und so ins Nachbarhaus gelangen und in die Freiheit marschieren. Aber auch das kam für uns nicht infrage. Zum einen hätten wir bei jemandem einbrechen müssen, zum anderen waren die Mauern des Bailey-Hauses aus dickem, massivem Stein. Es hätte Tage gedauert, sich da durchzuhacken.

Was uns zu der letzten Möglichkeit brachte, die mir einfiel. Diejenige, an die ich gar nicht denken wollte.

Die Wachen töten.

Auch so waren Menschen entkommen. Sie hatten die Wachen mit Knüppeln erschlagen, mit Schwertern erstochen, mit Pistolen erschossen, ja sogar verbrannt, wie diesen armen Kerl in unserer Nachbarschaft, der auf der Straße gelegen und so jämmerlich geweint hatte.

Schiefzahn mit einem Schwert oder einem Prügel zu attackieren kam nicht infrage. Ich war kein Soldat und er würde mich mit einem Streich niederstrecken.

Aber wir hatten ja immer noch die Armbrust des Attentäters.

Und ich wusste, wie man Schießpulver herstellt.

Ich schaute zu Schiefzahn. Er verlagerte sein Gewicht und furzte.

Wusste er, was sein Meister vorhatte? Wahrscheinlich nicht. Melchior hatte sein Geheimnis im Keller von Saint Andrew's gut versteckt, und obwohl ihm seine Männer treu ergeben waren – sie kamen mir zum Teil wie Fanatiker vor –, hielt ich sie für ahnungslose Schachfiguren, für Bauern, die man opfern konnte, genau wie die anderen Menschen in der Stadt. Wenn das so war, dann war Schiefzahn nicht für die Schandtaten seines Meisters verantwortlich, genauso wenig wie seine anderen Jünger.

Wenn also der einzige Weg zu Tom darin lag, die Wachen zu töten – war ich dazu in der Lage? Würde ich so weit gehen, um Tom zu retten?

Als ich die Antwort wusste, bekam ich es mit der Angst zu tun.

Denn Tatsache war, dass ich alles tun würde, um Tom zu befreien. Alles.

Aber ich wollte niemanden töten.

Bitte, Meister, flehte ich stumm. *Helft mir. Ich weiß nicht, was ich tun soll.*

Sally zupfte mich am Ärmel. »Was ist mit dem Dach?«, flüsterte sie. »Können wir da irgendwo rein?«

Ich schüttelte den Kopf. Das Dach von Toms Haus war schräg und es gab keine Luke, so wie in Blackthorn.

Aber in den obersten Stock konnte ich es schaffen. Toms Haus war ein Stockwerk höher als die Nachbarhäuser links davon. Wenn ich irgendwie auf das Dach gelangte und dann durch ein Fenster kletterte …

Ich fluchte. Auf dieser Seite von Toms Haus gab es keine Fenster!

»Können wir nicht ein Loch in die Wand graben?«, fragte Sally.

»Die besteht aus massivem Stein«, sagte ich. »Das würde ewig dauern. Dafür bräuchte man …«

Schießpulver, dachte ich.

Nein, das würde nicht funktionieren. Um durch eine so dicke Wand zu brechen, bräuchte man mehr Schießpulver, als ich mit den Zutaten in meiner Apotheke herstellen konnte. Ich müsste etwas haben, das …

… stärker ist.

Mein Herz hämmerte. Es war möglich. Ich konnte in die Seitenwand von Toms Haus, kurz unterhalb des Dachs, ein Loch sprengen.

Aber der Lärm. Die Explosion wäre ohrenbetäubend. Die Wachen würden angerannt kommen, um zu sehen, was los war.

Es sei denn, sie würden denken, es sei etwas anderes.

»Komm mit«, sagte ich zu Sally.

»Wo gehen wir hin?«, wollte sie wissen.

»Zurück in die Apotheke.«

»Warten wir auf Dr. Parrett?«

Ich schüttelte den Kopf. »Dafür haben wir keine Zeit. Außerdem bin ich mir ziemlich sicher, dass die Wachen ihn auch nicht reinlassen würden. Nein, wir müssen ein paar Sachen anfertigen.«

»Was denn?«, fragte Sally.

»Ein kleines Feuerwerk«, antwortete ich.

Und etwas, von dem ich Tom versprochen hatte, dass ich die Finger davon lassen würde.

Kapitel 29

Ich stellte drei Krüge auf den Tisch.

In einem waren schwarze Brocken, in dem zweiten ein klumpiges gelbes Pulver und in dem dritten spitze weiße Kristalle, die aussahen wie gewöhnliches Tafelsalz. Holzkohle, Schwefel und Salpeter. Diese drei Gefährten hatten mich schon einmal gerettet.

»Mahle die Holzkohle und den Salpeter«, sagte ich zu Sally und holte drei Mörser mit Stößeln aus dem Regal. »Dann mische alle Zutaten zusammen. Ein Teil Holzkohle, ein Teil Schwefel, fünf Teile Salpeter. Wenn du fertig bist, schlag nicht auf das Pulver und stelle es bitte, bitte nicht in die Nähe des Feuers.«

»Okay«, sagte sie.

»Wenn du das erledigt hast, kannst du die Feuerwerkskörper machen.« Mithilfe der Skizze meiner Hausrauchmaschine zeigte ich ihr, wie das ging. »Nimm ein Stück Pergament und rolle es zu einer Röhre. Binde es unten mit einer Zündschnur zusammen und fülle es etwa zwei Fingerbreit hoch mit dem Schießpulver. Darauf kommt etwa vier Fingerbreit einer Mischung aus Schießpulver, Mehl und dem hier, jeweils zu gleichen Teilen.«

Ich schob ihr zwei weitere Krüge hin. Einer enthielt ein fein gemahlenes Salz: Alaun. »Das macht die Flammen grün«, sagte ich, »und das andere lässt sie stinken.« Ich schob ihr den Krug mit gelbem Kreuzblütler hin. Wenn er zerkleinert wurde –

etwa durch eine Explosion –, dann stank er wie fauliges Fleisch an einem heißen Sommertag.

»Übertreib es nicht mit dem Schießpulver«, sagte ich. »Wir wollen niemanden verbrennen und wir wollen auch kein Haus in Brand stecken. Alles, was wir brauchen, ist ein helles Licht, einen mächtigen Knall und einen richtig üblen Gestank.«

»Und was machst du?«

»Etwas … anderes«, sagte ich. »Es ist besser, wenn du nicht weißt, was es ist. Nur so viel: Komm unter keinen Umständen – unter gar keinen, hörst du? – in den Arbeitsraum. Egal, was passiert.«

Sie wurde nervös. Gut so. Ich wollte, dass sie nervös war. Was wir taten, war unglaublich gefährlich. Ich nahm Bridget und ging in den Arbeitsraum. Ich wollte die Taube oben einschließen, damit ihr nichts passieren konnte.

»Ich werde ein paar Stunden brauchen«, sagte ich zu Sally. »Keine Sorge, mir wird nichts geschehen.«

Ich war mir nicht sicher, wen ich damit überzeugen wollte.

In Wahrheit hatte ich eine Heidenangst. Ich hatte das Feuer des Erzengels erst ein einziges Mal hergestellt. Ich hatte überlebt, aber während der Zubereitung hatte ich die ganze Zeit gezittert, und damals hatte ich Meister Benedicts Rezept gehabt, von dem ich ablesen konnte. Dieses Rezept besaß ich nicht mehr. Ich hatte es ursprünglich im geheimen Labor meines Meisters unter dem Mortimer-Haus versteckt, aber vier Wochen später, als alle glaubten, das Rezept sei zerstört worden, hatte ich es geholt und zu Isaac gebracht, um es in seinem Gewölbe zu deponieren. Er sagte mir, er habe es in eins seiner Bücher gelegt, aber er verriet mir nicht, in welches, sodass nicht einmal ich wusste, wo sich das Rezept befand.

Und das aus gutem Grund. Die explosive Kraft des Erzengelfeuers war nicht für uns Sterbliche bestimmt. Die Jagd nach seinem Geheimnis hatte viele Menschen das Leben gekostet und seine Erschaffung noch viele mehr.

Ich hatte Tom versprochen, dass ich es nie mehr herstellen würde. Mir selbst hatte ich dasselbe Versprechen gegeben. Aber jetzt hatte ich keine Wahl. Ich konnte Tom in Melchiors Klauen belassen; ich konnte Melchiors Männer töten, um zu ihm zu gelangen; oder ich konnte mein Versprechen brechen. Letzten Endes fiel mir die Entscheidung leicht.

Nicht ganz so leicht war die Herstellung an sich. Beim ersten Mal hatte ich das Rezept immer wieder durchgelesen, um es mir einzuprägen. Aber das war mittlerweile Monate her. Seitdem hatte ich nicht mehr daran gedacht, und jetzt war ich mir nicht sicher, ob ich mich an alles erinnern konnte.

Ich schloss die Augen, versuchte, mich wieder in das geheime Labor mit seinen ganzen Gerätschaften zu denken. Das Rezept lag neben mir. Ich roch das Pergament, sah die Tinte. Die gleichmäßige Handschrift meines Meisters.

Da. Da war es wieder.

Das Feuer des Erzengels
Ein Glas mit dampfendem Aqua fortis füllen. Den Behälter in Eis lagern. Mit äußerster Vorsicht dampfendes Vitriol-Öl zugeben. Noch mehr Eis auflegen, bis die Mischung beinahe gefriert. In winzigen Tropfen den Sirup aus Olivenöl und Bleiglätte zugeben. Eine … eine …

Oh nein.

Ich wusste, man musste die Mischung umrühren, aber wie lange?

Komm schon, Christopher. Bitte. Du hast es so oft gelesen.

Eine ... eine ... eine Stunde?

Nein, so lange dauerte es nicht. Da war ich mir sicher.

Eine halbe Stunde. Es war eine halbe Stunde.

Oder doch nicht?

Ich konnte mich nicht erinnern.

Mein Magen fühlte sich hohl an. Mein Herz klopfte schnell. Ich bekam keine Luft mehr.

Ich konnte mich nicht *erinnern.*

Was mach ich bloß? Oh Meister, was soll ich nur tun?

Ich sah sein Gesicht vor mir, wie er mich ganz freundlich anschaute. *Ganz ruhig, Christopher*, sagte er. *Die Lösung liegt in deinem Geist verborgen. Wie kannst du sie finden?*

Die Antwort kam ganz automatisch. *Ich muss Abstand nehmen*, sagte ich. *Dann wird mein Geist sie für mich finden.*

Und wie stellst du das an?

Indem ich mich mit etwas anderem beschäftige, sagte ich. *Ein anderes Problem löse.*

Und ich verrate dir ja nichts Neues, wenn ich dir sage, dass du im Moment jede Menge Probleme hast, mein lieber Junge.

Ich dachte kurz nach. *Ich muss noch den Sirup aus Olivenöl und Bleiglätte herstellen.*

Tja, dann fang am besten gleich damit an.

Ich stellte alles bereit und holte die Zutaten aus dem Regal. Mein Geist wehrte sich dagegen und wollte immer wieder zu dem Rezept des Erzengelfeuers zurückkehren.

Christopher.

Entschuldigung, Meister.

Ich konzentrierte mich auf meine Arbeit. Es war nicht mehr viel Olivenöl übrig, Tom hatte das meiste zum Kochen verbraucht, aber Bleiglätte war noch reichlich vorhanden. Ich mischte das Öl mit dem dunkelorangefarbenen Pulver, erhitzte die Mischung und ließ die Flüssigkeit auf einen Teller tropfen. Ich sah zu, wie die Tropfen fielen, jeder einzelne verursachte ein leises Geräusch auf dem Metall. Worte gesellten sich zu dem Rhythmus des Tropfens.

Eine.

Viertel.

Stunde.

Ich sprang auf. Mein Schemel kippte um.

Eine Viertelstunde lang behutsam umrühren. Wenn man sie in Wasser schüttet, wird sich die Flüssigkeit am Boden absetzen. Die Mischung in kleinen Tropfen in Natron einrühren. Dreimal wiederholen. Das Endergebnis wird so aussehen und sich so anfühlen wie Olivenöl.

Und bloß nicht die Sägespäne vergessen.

Ich faltete die Hände und drückte sie fest gegen meine Stirn. *Danke, Meister.*

Er lächelte.

Ich zog die Tür zum Ladengeschäft auf. Die Fenster waren dunkel; draußen war es Nacht geworden.

Sally, die sich auf einem Sessel vor dem Feuer eingekuschelt hatte, schaute von ihrem Buch hoch. Auf dem Tisch lagen vier Feuerwerkskörper. Jede Zündschnur war etwa drei Zoll länger als die vorige. Und alle vier hatten lange Holzstöcke als Starthilfe.

Ich begutachtete sie. »Die sind fantastisch.«

Sie lächelte erfreut. Doch ihr Lächeln verblasste, als sie auf den Gegenstand in meiner Hand deutete. »Ist das alles?«

Es sah unscheinbar aus, nichts weiter als eine kleine Röhre

aus geöltem Pergament, und ebenfalls mit einer Zündschnur versehen.

»Glaub mir«, sagte ich, »das ist mehr als genug.«

»Sieht aus wie eine Kerze.«

»Sieht so aus, ist es aber nicht. Ganz und gar nicht.«

Und davon würde sie sich bald selbst überzeugen können.

Kapitel 30

Das Warten war eine Tortur.

Wir versteckten uns in einem dunklen, schmalen Durchgang zwischen Toms Straße und der Gasse hinter seinem Haus. Sally hielt die vier Feuerwerkskörper gegen ihre Brust gedrückt, ich hatte das Feuer des Erzengels in der Hand. Das Öl verklebte mir die Finger. Jeder von uns hatte eine kleine, verhüllte Lampe dabei, in der noch kein Licht brannte.

Sechs Häuser weiter lehnte sich Schiefzahn an Toms Eingangstür. Sein Kollege wanderte an der Hinterseite auf und ab. Er pfiff leise, um die Langeweile zu vertreiben. Ich war unruhig und musste mich zwingen, nicht aus der Deckung zu kommen. Wir konnten es uns nicht leisten, Aufmerksamkeit auf uns zu lenken.

Und so warteten wir. Die Stadt blieb ruhig. Nur hin und wieder erklang in einiger Entfernung der Ruf der Totengräber mit ihren Pestkarren. Die Uhr schlug zehn und die Glocken hallten einsam in den Straßen wider.

Sally stupste mich an.

Ich schaute um die Ecke. Die Ablösung war da. Ein vierschrötiger Mann mit breiten Schultern übernahm Schiefzahns Posten. Ein zweiter Mann ging ums Haus herum und löste den freundlicheren Soldaten ab. Er und Schiefzahn unterhielten sich kurz mit den Neuankömmlingen und gingen dann davon.

Es war Zeit. Mit Zunder und Feuerstein aus der Schärpe meines Meisters entzündete ich Sallys Lampe.

»Hilf mir mal mit der Leiter«, sagte ich.

Wir hatten zwei Straßen weiter eine Leiter gestohlen, als der dortige Quarantäne-Wächter seinen Posten verlassen hatte, um sich etwas zu trinken zu besorgen. Jetzt stellten wir die Leiter gegen die Seitenwand des Hauses, neben dem wir standen. Leider war sie nicht hoch genug, um das Fenster im dritten Stock zu erreichen. Ich wollte hoch auf das Dach. Die oberste Sprosse endete mehr als einen Meter unterhalb des Fensters.

Vor ein paar Tagen hatte ich Tom vorgeschlagen, an der Hauswand hinauf auf das Dach von Blackthorn zu klettern. Jetzt, da ich mein Vorhaben in die Tat umsetzen wollte, wurde mir klar, wie recht er hatte: Das war wirklich eine ganz blöde Idee. Trotzdem tat ich es. Sally hielt die Leiter fest, als ich das obere Ende erreichte und weiterkletterte. Ich hielt mich am Fachwerk fest und zog mich daran hoch.

Die Leiter knarrte und rutschte ein Stück zur Seite. Ich erstarrte.

Nicht nach unten sehen, dachte ich.

Ich sah nach unten. Sally hatte sich mit ihrem ganzen Gewicht gegen die Leiter gestemmt, um sie am Wegrutschen zu hindern. Ich musste unwillkürlich daran denken, dass Tom mir jetzt gesagt hätte, was für ein Idiot ich doch war. Wenn er hier gewesen wäre.

Egal, ich war fest entschlossen. Ich drückte mich an die Wand und schob mich nach oben, packte den Dachvorsprung und zog mich hoch, schwang ein Bein über den Rand, und dann hievte ich mich hinauf auf das Dach.

Die Schindeln knarrten ebenfalls, aber sie hielten mein Gewicht. Langsam, ganz langsam kroch ich die Schräge hoch, wobei das Glas meiner Lampe über die Schieferplatten schabte.

Jedes noch so leise Klirren ließ mich zusammenzucken, blieb aber offensichtlich ungehört.

Ich rollte mich über den Dachfirst und atmete erleichtert auf. Ich musste noch sechs Häuser weiter, aber die waren miteinander verbunden. Solange ich mich von den Rändern fernhielt, konnte mir nicht mehr viel passieren.

Nein, du kannst immer noch durch ein Dach brechen, erinnerte mich meine innere Stimme.

Ich seufzte.

Und kroch weiter.

Schließlich gelangte ich glücklich zu Toms Haus, ohne durch jemandes Dach zu brechen – und mir dabei den Hals. Mit den Füßen stemmte ich mich gegen die Hauswand und atmete ein paar Mal tief durch. Dann entzündete ich meine Lampe.

Jetzt kam der schwierige Teil. Ich hatte nur einen Versuch. Wenn das Feuer des Erzengels kein Loch in die Wand sprengte, war Tom erledigt – und wir vermutlich auch. Ich zog einen Meißel aus der Schärpe und machte mich an die Arbeit.

Im Licht der Lampe fand ich eine Stelle, wo die Mörtelfuge zwischen den Steinen besonders breit war. So leise ich konnte, stemmte ich ein Loch frei. Es musste schnell gehen; ich hatte Sally angewiesen, bis neunhundert zu zählen, was mir für meine Aufgabe etwa fünfzehn Minuten verschaffte.

Plötzlich, aus heiterem Himmel, sauste eine grelle Rakete aus der Gasse hinter mir in den Himmel. Sie flog in einem Bogen über Toms Haus und explodierte mit einem Knall und einem herrlichen grünen Funkenregen.

Offensichtlich zählte man schneller bis neunhundert, als ich gedacht hatte. Ich rammte das Feuer des Erzengels in das

Loch und schob die Flamme der Lampe in Richtung der Zündschnur.

Aus Toms Straße erklangen Schreie. Türen öffneten sich quietschend, Läden wurden aufgeschlagen. Der Gestank des Gelben Kreuzblütlers zog über die Häuser, vermischt mit dem Geruch nach Schießpulver und verbranntem Mehl.

Eine zweite Rakete explodierte. Diese verirrte sich und überzog die Häuser gegenüber mit einem grünen Funkenschauer.

Die Schreie wurden lauter.

Jetzt.

Ich setzte die Zündschnur in Brand. Es knallte und zischte und Funken rasten in Richtung der Röhre.

Es blieb keine Zeit mehr für Vorsicht und Heimlichkeit. In aller Eile hastete ich über die Seite des Dachs von Toms Nachbarhaus und kraxelte über den First.

Die dritte Rakete traf ihr Ziel. Sie schoss durch die Gasse hinter Toms Haus und detonierte drei Stockwerke hoch, keine sechs Meter von dem Wachmann an Toms Hintertür entfernt.

»Aaahhh!«, kreischte der Pestwächter, und dann erklang das eilige Getrappel von Stiefelabsätzen auf dem Pflaster. Sein Schrei gesellte sich zu den anderen, die immer hysterischer klangen. »Wir werden angegriffen!«

»Es sind die Holländer!«

»Es ist der Teufel!«

»Hilfe!«

Ich duckte mich hinter den First, als ich die vierte und letzte Rakete vorbeizischen hörte. Sally hatte sich das Beste bis zum Schluss aufgehoben. Der Feuerwerkskörper explodierte präzise vor Toms Haus.

»Um Himmels willen, Mann, geht in Deckung!«, ertönte es aus einem Nachbarhaus. »Hierher, kommt hier herein!«

Dann detonierte das Feuer des Erzengels.

Es donnerte wie ein Dutzend Kanonenschläge. Steinbrocken und geborstene Dachschindeln flogen kreuz und quer über die Häuser hinweg und knallten auf die Straßen. Einzelne Teile prallten von dem Schornstein, hinter dem ich lag, und nicht wenige davon trafen mich und kratzten und stachen mir in die Haut.

Ich krabbelte wieder über den Dachfirst und schaute nach, was passiert war.

Ich hatte es geschafft. In Toms Hauswand klaffte ein Loch, das groß genug war für zwei Männer. Und die Lücke im Dach war so groß, als hätte ein Riese ein Stück herausgebissen.

Und da, auf der anderen Seite der zerstörten Hauswand, stand Tom.

Er starrte mich entsetzt an.

»Du … du …«, stammelte er.

Er fiel auf die Knie. Einen entsetzlichen Moment lang dachte ich, ich hätte ihn getroffen.

Dann sah ich sein Gesicht. Er schwitzte. Eimerweise lief ihm der Schweiß über die Stirn. Seine Haut war aschfahl. Seine Augen zuckten, als ob er nicht richtig fokussieren könnte.

Ich hatte einen Fehler begangen.

Melchior hatte Tom nicht grundlos eingeschlossen. Er war krank. Er war wirklich krank.

Oh Gott.

Kapitel 31

Über den Schutt auf dem Dach rutschte ich in Toms Haus hinein. Schwer schlug ich auf den Bodendielen auf und prellte mir das Knie. Beinahe wäre ich die Treppe hinuntergefallen, und nur ein hastiger Griff zu den Überresten des zersplitterten Geländers verhinderte, dass ich mir das Genick brach.

Tom kniete im Türrahmen seines Zimmers. Er zitterte wie Espenlaub. Schwankend sank er gegen die Tür.

»Du hast mein Haus in die Luft gejagt«, sagte er.

Dann erbrach er sich.

Es war nicht viel in seinem Magen. Ein dünner gelber Faden floss zäh zu Boden. Er spuckte aus.

Ich schleppte mich zu ihm. Er wich zurück. »Fass mich nicht an!«, sagte er.

Ich habe mich geirrt, dachte ich. *Er hat die Pest.*

»Ich will dich nicht hierhaben!«, sagte Tom. Er schob sich rückwärts und streckte abwehrend die Hände vor. »Bleib weg!«

Wenn du ihn anfasst, wirst du auch krank.

»Sei doch nicht so blöd«, murmelte ich.

»Ich bin nicht blöd«, sagte Tom.

»Ich habe nicht mit dir geredet«, sagte ich. Und damit griff ich nach seinen Armen.

Wenn Tom gesund gewesen wäre, hätte er sich gewehrt. Er hätte mich aus dem Fenster werfen können, wenn er gewollt hätte. Jetzt aber ließ er sich schlaff gegen mich sinken.

Als Erstes musste ich ihn hier herausschaffen. Ich versuchte, ihn auf die Füße zu stellen. Genauso gut hätte ich versuchen können, ein Pferd hochzuheben. »Komm schon, Tom. Steh auf.«

Er schob die Beine unter den Körper und wollte sich hochhieven. Er schwankte und dann fiel er um, wobei er mich mit sich zog.

Ich versuchte es noch einmal und zerrte an ihm herum. »Warum … musst du … auch so … groß sein?«, beklagte ich mich.

»Ich bin nicht groß«, sagte er mit glasigem Blick. »Du bist so klein.«

»Ich bin nicht … *argh* … klein«, ächzte ich. »Ich habe eine völlig normale Körper…größe. Nur weil du so ein … *aaahhh* … Riese bist …«

»Du bist winzig. Wie ein kleiner Welpe.« Er streckte seine Schaufelhand aus und tätschelte mir den Kopf.

»Lass das.«

»Wuff, wuff.«

»Würdest du bitte …« Ich brach ab. Es hatte keinen Sinn, die Seuche hatte ihm bereits den Verstand verwirrt.

Er hörte auf zu bellen und fing an zu singen, wenigstens glaubte ich, dass es Gesang sein sollte. Es war eine der Melodien, die er von Sally aufgeschnappt hatte, allerdings ersetzte er den Text durch seine eigenen – zum Teil ziemlich derben – Worte.

»Pst!«, sagte ich, obwohl der Lärm auf der Straße Toms Gejaule mit Leichtigkeit übertönte. »Komm, wir gehen.«

»Was ist mit meiner Medizin?«

Ich schleppte ihn zu dem Loch in der Wand. »Ich werde dafür sorgen, dass Galen sie für dich zubereitet, wenn du erst mal in Sicherheit bist.«

»Was ist denn mit der Medizin, die ich schon bekommen habe?«

»Was meinst du?«

»Na, die auf dem Tisch in meinem Zimmer«, sagte er. »In dem Beutel. Das ist ein lustiges Wort. Beu-tel. Beu-tel.«

Ich blieb stehen. »Galen hat dir die Medizin gebracht?«

»Nicht Galen. Melchior. Beu-tel.«

Melchior hatte Tom Medizin gebracht?

Aber ... Melchior wollte doch die Medizin stehlen. Warum sollte er sie Tom *bringen*?

Ich lehnte meinen Freund an die durchlöcherte Wand und rannte in sein Zimmer. Dort hing der Gestank nach Erbrochenem in der Luft. Ich hielt mir die Nase zu und unterdrückte einen Brechreiz.

Da war er. Einer von Galens Lederbeuteln lag auf dem Nachttisch neben dem Bett.

Tom war also wirklich krank. Und Melchior hatte ihm wirklich die Medizin gebracht.

Ich verstand gar nichts mehr.

Der Lärm auf der Straße wurde lauter. Ich riskierte einen Blick aus dem Fenster. Die wenigen Häuser in der Nachbarschaft, die noch bewohnt waren, waren hell erleuchtet. Menschen standen vor den Haustüren und in den Fenstern und schauten nach draußen. Der Wachmann an der Vordertür, den wir mit unserem Feuerwerk verjagt hatten, war zurückgekehrt. Er blickte hoch.

Ich wich zur Seite und drückte mich an die Wand.

Hatte er mich gesehen?

Um das herauszufinden, blieb keine Zeit. Ich schnappte den Lederbeutel und schob ihn unter meine Schärpe. Dann rannte ich zu Tom. Er sang wieder die schlüpfrige Ballade.

»Hallo, Christopher«, sagte er. »Hast du gesehen? Da ist ein Loch in meinem Haus.«

»Was du nicht sagst.« Ich legte seinen Arm um meine Schulter. Sein Schweiß tropfte auf meinen Hemdkragen. »Lass uns doch mal nachsehen, wohin es führt.«

»Das geht nicht. Ich muss das Brot aus dem Ofen holen. Sonst wird Vater böse.«

»Ich habe das Brot schon aus dem Ofen geholt.«

»Die Brötchen auch?«

»Natürlich.«

»Wie lieb von dir.«

Wir schwankten auf das Loch zu.

Er rümpfte die Nase. »Das riecht komisch.«

»Wirklich?«

»Ich kenne den Geruch. Das riecht wie …« Seine Augen wurden kugelrund. »Du hast doch nicht etwa …!«

»Doch. Tut mir leid.« Und mit diesen Worten hievte ich ihn auf das Dach.

Er kippte um und rollte in die kühle Nachtluft. Mit der Lampe in der Hand krabbelte ich ihm nach.

»Komm jetzt, Tom«, sagte ich. »Wir müssen uns beeilen.«

»Oh, hallo, Christopher«, sagte er. »Hast du gewusst, dass da ein Loch in meinem Haus ist?«

Er krümmte sich und übergab sich. Diesmal kam nur ein bisschen Galle, vermischt mit Spucke.

»Ich muss mich hinlegen«, sagte er.

Unten wurden Rufe laut. »Bitte, Tom«, sagte ich. »Wir müssen gehen. Bitte. Du musst mir vertrauen.«

»Das klingt gefährlich.«

Dem konnte ich nicht widersprechen. Wir krochen über die Dächer bis zu der Leiter, wo Sally unten in der Gasse auf uns wartete.

Jetzt standen wir vor einem neuen Problem. Ich hatte ja

nicht geglaubt, dass Tom wirklich krank war. Und ich konnte ihn unmöglich nach unten tragen. »Du musst klettern, hörst du?«, sagte ich. »Ich halte dich fest.«

Was überhaupt nichts nützen würde. Wenn er abrutschte, würde er uns beide in die Tiefe reißen. Tom starrte triefäugig auf die Lücke zwischen Dachkante und Leiter. Ich hielt ihn an den Armen fest, als er sich über den Rand des Dachs abließ und mit den Füßen nach der obersten Leitersprosse tastete.

»Ich hab dir doch gesagt, das ist eine blöde Idee«, grunzte er.

Guter alter Tom.

Er fand Halt und begann, nach unten zu steigen.

»He!«

Die Stimme kam von hinter meinem Rücken. Ich schaute über die Schulter.

Durch das Loch in Toms Haus sah ich die Silhouette eines Wachmanns. Und was er in der Hand hielt, sah aus wie eine sehr große Axt.

Kapitel 32

»Sie sind in der Gasse!«, schrie der Pestwächter.

Es blieb keine Zeit mehr. Tom kletterte an der Leiter nach unten, und ich schlug alle Vorsicht in den Wind, rollte mich vom Dach und stieg auf die Leiter.

RUMS.

Etwas war über mich hinweggesaust. Ich schaute hoch.

Ein langer Holzstiel ragte in die Nacht hinein. Die scharfe Klinge hatte sich tief in einen Holzbalken des Hauses hinter mir gebohrt.

Es *war* eine Axt. Der Wächter hatte die Axt nach mir geschleudert.

Ich schlitterte die Leiter nach unten und landete auf Toms Schultern. Er fiel nach hinten und landete auf Sally, die er mit seinem ganzen Gewicht zu Boden warf.

»Ack«, grunzte sie.

Ich rappelte mich auf und zog an Toms Arm. »Steh auf. Steh auf, Tom, steh *auf*!«

Er schwankte ein bisschen – genauer gesagt schwankte er ziemlich heftig –, aber er stand auf. Ich legte mir seinen einen Arm um die Schulter und Sally den anderen.

»Halt!«

Der Ruf des Wachmanns kam von oben. Ich schaute hoch und sah, wie der Mann sich über den Rand des Dachs beugte, den Griff der Axt packte und sie aus dem Holz zog. Dann drehte er sich um und wollte die Leiter hinuntersteigen.

Gerade noch rechtzeitig trat ich dagegen. Die Leiter rutschte weg, kratzte über die Wand und schlug dann schwer auf dem Boden auf. Der Soldat auf dem Dach fluchte.

»Gehen wir«, sagte ich.

Halb trugen, halb zogen wir Tom durch die Gasse. Plötzlich schrie Sally auf und ich hörte, wie etwas Schweres gegen das Haus neben uns schlug. Ich schaute zur Seite, um zu sehen, was es war.

Im Licht von Sallys Lampe glänzte Metall an der Hauswand. Ihr Kleid war an der Schulter aufgerissen und darunter rötete sich die Haut.

»Christopher«, sagte Tom. »Kann ich mich einen Moment ausruhen?«

»Die werfen mit Äxten nach uns, Tom«, sagte ich.

»Dann ruhe ich mich später aus.«

»Gute Idee«, murmelte ich.

Tom gab weiterhin sehr merkwürdige Kommentare von sich, blieb aber auf den Beinen. Das war gut, denn wenn er hingefallen wäre, hätten Sally und ich ihn vermutlich nicht mehr auf die Füße bekommen.

Wir hielten uns an die kleinen Seitengassen. Die Lampen hatten wir zurückgelassen – meine stand noch an der Stelle auf dem Dach, wo wir nach unten gestiegen waren, und Sally hatte ihre nach einem Angreifer geworfen –, also gingen wir im Dunkeln. Glücklicherweise waren Tom und ich so oft durch diese Gegend gestreift, dass wir blind unseren Weg finden konnten. Im Augenblick war die Dunkelheit für uns kein Hindernis, sondern vielmehr ein Schutz vor den Männern, die uns verfolgten. Wir hörten ihre Schreie von den Häuserwänden widerhallen.

Die Biegungen und Kurven schienen sich zu einem Labyrinth zu verflechten, aber ich steuerte zielsicher auf eine ganz besondere Gasse zu. Dort war ich selbst erst vor drei Monaten gewesen, als ganz London hinter mir her war.

Das Haus, das ich im Sinn hatte, war leicht zu finden. Es war eigentlich kein Haus mehr. Im letzten Sommer war es abgebrannt, und übrig geblieben war nur eine Hülle aus verkohlten Balken und einem offenen zweiten Stockwerk. An diesem Haus ging jeder rasch vorbei, als ob die Trauer, die dort herrschte, sich aus der Ruine lösen und an die Passanten heften würde, die stehen blieben und hinschauten.

Für mich war es anders. Für mich war das Haus wie eine Oase in der Wüste, ein Ort, wo wir Hilfe finden würden. Dr. Parrett hatte mir sein Heim als Zuflucht angeboten, als ich sonst nirgends sicher gewesen war.

Ohne anzuklopfen brachten wir Tom hinein. »Dr. Parrett?«, rief ich. »Dr. Parrett?«

»Wohin mit ihm?«, fragte Sally.

Als ich das letzte Mal hier gewesen war, hatte mich Dr. Parrett im Zimmer seines verstorbenen Sohns untergebracht. Ich nickte in die Richtung. »Da drüben hin. Dr. Parrett!«

Schritte auf der Treppe. »Wer ist da?«, fragte die Stimme von Dr. Parrett.

Ich war erleichtert. Als er heute nicht in der Apotheke erschienen war, hatte ich schon angefangen, mir Sorgen um ihn zu machen. »Ich bin's, Christopher! Ich habe Tom bei mir.«

»Geht weg«, sagte er.

Ich blieb stehen. »Doktor, ich bin's. Christopher.« Die Treppe knarrte. »Tom braucht Eure Hilfe.«

Dr. Parrett kam die Treppe hinunter. Seine Gestalt war ein Schatten vor dem hellen Mondlicht. Er hielt etwas in der Hand.

»Hier wirst du keine Hilfe finden, Christopher. Geht weg.«

Ich traute meinen Ohren nicht. »Aber … Dr. Parrett … ich …«

Er trat vor. Der Schatten eines geschwärzten Deckenbalkens machte sein Gesicht unkenntlich, aber das Licht, das auf seinen Körper fiel, verriet mir, was er in der Hand hielt.

Es war eine Pistole.

Dr. Parrett hob die Hand, zielte aber nicht auf mich. Jedenfalls nicht direkt.

»Dr. Parrett«, sagte ich und wich leicht zurück. »Ich bin's doch, Christopher. Erkennt Ihr mich nicht?«

»Ich weiß genau, wer du bist.«

Wenn er seinen Verstand an den Irrsinn verloren hatte, konnte ihm dann der Irrsinn helfen, seinen Verstand wiederzufinden? »Euer … Euer Sohn, James …«, setzte ich an.

»James ist tot.«

Er machte noch einen Schritt nach vorn. Endlich sah ich sein Gesicht. Und endlich verstand ich.

Seine Augen waren tief in die Höhlen gesunken. Seine Wangen waren gerötet, auf seiner Stirn stand der Schweiß. Der Kragen seines neuen, schönen Hemds stand offen, sodass ich seinen Hals sehen konnte. Und dort, an der Seite, wölbte sich eine Schwellung, deren dunkellila Farbe beinahe schwarz geworden war.

Sally und ich taumelten rückwärts.

Die Pest. Auch Dr. Parrett hatte die Pest.

Und während die Seuche andere in den Wahnsinn getrieben hatte, hatte sie Dr. Parrett wieder in die Wirklichkeit zurückgebracht.

»Jetzt versteht ihr hoffentlich.« Dr. Parrett senkte die Pistole. »Es … es tut mir leid. Ich wollte nicht … Es tut mir leid. Aber ihr müsst gehen.«

Er drehte sich um.

»Wartet«, sagte ich. »Dr. Parrett, bitte … Gebt nicht auf. Wir holen Galen. Wir beschaffen Euch die Medizin.«

Dr. Parrett, schon wieder halb in die Dunkelheit zurückgekehrt, blieb stehen. »Ich will die Medizin nicht, Christopher«, sagte er.

Und damit verschwand er über die Treppe nach oben.

Kapitel 33

Jetzt gab es nur noch einen Ort, an den wir gehen konnten.

Aber dorthin zu gelangen war alles andere als einfach. Zwar hatten wir die Wachen in dem Irrgarten aus Straßen und Gässchen abgehängt, lange bevor wir bei Dr. Parrett ankamen, doch der Weg, der vor uns lag, war ziemlich weit, und der arme Tom konnte sich kaum noch auf den Füßen halten. Er bettelte darum, sich ausruhen zu dürfen. »Nur noch ein kleines Stück«, sagte ich dann immer und gehorsam taumelte er weiter.

Aber jeder Schritt war eine Qual für ihn. Er musste sich immer wieder übergeben, sodass sein Magen mittlerweile völlig verkrampft war. Jedes Mal betete ich, er möge nicht zusammenbrechen. Dann, als wir die Throgmorton Street überquerten, waren seine Kräfte aufgebraucht.

»Tom«, flehte ich. »Tom, bitte. Steh auf. Du musst aufstehen.«

Aber er konnte nicht mehr.

Ich wusste nicht, was ich tun sollte. Wir waren völlig schutzlos. Ich konnte ihn nicht allein tragen, aber mir war klar, dass sich niemand in unsere Nähe wagen würde. Und wenn jemand auf die Idee kam, die Wachen zu rufen …

Sally hatte den rettenden Einfall. Sie sauste hinter einen Häuserblock mit anschließenden Gärten und kehrte mit einem Handkarren zurück.

Fantastisch. Wir wuchteten Tom auf den Karren und schoben ihn weiter. Ich geriet einen Moment lang in Panik, als wir zwei Männern begegneten, die uns auf der Straße entgegenkamen, aber es waren keine Soldaten. Als sie Sally und mich sahen, wie wir einen Karren mit einem reglosen Körper vor uns herschoben, machten sie auf dem Absatz kehrt und flohen.

Sally und ich konnten jetzt schneller gehen. Wir rannten fast. Endlich landeten wir in der Gasse, nach der ich gesucht hatte. Sie führte zu einem Labyrinth aus hohen Mauern mit Eisenspitzen obenauf. Sally betrachtete verwirrt die verwinkelten Gassen, aber ich kannte den Weg.

»Was ist das hier?«, fragte sie.

»Dieses Labyrinth schützt einen geheimen Ort«, sagte ich. »Oder zumindest war er früher mal geheim.«

Als wir hindurch waren, standen wir vor einem schmiedeeisernen Tor. Dahinter lag ein Garten mit einem Herrenhaus. Mortimer House war einmal prächtig gewesen. Jetzt wucherten die einst zu Tierfiguren gestutzten Hecken wild vor sich hin. Der Rasen, früher sorgfältig gepflegt, war in die Höhe geschossen und das Gras war in der Sommerhitze vertrocknet und verbrannt.

Mitten im Garten stand ein mit Ranken überwuchertes Mausoleum. Der geheime Gang und die Kammern unter dem Mausoleum waren zerstört, und selbst wenn nicht, hätte ich keine Ahnung gehabt, wie ich Tom die Leiter hinunterschaffen sollte.

Stattdessen schoben wir ihn auf dem Karren durch die unverschlossene Hintertür in das Herrenhaus. Im Wohnzimmer kippten wir ihn auf eine mit Samt bezogene Ruheliege neben dem Kamin. Dann sanken wir beide erschöpft zu Boden. Der Staub, den wir dabei aufwirbelten, kratzte in unseren Kehlen und wir mussten husten.

Sally quietschte, als etwas über ihre Füße huschte: ein Kaninchen. Sie waren überall im Haus. Ich sah, wie sie eins nach dem anderen durch die offene Tür nach draußen sprangen.

In der Ecke stand eine Lampe, die noch einen Fingerbreit mit Öl gefüllt war. Ich nahm Zunder und Flintstein und entfachte den Docht. Die Flamme beleuchtete das Ausmaß der Zerstörung.

Die meisten Möbel waren an einer Wand aufgestapelt. Über allem lag eine dünne Staubschicht und der Raum roch nach Kreide. Die früher glänzend polierten Bodendielen waren mit großen Placken aus getrockneter Erde verkrustet. Die meisten Fußabdrücke führten aus dem Wohnzimmer zu einem großen Loch im Boden des Eingangsflurs. Eine Leiter führte hinunter in die Dunkelheit.

»Was ist da unten?«, fragte Sally.

Ich schüttelte den Kopf. »Nichts mehr.«

Tom stöhnte. Ich ging zu ihm. Er warf sich unruhig auf der Liege hin und her, das Hemd klatschnass geschwitzt. »Ich habe Durst, Christopher. Bitte, ich habe solchen Durst.«

Ich schaute zum Kamin. Daneben lag ein hoher, staubiger Stapel mit Holzscheiten. »Kannst du Feuer machen?«, fragte ich Sally. »Wir müssen ihm das hier geben.«

Ich zog den Beutel aus Toms Zimmer aus der Schärpe und reichte ihn ihr. Sally löste die Schnüre und schaute hinein. »Was ist das?«

»Die Medizin.«

Sie runzelte die Stirn. »Aber ich dachte, Melchior …«

»Ich verstehe es auch nicht«, sagte ich. »Vielleicht hat Melchior von Tom bekommen, was er wollte, und hat sich nun entschlossen, sein Leben zu retten. Oder vielleicht denkt er, er könne Tom nicht sterben lassen, weil Galen und Henry jetzt wissen, dass er ihm die Medizin ursprünglich geben wollte. Wie auch immer, er braucht sie dringend.«

»Also gut«, sagte Sally. »Wie geben wir sie ihm?«

Ich hatte ein Fläschchen Wasser in der Schärpe, aber das reichte nicht aus. »Mach Feuer. Ich schaue mich mal um.«

Früher war dort unten in dem Loch im Boden jede Menge Wasser gewesen, zusammen mit unzähligen Zutaten, mit denen mein Meister sein geheimes Labor betrieben hatte. Das Feuer des Erzengels hatte alles vernichtet. Buchstäblich alles. Das wenige, was nicht zu Asche zerfallen war, hatten Lord Ashcombes Männer mitgenommen, auf der – vergeblichen – Suche nach dem geheimen Rezept meines Meisters.

Ich ging um das Loch herum und durch die Küche in die Speisekammer, in der ein paar Vorräte vor sich hin schimmelten. Das Dünnbier war verdorben. Daneben stand eine Kiste, halb voll mit Weinflaschen Ich entkorkte eine davon. Der Wein roch ein wenig säuerlich, aber er würde seinen Zweck erfüllen. Ich nahm die Flasche mit und holte auf dem Weg ins Wohnzimmer noch einen Topf und einen Becher aus der Küche.

Sally hatte ein Feuer entfacht. Ich goss Wein in den Kochtopf und stellte ihn auf das Ofengestell. Dann reichte ich Sally den Becher und setzte mich neben Tom, während wir warteten. Ich legte meine Hand auf seine Stirn. Sie war schweißnass, aber die Haut war kühl. Es fühlte sich nicht so an, als hätte er Fieber.

Sally hielt den Beutel hoch. »Wie viel davon soll er bekommen?«

»Vermutlich alles. Tom?« Er murmelte vor sich hin. »Tom, was hat dir Melchior wegen der Medizin gesagt?«

Tom zog eine Grimasse. »Er hat mich gefragt, ob ich wüsste, was drin ist.«

»Und was hast du gesagt?«

»Dass ich es nicht weiß. Dann meinte er, es würde mir bald besser gehen. Er hat mir das Zeug zu trinken gegeben. Ich wollte es nicht trinken, aber er hat mich dazu gezwungen.«

»Er hat es für dich zubereitet?«

»Alle sechs Stunden.«

»Alle … *was*?«

Tom warf sich hin und her. Ich schüttelte ihn sanft. »Tom. Wie oft war Melchior bei dir zu Hause.«

»Weiß nicht«, sagte Tom schleppend. »Er kam immer wieder, um mir die Medizin zu geben.«

Er kam immer wieder?

»Gib mir den Beutel«, sagte ich zu Sally.

Sie reichte ihn mir. »Was ist los?«

»Galens Medizin muss man nicht alle sechs Stunden nehmen«, sagte ich. »Nur ein einziges Mal.«

Ich schaute in den Beutel. Mein Herz fing an zu rasen.

»Das hast du getrunken?«, fragte ich. Tom antwortete nicht.

Ich schüttete den Inhalt des Beutels in meine Handfläche. Es war eine Kräutermischung. Die einzelnen Zutaten waren sorgfältig zerkleinert. Der Geruch nach Minze stieg mir in die Nase.

»Was machst du da?«, fragte Sally.

Ich starrte auf die Kräuter. »Das ist nicht Galens Medizin.«

Sally schwieg ein paar Sekunden lang. »Woher willst du das wissen?«

»Weil ich gesehen habe, was Galen Meister Aldebournes Tochter verabreicht hat. Die Medizin besteht aus einem grauen Pulver.«

»Aber was hat Melchior ihm dann gebracht?«

Ich schüttete die Mischung aus meiner Hand auf den Boden

vor dem Kamin und verteilte sie vorsichtig. Eins nach dem anderen pflückte ich die einzelnen Kräuter heraus, roch an ihnen, kaute sie und spuckte sie dann wieder aus.

Die erste Pflanze roch nach Minze, aber auch blumig, und hatte einen leicht bitteren Geschmack. Ysop.

Die nächste schmeckte erdig, mit einem Hauch rohe Bohnen. Eibischwurzel.

Das nächste Kraut schmeckte ebenfalls nach Erde, aber auch ein bisschen nach Süßholz. Andorn.

Ich hielt inne.

Andorn.

Ich hatte Andorn in Melchiors Quartier gefunden.

Akribisch durchsuchte ich die Mischung auf dem Boden. Ich war auf etwas ganz Bestimmtes aus. Und ich fand es.

Die Stücke waren klein, aber ich erkannte sie. Ich sah die Sprossen und die Blätter. Ich wusste, was es war, aber trotzdem kostete ich davon. Holzig, mit einem leichten Maisgeschmack. Die Säure bitzelte auf meiner Zunge.

Dies war die andere Pflanze, die wir in Melchiors Zimmer gefunden hatten. Die Pflanze, die ich nicht kannte.

»Zieh Tom das Hemd aus«, sagte ich.

Sally schaute mich verwirrt an. »Was?«

»Sein Hemd.« Ich stand auf. »Wir müssen es ihm ausziehen.«

Ich zog Tom in eine sitzende Position hoch. Er stöhnte, aber wir schafften es, ihn hochzuwuchten und seinen Oberkörper freizulegen.

Im Schein des Feuers untersuchte ich ihn. Seine Brust, seinen Rücken, unter den Armen. Nichts.

Aber ich musste auch noch tiefer nachschauen. »Ich muss seine Hose öffnen.«

Sally zog die Augenbrauen hoch und drehte sich dann um. »Tut mir leid, Tom«, sagte ich. Dann fuhr ich mit der Untersuchung fort.

»Nichts.«

»Wonach suchst du?«, fragte Sally.

»Nach den Zeichen.« Ich stand auf und fing an, auf und ab zu laufen. »Nach den typischen Pestzeichen. Er hat keine. Keinen Ausschlag. Keine Schwellungen. Keine Beulen, keinen Abszess, keine Blasen.«

»Aber … es geht ihm so schlecht.« Sie runzelte die Stirn. »Wenn Tom so schlimm an der Pest erkrankt ist, dann müssten diese Zeichen doch längst sichtbar sein, oder?«

»Ja.« Ich wandte mich an Tom. »Tom, als Melchior dir die Medizin gegeben hat, wie hast du dich danach gefühlt?«

»Wie vorher«, sagte er.

»Immer genau wie vorher? Fühlst du dich jetzt so wie heute Morgen? Oder wie gestern Abend?«

»Nein. Schlimmer.«

Ich raufte mir die Haare. Ich war so *dumm* gewesen.

Sally schüttelte den Kopf. »Das verstehe ich nicht.«

»Du hast es selbst gesagt«, stöhnte ich. »Wenn Tom so schwer an der Pest erkrankt ist, sollte er irgendwo an seinem Körper sichtbare Zeichen haben. Hat er aber nicht. Stattdessen wird er durch das, was Melchior ihm verabreicht, immer kränker.«

Ich holte tief Luft. »Er hat gar nicht die Pest.« Vorsichtig zog ich die Sprosse, die ich aus Melchiors Zimmer mitgenommen hatte, aus der Apothekerschärpe unter meinem Hemd. »Er wurde vergiftet.«

Kapitel 34

Sally riss die Augen auf. »Vergiftet?!«

»Nur so ergibt die ganze Sache einen Sinn«, sagte ich. »Das ist der Zweck dieser Pflanze. Deshalb musste Melchior Tom dieses Zeug nicht nur ein Mal geben, sondern immer wieder.«

»Aber … aber warum sollte jemand Tom vergiften wollen?«

Ich dachte an die Wachen vor Toms Haus. An die Axt, die nach mir geworfen worden war.

Tom war weggedöst. Ich rüttelte ihn wieder wach.

»Tom. Tom!« Er schlug die Augen auf. »Was wollte Melchior von dir über die Medizin wissen?«

»Habichdochgesagt«, lallte er. »Wasichweißwollterwissen.«

»Was ist mit den Inhaltsstoffen?«

»Kennichnich.«

»Aber wir haben doch in der Apotheke darüber gesprochen. Du hast mir gesagt, woran Galen gearbeitet hat, und ich habe dir gesagt, was es war. Hast du ihm das erzählt?«

»Hm-hm.« Tom fing an zu schnarchen.

Zuerst wollte Melchior Galen töten, dachte ich. *Und jetzt will er Tom tot sehen.*

Ich schüttelte Tom wieder wach. »Was hast du gesehen? Sag mir, was Galen gemacht hat.«

»Nichts. Lass mich.«

»Du musst was gesehen haben. Irgendeine Zutat, irgendein besonderer Handgriff. Irgendwas.«

»Nein.«

»Du musst.« Ich schüttelte ihn wieder. »Denk nach, Tom, denk nach!«

»Aber ich weiß nichts«, jammerte er.

Er *musste* etwas wissen. Ich schüttelte ihn fester.

»Christopher!« Sally legte ihre Hände über meine. »Hör auf!«

Beinahe hätte ich sie beiseitegestoßen. Dann sah ich Toms Gesicht.

Was tat ich denn da? Wieso gab ich ihm die Schuld? *Ich* war doch derjenige, der ihn in dieses Schlamassel hineingezogen hatte. Es war *meine* Schuld.

»Tut mir leid.« Ich legte die Hand auf Toms Brust. »Es tut mir wirklich leid, Tom. Schlaf jetzt.«

Er kuschelte sich in die Decken auf der Liege. Ich stand auf.

Tom murmelte etwas.

»Was?«

»Galen«, murmelte er schleppend. »Hatwasaufdeinessengemalt.«

Er döste wieder ein. Ich schaute zu Sally. »Galen hat was auf mein Essen gemalt? Wie geht das denn? Oder meinte er, Galen hätte etwas *in* mein Essen *gemahlen*?«

»Hat er Essen gesagt?«, überlegte Sally. »Ich fand, es hat sich eher wie ›Besen‹ angehört.«

Das ergab genauso wenig einen Sinn.

»Vielleicht fantasiert er wieder«, sagte Sally.

Möglich. Es spielte keine Rolle. Es spielte einfach keine Rolle, warum Melchior Tom vergiftet hatte. Er brauchte Hilfe, und zwar schnell.

Aber ich wusste nicht, was ich tun sollte. »Wenn er wenigstens die Pest hätte, dann könnten wir ihm Galens Medizin geben. Aber ich habe keine Ahnung, was für eine verdammte

Pflanze das ist! Wenn er damit vergiftet wurde, habe ich keine Möglichkeit, ein Gegenmittel zu finden. Ich weiß nicht mal, ob es überhaupt ein Gegenmittel gibt.«

»Wir könnten uns noch mal die Notizen deines Meisters vornehmen …«

»Wozu denn?« Mir war, als würde ich jeden Moment zusammenbrechen. »Wir haben doch alle Aufzeichnungen über Heilmittel durchgear…«

Ich erstarrte.

»Was ist denn?«, fragte Sally.

Ich war ja so dumm. Ich war dümmer als dumm. »Wir haben an der falschen Stelle gesucht«, sagte ich.

»Aber … wir haben doch wirklich alle Aufzeichnungen über die Heilpflanzen durchgesehen.«

»Richtig. Über die *Heil*pflanzen. Das aber ist ein Gift.« Und die Informationen über Gifte standen ganz woanders. Ich war nicht auf die Idee gekommen, dort zu suchen.

Doch jetzt wusste ich es.

»Wir müssen wieder zurück nach Blackthorn«, sagte ich.

»Jetzt?«, erwiderte Sally. »Wir beide? Sollte nicht einer bei Tom bleiben?«

Ich ließ ihn nur ungern allein. Wenn er aufwachte, würde er sich fürchten. Aber mehr als Trost konnte Sally ihm auch nicht bieten. Und ein zweites Paar Augen, das mir mit den Unterlagen meines Meisters half, war von unschätzbarem Wert.

Sally überlegte. »Meinst du nicht, dass Melchiors Männer schon auf uns warten?«

»Oh, ich bin mir ganz sicher, dass sie auf uns warten«, sagte ich. »Deshalb gehen wir ja auch nicht durch die Tür.«

Kapitel 35

Wieder einmal kam uns eine gestohlene Leiter zu Hilfe. Sally und ich ließen sie von einem Pesthaus eine Straße weiter mitgehen und kletterten damit auf eins der Dächer in der Nachbarschaft von Blackthorn. Mein Haus lag nicht Wand an Wand mit dem daneben, aber die Lücke zwischen beiden Gebäuden war schmal und der Sprung auf mein Dach stellte kein Problem dar.

Als ich zur Luke hasten wollte, hielt Sally mich zurück und deutete nach unten. Auf der anderen Straßenseite stand ein Mann im Schatten des Vordachs zum »Grünen Ochsen«. Ein zweiter Mann schlenderte die Straße entlang. Die beiden blickten betont zur Seite, als der zweite Mann an dem ersten vorbeikam. An der Straßenmündung kehrte er um und kam wieder zurück.

Melchiors Gefolgsleute, wie ich vermutet hatte. Wahrscheinlich lauerten in der Gasse hinter dem Haus noch mehr. Ich schickte ein Stoßgebet gen Himmel, in dem ich mich für Galens Verfolgungswahn bedankte, denn deshalb hatte ich die Luke offen gelassen. Ansonsten wäre uns der Weg ins Haus versperrt gewesen.

Leise kletterten wir durch die Luke ins Haus. Es war stockdunkel, und ich tastete mich in Meister Benedicts Schlafzimmer und holte eine Lampe von seinem Nachttisch. Ich legte ein dünnes Tuch aus der Kommode meines Meister darüber und brachte die Lampe hinaus in den Gang, ehe ich sie anzündete. Durch das Tuch fiel nur ein schwacher Schein. Es war nicht leicht, in diesem Licht etwas zu erkennen, aber es musste reichen.

»Halte dich bloß von den Fenstern fern«, flüsterte ich. »Und sei so leise wie möglich.«

Die Bücher über Gifte waren im Arbeitsraum. Langsam und vorsichtig schlichen wir nach unten und zuckten bei jedem Knarren der Treppenstufen zusammen. Unten angekommen, prüfte ich zuerst, ob Vorder- und Hintertür verschlossen waren. Dann holte ich vier Bücher aus dem Regal über Galens Arbeitsplatz und stapelte sie in Sallys Armen auf. »Das sollten alle sein.«

Sie trug sie zum mittleren Arbeitstisch und legte sie nebeneinander. Ich schaute zurück in die Ecke, wo Galen gearbeitet hatte.

Was hast du gesehen, Tom? Was wollte Melchior aus dir herausholen?

Wie zuvor hatte Galen auch diesmal seinen Arbeitsplatz tadellos aufgeräumt. Die Schneidebretter waren sauber und ordentlich aufgestapelt, die Mörser und Stößel wirkten unberührt. Auch die Pinsel, Bürsten und Besen verrieten nichts.

Ich drehte mich zu Sally um. Dabei durchzuckten mich Toms gemurmelte Worte.

Hatwasaufdeinessengemalt.

Ich drehte mich wieder um.

Ich hatte »Essen« verstanden, aber Sally glaubte, Tom hätte »Besen« gesagt.

Mein Besen lehnte in der Ecke, direkt neben Galens Arbeitsplatz.

Ich hob ihn hoch. Ich drehte ihn um. Ich holte die Lampe und begutachtete die Borsten ganz genau.

Es war nur ein Besen. Ich kam mir dumm vor. Tom hatte im

Wahn gesprochen. Und ich musste nach einem Gift suchen. Ich wollte den Besen schon wieder wegstellen, da …

Aus dem Augenwinkel sah ich es. Im schwachen Schein der Lampe dachte ich erst, es sei bloß ein Schatten. Aber dann sah ich genauer hin.

Auf dem Besenstiel, beinahe an seinem Ende, war ein Fleck.

Ich befeuchtete meinen Daumen mit der Zunge und rieb über das Holz. Etwas von dem Fleck färbte auf meinen Daumen ab. Ich leckte vorsichtig daran. Bitter. Metallisch.

Tinte.

Er hat was auf deinen Besen gemalt.

Ich betrachtete den Besenstiel genauer. Auf dem Holz waren Kratzer, aber ich konnte kein Muster erkennen. Auf Besenstielen sind immer Kratzer, und auf diesem besonders viele. Ich benutzte den Besen schließlich seit Jahren.

»Was ist denn?«, fragte Sally.

Ich schüttelte den Kopf. »Ich weiß nicht genau.«

Und ich hatte keine Zeit, es herauszufinden. Tom lag im Sterben. Das einzig Wichtige war, ein Gegenmittel für das Gift zu finden.

Und so schlugen wir die Bücher auf. Ich holte die getrocknete Pflanze, die ich aus Melchiors Zimmer mitgenommen hatte, heraus und legte sie zwischen uns auf den Tisch, damit wir beide sie im Blick hatten, während wir lasen. Ich blätterte das Buch durch, so schnell ich es wagte.

Wie immer hatte Meister Benedict kleine Zeichnungen der giftigen Pflanzen angefertigt, wann immer der Verfasser des Buchs dies versäumt hatte, was uns eine große Hilfe war. Er hatte auch Notizen an den Rand geschrieben, die oft in den Buchtext hineinliefen. Aber die ersten drei Bücher lieferten uns keine Hinweise.

Doch dann packte Sally mich am Handgelenk.

»Christopher!«

Ich beugte mich zu ihr. Meister Benedict hatte über den gesamten Text der Seite geschrieben, ich konnte kaum etwas entziffern.

Kornrade. Stängel über drei Fuß lang, mit feinen weißen Haaren bedeckt. Geringe Verzweigung. In den Sommermonaten erblüht eine einzelne, geruchlose Blüte mit fünf Blütenblättern. Blüte dunkelrosa bis lila, Blütenblätter mit schwarzen Linien, die …

Ich hörte auf zu lesen. »Aber Kornrade gibt es überall«, flüsterte ich. »Das ist nicht das, was Melchior benutzt …«

»Nein«, unterbrach mich Sally. »Da.«

In einer Ecke hatte Meister Benedict eine winzige Zeichnung angebracht. Sie zeigte eine hoch wachsende Pflanze mit langen, spitzen Blättern wie Speere.

Genau wie die Pflanze vor uns auf dem Tisch.

Ich nahm das Buch und hielt mir die Zeichnung dicht vor die Augen. Es war kein Platz gewesen für ausführliche Notizen, kaum eine Stelle, um anständig zeichnen zu können. Stattdessen hatte mein Meister neben der Skizze eine knappe Botschaft hinterlassen.

Riesenbambus. Hochgiftig. Nur in Mdgsk. Null med. Wert.
S. Tgb. Paris 1652.

Siehe Tagebuch Paris 1652.

Kapitel 36

Mein Herz raste.

Paris 1652, als die Pestwelle die Stadt überrollte. Als Dr. Parrett meinen Meister kennenlernte.

Seine Tagebücher. Ich brauchte seine Tagebücher.

Sie waren oben, in dem kleinen Zimmer voller Bücher. Wir gingen hoch. Wir suchten überall. Wir schlugen jedes Buch auf, lasen die Daten, warfen sie beiseite, bis wir das richtige fanden.

Das erste Datum auf der ersten Seite lautete:

12. Juni 1652

Sally setzte sich neben mich, während ich durch die Seiten blätterte, auf der Suche nach einer Zeichnung der Pflanze, die unten auf dem Arbeitstisch lag. Aber mein Blick fiel auf etwas anderes. Auf einen Namen. John Parrett.

Ich las den Eintrag. Er stammte vom 12. Oktober.

Noch eins dieser fürchterlichen Abendessen bei Chastellain. Wenigstens war es diesmal keine völlige Zeitverschwendung. Ich habe heute einen Landsmann aus London kennengelernt, einen jungen Arzt namens John Parrett. Ein sehr anständiger Kerl, dessen Frau ein Kind erwartet und der hergekommen ist, um sich über die möglichen Heilmethoden der Pest zu erkundigen. Ich habe ihm nichts von dem Riesenbambus erzählt. Bis ich ihn nicht gründlich getestet habe, muss es ein Geheimnis bleiben.

Da hatte ich es. Riesenbambus.

Ich blätterte zurück und las die Einträge nun sorgfältiger durch. Ich suchte nach Hinweisen, dass Meister Benedict möglicherweise eine neue Arznei entdeckt hatte. Und in dem Eintrag vom 7. August wurde ich fündig.

Heute Abend ist etwas Außergewöhnliches geschehen. Mein alter Freund und Gastgeber Marin Chastellain bestand darauf, dass ich meine Weigerung, an seinen regelmäßigen Abendessen teilzunehmen, aufgab und mich an diesem Abend bei ihm einfinden möge. Ich wollte ihm wie immer eine Ausrede auftischen, aber er winkte bloß ab. »Schau nicht so säuerlich drein, Benedict«, sagte er mit einem feinen Lächeln. »Heute Abend wird es dir bei mir gefallen. Ich habe etwas ganz Besonderes für dich.«

Dieses »Besondere« war Jehan Gaillart, der französische Entdecker – und Pirat, möchte ich hinzufügen. Der Mann unterhielt Marins Gäste mit Berichten seiner Abenteuer, und seine Erzählungen waren in der Tat höchst kurzweilig. Aber es war die Geschichte seiner letzten Reise, die mich aufhorchen ließ. Auf dem Rückweg von Ceylon stieß Gaillarts Schiff im Indischen Ozean auf einen holländischen Handelsfahrer mit einer Ladung Muskat. Gaillart erleichterte den armen Holländer um seine Fracht, infolgedessen sein Schiff durch Kanonenschüsse beschädigt wurde. Statt mit einem lecken Kahn um das Kap der Guten Hoffnung zu segeln, machte Gaillart in Fort Dauphin, einer französischen Siedlung an der Südküste von Madagaskar, Station, um sein Schiff zu reparieren.

Auf dieser Insel kaufte einer von Gaillarts Männern einen Affen. Gaillart beschrieb ihn als ein höchst ungewöhnliches Tier: klein, aber mit einem dichten, goldenen Fell – und dem bösartigsten Wesen, das er je erlebt hatte. Obwohl der Affe seinen neuen Besitzer mit Kratzen und Kreischen quälte und ihm seinen Kot nachwarf, vergötterte der Seemann sein Äffchen und brachte es in einem Weidenkäfig an Bord. Er musste auch eine Kiste mit einer Pflanze namens Riesenbambus mitnehmen, weil sich das Tier ausschließlich davon ernährte.

Gaillart erklärte dem Mann, dass dem Affen früher oder später die Nahrung ausgehen würde, da diese bestimmte Bambusart nur auf Madagaskar wuchs. Dennoch gab der Kapitän seinem Matrosen nach, der ihn anflehte, sein Schoßtier behalten zu dürfen, hauptsächlich, weil er es höchst amüsant fand, wie der Affe seinen Herrn zur Verzweiflung trieb.

Als das Schiff repariert war, setzte man die Reise fort. Unterwegs trat die Katastrophe ein: Einige Mitglieder der Mannschaft erkrankten tödlich. Die Symptome traten rasend schnell und heftig auf: Schwäche, Krämpfe, geistige Verwirrung, gefolgt von Erbrechen, Delirium, Bewusstseinsverlust und schließlich der Tod. Im Sterben wurde ihre Haut erst rot, dann dunkel. Gaillart und seine Männer waren schreckensstarr. Sie glaubten, ihr Schiff sei von der Pest heimgesucht worden. Natürlich machten sie den Affen für die Seuche verantwortlich. Sie hielten ihn für einen Dämon im Dienste Samaels, töteten das arme Tier und warfen den Kadaver über Bord. Das Gleiche hätten sie auch mit dem Seemann gemacht, wäre der nicht schon längst tot gewesen. Die restlichen Männer beteten um Erlösung von der Krankheit.

Der Schiffsarzt – ein Mann, der Erfahrung mit der Behandlung von Pestkranken hatte – erkannte, dass die Symptome an Bord des Schiffes nicht völlig identisch waren mit jenen der Pest. Keiner der Patienten litt an Schüttelfrost oder Schweißausbrüchen, und bei keinem zeigten sich die typischen Pestzeichen, bis auf die Verfärbung der Haut. Insbesondere gab es keine Schwel-

lungen und keine Beulen. Der Arzt stellte Nachforschungen an und bald war der Übeltäter gefunden.

Es war die Pflanze, die der Seemann als Nahrung für seinen Affen an Bord gebracht hatte. Der Schiffskoch, der gesehen hatte, wie das Tier davon fraß, hatte sich einen Scherz daraus gemacht, die Schoten zu einem Eintopf zu verarbeiten. Als dem Arzt klar geworden war, dass die Leute nicht an der Pest erkrankt waren, sondern an einer Vergiftung litten, probierte er unterschiedliche Gegenmittel aus, bis er eins fand, das wirkte: große Mengen an Holzkohle, gesüßt mit der gleichen Menge Zucker. Das Gegenmittel war nicht unfehlbar. Diejenigen, die am meisten von der giftigen Pflanze zu sich genommen hatten, starben trotzdem. Aber einige der Männer erholten sich und wurden gesund.

Die Erzählung des Kapitäns machte mich sprachlos. Obwohl sie nicht identisch waren, ähnelten die Symptome der Vergiftung mit dem Riesenbambus jenen der Pest so sehr, dass mir unwillkürlich ein Gedanke in den Sinn schoss: Konnte das Mittel gegen die Vergiftung womöglich auch ein Heilmittel für die Seuche sein? Oder lässt sich vielleicht aus der Pflanze selbst ein Heilmittel herstellen? Ist der Riesenbambus möglicherweise unter bestimmten Umständen kein Fluch, sondern ein Segen?

Ich war nicht der Einzige, der auf diesen Gedanken kam. Als das Mahl beendet war und wir vom Tisch aufstanden und in den Salon gingen, nahm ich Gaillart beiseite – und erfuhr, dass ihm ebenfalls sehr daran gelegen war, mit mir ins Gespräch zu kommen. Er erklärte, dass er Chastellain um die Möglichkeit gebeten hatte, mich kennenzulernen, und zwar aus demselben Grund, der mir keine Ruhe ließ.

Ich fragte ihn, ob er noch von dem Riesenbambus übrig hätte. »Ja«, sagte er. »Ich habe etwas davon an einen anderen Apothe-

ker verkauft, der von meiner Geschichte erfuhr und die gleichen Fragen stellte wie Ihr. Aber Chastellain versicherte mir, Ihr seid der geschickteste und fähigste Apotheker, den er kennt, und äußerst erfahren im Umgang mit der Pest. Also werde ich auf Euch setzen.«

Er betrachtete mich listig. »Ich gebe Euch alles, was mir von dem Riesenbambus noch geblieben ist, und ich verlange keine Bezahlung. Aber falls Euch diese Pflanze zu einem wirksamen Heilmittel für die Pest führt, dann werden wir beide uns den Profit gerecht teilen. Wenn Ihr mehr braucht, werde ich nach Madagaskar fahren und Euch so viel bringen, wie Ihr verlangt.«

Dankbar schlug ich ein. In den zwanzig Jahren, die ich schon auf der Suche nach einer Medizin gegen die Pest bin, ist dies die größte Chance, die sich mir eröffnet hat.

Immer schneller und schneller blätterte ich die Seiten um. In den folgenden Monaten gab es immer weniger Tagebucheinträge und immer mehr Berichte über Experimente, die mein Meister durchführte, und über die Ergebnisse. Doch die waren stets gleich.

Nichts.

Den letzten Eintrag schrieb er am 26. November.

Es ist genug. Ich werde keine weiteren Experimente mehr durchführen. Das Mittel wirkt nicht.

Ich habe den Riesenbambus auf jedwede nur mögliche Art getestet. Das Gift der Pflanze kann durch einstündiges Sieden in kochendem Wasser abgetötet werden, aber es haben sich keinerlei medizinische Eigenschaften gezeigt. Kein Extrakt, das ich gewonnen habe, vermag als Arznei gegen die Pest zu dienen.

Wenn überhaupt eine Wirkung erzielt wird, dann eher eine schädliche.

Das Gleiche lässt sich über das Gegenmittel sagen. Auch das zeigt keine Wirkung. Ich habe die Beobachtungen des Schiffsarztes bestätigt: Wenn das Maß der Vergiftung mit Riesenbambus sich noch einigermaßen im Rahmen hält, dann vermögen große Mengen an Holzkohle und Zucker den Betroffenen zu heilen. Aber in keiner noch so großen Menge, ob mit oder ohne andere Zutaten, können Holzkohle und Zucker irgendetwas gegen die Pest ausrichten.

Ich werde meine Forschungen nicht fortsetzen. Isaac hat mir aus London geschrieben; er sagt, er habe eine Schriftrolle aus Jerusalem erworben, die uns in unserer Suche nach der Materia prima helfen kann. Vielleicht führt dieser Weg zu einer Heilung von der Pest. Vielleicht führt er auch noch zu etwas viel Größerem. Ich weiß es nicht und im Augenblick ist es mir auch egal. Ich habe Jahre in dem Bestreben zugebracht, der Ausbreitung jener schrecklichen Seuche entgegenzuwirken, und ich habe nichts erreicht. In mir ist nichts als Verzweiflung.

Ich habe versagt.

Seine Worte durchschnitten mein Herz.

Ich habe versagt.

Ich hatte genau das Gleiche gefühlt, als er gestorben war. Nicht nur, weil ich ihn verloren hatte, sondern weil es mir nicht gelungen war, ihm zu helfen.

Meister Benedict hatte sein Versagen vor mir verborgen, hatte mir nie davon erzählt. Aber er war neue Wege gegangen, hatte an der Entdeckung der Materia prima gearbeitet, die ihn schließlich zum Feuer des Erzengels geführt hatte.

Ich verstand jetzt, warum er diese Vergangenheit nicht mit

mir geteilt hatte. Und ich verstand ebenfalls, was Melchior getan hatte.

Er verbreitete nicht die Pest. Er vergiftete die Menschen mit dieser Pflanze, die ich in seinem Schreibtisch gefunden hatte, und ließ es so aussehen, als seien sie an der Seuche gestorben. Der Riesenbambus rief ähnliche Symptome wie die Pest hervor. Und indem er Andorn hinzufügte, sorgte er dafür, dass seine Opfer auch noch Schüttelfrost und Schweißausbrüche bekamen.

Und so glaubte jeder, sie hätten die Pest. Die Schwellungen konnte er nicht simulieren, aber dank der Panik, die in der Stadt herrschte, reichte schon eine leichte Veränderung – die Rötung der Haut, die beim Tod auftrat –, um sie als Pestkranke zu brandmarken. Es war ein teuflisches und gleichzeitig brillantes Spiel.

Jetzt war mir auch klar, warum Melchior Galen tot sehen wollte. Ich wusste nicht, welche Zutat in seiner Medizin Galen für ein Heilmittel gegen die Pest hielt, aber er irrte sich. Die hilfreichen Inhaltsstoffe kannte sogar Tom: Holzkohle und Zucker. Aber was Galen nicht wusste: Er hatte keine Arznei gegen die Pest entwickelt, sondern ein Gegenmittel zu Melchiors Gift. Ich weiß noch, wie Melchior in Aldebournes Haus Galens Medizin angestarrt hatte. Er war vermutlich fassungslos angesichts dessen, was Galen gelungen war.

Aber wirklich erschreckend war die Tatsache, dass Galen die Pest gar nicht heilen konnte. Das ganze Geld, das die Stadträte für die Zutaten ausgegeben hatten, das Lagerhaus, in dem Galen seine Werkstatt eingerichtet hatte – das alles war umsonst.

Kapitel 37

»Wir müssen den Stadtrat informieren«, sagte Sally.

Henry würde einen Herzanfall bekommen. Wenn er mir überhaupt glaubte. Vor ein paar Tagen noch hätte er sich wie ein Geier auf alles gestürzt, was Galen in Verruf bringen konnte. Aber jetzt würde Meister Aldebourne Henry möglicherweise eigenhändig erwürgen. Die Londoner würden es ganz sicher tun, wenn sie die Wahrheit erfuhren.

Ich schob den Gedanken beiseite; mit diesem Problem würde ich mich später beschäftigen. Jetzt hatte ich etwas Wichtigeres zu tun: Ich musste das Gegenmittel für Tom herstellen.

Gemahlene Holzkohle und Zucker. Davon hatte ich jede Menge. Ich hatte viel Holzkohle für das Schießpulver verbraucht, das wir heute mit den Feuerwerkskörpern in die Luft gejagt hatten, aber ich besaß trotzdem noch eine große Portion in meiner Schärpe. Wir konnten ihn retten.

Vielleicht. Meister Benedicts Stimme hallte in meinem Kopf wider.

Wenn das Maß der Vergiftung mit Riesenbambus sich noch einigermaßen im Rahmen hält, dann vermögen große Mengen an Holzkohle und Zucker den Betroffenen zu heilen.

Wenn.

Ich rannte in den Arbeitsraum, wobei ich mich nicht mehr um irgendwelche knarrenden Stufen kümmerte. Ich füllte eine weitere Phiole in meiner Schärpe mit der restlichen Holzkohle und gab noch mehr Zucker hinzu. Und Wasser. Aus einer Eingebung heraus packte ich meinen Besen mit dem Tintenfleck am Stiel. Die Armbrust des Attentäters lag noch auf dem Tresen im Laden. Auch die nahm ich mit, zusammen mit dem Pfeil. Nur für alle Fälle.

Der Anblick der Waffe gemahnte Sally daran, was uns da draußen erwartete. »Wir sollten gehen«, sagte sie. Sie hatte recht. Aber eine Sache fehlte noch.

»Bridget«, flüsterte ich. »Bridget!«

Ich konnte sie nicht hierlassen. Ich wusste ja nicht, ob und wann ich zurückkehren konnte. Nach der heutigen Nacht würde mich Melchior bis ans Ende der Welt jagen. Wenn sich niemand um sie kümmerte, würde Bridget verhungern.

Sie kam nicht auf mein Rufen. »Bridget! Komm her. Wo bist du?« Ich hatte ihren Käfig offen gelassen, bevor wir zu Toms Haus gingen. Sie konnte überall im Haus sein.

Ich runzelte die Stirn. Wo konnte sie nur stecken? Ich hatte zwar nicht viel Zeit in den oberen Stockwerken verbracht, aber ich war dort gewesen. Und Bridget würde sich gewiss nicht vor mir verstecken. Sie wäre zu mir gekommen, sobald Sally und ich den Laden betreten hatten.

»Hast du sie gesehen?«, fragte ich Sally. Sie schüttelte den Kopf.

Jetzt machte ich mir ernsthaft Sorgen. Ich war mir sicher, dass sie nicht herausgeflogen war, als wir das Haus durch die Luke auf dem Dach betreten hatten. Also gab es nur eine Möglichkeit, wie sie hatte entfliehen können.

Jemand war hier gewesen, als wir nicht da waren.

Vielleicht Galen. Er hatte einen Schlüssel.

Galens Attentäter aber auch.

»Komm«, sagte ich und wir rannten nach oben zum Dach.

Ich war schon halb durch die Luke, als ich eine Bewegung

wahrnahm. Da war jemand auf den Dächern, eine schwarze Silhouette vor dem sternengespickten Himmel.

Die Silhouette bewegte sich. Dann erstarrte sie.

Es war ein Mann. Ein Mann, der auf dem Dach stand, zwischen uns und der Leiter.

Ich schob mich wieder nach unten ins Haus. Langsam, ganz langsam.

Und dann kam die Silhouette auf uns zu.

Ich duckte mich, schlug die Lukentür zu und verriegelte sie. Ich hörte Scharren und leise Schläge auf dem Dach. Dann rüttelte jemand an der Luke. Ein schwerer Rums. Und dann eine Stimme.

»Er ist hier! Er ist hier! Hier im Haus!«

Wir hasteten die Treppe nach unten. Auf halbem Weg hörte ich laute Schläge gegen die Luke. Gleichzeitig hämmerte jemand an die Hintertür. An der Vordertür hämmerte niemand, aber aus dem Laden erklangen eilige Schritte. Sie waren im Haus.

Wir rannten wieder hoch, aber wir konnten nirgends hin. Das Hämmern an der Luke wurde rhythmisch und ich erkannte Axtschläge. Das Holz knackte.

Eine Stimme drang von unten zu uns hoch. Rau und grob. Ich kannte sie. »Bleibt hier«, sagte die Stimme. »Bewacht die Tür. Und die Fenster. Lasst ihn nicht entwischen.«

Ich packte die Armbrust. Einen Mann. Einen Mann konnte ich damit niederstrecken, dann waren wir erledigt.

Ich schob die Armbrust Sally in die Hände. Sie musste sich ein wenig damit abmühen, weil sie bereits den Besen hielt. Dann zog ich die Schärpe meines Meisters aus und gab sie ihr ebenfalls.

Ich deutete auf die Fläschchen in der Schärpe. »Das ist die

Holzkohle und das ist der Zucker«, flüsterte ich. »Beides muss Tom nehmen. Zermahle es zu einem Pulver, vermische es mit Wasser und gib es ihm dann zu trinken. Hast du verstanden?«

»Aber was willst du …?«, begann sie.

Ich legte ihr die Hand über den Mund. »Geh und versteck dich unter Meister Benedicts Bett. Bleib da, bis wir weg sind. Der Mann auf dem Dach hat bloß mich gesehen. Die wissen nicht, dass du hier bist. Du kannst dich verstecken.«

Ihre Augen wurden groß. »Sie werden dich töten.«

»Und wenn sie dich sehen«, sagte ich, »dann sind wir alle tot. Du bleibst in Deckung, bis sie weg sind. Dann gehst du zurück zum Haus der Mortimers. Du kannst Tom retten.« Ich hörte Schritte von unten die Treppe hochkommen. »Du musst Tom retten.«

»Aber …«

»Bitte«, sagte ich. »Wenn du nicht tust, was ich sage, dann sind wir alle tot.«

Sie biss sich auf die Lippe. Dann nickte sie.

Danke, hauchte ich. Sie rannte in Meister Benedicts Zimmer.

Die Luke zersplitterte und Nadeln aus Eichenholz regneten auf mich herab. Ich sah die Axtklinge durch ein Loch im Holz. Sie wurde herausgezogen und wieder hineingehauen.

Sally drehte sich kurz zu mir um. In dem schwachen Licht meiner beschatteten Lampe erhaschte ich kurz das Schimmern in ihren Augen. Dann rollte sie sich unter das Bett und war nicht mehr zu sehen.

Es regnete immer mehr Holzsplitter. Die Schritte von unten kamen näher. Warum sollte ich warten? Ich ging ihnen entgegen.

Es waren drei Männer mit Bronzemedaillons an ihren Wämsern. Ganz vorne ging Schiefzahn. Er schenkte mir ein breites Grinsen, das so scharf war wie das Schwert in seiner Hand.

Ich leistete keinen Widerstand.

Mit einem Ledergürtel banden sie mir die Arme auf den Rücken. Auch meine Beine wurden gefesselt, mit einem Stück Seil, das sie von einer Rolle im Arbeitsraum abschnitten. Dann steckten sie mir einen Knebel in den Mund und warfen mir einen Sack über den Kopf.

Ein Mann wuchtete mich wie ein Ferkel auf dem Weg zur Schlachtbank über seine Schulter und schleppte mich fort. Auf dem Weg durch die Straßen, durch unzählige Biegungen und Kurven, wurde ich mächtig durchgerüttelt.

Ich hatte Todesangst. Das Einzige, was mich aufrecht hielt, war die Hoffnung, dass es Sally gelingen würde, zu Tom zurückzukehren. Die Männer hatten sie mit keinem Wort erwähnt, und ich betete, dass sie in ihrem Versteck geblieben war.

Irgendwann betraten wir ein Haus, ein großes, wenn man dem Echo glauben konnte, das von den Wänden widerhallte. Über eine Treppe wurde ich nach unten in einen kleinen Raum gebracht. Der Boden bestand aus Steinplatten – was ich schmerzhaft zu spüren bekam, als der Mann mich abwarf.

Der Knebel flog mir aus dem Mund. Ich stöhnte.

Ein Mann kniete sich neben mich. Ich roch Fisch.

»Tut's weh?«, sagte Schiefzahn. »Dann solltest du dich vielleicht ein bisschen ausruhen.«

Eine Faust krachte gegen meinen Kiefer, mein Kopf schlug auf dem Steinboden auf und die ganze Welt wurde schwarz.

FREITAG,

4. September 1665

Zahl der Pesttoten des gestrigen Tages: 1.524

Todesfälle insgesamt: 35.959

Kapitel 38

Stimmen.

Gedämpfte Stimmen. Irgendwo außerhalb des Raums.

Ich schlug die Augen auf. Trübes gelbes Licht drang durch den Sack über meinem Kopf. Und ein Geruch: Räuchermittel und Kräuter.

Ich bewegte mich. Erstarrte. Mein Kopf.

Mein Kiefer pochte höllisch, wo Schiefzahn mich getroffen hatte. Mein Kopf hämmerte schmerzhaft im Rhythmus des Pochens. Meine Mundwinkel waren wund und brannten. Während ich bewusstlos war, hatte man mich wieder geknebelt.

Ich stöhnte.

Die Stimmen verstummten. Schritte näherten sich.

In meinem Magen flatterte es und ich machte mich auf Prügel gefasst. Grobe Hände rissen mir den Sack vom Kopf. Mein Schädel schlug wieder auf den Steinboden.

»Vorsichtig«, sagte eine gedämpfte Stimme tadelnd.

Ich konnte jetzt wieder etwas sehen, wenn auch nicht viel. Zwei Fackeln spendeten zwar nur spärliches Licht, trotzdem drehte ich geblendet den Kopf zur Seite. Doch ich wusste jetzt, wo ich mich befand. Und diese Gewissheit ließ mich erzittern.

Man hatte mich in den leeren Raum unter der Kirche Saint Andrew's gebracht, gleich neben Melchiors Zimmer.

Der Knebel wurde gelöst. Das Gefühl kehrte stechend und kribbelnd in meine Lippen zurück. Meine Mundwinkel brannten wie Feuer.

Wieder erklangen Schritte. Jemand entfernte sich. Dann das Knarren von Leder. Eine Hand legte sich um meine Schulter und zog mich hoch. Ich wollte zurückweichen.

Die Hand hielt mich fest, aber es war kein brutaler Griff. »Hier«, sagte die gedämpfte Stimme. »Schon gut. Niemand wird dir etwas tun. Trink das.«

Ich schaute auf. Direkt vor meinem Gesicht hing Melchiors Vogelschnabel. Die Flammen der Fackeln spiegelten sich in seinen Linsen wider, als ob der Mann unter der Maske brennen würde, ein fleischgewordener Dämon.

Er hielt mir einen Kelch hin. Durch den süßen Duft der gesiedeten Kräuter roch ich den blumigen, leicht säuerlichen Geruch nach fermentierten Trauben. Ich kniff die Lippen zusammen und drehte den Kopf weg.

»Es ist bloß Wein«, sagte Melchior. »Trink. Du musst durstig sein.«

Ich war durstig, und wie. Meine Kehle verkrampfte sich vor Verlangen, die Flüssigkeit zu schlucken. Trotzdem blieb mein Mund geschlossen. Ich wusste genau, was in den Tränken war, die aus seiner Hand kamen.

Beinahe hätte ich es laut ausgesprochen. Gerade noch rechtzeitig kam ich zur Besinnung. Ich musste aufpassen, was ich sagte, und zwar in jeder Hinsicht. Meister Benedicts Stimme erklang warnend in meinem Kopf. *Sei vorsichtig, Christopher.*

Ich lauschte, und die Stimme half mir, die Panik in meiner Brust niederzukämpfen. Mein Meister hatte recht. Ich hatte Melchior gegenüber nur einen einzigen Vorteil: Er wusste noch nicht, dass ich sein Spiel durchschaut hatte.

»Bitte.« Meine Stimme brach. »Lasst mich gehen.«

Melchior stellte den Pokal ab. »Du hast gegen das Gesetz verstoßen.«

»Ich habe nichts gemacht. Eure Männer sind in mein Haus eingebrochen.«

»Spiel keine Spielchen«, sagte Melchior. »Du wurdest gesehen, wie du Tom Bailey über die Dächer weggeschafft hast.«

Ich holte tief Atem, in dem Versuch, mich zu beruhigen, ehe ich antwortete. Es gelang mir nur teilweise. »Das … das ist doch völlig verrückt.«

»In der Tat.« Irrte ich mich oder klang Melchior tatsächlich belustigt? »Besonders, wenn man die Größe des Lochs bedenkt, das du in die Hauswand gesprengt hast. Wo hast du so viel Schießpulver her?«

»Ich weiß nicht, wovon Ihr redet.«

»Du vergeudest kostbare Zeit. Dein Freund ist krank. Er braucht die Medizin. Du verstehst doch, dass er sterben wird, wenn er sie nicht bekommt, oder?«

Ich verstand, dass er mich manipulieren wollte, aber trotzdem wurde mein Herz schwer. Tom brauchte wirklich Medizin, wenn auch nicht die, die Melchior ihm verabreichen wollte. Ich wusste nicht, ob es Sally gelungen war, zu ihm zurückzukehren, und auch nicht, ob das Gegenmittel tatsächlich wirkte. Und – falls es Sally bis zum Haus der Mortimers schaffte – ob Tom noch am Leben war.

»Hast du ihn bei dem Mädchen gelassen?«, fragte Melchior. »Wo ist sie hin?«

Wollte er mich austricksen? Oder wusste er wirklich nichts? »Keine Ahnung.«

»Christopher.«

»Ich bin nicht ihr Herr.« Schweiß rann mir über die Stirn in die Augen. »Das war Meister Benedict. Sie ist die Magd, sie kommt und geht, wie es ihr beliebt.«

Melchior seufzte. »Die Dinge müssen nicht so laufen. Bitte.

Hilf Tom. Und hilf dir selbst. Sag mir, wo du ihn hingebracht hast.«

»Warum kümmert Euch das?«

Trotz seiner Maske spürte ich, wie er sich anspannte. »Was meinst du?«

»Na ja, Tom ist kein Adeliger oder Stadtrat. Er ist bloß der Sohn eines Bäckers. Warum ist er so wichtig für Euch?«

Meine Reaktion schien ihn zu erleichtern. »Ich bin Arzt. Jedes Leben ist von Bedeutung.«

»Aber Tom ist doch schon tot.« Ich gab mich niedergeschlagen, was nicht besonders schwierig war. »Ihr habt ihn getötet.«

Melchior legte den Kopf schräg. Da war sie wieder, diese wachsame Anspannung. »Warum sagst du so etwas?«

»Das habe ich nicht. Aber Ihr schon. Ihr habt mir gesagt, der Engel des Todes würde neben mir gehen. Ihr sagtet, jemand, den ich liebe, würde sterben.«

Er zögerte. »Dafür kannst du mir nicht die Schuld geben. Ich trage nicht die Verantwortung für die Visionen, die Gott mir schickt.«

Ich gab keine Antwort. Fieberhaft suchte ich in meinen Gedanken nach einer Möglichkeit freizukommen. Aber mir fiel nichts ein.

Melchior starrte mich an, als ob er mit seinen brennenden Augen geradewegs in meine Seele blicken könnte. Was er sagte, war keine Frage, sondern eine Feststellung. »Du wirst es mir nicht sagen, nicht wahr?«

»Ich *kann* es Euch nicht sagen«, erwiderte ich, »weil ich nicht weiß, wo er ist. Außerdem, was kümmert es Euch, auf welche Weise Tom stirbt?«

Melchior stand auf.

»Es gibt unzählige Arten zu sterben, Christopher«, sagte er.

»Einige sind schlimmer als andere. Irgendwann wirst du feststellen, dass es eine große Rolle spielt, wie man stirbt.«

Er richtete das Wort an die Männer, die vor der Kammer warteten. »Nehmt ihn mit.«

Ich war immer noch gefesselt und sie trugen mich zu viert, einer an jedem Arm und jedem Bein. Vorher zogen sie mir den Sack wieder über den Kopf, aber an dem Fischgestank erkannte ich, dass Schiefzahn mich am rechten Arm gepackt hatte. Vor mir erklang das Knarren von Leder. Melchior ging uns voraus.

An dem Lichtschein, der durch den Stoff des Sacks drang, erkannte ich, dass es Tag war. Ich hörte die Geräusche von Menschen. Sie murmelten und tuschelten, vermutlich über die seltsame Prozession, die da an ihnen vorbeizog, und folgten uns wie eine Schar Tauben einem Mann, der Brotkrumen ausstreut. Melchiors Männer hatten mich nicht mehr geknebelt, aber so verängstigt ich auch war, ich wusste, dass es keinen Sinn hatte, um Hilfe zu rufen. Niemand würde mich erhören.

Sie brachten mich in ein anderes Gebäude und ließen mich wieder auf den Steinboden fallen. Schiefzahn riss mir den Sack vom Kopf.

Oh nein.

Ich befand mich im großen Saal des Rathauses. Melchiors Gefolgsmänner umringten mich, und die Menge, die sie von mir fernhielten, summte wie ein Bienenschwarm.

Ich konnte mir nur einen Grund vorstellen, warum Melchior mich hierhergebracht hatte. Obwohl mir klar war, dass ich keine Hilfe zu erwarten hatte, fing ich an zu flehen.

Melchior nickte Schiefzahn zu. Der Mann packte meinen Kiefer und hielt mir den Mund zu. Dann hob Melchior mit seinen behandschuhten Händen den Stab und hielt das Ende mit dem silbergeflügelten Ungeheuer über die Köpfe der Menschen. Die Menge verstummte.

»Ihr guten Leute«, sagte Melchior. »Dieser Junge hat das Gesetz gebrochen. Er widersetzte sich jenen, die für den Schutz der Stadt sorgen, er hat gegen die Quarantäneauflagen verstoßen und einen Pestkranken befreit, der jetzt ungehindert durch die Straßen Londons wandert.«

Die Menge wurde unruhig.

Melchior deutete auf mich. Die Spitze seines Handschuhs war gekrümmt wie eine Klaue. »Dieser Junge hat uns die Stirn geboten. Jetzt schweigt er, während sein todkranker Freund unterwegs ist und unschuldige Menschen mit der Seuche infiziert.«

Zorn und Angst kochten in der Menge hoch und böse Blicke trafen mich. Mit vor Angst verkrampftem Magen wand ich mich in Schiefzahns Griff. Er aber hielt mich fest.

Melchior richtete seinen Stab auf die Menge. »Welche Strafe verdient dieser Junge? Was wäre seinem Vergehen angemessen?«

Die Schreie ließen mich erbeben.

»Peitscht ihn aus!«, schrie eine Frau.

»Hängt ihn!«, verlangte ein Mann.

»Werft ihn in die Themse!«

»Werft ihn in die Pestgräber!«

Ich machte mich so klein ich konnte, als ob mir das irgendetwas nutzen würde. Dann ertönte eine näselnde Stimme. »Was soll das? Was geht hier vor?«

Henry quetschte sich durch die Menge und hielt sich dabei die Brille fest, damit sie ihm nicht von der Nase fiel. Er sah Melchior und riss die Augen auf. Dann fiel sein Blick auf mich, wie ich vor dem Propheten kniete. »Christopher? Was um alles in der Welt … Melchior! Was hat das zu bedeuten?«

»Dieser Junge hat die Quarantäne des Bailey-Hauses gebrochen«, erklärte Melchior. »Jetzt muss er die Konsequenzen dafür tragen.«

Ich riss meinen Kopf aus Schiefzahns Griff und flehte. Meine Stimme war rau und zitterte. »Ich habe die Quarantänevorschriften nicht gebrochen, Mr Cole, das schwöre ich. Ich bin unschuldig. Bitte. Helft mir!«

»Ich …« Henrys Augen zuckten zwischen mir und Melchior hin und her.

»Mr Cole.« Melchior wandte sich vollends dem kleinen Mann zu. Henry duckte sich. »Er hat das Gesetz gebrochen. Er muss bestraft werden.«

»Bitte!«, stöhnte ich, ehe mir Schiefzahn wieder den Mund zuhielt.

Henry schien unter dem Druck der wütenden Menge förmlich zu schrumpfen. »Wenn das wahr ist, dann muss er vor Gericht gestellt werden«, sagte er lahm.

Die Menge brüllte ihn nieder. Henry wurde noch kleiner.

»S…so will es das Gesetz«, stotterte er.

Melchior hob die Hände. Die Menge gehorchte und verstummte.

»Aber Ihr wisst doch, Mr Cole, dass die Gerichte wegen der Pest geschlossen sind.«

»J…ja.« Henry wischte sich den Schweiß von der Stirn. »Aber wir können doch nicht einfach …«

»Was?« Melchiors Stimme grollte wie ein Donnerschlag. »Was können wir nicht? Der Gerechtigkeit Genüge tun? Wollt Ihr damit sagen, dass wir den Jungen laufen lassen sollen?«

»Nein!«, schrie eine Frau in der Menge.

»Nein!«, heulte der Rest. »Nein!«

Henry schrumpfte vor den wütenden Menschen zusammen. Er schaute mich an, schaute mir direkt in die flehenden Augen.

Dann senkte er den Blick.

»Nein«, murmelte er.

Die Menge grölte vor Freude.

Kapitel 39

Nur Melchiors Befehl war es zu verdanken, dass ich nicht umgehend in Stücke gerissen wurde. Die Menge drängte vorwärts. Melchior hob den Stab und die Leute blieben stehen.

»Das Vergehen des Jungen betrifft uns alle«, sagte Melchior in die Stille hinein. »Also müssen wir *alle* die Bestrafung vornehmen.«

Er deutete mit dem geflügelten Ungeheuer auf die offene Tür.

»Bringt ihn nach draußen.«

Die Menge brüllte vor Begeisterung. Melchiors Männer packten mich wieder an Armen und Beinen und schleppten mich aus dem Rathaus. Ich wurde mit wüsten Beschimpfungen überschüttet, versuchte noch einmal, Henry um Hilfe anzuflehen, aber er wich meinem Blick aus. Dann verschluckte ihn die Menge.

Melchior führte den Zug an. Schiefzahn und die anderen trugen mich über ihren Köpfen, sodass jeder meine Angst sehen konnte. Sie schleppten mich quer durch die Stadt zu dem öffentlichen Platz am Ende der Rosemary Lane, nördlich vom Tower.

Dort befanden sich bereits zwei Gefangene am Pranger, eine weinende Frau mit schmutzverkrusteten, struppigen blonden Haaren und ein fluchender Matrose, dessen dicker, tätowierter Hals so eng von den beiden Blöcken des Prangers umschlossen wurde, dass sein Gesicht knallrot geworden war.

Daneben standen noch einige leere Pranger, aber keiner davon war für mich bestimmt. Stattdessen deutete Melchior mit dem Stab auf den Galgen. Über der Querstange hing eine lange Eisenkette, an deren Ende ein Käfig baumelte, lang und rund, aus breiten, genieteten Eisenbändern.

Melchiors Männer warfen mich zu Boden. Ich wand mich, als einer von ihnen seinen Stiefel auf meinen Nacken stellte und mich festnagelte. Zwei andere Männer lösten die Kette am Balken. Der Käfig fiel nach unten und die Tür öffnete sich quietschend. Meine Fesseln wurden gelöst, und dann wurde ich in den Käfig gestoßen. Schiefzahn legte das Vorhängeschloss an und ein anderer Mann drehte an der Kurbel und zog den Käfig nach oben.

Melchior bedeutete seinen Männern, zurückzutreten. Er dagegen kam zu mir, ganz nah an die Eisenstäbe, und sprach so leise, dass es über das Gebrüll der Menge niemand außer mir hören konnte.

»Sag es mir, Christopher«, verlangte er. »Sag mir, wo Tom ist. Sag es mir, und ich verspreche dir, dass ich dem ein Ende machen werde.«

»Das könnt Ihr gar nicht.« Ich nickte zu der nach Blut dürstenden Menge. »Das würden die niemals zulassen.«

»Oh doch, das werden sie. Sie werden *genau* das tun, was ich ihnen sage.«

Und trotz meiner bodenlosen Angst begriff ich endlich.

Das war es.

Melchior kontrollierte sie. Sie würden wirklich alles tun, was er befahl.

Und genau das wollte er. Das hatte er die ganze Zeit gewollt.

Aber warum? Ich hatte herausgefunden, dass Melchior ein Betrüger war, ein Lügner und ein Mörder. Ich hatte herausgefunden, wie er eine ganze Stadt mit seinen sogenannten Prophezeiungen an der Nase herumgeführt hatte. Aber das »Warum« verstand ich immer noch nicht.

Die Frage hing in meinem Hinterkopf fest. Ich schüttelte sie ab. Die Antwort auf diese Frage würde mir nicht weiterhelfen. Weiterhelfen würde mir nur der Verrat an Tom.

»Letzte Chance«, sagte Melchior. »Mach den Mund auf und ich werde dich retten. Wenn du schweigst, wirst du in diesem Käfig hocken, bis du so ausgetrocknet bist wie ein Schneckengehäuse. Du wirst um den Tod betteln. Und wenn du tot bist, wird dein Kadaver hier hängen bleiben und verfaulen, bis die Sonne deine Knochen ausgebleicht hat.«

Ich konnte nicht denken. Ich konnte nicht atmen. »Bitte«, sagte ich. »Ich weiß nicht, wo Tom ist. Bitte.«

Melchior schien ehrlich enttäuscht zu sein. »Ich komme morgen wieder.« Er fuhr mit einem Finger über ein Eisenband des Käfigs. »Vielleicht wird eine Nacht hier drin deine Meinung ändern.«

Er machte auf dem Absatz kehrt und ging davon. Seine Männer zogen den Käfig drei Meter hoch über den Platz.

Dann fing es an.

Ein verfaulter Apfel prallte gegen das rostige Gitter vor meinem Gesicht und bespritzte mich mit saurem Saft. Es folgten noch mehr Geschosse: Holzsplitter, Porzellanscherben, kantige Steine, alles, was die Menschen in den Straßen aufgesammelt hatten. An mir entluden sie ihre Wut, ihre Angst, ihre Hilflosigkeit. Ich war der Sündenbock, den sie für die Seuche bestraften, der ihr Leben zerstört hatte.

Ich rollte mich auf dem Boden des Käfigs zusammen und schützte mich, so gut ich konnte. Es half nicht viel. Ein Stein traf mich am Knöchel und ein scharfer Schmerz durchzuckte mein Bein. Ich heulte auf. Zwei weitere Steine fanden ihr Ziel, meine Seite und meinen Rücken.

Ich war nicht die einzige Zielscheibe. Die beiden am Pranger bekamen ebenfalls ihren Teil ab. Die mutigeren Jungen umrundeten die Gefangenen und traten sie von hinten und kehrten dann – siegreich – zu ihren in sicherem Abstand wartenden Kameraden zurück. Der Matrose schleuderte ihnen Flüche entgegen. Die Frau gab keinen Laut von sich, sondern ließ nur stumm ihre Tränen zu Boden fallen.

Durch die Schreie und den Steinhagel sah ich etwas Weißes, Fedriges. Über mir auf dem Querbalken des Galgens landete eine Taube und tippelte auf und ab.

Meine Stimme war nur ein Krächzen. »Bridget?«

Sie gurrte. Dann streckte sie den Kopf zu mir nach unten und flatterte verzweifelt mit den Flügeln.

Ein Stein klapperte gegen den Käfig. Ich zuckte zurück.

Der grinsende Junge, der geworfen hatte, hob einen zweiten Stein auf und warf ihn. Der Stein segelte weit an mir vorbei. Seine Freunde verhöhnten ihn und er versuchte es noch einmal. Diesmal traf er meine Schulter. Gelähmt vor Schmerz sackte ich zusammen.

Immer mehr Steine kamen. Die meisten verfehlten mich. Eine Handvoll prallte von den Eisenstäben ab. Ein paar – mehr als genug – fanden ihr Ziel. Die Menge bekam, was sie wollte: Bei jedem Treffer heulte ich vor Schmerz auf.

Bridget trippelte immer noch völlig aufgelöst hin und her. Dann traf ein Stein sie an der Seite. Sie fiel zu Boden, gefolgt von weißen Federn, die im Wind tanzten.

Sie lag da, mit flatternden Flügeln, und versuchte aufzustehen. Der Junge, der den Stein geschleudert hatte, rannte zu ihr hin. Er hob den Stiefel über ihrem Kopf.

Ich konnte mich nicht rühren. Ich konnte nicht sprechen. Ich konnte nur beten. *Nein. Bitte nicht.*

Der Junge trat zu.

Er verfehlte sie. Bridget drehte sich weg. Der Junge trat noch einmal nach ihr, aber sie rappelte sich auf, rannte ein paar Schritte, breitete dann ihre Flügel aus und erhob sich in die Luft.

Ihre Wut über Bridgets Flucht ließen sie an mir aus.

Der größte Teil des Pöbels hatte sich recht schnell abreagiert. Als der Tag sich dem Ende zuneigte, waren die meisten Leute längst nach Hause gegangen. Diejenigen, die jetzt noch auf dem Platz verweilten oder vorübergingen, riefen uns lediglich Flüche zu, gefolgt von dem einen oder anderen Stein als Zugabe.

Nachdem die Sonne hinter dem Horizont versunken war, kam ein Mann in Uniform und ließ die Frau frei. Sie raffte ihre zerfetzten Röcke zusammen und humpelte davon, während ein paar vereinzelte Gaffer zurückwichen, als hätte sie die Pest. Der tätowierte Seemann blieb am Pranger stehen. Blut tropfte von seinem Gesicht und sein Fluchen war schließlich doch verstummt.

Mir ging es nicht viel besser. Aufschürfungen und Blutergüsse übersäten meine Haut und waren rot glühende Zeugnisse vom Zorn der Stadt. Mir tat alles weh. Ich war hungrig und hatte so großen Durst, dass ich das Fleisch von faulen Früchten von den Käfigstäben pulte, auf der Suche nach etwas zu essen und zu trinken.

Ich war gerade dabei, meinen Käfig danach abzusuchen, als ich sie sah. Noch nie in meinem Leben war ich so froh gewesen, jemanden zu sehen.

Sally betrat den Platz. Sie hatte einen Schal über ihr Haar gelegt und trug einen Weidenkorb. Sie schaute sich um, trat dann näher und holte etwas aus dem Korb.

In der Hand hatte sie eine Orange.

Sie hielt sie einen Moment lang, bis sie sicher war, dass ich sie gesehen hatte. Dann holte sie aus und schleuderte sie mir entgegen.

Der Wurf war perfekt. Die Orange segelte zwischen den Gitterstäben durch und prallte von meiner Brust ab, wobei sie mich mit einem feinen Nebel aus Saft bespritzte. Ein Zuschauer nickte anerkennend. »Gut gemacht, Mädel.«

Die Orange rollte mir vom Schoß und ich packte sie, ehe sie durch die Stäbe fallen konnte, hob sie hoch und drückte sie gegen meine Brust wie ein Bettler, der ein Goldstück im Schlamm gefunden hat. Die Schale war an einer Stelle bereits eingeschnitten. Saft floss heraus. Ich leckte mir die schmutzigen Finger ab und riss dann an der Haut.

Ich kam nicht weit. Als ich den Daumen in die Frucht steckte, fühlte ich etwas Hartes. Ich zog die Orange auseinander und starrte hinein.

Mit großen Augen schaute ich wieder hoch, aber Sally war schon weitergegangen. Am Rand des Platzes hielt einer von Melchiors Männern Wache. Träge klopfte er mit dem Stiel der Hellebarde gegen seinen Stiefelabsatz.

Sally knickste vor ihm und sprach ihn an. Interessiert betrachtete er ihren Korb. Sie hob das Tuch, das den Inhalt verdeckte, und der Mann warf einen Blick hinein.

Sally sprach noch eine Weile mit ihm. Dann zog sie einen kleinen Krug mit Essig aus dem Korb. Der Wachmann ließ eine Münze hineinfallen, Sally verschloss den Krug wieder, und gab – mit einem kurzen Blick über die Schulter zu mir –

dem Mann den Korb. Dann schlenderte sie mit den anderen Schaulustigen davon.

Ich sah ihr nach. Dann steckte ich wieder den Finger in die Orange und fühlte, was darin war. Und eingeschlossen in diesem fürchterlichen Käfig, drei Meter über dem Boden, mit den schlimmsten Schmerzen, die ich je empfunden hatte, fühlte ich mich so frei wie nie zuvor.

Denn jetzt wusste ich, dass Tom noch am Leben war.

Kapitel 40

Mit der Dunkelheit kam die Kälte.

Vier Fackeln beleuchteten den Platz, aber sie waren viel zu weit weg, um Wärme zu spenden. Ich lag zitternd im Käfig, die schmerzenden Arme um die schmerzenden Knie geschlungen, und sah die Wimpel auf den Türmen des Towers im Wind flattern und sich kräuseln. Beim Anblick des königlichen Wappens wünschte ich mir, Lord Ashcombe wäre hier. Wenn er die Stadt nur nicht verlassen hätte.

Der Platz war jetzt leer, bis auf den Matrosen am Pranger und Melchiors Wächter. Der Mann lehnte sich an die Hauswand am anderen Ende des Platzes und pfiff leise vor sich hin.

Er hatte schon die Leckerei aus Sallys Korb verspeist, ein halbes Dutzend süßer, klebriger Brötchen. In meiner Hose steckten die Reste meiner eigenen Mahlzeit – die Schalen der Orange, die Sally mir zugeworfen hatte und von der ich jedes Fitzelchen Fleisch abgenagt hatte – und die Glasphiole aus der Schärpe meines Meisters, die mein Freund darin versteckt hatte.

Der Wachmann säuberte mit dem Messer seine Fingernägel. Ich beobachtete ihn genau, bis ich sicher war, dass er mir keine Aufmerksamkeit schenkte. Dann griff ich in die zusammengedrückte Orangenschale und zog das Fläschchen heraus.

Das Glas war klebrig von getrocknetem Orangensaft. Die Tinte auf dem Etikett war verschmiert, aber ich wusste auch so, was darin war. Der Korken war mit rotem Wachs versiegelt und zusätzlich mit Schnur gesichert.

Es war Vitriol-Öl, diese magische – und gefährliche – Flüssigkeit, die sich durch fast jedes Material fressen konnte. Und deshalb wusste ich auch, dass Tom überlebt hatte. Ich hatte Sally nichts von Vitriol-Öl erzählt, geschweige denn, in welcher Flasche es sich befand. Das wusste nur Tom.

Ich schickte ein Dankgebet gen Himmel. Dann erbrach ich das Siegel. Der saure Gestank des Öls zog aus dem Glas, ein Geruch, der mir noch willkommener war als die süße Orange. Ich nahm das Vorhängeschloss in die eine Hand und träufelte vorsichtig das dünnflüssige Öl darauf.

Das Eisen fing an zu zischen. Ich ließ den Tropfen einige Minuten einwirken, bis keine Blasen mehr zu sehen waren, dann wischte ich die Stelle mit der Orangenschale ab. Und ließ einen zweiten Tropfen daraufallen.

Langsam. Ganz langsam Geduld war der Schlüssel zum Erfolg. Während der ganzen Zeit ließ ich den Wachmann nicht aus den Augen. Er stieß sich von der Wand ab. Ich zögerte, aber er schaute nicht in meine Richtung. Er stand da und verlagerte unruhig sein Gewicht von einem Fuß auf den anderen. Seine Lederabsätze schabten über das Pflaster, das einzige Geräusch außer dem Knattern der Fahnen auf dem Tower.

Ich schaute wieder zu den Türmen hin und wünschte mir erneut, der Beschützer des Königs wäre hier. Der neckische Wind packte eins der Banner mit dem Wappen des Königs und wickelte es um den Fahnenmast. Der Stoff faltete sich und die Wappentiere verschmolzen miteinander. Der Kopf des Löwen saß auf dem Leib des Einhorns und gemeinsam bildeten sie eine Chimäre aus dem Reich der Legenden. Die Buchstaben des Mottos unter dem Wappen – DIEU ET MON DROIT,

Gott und mein Recht – wurden ebenso wie die Wappentiere um den Mast gewickelt, sodass sie durcheinandergerieten und einen unleserlichen Buchstabenhaufen ergaben, wie ein Code.

Das erinnerte mich an Melchior. Er hatte eine andere Erscheinung angenommen, wie die beiden Wappentiere, hatte eine Verkleidung abgelegt und eine andere angezogen. Pestarzt, Prediger, Prophet, Dieb. Und vor allem: Mörder.

Aber warum bloß?

Das Vitriol-Öl hörte auf zu zischen. Ich wischte es ab und betrachtete das Schloss. Der Bügel korrodierte allmählich. Ich tropfte noch mehr Öl darauf und kehrte zu meinen Überlegungen zurück.

Wenn Melchior nichts weiter wollte als Leute umbringen, dann hätte er das diskret und heimlich tun können. Stattdessen hatte er sich bewusst in den Mittelpunkt der Geschehnisse gestellt. Es reichte Melchior nicht, die Leute zu ermorden. Er musste vorher noch ihren Tod prophezeien.

Warum? Was war wichtig? Die Todesfälle? Oder die Prophezeiungen?

Oder beides?

Die Orangenschale, mit der ich das Öl abwischte, wurde schwarz und zerkrümelte in meiner Hand. Ich zog ein weiteres Stück Schale aus meiner Hose und schüttete wieder etwas Vitriol-Öl auf das Schloss. Es vollbrachte seinen Zauber langsam, aber sicher: Mehr als die Hälfte des Bügels war schon weggefressen.

Ich hörte die Stimme meines Meisters in meinem Kopf. *Fang ganz am Anfang an, Christopher.*

Also schön: Melchior kommt in die Stadt. Er verdingt sich als Pestarzt. Er fängt an, den Tod von Menschen vorherzusagen, um sie daraufhin zu vergiften. Seine Prophezeiungen werden wahr. Er wird berühmt. Die Leute glauben ihm. Sie fürchten ihn. Aber trotzdem folgen sie ihm.

Das war es. Das hatte er heute klargestellt, hatte es mir ins Gesicht gesagt: *Sie werden genau das tun, was ich ihnen sage.*

Das war sein Ziel. In der Menge seiner Gefolgsleute lag seine Macht. Er manipulierte sie, sodass sie *seinen* Befehlen folgten.

Was hatte er mit diesen Gefolgsleuten vor?

Melchior spielt eine Rolle, dachte ich. *Bei allem, was er tut, geht es nur um das Schauspiel.*

Ich erinnerte mich an die Rede, die Melchior am Mittwoch gehalten und die beinahe zu einem Aufruhr geführt hatte. Nur mit einer neuerlichen Weissagung hatte er das verhindert. Worüber hatte er davor gesprochen? Über …

Die Stadträte.

Die *Stadträte*. Die Beamten, die für die Verwaltung der Stadt zuständig waren. Eastwood, dann Aldebournes Tochter, dann Dench. Er hatte mit einfachen Menschen angefangen, hatte sie in Angst versetzt und sie seiner Kontrolle unterworfen. Dann hatte er sich die Stadtväter vorgenommen.

Und *sie* in Angst versetzt.

Da hast du es, Christopher. Dort liegt die Antwort. Was würden verängstigte Stadträte tun, um ihre Stellung zu sichern? Um ihr Leben zu retten? Das ihrer Kinder?

Das Klirren von Metall riss mich aus meinen Gedanken.

Das Schloss war zerbrochen. Das Vitriol-Öl hatte seine Schuldigkeit getan und den eisernen Bügel zerfressen. Ich drehte daran. Es öffnete sich und klapperte dabei leise gegen den Käfig.

Der Wachmann auf der anderen Seite des Platzes schaute zu mir hin und verengte die Augen.

Ich schlang beide Hände um das Schloss, als ob ich immer

noch ein Gefangener wäre. Ich tat so, als ob ich daran zerren würde, und schlug es gegen die Käfigstäbe. »Bitte, Sir«, sagte ich. »Lasst mich gehen. Ich bin unschuldig.«

Er schnaubte. »Halt's Maul. Anständige Leute wollen schlafen.«

»Aber …«

Er packte seine Hellebarde. »Willst du, dass ich rüberkomme?«

Ich ließ mich gegen die Käfiggitter sinken und machte ein ängstliches Gesicht. Nach einem weiteren bösen Blick lehnte er den Stab der Hellebarde wieder an die Wand.

Was sollte ich jetzt tun? Das Schloss war geknackt, aber die Käfigtür würde quietschen, wenn ich sie öffnen würde. Hatten Tom und Sally einen Plan, wie sie mich hier rausholen wollten? Oder sollte ich einfach nach unten springen und loslaufen? Der Wachmann war dreißig Schritt entfernt und unter normalen Umständen hätte ich ihm schon davonrennen können. Aber der Mob hatte mich böse zugerichtet und ich hatte stundenlang eng zusammengerollt in dem Käfig gekauert. Mein ganzer Körper war steif.

Der Wächter tippelte unruhig hin und her. Ich empfand genau wie er. Trotz des offenen Vorhängeschlosses hing ich immer noch in dem Eisenkäfig am Galgen, genau da, wo Melchior mich haben wollte. Und während ich noch daran dachte, kam mir die Frage in den Sinn, *warum* er mich überhaupt hierhergeschafft hatte.

Er hatte damit gedroht, mich in diesem Gefängnis sterben zu lassen, aber ich wusste, dass das nicht seine Absicht war. Wenn er mich tot sehen wollte, hätte er mir im Keller von Saint Andrew's die Kehle durchgeschnitten. Er wollte nur, dass ich ihm sagte, wo Tom war.

Damit hat alles angefangen, dachte ich. Es war Tom, den er tot sehen wollte. Was keinen Sinn ergab. Welche Bedrohung stellte Tom für Melchior dar? Und wieder: Warum hatte er ihm nicht einfach in seinem Haus die Kehle durchgeschnitten, sondern machte solche Umstände? Bei Galen hatte Melchior ja auch kein Gift eingesetzt, sondern versucht, ihn mit einem Armbrustbolzen zu töten. Was also wusste Tom? Was hatte er gesehen?

Toms Worte zuckten durch meinen Geist. *Er hat was auf deinen Besen gemalt.*

Ich runzelte die Stirn. Ich hatte geglaubt, Tom hätte im Delirium gesprochen, aber dann hatte ich den Tintenfleck auf dem Besenstiel entdeckt. Trotzdem, da war sonst nichts gewesen, keine Zeichnung, keine Worte, also was hätte Galen auf …

Ich erstarrte.

Ich blickte zu dem Banner auf der Turmspitze des Towers hoch, das sich um den Fahnenmast gewickelt hatte. Der Wind schwächte sich ab und das Banner entfaltete sich wieder. Die Chimäre teilte sich in zwei einzelne Geschöpfe, einen Löwen und ein Einhorn, und die Buchstaben des Mottos ergaben wieder einen Sinn. DIEU ET MON DROIT. Der Code war entschlüsselt …

Mein Herz fing an zu hämmern.

Galen hatte nichts auf meinen Besen gemalt. Er hatte geschrieben.

Das Banner wickelte sich wieder um den Stab. Und da waren sie wieder, die Chimäre und der Code.

Verkehrt. Ich hatte alles verkehrt verstanden.

Aber jetzt sah ich klar. Jetzt blickte ich durch.

Beinahe wäre ich mit einem Satz aus dem Käfig gesprungen. Ich schaute zu dem Wachmann hin und wünschte mir, er würde sich wegdrehen.

Überraschenderweise wurde mir mein Wunsch gewährt. Der Mann konnte nun seine Ruhelosigkeit nicht länger verbergen. Er zog eine Grimasse, hopste von einem Fuß auf den anderen und fing dann an, auf und ab zu gehen.

Das schien nichts zu helfen. Im Gegenteil, er wirkte immer unruhiger. Er wischte sich das Gesicht mit dem Ärmel ab und schaute sich um. Dann zerrte er an seinem Gürtel und versuchte, ihn zu lockern. Sein Atem ging lauter. Schließlich blickte er sich noch einmal hastig um, nestelte an seiner Gürtelschnalle und rannte in die nächste Gasse.

Es war Zeit zum Aufbruch. Langsam öffnete ich die Käfigtür. Sie gab ein langes, schwaches Knarzen von sich. Dann ließ ich mich zu Boden gleiten.

Auf dem Pflaster brach ich zusammen. Der Schmerz bohrte sich wie Dolche in meine geschundenen Beine. Einen Moment lang konnte ich mich nicht bewegen, sondern lag einfach nur da, die Stirn auf den Boden gepresst.

Dann schlug die Käfigtür zu. Das Scheppern des Metalls hallte laut auf dem leeren Platz wider.

Mein Herzschlag verdoppelte sich. Ich rappelte mich auf, der Schmerz in meinen Knien war unerträglich. Ich achtete nicht darauf.

Ich rannte los.

Kapitel 41

Ich konnte nicht die Hand vor Augen sehen.

Die Gasse war so schmal, dass kein Mondlicht eindrang. Ich überlegte, ob ich langsamer laufen sollte, damit ich nicht mit voller Wucht gegen eine Hauswand prallte. Andererseits erhöhte das die Gefahr, wieder am Galgen zu landen.

Also rannte ich noch schneller. Plötzlich tauchte im schwachen Schein der Straßenmündung ein riesiger Schatten auf. Schlitternd kam ich zum Stehen, verlor das Gleichgewicht und legte die letzten Schritte auf dem Hosenboden zurück. Ich krallte mich mit den Händen im Dreck fest und versuchte, aufzustehen und in die entgegengesetzte Richtung abzuhauen.

»Christopher!«, sagte der Schatten.

Ich hielt inne.

Tom streckte seine Pranke aus und zog mich aus dem Dreck. Ich starrte zu ihm hoch. Dann warf ich meine Arme um ihn und drückte ihn so fest, dass ich seine Knochen knacken hörte.

Er erwiderte die Umarmung. »Du hast mir das Leben gerettet«, sagte er.

»Du hast mich aus dem Gefängnis befreit«, sagte ich. Und wir beide lachten.

Sally trat hinter meinem Freund hervor. Ich packte das Cripplegate-Mädchen an beiden Armen und zog sie ebenfalls an mich.

»Danke«, sagte ich und ließ sie los. »Was hast du dem Wachmann gegeben?«

Sie trat zurück und schaute mich nervös an. »Walnussbrötchen. Tom hat sie gebacken.«

»Mit Rizinusöl«, sagte Tom. »Eine Menge Rizinusöl.«

Ich grinste.

»Das ist heute nicht Melchiors Tag«, sagte Tom.

»Und er wird auch nicht besser«, sagte ich. »Denn jetzt weiß ich, wie ich seine geheimen Botschaften entschlüsseln kann.«

Durch die nachtschwarzen Straßen kehrten wir zum Mortimer House zurück. Im Wohnzimmer holte ich sogleich die Schärpe meines Meisters. Ich legte sie mir um und genoss einen Moment lang das Gefühl ihres Gewichts.

Dann drehte ich mich zu Sally um. »Wo ist mein Besen?«

Sie brachte ihn mir. »Du hast mir den entscheidenden Hinweis gegeben«, sagte ich zu Tom.

»Hab ich?«

»Als du mir gesagt hast, du hättest gesehen, wie Galen etwas auf meinen Besen gemalt hat. Dadurch habe ich es herausgefunden. Das ist der Schlüssel zu Melchiors Botschaften.«

Tom runzelte die Stirn. »Dein Besen ist der Schlüssel?«

»Ja. Er hat etwas ganz Besonderes.«

»Du hast einen magischen Besen?«

»Ich … ähm, nein. Hier. Wie sehe ich aus, wenn ich das hier mache?«

Ich hielt den Besen in einer Hand und deutete langsam mit der Spitze auf Tom und Sally.

Die beiden schauten mich ratlos an.

»Du siehst aus wie ein Mann mit einem Besen«, sagte Sally.

»Wie ein *verrückter* Mann«, ergänzte Tom.

Ich verzog das Gesicht. »Also gut, wie wär's damit?« Ich holte eine kleine Phiole aus der Schärpe und hielt sie mir vor die

Nase, sodass sie hervorstand wie ein Schnabel. Wieder deutete ich mit dem Besen auf sie. »Der Engel des Todes wird euch holen«, sagte ich mit dumpfer Stimme. »Er wird am Dienstag eintreffen.«

»Melchior?«, mutmaßte Tom. »Aber wozu der Besen – ach! Das ist Melchiors Stab!«

»Aber er hat kein Ungeheuer am Ende«, bemerkte Sally.

»Das Ungeheuer hat keine Bedeutung«, sagte ich. »Nur der Stab ist wichtig. Und abgesehen von den Borsten, ist mein Besen auch nichts anderes als ein Stab. Wie jeder Besen, möchte ich hinzufügen. Und das ist der Schlüssel.«

Ich nahm ein Stück Papier vom Schreibtisch und riss einen langen Streifen ab. »Wisst ihr noch, dass ich meinte, Melchiors Code müsse einfach zu entschlüsseln sein? Schaut zu, was ich mache.«

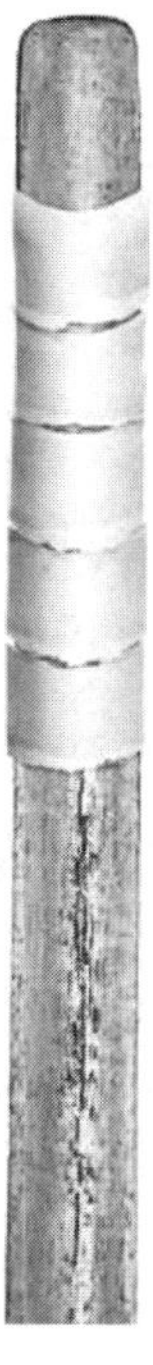

Ich wickelte den Papierstreifen um den Besen, sodass sich die Kanten ganz leicht berührten.

»Jetzt schreibe ich meine Botschaft. Ich zog Federkiel und Tinte aus der Schärpe. »Aber ich schreibe sie nicht rundherum auf das Papier, sondern senkrecht. Dann fange ich in der nächsten

Spalte ganz oben wieder an.« Langsam las ich vor, was ich geschrieben hatte. »Hallo, Tom. Guten Tag, Sally. Wie geht es euch?«

H T T G Y E E
A O E S W H U
L M N A I T C
L G T L E E H
O U A L G S

»Wenn der Streifen um den Stab gewickelt ist, kann man die Botschaften lesen. Aber wenn man ihn abwickelt, dann …«

HTTGYEEAOESWHULMNAITCLGTLEEHOUALGS

»Dann hat man den Code«, sagte Sally.

»Das ist ja kinderleicht«, sagte Tom.

»Genau das ist der Punkt. Man muss gar nicht nachdenken, was man tut. Man braucht nur einen Stock, der die richtige Dicke hat – wie zum Beispiel einen Besen –, dann schreibt sich der Code buchstäblich von selbst.«

»Was steht denn nun in Melchiors Botschaft?«, wollte Sally wissen.

Ich holte das Stück Pergament aus der Schärpe.

VTSEGAEATRELRDWERBGTOCORIROKWOFA

DEUOTTABNDEENUDSADDW

Ich wickelte das Pergament um meinen Besen und schon war Melchiors Botschaft für alle leserlich.

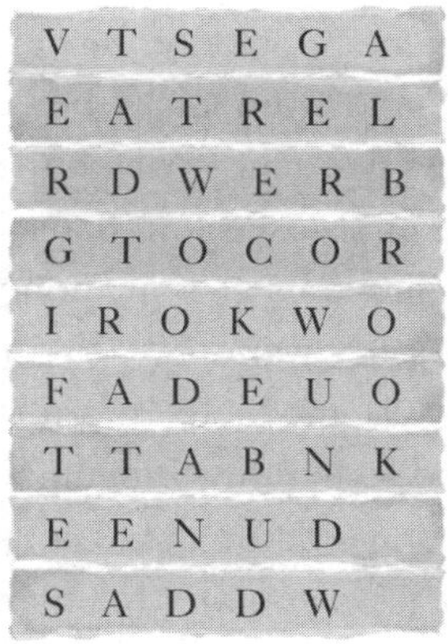

»Vergifte Stadtrat Eastwood«, las Sally laut vor, »an der Ecke Budge Row und Walbrook.«

»Anweisungen«, sagte Tom. Dann runzelte er die Stirn. »Das sind Anweisungen für … Melchior. Aber ich habe … nicht gesehen, wie … Ich meine, es war *Galen*, der etwas auf den Besen schrieb.«

»Ja«, sagte ich.

»Aber dann … das würde ja heißen, dass …«

Ich nickte. »Galen ist derjenige, der Melchior die Befehle gibt. Sie arbeiten zusammen. Ich weiß, wie. Und ich weiß, warum.« Ich wischte meine Schreibfeder sauber und steckte sie wieder in die Schärpe. »Und jetzt weiß ich auch, wie ich sie aufhalten kann.«

Ich weihte sie in meinen Plan ein. Sally fand nichts dabei. Tom schon.

»Das klingt gefährlich«, warnte er.

War es auch. »Es wird schon gut gehen«, sagte ich.

»Aber warum müssen wir überhaupt zu Galens Lagerhaus? Wir haben doch den Beweis.« Er hielt die Schriftrolle hoch.

»Wir können nicht beweisen, dass Galen das geschrieben hat«, sagte ich. »Wir können auch nicht beweisen, dass Melchior es gelesen und danach gehandelt hat. Wenn der Stadtrat uns glauben soll, brauchen wir einen hieb- und stichfesten Beweis.« Ich wandte mich an Sally. »Du gehst zum Rathaus, so früh wie möglich. Informiere Henry und sag ihm, er soll so viele Wachen mitbringen, wie er auftreiben kann. Egal, was du tust, sorge dafür, dass Galen dich nicht sieht. Und mach einen großen Bogen um Melchiors Männer.«

»Einverstanden«, sagte sie. »Aber Henry kennt mich nicht besonders gut.«

»Deshalb nimmst du diesen Brief für ihn mit.« Ich reichte ihr den Zettel, den ich geschrieben hatte. »Darin steht alles, was er wissen muss. Ich würde ihn gern persönlich übergeben, aber das geht nicht. Tom und ich können nicht im Rathaus auftauchen, wir riskieren ansonsten unser Leben. Du musst es tun.«

Tom verzog das Gesicht, als ich die Gefahr erwähnte, in der wir schwebten. »Können wir nicht noch mehr Hilfe zusammentrommeln?«

»Wen gibt's denn noch?«, fragte ich.

»Na ja … was ist denn mit Dr. Parrett?«

Natürlich. Tom wusste es nicht. Er war nicht bei Bewusstsein gewesen, als wir den Doktor in seinem Haus aufgesucht hatten. Ich sagte ihm, was geschehen war.

»Aber … kann es nicht sein, dass Melchior auch ihn vergiftet hat?«

»Er hatte die Schwellungen«, sagte ich. »Es gibt keinen Zweifel, Dr. Parrett ist an der Pest erkrankt.«

Tom war erschüttert. »Wir müssen etwas für ihn tun.«

Was konnten wir denn tun? Galens Medizin war ein ebenso großer Betrug wie Melchiors Prophezeiungen. Nur Gott konnte Dr. Parrett jetzt noch helfen. »Wir sollten ihn in Frieden lassen.«

Aber in dem Moment, in dem ich das sagte, dämmerte mir, dass außer uns niemand wusste, was Melchior und Galen getan hatten. Und wenn Henry uns nicht glaubte und uns irgendetwas zustieß, dann …

Würde Dr. Parrett uns helfen? Ich wusste es nicht. Er war so verzweifelt gewesen, dass er sogar eine Pistole auf mich gerichtet hatte. Andererseits hatte ihm das sofort wieder leidgetan. Er hatte uns nur bedroht, damit wir ihm nicht zu nahe kamen und uns womöglich auch noch ansteckten.

Keiner konnte sagen, wozu Dr. Parrett fähig war. Selbst wenn er uns helfen wollte, war er möglicherweise schon zu krank dazu. Aber es gab doch etwas, was ich für ihn tun konnte. Er verdiente unsere Hilfe, doppelt und dreifach. Ich schrieb wieder einen Zettel und gab ihn Sally, zusammen mit dem Mohn und dem Venezianischen Theriak, die ich in meiner Schärpe bei mir hatte. Die Medizin würde ihn nicht heilen, aber seine Beschwerden ein wenig lindern. Und wenn wir es nicht schafften, wenn wir nicht überlebten, er aber von der Pest genas, konnte er vielleicht jemandem den Zettel geben. Jemandem, der Melchior und Galen aufhalten konnte.

»Also, hör zu«, sagte ich zu Sally. »Auf dem Weg zum Rathaus gehst du bei Dr. Parrett vorbei und lässt das hier für ihn da. Geh nicht zu nah an ihn ran. Und denk dran, es ist wichtig, dass du so schnell wie möglich zum Rathaus kommst. Ich werde mir unterdessen mal Galens Lagerhaus anschauen.«

»Warum warten wir damit nicht, bis die Wachen da sind?«, fragte Tom.

»Weil Melchior und Galen vielleicht Verdacht schöpfen, jetzt, wo wir beide verschwunden sind, und dann räumen sie das Lagerhaus leer und wir haben überhaupt keine Beweise gegen sie. Wir müssen sie jetzt erwischen, sonst glaubt uns womöglich niemand, wenn wir sie anklagen.«

»Aber was, wenn sie schon im Lagerhaus sind?«

»Dann gehe ich natürlich nicht rein«, sagte ich. »Ich bin doch nicht blöd.«

Er murmelte etwas, was ich nicht verstehen konnte. »Und was soll ich tun?«, fragte er schließlich.

»Du kommst mit mir. Wenn ich in das Lagerhaus gehe, hältst du draußen Wache und passt auf. Ich brauche dich, für den Fall, dass etwas schiefgeht.«

Tom sah zutiefst unglücklich aus. »Darf ich sagen, dass ich das für eine ganz dumme Idee halte?«

»Klar darfst du«, sagte ich.

Und wie immer behielt er natürlich recht.

SAMSTAG,

5. September 1665

Pesttoten des gestrigen Tages: 1.703
Todesfälle insgesamt: 37.662

Kapitel 42

Es war immer noch dunkel, als wir beim Lagerhaus ankamen. In den Fenstern und auch an der Tür brannte kein Licht. Es gab keine Wachen, keine rauchenden Feuer, um die Pestinfektion abzuwehren. Es sah aus, als sei das Lagerhaus verlassen. *Genau wie Galen wollte*, dachte ich. *Und zwar nicht, weil er Angst hat, dass jemand ihm seine »Medizin« stiehlt.*

Es gab drei Eingänge. Erleichtert sah ich, dass alle drei mit Vorhängeschlössern gesichert waren, was bedeutete, dass weder Melchior noch Galen hier waren. Vielleicht hatten sie beschlossen, die Sache abzublasen, und hatten die Stadt bereits verlassen. Ein Teil von mir hoffte es, obwohl sie dann einfach weiterziehen und einen anderen pestgeplagten Ort heimsuchen würden.

Jetzt musste ich nur noch überlegen, wie ich hineingelangen konnte. Vitriol-Öl hätte mit den Vorhängeschlössern kurzen Prozess gemacht, aber ich hatte alles verbraucht, um aus dem Galgenkäfig zu entkommen. Und extra deswegen in die Apotheke zurückzukehren, wäre der schiere Wahnsinn. Ich hatte ein Brecheisen aus dem Werkzeugschuppen auf dem Anwesen der Mortimers mitgenommen, aber wenn ich die Schlösser aufgebrochen hätte, wären Melchior und Galen gewarnt gewesen, falls sie zum Lagerhaus kommen sollten.

Also durch ein Fenster. Ich schlich um das Lagerhaus herum und suchte die Stelle, die am tiefsten im Schatten lag. Dort befand sich ein Fenster, das genauso wie alle anderen mit

Eichenplanken vernagelt war. Mein geschundener Körper schrie vor Schmerzen auf, als ich mit dem Brecheisen ein Loch in das Holz stemmte, das groß genug war, um hindurchklettern zu können. Jedes Knacken und Knarren der Planken klang wie ein Donnerschlag in der Stille. Jedes Mal hielt ich inne und wartete mit ängstlich pochendem Herzen.

Niemand ließ sich blicken. Noch einmal das Brecheisen ansetzen, dann hatte ich es geschafft. Ich zog mein Hemd aus und legte es über das Fenster, in der Hoffnung, damit das Klirren dämpfen zu können. Dann stieß ich mit dem Brecheisen zu und zerschlug die Scheibe, sodass ich hineinfassen und den Riegel lösen konnte. Ich wartete eine Weile, während das Blut in meinen Ohren rauschte, aber alles blieb still.

Mit dem Kopf voran kroch ich hinein. Drinnen war es rabenschwarz. Ich hatte zwar eine Lampe dabei, aber ich wollte sie erst anzünden, wenn ich ein Stück ins Lagerhaus hineingegangen war, damit man draußen den Lichtschein nicht so leicht sehen konnte. Ich stolperte eine Weile herum und stieß mir die Schienbeine an irgendwelchen Möbeln, bis ich eine Tür fand, die in den inneren Bereich des Lagerhauses führte.

Als ich weit genug von den Fenstern weg war, zündete ich den Docht meiner Lampe an und sah, dass ich in einem Gang stand. Ich folgte ihm, wobei ich die seitlich davon abgehenden Räume links liegen ließ. Dann gelangte ich zu einer großen Halle, in die das schwache Licht der Lampe fiel.

Das war Galens »Werkstatt«. Es gab drei lange Arbeitstische, beladen mit Apothekergeräten und allerlei Instrumenten. Drei riesige Öfen standen kalt und schwarz an der gegenüberliegenden Wand. Daneben lagen alte Werkzeuge, vermutlich die Utensilien eines Glasbläsers, die Galens neuer Ausrüstung hatten weichen müssen.

Die Krüge und Gefäße, die man am Mittwoch angeliefert hatte, standen auf den Regalen an der Wand. Sie waren nicht beschriftet, aber ihre Anzahl und Größe ließen vermuten, dass die Zutaten darin mehrere Hundert Pfund wert waren.

Und dort, das wusste ich, würde ich den Beweis für Galens Betrug finden. Ich holte etwa ein Dutzend Krüge herunter und schleppte sie zum Arbeitstisch. Einen nach dem anderen öffnete ich sie.

Und fand nicht das, was ich erwartet hatte.

In den Gefäßen befanden sich Apothekerzutaten. Bergminze. Wachholder. Zimt. Safran.

Ich öffnete noch mehr Krüge. Wiesenchampignon. Bärwurz. Lerchensporn. Myrrhe.

Myrrhe? In dieser Menge? Allein dieser Krug hatte gut und gerne vierzig Pfund gekostet.

Mein Herz schlug mir bis zum Hals. Ich hatte mich geirrt.

Ich hatte mich in allem geirrt.

Ich hatte geglaubt, Galen würde die Stadträte betrügen. Es wäre ein Leichtes gewesen zu behaupten, er würde teure Zutaten kaufen, stattdessen etwas Billiges zu erwerben und den Rest des Goldes in die eigene Tasche zu stecken. Aber diese Kräuter waren genauso viel wert wie das, was Henry ihm gegeben hatte. Also wenn er kein Geld unterschlagen hatte … dann hatte ich keinerlei Beweise für meine Vorwürfe.

Mein Mund war staubtrocken geworden. Ich hatte Sally weggeschickt, um Henry und die Stadtwache zu holen. Nicht mehr lange, und sie waren hier – in der geheimen Werkstatt, von der ich eigentlich gar nichts wissen durfte –, und ich hatte nichts vorzuweisen. Melchior hatte mich schon verurteilt, und – noch schlimmer – auch die Bevölkerung von London. Wenn man mich in Galens Werkstatt erwischte …

Ich musste alles wieder wegräumen. Und dann nichts wie raus. Ich musste die Stadt verlassen. In Windeseile wuchtete ich die Gefäße wieder auf das Regal. Als ich den Krug mit Safran hochhob, erwies er sich als viel schwerer, als ich gedacht hatte.

Er rutschte mir aus den Händen. Ich versuchte noch, ihn aufzufangen, aber er prallte von meinen Knöcheln und fiel zu Boden.

Das Porzellan zersprang auf den Steinplatten. Getrocknete Safranfäden verteilten sich überall, vermischt mit einem feinen, weißen Pulver. Es flog mir auf die Schuhe und hing als hauchzarter Nebel in der Luft.

Ich stolperte rückwärts und spuckte hektisch das weiße Pulver aus. Doch dann dämmerte mir, dass es gar nicht hätte da sein dürfen.

Ich blinzelte in dem weißen Staub und starrte auf den Pulverhaufen inmitten orangefarbener Fäden und Porzellanscherben. Ich ahnte, was es war, aber zur Sicherheit stippte ich den Finger hinein und leckte daran. Geschmacklos klumpte es in meinem Mund …

Mehl.

Unter dem Safran war der Krug mit Mehl gefüllt gewesen.

Ich öffnete den nächsten Krug auf dem Tisch. Es roch nach Zimt und der Krug schien bis oben hin mit dem rotbraunen Puder gefüllt zu sein. Ich steckte meine Hand bis tief nach unten und bewegte leicht meine Finger. In dem Braun erschienen weiße Schlieren.

Ich leerte den Krug auf dem Arbeitstisch aus und erlebte das Gleiche wie eben. Ein bisschen brauner Puder, der Rest war weiß. Mehl. Wieder Mehl.

Ich untersuchte die anderen Gefäße. Etwa ein Dutzend standen auf dem Arbeitstisch und noch Dutzende mehr auf den

Regalen, aber mir genügten noch drei weitere Krüge. Überall das Gleiche: eine dünne Schicht mit einer bestimmten Zutat, darunter nichts als Mehl. Billiges Mehl.

Also hatte ich doch recht. Die Werkstatt war bloß Fassade. Ein paar Apothekergerätschaften, Feuerholz und unzählige Gefäße mit vermeintlichen Zutaten, in denen sich doch nur Mehl befand. Das Ganze war wie die Staffage in einem Theater – falsche Requisiten und ein bemalter Hintergrund als Bühnenbild.

Eine Illusion, genau wie Melchior und Galen. Beide waren sie Akteure, die von dem Tag an, als sie in der Stadt aufgetaucht waren, ihre Rollen gespielt hatten.

Das war es. Jetzt hatte ich die Beweise, die ich brauchte. Nur eine Sache noch, dann konnte ich ihnen den Todesstoß versetzen.

Ich überprüfte die Räume entlang der Gänge. Die meisten waren leer und mit einer dicken Staubschicht überzogen. Aber zu einer Tür am Ende eines Korridors hinter der großen Halle führte eine Spur aus schmutzigen Fußabdrücken.

Der Raum war verschlossen. Alle anderen Türen waren offen gewesen, nur diese nicht. Ich hatte nirgends irgendwelche Schlüssel gesehen, aber ich brauchte auch keinen. Ich schob das Brecheisen zwischen Tür und Türrahmen, stemmte das Schloss heraus und hielt die Lampe vor mich hin.

Das Zimmer hatte offensichtlich dem Glasbläser, dem das Gebäude früher gehört hatte, als Vorratskammer gedient. An den Wänden und auch in der Mitte des Raums standen hohe, wackelig aussehende Regale. Auch Galen hatte hier Dinge aufbewahrt. Auf jedem Regal waren einfache Jutesäcke aufgestapelt. Ich riss einen auf: Mehl quoll heraus. Genug Mehl für ein Dutzend Bäckereien.

Was ich dagegen nicht finden konnte, war Geld. Ich versuchte den Wert dessen zu schätzen, was ich in der Halle gesehen hatte. Genau konnte ich es natürlich nicht sagen, aber die Instrumente und die Menge der tatsächlichen Zutaten waren etwa für zweihundert Pfund zu haben. Das Mehl kostete so gut wie gar nichts, und selbst die hoch aufgetürmten Säcke hier in dieser Kammer hatten nur ein paar Pfund gekostet. Aber ich wusste, dass Galen von Henry eintausend Pfund verlangt hatte. Für den Anfang.

Also, wo war das restliche Geld?

Ich warf einen Blick zurück zu der aufgestemmten Tür. Das Schloss hatte das Mehl gesichert, und damit Galens Geheimnis. War das alles?

Langsam durchwanderte ich den Raum. Ich betastete die Säcke und schaute in die Zwischenräume. An der Wand gegenüber der Tür fiel mir etwas auf.

Wer immer das Mehl hier hereingeschleppt hatte, hatte eine Schmutzspur auf dem Boden hinterlassen. Aber dort hinten mischten sich kleine weiße Klumpen in den Straßendreck. Erst dachte ich, dass hier Mehl verschüttet worden war, doch dann bemerkte ich die gleichen weißen Klumpen auch an den unteren Mehlsäcken im Regal.

Ich zupfte einen Klumpen von dem Jutestoff ab. Er war hart und kantig. Ich zerkrümelte ihn zwischen meinen Fingernägeln.

Mörtel.

Die Säcke waren mit Wachs versiegelt, wie alle anderen. Ich zog sie heraus und betrachtete die Wand dahinter im Licht meiner Lampe. Die Steine waren gemauert, wie Backsteine. Aber an einer Stelle war kein Mörtel mehr in den Fugen.

Ich zog an einem Stein. Er glitt leicht heraus und bewegte

dabei die Steine rechts und links der Lücke. Dahinter befand sich eine Öffnung. Ich griff hinein und fühlte Holz. Ich tastete herum, bis meine Fingerspitzen über einen Metallgriff strichen. Ich entfernte die restlichen Steine, packte den Griff und zog den Gegenstand heraus.

Es war eine Truhe aus Kirschholz mit Beschlägen aus Messing. Sie war verschlossen. Ich versuchte es mit dem Brecheisen, aber es gelang mir nicht, den Keil zwischen Truhe und Deckel zu schieben. Schließlich zerschlug ich die Truhe einfach.

Und heraus sprudelte ein wahrer Goldregen.

Zitternd hob ich eine Münze auf. Sie war geprägt mit dem Abbild des Königs und mit seinem Wappen. Es war eine Gold-Guinee. Die Münze war zwanzig Schillinge wert, etwas mehr als ein Pfund.

Allein diese Münze war ein Vermögen. Und ich kniete in einem ganzen Haufen davon, die aus der zerbrochenen Truhe sickerten. Es waren Hunderte Guineen. Hunderte.

Das war es. Das Mehl und die Münzen waren die Beweise, die ich brauchte.

Und dann hörte ich ein Geräusch.

Kapitel 43

Ich wirbelte herum. Goldmünzen klimperten über den Boden und tanzten blitzend im Schein der Lampe.

Im Türrahmen stand ein Mann. Im Licht der Laterne, die an einem Haken im Gang hing, war nur sein Umriss zu erkennen. Aber der kam mir sehr vertraut vor.

Ich sprang auf. »Ähm … Meister Galen … ich …« Dann verstummte ich.

Es war gar nicht Galen. Als ich aufstand, fiel das Licht meiner Lampe auf den Mann. Er war so groß wie Galen, aber schlanker. Seine Augen standen enger beisammen, seine Nase war leicht gebogen, seine Lippen nicht so voll. Sein Äußeres war nicht annähernd so einnehmend wie das des falschen Apothekers. Aber die Silhouette, die ich für Galen gehalten hatte, und seine Gesichtszüge wiesen mir den Weg. Die Erkenntnis kam wie ein Blitz. Und das Bild setzte sich zusammen.

»Brüder«, flüsterte ich.

Der Mann zog die Augenbrauen zusammen und trat in die Vorratskammer. »Das hast du erkannt? Wie interessant. Ich habe das nie für so offensichtlich gehalten.« Er fuhr mit der Hand über sein Allerweltsgesicht. »Ich an deiner Stelle würde meinem Bruder gegenüber nicht erwähnen, dass du eine Ähnlichkeit zwischen uns bemerkt hast.«

Er war nicht ganz so kräftig wie Galen, aber ich zweifelte nicht daran, dass er stärker war als ich. Und wahrscheinlich auch schneller.

Ich machte einen Schritt nach vorn. Meine Hand fuhr zu meinem Gürtel.

Er erkannte sofort, was ich vorhatte. »Nein. Nein, tu das nicht.« Er legte seine Finger auf das Heft des Dolchs in seinem Gürtel. »Wir sind zwar beide bewaffnet, aber ich darf dir versichern, dass ich mit meinem Messer besser umgehen kann als du mit deinem.«

Ich plusterte mich auf. »Das wollen wir doch mal sehen.«

»Ach, hör doch auf.« Er winkte ab. »Draufgängertum liegt dir nicht. Du hast nicht die nötige Hinterlist für diese Rolle.«

Da hatte er nicht ganz unrecht. Das Letzte, was ich wollte, war, mich auf einen Kampf einzulassen, egal ob mit Messern oder mit irgendetwas anderem. Aber noch machte er keine Anstalten, mich anzugreifen. Das war gut. Ich musste ihn hinhalten, musste Sally mehr Zeit verschaffen, musste abwarten, bis Tom auftauchte.

»Was wollt Ihr?«

»Ich glaube, du kennst bereits die Antwort auf diese Frage.«

»Wieso glaubt Ihr das?«

»Weil sie dir ins Gesicht geschrieben steht. Die Art, wie du mich anstarrst, wie du immer wieder zur Tür blickst. Wie du deine Lippen zusammenpresst, deine Hand, die unter dein Hemd fahren will. Jede Faser deines Körpers drückt Angst aus. Selbst die Art, wie du da stehst, halb mir zugewandt, halb zur Flucht bereit. Ich kann in dir lesen, Christopher. Das ist mein Beruf. Ich weiß also, dass du weißt, wer ich bin.«

Seine Worte ließen mir das Blut gefrieren. Ich erkannte, dass er die Wahrheit sprach, dass seine Beschreibung genau zutraf.

Meine Brust wurde eng. Was wusste er sonst noch? Was es auch war, leugnen hatte keinen Sinn mehr. »Ihr seid Melchior.«

Er machte eine kleine Verbeugung. »Eigentlich Walter. Aber Melchior hat einen so fantastischen Klang, findest du nicht auch? Das ist enorm wichtig, weißt du? Ein guter Name ist das größte Kapital einer Rolle.«

Melchior – denn für mich würde er das immer bleiben, Walter war kein Name, der zu ihm passte –, also Melchior schien sich darüber zu freuen, mit mir reden zu können. Umso besser für mich. »Melchior«, sagte ich, »war einer der Heiligen Drei Könige, die dem neugeborenen Jesuskind in seiner Krippe Geschenke brachten.«

»Ja! Gibt es einen besseren Namen für einen Propheten des Jüngsten Gerichts? Ein Untertan Gottes, aber mit der Aura des Rätselhaften. Und irgendwie klingt der Name auch bedrohlich. Mein Bruder denkt, ich hätte Ezekiel wählen sollen, ist das zu glauben? Der Mensch hat einfach keine Fantasie.«

Ich ertappte mich dabei, wie ich wieder zur Tür blickte, und zwang mich, damit aufzuhören. »Hat er sich deshalb den Namen Galen zugelegt? Nach dem berühmtesten Arzt der Geschichte?«

»Ja. Da hast du es: Er hat einfach kein Feingefühl. Und er lässt sich nichts sagen.«

»Ihr klingt so, als würdet Ihr damit rechnen, mit Eurer kleinen Farce davonzukommen.«

Melchior deutete auf die Münzen zu meinen Füßen. »Sieht so aus, als wären wir schon davongekommen.«

»Ich habe Euch entlarvt. Andere werden das auch tun.«

»Das bezweifle ich. Und in Wahrheit, Christopher, hast du uns auch nicht entlarvt. Du hast nur hinter den Vorhang unseres kleinen Schauspiels geschaut.« Er rieb sich die Seite seiner Nase. »Ich bin furchtbar neugierig zu erfahren, wie dir das gelungen ist. Willst du es mir nicht erzählen?«

Sein Ton war so ruhig und gelassen, dass ich ihn nur fassungslos anstarrte. »Ihr *fragt* mich danach?«

»Das ist doch besser, als dich zu zwingen, oder nicht? Das könnte ich natürlich auch tun, wenn es dein Stolz verlangt. Aber gerne tue ich es nicht. Ich muss wissen, was schiefgegangen ist – obwohl uns ein solcher Coup wohl nie mehr gelingen wird –, außerdem muss ich zugeben, dass es mir Vergnügen bereitet, einfach nur mit dir zu reden.«

Ich starrte ihn bloß stumm an.

»Ich stecke schon den ganzen Sommer hinter dieser infernalischen Maske«, klagte Melchior, »und rede über nichts anderes als über Prophezeiungen und die Pest. Mir ist so unendlich langweilig. Ich habe seit Monaten kein normales Gespräch mehr geführt.« Er zuckte mit den Schultern. »Du musst nichts sagen, wenn du nicht willst. Aber dir sollte klar sein, dass ich die Wahrheit früher oder später sowieso aus dir herausbekomme. Es wäre besser für dich, du würdest freiwillig reden.«

Er wollte mich manipulieren, wollte die Information aus mir herauskitzeln und mich dann loswerden. Trotzdem war mein verängstigtes Herz geneigt, ihm zuzustimmen. Er würde die Antwort bekommen, so oder so. Und wenn ich ihn dazu brachte, dass er weiter mit mir redete, dann bekam ich, was ich von ihm wollte: Zeit.

Wieder huschte mein Blick zur Tür. *Lass das*, tadelte ich mich scharf. »Also schön.«

Ich machte eine Pause, als müsste ich überlegen. Melchior lehnte sich an den zersplitterten Türrahmen und betrachtete mich interessiert.

»In London bricht die Pest aus«, sagte ich langsam. »Ihr kommt vor Eurem Bruder in die Stadt. Oder vielleicht seid Ihr sogar schon hier. Wie auch immer, Ihr seid der Erste, der die Bühne betritt.

Ihr tretet in Eurem Kostüm auf, als Pestarzt, der den Kranken helfen will. Eine solche Arbeit zu bekommen ist leicht. Die meisten Ärzte der Stadt sind geflohen, und die wenigen, die geblieben sind, wollen nichts davon wissen. Es ist zu gefährlich. Vielleicht kennt Ihr Euch sogar ein bisschen aus; vielleicht habt Ihr sogar hier und da versucht, Kranke zu heilen. Aber das ist nicht der Grund, warum Ihr hier seid. Ihr seid hier, um das Spiel vorzubereiten.«

Melchior lächelte und nickte. »Fahre fort.«

Ich holte tief Luft. »Ihr fangt an, Leute zu vergiften. Das ist ein Kinderspiel. Ihr müsst ihnen lediglich Venezianischen Theriak verabreichen und behaupten, er würde die Pest abhalten. Bei denjenigen, die Ihr vergiften wollt, mischt Ihr das Gift in die Medizin. Weil alle glauben, dieselbe Medizin zu bekommen, und nur die wenigsten erkranken, merkt niemand, was Ihr tut. Und weil Ihr ein Gift gewählt habt, das ähnliche Symptome wie die Seuche zeigt, kommt niemand auf die Idee, dass die Kranken an etwas anderem leiden könnten als an der Pest. Ihr gebt ihnen regelmäßig die ›Medizin‹, was sie nur noch kränker macht. Schließlich sterben sie. Ein paar Pesttote mehr oder weniger, was macht das schon aus?

Aber Ihr tut es nicht bloß um des Mordens willen. Was Ihr wirklich wollt, ist, als Prophet anerkannt zu werden. Und deshalb macht Ihr Vorhersagen, bevor Ihr den Leuten Gift verabreicht. Dieser Mann, jene Frau, diese Kinder – sie alle werden sterben. Und natürlich bewahrheiten sich Eure Prophezeiungen, weil Ihr ja dafür sorgt, dass diese Menschen krank werden.

Anfangs vergiftet Ihr bloß gewöhnliche Menschen. Einige Eurer Opfer erfüllen einen Zweck, wie die Waisenkinder in

Cripplegate.« An dieser Stelle musste ich tief Atem holen und an mich halten, um dem Mann nicht an die Gurgel zu gehen. »Die habt Ihr nur vergiftet, damit Ihr in Saint Andrew's ein und aus gehen könnt, wie es Euch beliebt. Aber in den meisten Fällen spielt es keine Rolle, auf wen die Wahl fällt. Damit untermauert Ihr allmählich Euren Ruf als Prophet. Dann, wenn die Stadtväter Notiz von Euch genommen haben und alle Menschen Euch fürchten, nehmt Ihr Euer eigentliches Ziel ins Visier: die Stadträte.

Stadtrat Eastwood habt Ihr vergiftet, Stadtrat Aldebourne jedoch nicht, weil Ihr seinen Tod nicht wolltet. Stattdessen vergiftet Ihr die Menschen, die er am meisten auf der Welt liebt: seine Kinder. Seine jüngste Tochter stirbt. Seine ältere Tochter, Annabelle, erkrankt ebenfalls. Meister Aldebourne ist verzweifelt und fürchtet um das Leben seines kleinen Mädchens. Und dann betritt Galen die Szene.

Wie Ihr, so spielt auch er eine Rolle. Er legt sich mit den Quacksalbern auf dem Markt an und verspricht ein Heilmittel für die Pest – ohne etwas dafür zu verlangen. Und Galen hat etwas, was die anderen Betrüger nicht haben: eine Medizin, die wirkt. Er beweist Aldebourne den Wert seiner Arznei, ihm und jedem anderen im Rathaus, indem er dieses kleine Mädchen aus dem Pesthaus ›heilt‹. Aber was Galen dem Mädchen wirklich gibt, ist das Gegenmittel zu Eurem Gift. Dr. Parrett, dem nicht klar ist, was Ihr getan habt, bestätigt die wundersame Heilung.

Jetzt zappelt der Stadtrat am Haken. Meister Aldebourne wird alles tun – alles –, um Annabelle vor dem Tod zu retten. Natürlich lässt er seine Tochter von Galen behandeln und natürlich ist Galen erfolgreich. Danach ist Aldebourne bereit, Galens Werkstatt zu finanzieren. Unglücklicherweise für Euch bestehen die einzigen Einnahmen derzeit in den wöchentlichen Spenden, die aus dem ganzen Land nach London strömen, um die Armen zu unterstützen. Dieser Betrag kann nicht vollständig für Galen ausgegeben werden, nicht einmal für ein wirksames Heilmittel. Aber da Galens Betrug irgendwann auffliegen wird, wenn seine ›Arznei‹ bei echten Pestkranken keine Wirkung zeigt, müsst Ihr und Euer Bruder so viel Geld zusammenraffen, wie Ihr kriegen könnt, ehe das passiert. Um den Goldregen zum Fließen zu bringen, tut Ihr zweierlei.

Erstens: Ihr vergiftet einen weiteren Stadtrat. Dench bekommt die Medizin rechtzeitig und wird geheilt. Eastwood ergeht es schlechter; er stirbt. Danach sind selbst die Skeptiker im Rathaus davon überzeugt, dass Galens Heilmittel echt ist.

Und zweitens: Ihr versetzt die Leute, die an Galen glauben, in Aufruhr, indem Ihr ein Attentat fingiert.« Ich schüttelte den Kopf. »Das hat mir lange Zeit Rätsel aufgegeben. Warum sollte irgendjemand den Heilsbringer töten wollen? Die Antwort lautet: Niemand will Galen töten. Ihr selbst wart der Attentäter. Galen schickte Tom aus dem Zimmer, wartete, bis Henry und Dr. Parrett eintrafen. Als alle versammelt waren, öffnete Galen die Hintertür und ließ Euch ein. Dann stellte er sich an die Wand. Ihr hieltet ihm die Armbrust an den Hals, habt den Pfeil abgefeuert und seid dann geflohen. Die Waffe habt Ihr zurückgelassen.

Jetzt dreht die halbe Stadt durch. Henry sagte, die Nachricht von dem Mordanschlag sei herausgekommen, weil Galen sich in seiner Wut verplappert hat. Aber er wollte es ja gar nicht geheim halten. Die Leute sollten lautstark und vehement nach der Medizin verlangen – jetzt und sofort. Das war doch der Sinn der Sache. Die Stadträte hatten keine andere Wahl, als Galen jeden Penny zu geben, den er verlangte.

Natürlich wird irgendwann herauskommen, dass Galen gar kein Heilmittel für die Pest hat. Aber er ist geschickt und wird die Herstellung der Medizin so lange hinauszögern, wie es geht. Es wird eine ganze Weile dauern. Vielleicht ein paar Wochen. In der Zwischenzeit habt Ihr Tausende Pfund unterschlagen. Und dann, kurz bevor das ganze Kartenhaus in sich zusammenstürzt, macht Ihr Euch bei Nacht und Nebel davon. Euer Bruder muss sich verstecken, aber Ihr? Ihr müsst bloß Euer Kostüm ausziehen. Und niemand wird wissen, wer Ihr seid.«

Melchior applaudierte. »Fantastisch. Wirklich, Christopher, das war absolut brillant. In einigen Punkten irrst du dich – sogar in einigen wichtigen Punkten –, aber du kommst der Wahrheit erstaunlich nahe. Ich bin äußerst beeindruckt. Du hast mir allerdings immer noch nicht verraten, wie du es herausgefunden hast.«

»Es fing damit an, dass Ihr bei mir eingebrochen seid«, sagte ich.

Zum ersten Mal wirkte Melchior überrascht. »Das wusstest du? Woher?«

»Meine Krüge standen falsch. Und Ihr habt ein Stück Holz in meinem Türschloss zurückgelassen.«

Melchior verzog das Gesicht. »Da war dieses dumme Mädchen, das von gegenüber aus zugeschaut hat. Sie hat mich beobachtet, deshalb konnte ich den Keil nicht aus dem Schloss holen. Aber die Krüge … Das ist dir aufgefallen?«

»Mein Meister war sehr eigen in der Anordnung unserer Zutaten«, sagte ich.

»Gut, aber das erklärt immer noch nicht, woher du wusstest, dass ich es war.«

»Das wusste ich am Anfang nicht. Ich dachte, es sei einer

Eurer Männer gewesen. Ihr wurdet in Eurem blauen Kostüm gesehen. Am Wams war eins Eurer Medaillons.«

»Ah.« Reumütig schüttelte er den Kopf. »Das war ein Fehler. Ich hätte eins meiner anderen Kostüme gewählt, aber in beiden war ich schon in deinem Laden aufgetaucht. Ich dachte nicht, dass ich in dieser Verkleidung jemandem auffallen würde.«

Dazu hatte auch kein Grund bestanden. Er hatte ja nicht ahnen können, dass Dorothy mit ihrer Zeit nichts Besseres anzufangen wusste, als im Fenster zu sitzen und zu stricken.

Melchior legte den Kopf schräg. »Du hast also gedacht, es sei einer meiner Männer. Wie bist du dann auf mich gekommen?«

»Es waren Eure codierten Botschaften«, sagte ich. »Ich habe Euch von Anfang an misstraut. Ich hätte nie gedacht, dass Galen mit Euch unter einer Decke steckt, aber ich vermutete, dass der Mordanschlag auf Eure Kappe geht. Ich habe eine der Botschaften in Eurem Zimmer gefunden.«

Verblüfft starrte er mich an. »Du warst in meinem Zimmer?«

Ich beschloss, das Messer noch ein wenig tiefer in die Wunde zu stoßen. »Ihr seid nicht der Einzige, der weiß, wie man verschlossene Türen öffnet.«

Er lachte. »Wie drollig.«

Melchior schien es nichts auszumachen, hier zu stehen und mit mir zu plaudern. Ich dagegen wurde von Minute zu Minute nervöser. Wie lange dauerte das denn noch, bis Sally endlich auftauchte? Und was war mit Tom geschehen? Warum war er nicht direkt hinter Melchior in die Lagerhalle gekommen?

»Ich verstehe immer noch nicht alles«, sagte ich zu Melchior.

Melchior breitete die Arme aus. »Was willst du wissen?«

»Warum seid Ihr in meinen Laden eingebrochen?«

»Wegen seines früheren Besitzers.«

»Meister Benedict?«, sagte ich überrascht.

Melchior nickte. »Wir sind ihm vor Jahren in Paris begegnet, während einer anderen Pestepidemie. Damals haben wir ein anderes Spiel gespielt, mit einem reichen Freund deines Meisters, einem gewissen Chastellain. Er erwähnte, dass Blackthorn möglicherweise kurz davor stünde, ein Heilmittel für die Pest zu entwickeln.

Natürlich verfolgten wir die Sache gespannt, weil wir uns – falls dein Meister erfolgreich sein sollte – etwas Neues ausdenken mussten. Wir fanden heraus, dass dein Meister mit einem Gift experimentierte. Es kam nichts dabei heraus, aber seine Forschungen brachten uns auf die Idee mit der ›Medizin‹. Allerdings stellte uns das vor ein Problem: Blackthorn kannte das Gift nur zu gut, er wusste um seine Wirkung. Wenn irgendjemand uns hätte auf die Schliche kommen können, dann er.«

Melchior schüttelte den Kopf. »Du kannst dir vielleicht meinen Schrecken vorstellen, als jemand den Namen deines Meisters erwähnte. Wir dachten, er sei immer noch in Paris. Ich musste schnellstmöglich Nachforschungen anstellen. Deshalb kam ich letzte Woche zu dir in den Laden, in der Verkleidung eines Edelmanns. Ich wollte mich ihm vorstellen und sein Vertrauen gewinnen, ehe ich ihn aus dem Weg schaffte. Aber Tom sagte mir, er sei bereits tot. Das war eine große Erleichterung, trotzdem musste ich sichergehen, dass dein Meister nicht irgendetwas aus Paris behalten hatte, das uns verraten könnte. Also habe ich diese beiden Idioten geschickt, um dich abzulenken, während ich mir als Miles Gaspar an deinem Schloss zu schaffen machte. Auf diese Weise konnte ich einbrechen und nachschauen, ob er noch etwas von dem Gift hatte.«

»Ihr habt es von mir gestohlen?«, fragte ich.

»Das Gift? Nein, ich habe selbst einen Vorrat mit nach London gebracht. Dein Meister hatte nichts mehr. Wenigstens konnte ich nichts finden.«

Ich blinzelte. »Und … was habt Ihr dann gestohlen?«

»Von dir?« Melchior wirkte überrascht. »Nichts. Ich wollte ja nur sichergehen, dass du nichts von dem Gift hattest.« Er deutete auf das Gold zu meinen Füßen. »Wir werden etliche Tausend Pfund besitzen, wenn wir hier fertig sind. Was kümmern mich da ein paar Pennys?«

Mein Geist war in Aufruhr. *Er hat nichts aus dem Haus gestohlen.* »Aber … wenn Ihr bloß Nachforschungen über meinen Meister anstellen wolltet, warum habt Ihr dann gesagt, jemand, den ich liebe, würde sterben? Und warum wart Ihr hinter Tom her?«

»Ah.« Melchior nickte. »Um deine erste Frage zu beantworten: Diese Prophezeiung habe ich wegen der Leute gemacht, nicht wegen dir. Du warst der Jüngste, also galt dir das meiste Mitgefühl: ein unschuldiger Junge, dem man das Liebste nahm, was er besaß. Diese Prophezeiung wollte ich eigentlich gar nicht wahr werden lassen. Ich hatte schon genug mit den Stadträten zu tun, und nachdem man Galen dazu gebracht hatte, in deiner Apotheke zu arbeiten – ausgerechnet! –, hielt ich es nicht für klug, die Sache zu verfolgen.

Was Tom betrifft, das war die Schuld meines Bruders.« Melchiors Stimme klang ärgerlich. »Er war so unvorsichtig, unsere geheimen Botschaften zu schreiben, als der Junge in der Nähe war. Er hatte angenommen, dass er deinen Freund so sehr eingeschüchtert hatte, dass der nicht einmal hinschauen würde, was er tat. Aber als Philip – entschuldige, Galen – bemerkte, dass Tom doch einen kurzen Blick warf, als er die Botschaften verfasste, hatten wir keine Wahl. Er konnte den Jungen ja schlecht an Ort und Stelle erstechen. Es standen überall Wachen vor der Apotheke und niemand würde ihm die Geschichte eines zweiten Attentats glauben. Daher war Gift die einzige Möglichkeit, ihn loszuwerden.

Das war auch viel besser so. Denn wenn Tom starb, würde eine weitere Prophezeiung wahr werden. Galen konnte die Stadträte dafür verantwortlich machen, indem er behauptete, sie hätten ihm nicht genug Geld gegeben, um das Heilmittel herzustellen. Der Assistent des Heilsbringers stirbt an der Pest, weil die Stadtväter zu knauserig waren! Das Geld wäre in Strömen geflossen.«

Melchior betrachtete mich neugierig. »Diese Unvorsichtigkeit meines Bruders hätte sich als Vorteil erwiesen, wenn du Tom nicht aus dem Haus befreit hättest. Ich weiß immer noch nicht, woher du das ganze Schießpulver hattest.«

Ich zuckte mit den Schultern. Sollte er sich doch den Kopf zerbrechen.

»Wie du willst«, sagte er. »Das ist nicht wichtig. Aber dein Einfallsreichtum ist wirklich erstaunlich. Du solltest für uns arbeiten.«

»Ihr würdet mir die Kehle durchschneiden, sobald ich Euch den Rücken zuwende.«

Jetzt betrachtete mich Melchior mit unverhohlenem Interesse. »Wir sollten dir *wirklich* einen Job geben.«

»Ich würde ihn nicht annehmen.« Ich deutete auf das ganze Gold. »Nicht für alles Geld auf der Welt. Das hier war für die Armen bestimmt. Sie werden verhungern. Wie könnt Ihr so viele unschuldige Menschen ermorden? Arme. Reiche. Kinder. Gibt es nicht schon genug Leid in dieser Stadt? Habt Ihr denn gar kein Mitgefühl?«

Melchior lachte. »Warum sollte ich?«

Ich wusste nicht, was ich sagen sollte. Melchior sah mich belustigt an. »Diese Leute, von denen du eine so hohe Meinung hast, Christopher, wollten dich erst gestern am nächsten Laternenpfahl aufknüpfen. Ich hätte ihnen befehlen können, dir das Herz aus dem Leib zu reißen, und sie hätten sich darum geprügelt, der Erste zu sein.« Er schüttelte den Kopf. »Das wirst du wohl nie verstehen. Du magst Mitgefühl haben, sie nicht. Nicht für dich, nicht für mich, für nichts anderes außer für sich selbst. Man lernt eine Menge als Schauspieler: Man beobachtet die Menschen, studiert ihre Verhaltensweisen, ihre Eitelkeiten, ihre Ängste. Man erkennt die Heuchelei, sieht das Mäntelchen der Täuschung, in das sie sich hüllen. Zuallererst kommt die Familie, Christopher, und den Schlimmsten unter ihnen sind sogar die nächsten Anverwandten egal.«

Melchior lächelte immer noch. Aber seine Stimme war scharf geworden. »Schau dir an, was sie tun. Oh, sie gehen brav zur Kirche und brüsten sich damit, wie viel Almosen sie geben. Aber schau dir an, was sie *tun*. Wenn auf dem Markt ein Tumult ausbricht, stehen sie dann zusammen und beschützen einander? Oder nutzen sie das Chaos, um zusammenzuraffen und zu stehlen, was sie kriegen können? Wenn sie in Quarantäne sind, bleiben sie dann hinter verschlossenen Türen, zum Wohl der Stadt? Oder ermorden sie die Wachen, um zu entkommen, nach dem Motto ›besser der als ich‹? Wenn die Kinder der Stadt zu verhungern drohen, wie viele Miles Gaspars gibt es, die sich opfern würden, damit die Kleinen zu essen haben? Oder werden diese Kinder stattdessen auf die Straße gesetzt, hungrig und ohne einen Penny, als Beute für die schlimmste Art Mensch, die man sich vorstellen kann?«

Und damit hatte er sich verraten.

Da war es, in seiner Stimme – all der Zorn, die Bitterkeit, der kaum unterdrückte Hass.

»Das wart Ihr«, sagte ich.

»Was?«

»Die Kinder auf der Straße. Ohne einen Penny, halb verhungert. Das wart Ihr. Eure Eltern … sie haben Euch im Stich gelassen? Bei der letzten Pest in London? Sie haben Euch und Euren Bruder sich selbst überlassen?«

Melchior schwieg einen Moment lang. Als er wieder sprach, lag in seiner Stimme eine Mischung aus Zorn und Bewunderung. »Wie clever du doch bist.«

»Das wart wirklich Ihr«, wiederholte ich. Ich war sprachlos.

Seine Augen blitzten auf. »Übertreibe es nicht, Christopher. Ja, wir lebten auf der Straße. Aber nicht lange. Ein junger Schauspieler nahm uns auf und machte aus uns, was wir wurden. Er hatte bereits in seinem eigenen harten Leben erfahren, dass man nicht verhungert, wenn man den Hoffnungslosen Hoffnung verkauft.«

Und jetzt sah ich die ganze Wahrheit. »Hier geht es gar nicht um das Geld«, sagte ich. »Hier geht es um *Rache.*«

Melchior zuckte mit den Schultern. »Das eine ist mir so recht wie das andere.«

Ich dachte an Sally, an mich, an die Kinder in Cripplegate. An die Kinder, die kein Dach über dem Kopf hatten. An die Wut, die Scham. Allein zu sein, unerwünscht. Das verstand ich. Das verstand jedes Waisenkind.

Und ich fragte mich: Wenn statt Meister Benedict jener junge Schauspieler mich aufgenommen hätte – wäre ich dann so geworden wie Melchior?

Wieder dachte ich an Sally. Sie hatte alles verloren und schon bald würde auch sie auf der Straße landen. Trotzdem war sie nicht zu mir gekommen, um mich zu bestehlen. Sie war gekommen, um zu helfen. Ich war nicht Meister Benedict. Ich konnte ihr keine Zukunft bieten. Trotzdem hatte sie geholfen, nur aus dem einen Grund: weil sie es konnte. Sie war nicht wie Melchior. Sie würde nie so sein wie er.

»Ihr seid Ungeheuer«, sagte ich. »Und Ihr werdet bezahlen für das, was Ihr getan habt.«

»Ach, Christopher«, lachte Melchior. »Ganz ehrlich, ich bringe dich gar nicht gern um.«

Seine Stimme war wieder glatt und freundlich. Er hatte seine wohlwollende Maske aufgesetzt, die ihm eben – für einen Moment – entglitten war.

Weiter so, dachte ich. *Mach weiter. Reize ihn, piesacke ihn, bis die anderen kommen. Nur so bleibst du am Leben.*

Dann hörte ich ein Geräusch aus dem Gang hinter ihm. Schritte.

Meine Erleichterung verschwand, als ich Melchior anschaute. Er schien nicht im Mindesten beunruhigt über den Neuankömmling. Und gleich darauf sah ich auch, warum.

Melchior betrachtete mich belustigt. »Nicht der, den du erwartet hast, nehme ich an.«

Es war Galen. Er trug dieselbe befleckte Apothekerkleidung wie immer. Er hatte sich nicht verändert. Aber jetzt verstand ich, wie Tom zumute gewesen war, als er mit ihm in meinem Arbeitsraum eingeschlossen gewesen war. Auch Galen hatte seine Maske abgesetzt, und was dahinter zum Vorschein kam, wirkte rücksichtslos und brutal.

Er sah mich an, als ob ich ein Käfer wäre – und zwar einer, den man schleunigst zertreten müsste. »Was macht der denn hier?«

Melchior gefiel der Ton seines Bruders offensichtlich nicht. »Er ist Spuren gefolgt, die *du* hinterlassen hast.«

»Und warum ist er dann noch am Leben?«

Galen kam auf mich zu. Ich ging rückwärts und stieß dabei gegen das Regal in der Mitte des Raums. Es knarrte, erzitterte und wackelte bedenklich, und einen Moment lang befürchtete ich, es würde mich unter sich begraben und Galen die Arbeit ersparen, mich umzubringen.

Melchior streckte die Hand aus. »Hör auf. Ich habe immer noch nicht alles erfahren, was ich wissen will.«

»Was sollte der dir schon sagen können?«, fragte Galen.

»Ziemlich viel, wie es aussieht. Was für Fehler sind dir noch unterlaufen?«

»Bei dem da? Keiner. Ich habe immer nur mit dem dicken Ochsen geredet, mit seinem vertrottelten Freund.«

Hinter ihm im Gang tauchte plötzlich ein Schatten auf.

»An Eurer Stelle würde ich nicht so von Tom sprechen«, sagte ich.

Galen schnaubte. »Und warum nicht?«

»Weil er direkt hinter Euch steht.« Ich nickte zum Türrahmen. »Und so, wie es aussieht, hat er eine Armbrust dabei.«

Kapitel 44

Beide starrten mich an, als ob sie so herausfinden könnten, ob ich die Wahrheit sagte. Dann drehten sie sich langsam um.

Ich hatte nicht gelogen. Hinter ihnen stand Tom, der mit seiner massigen Gestalt mehr als den halben Gang einnahm. Er hatte die Waffe des Attentäters im Anschlag – Melchiors Waffe – und richtete sie direkt auf die beiden Brüder.

»Ja«, sagte ich. »Eine Armbrust, kein Zweifel.«

Melchior lächelte. »Wieder clever. Du hast dir Rückendeckung mitgebracht, für den Fall, dass dich jemand erwischt.«

»Richtig.« Ich deutete auf die Ecke der Kammer, die am weitesten von der Tür entfernt war. »Jetzt geht da rüber.«

Melchior zuckte mit den Schultern und wollte sich in Bewegung setzen.

Galen packte ihn am Arm. »Nein.«

»Muss ich noch einmal die Armbrust erwähnen?«, fragte ich.

Galen achtete nicht auf mich. Er sprach mit seinem Bruder, wobei er Tom nicht aus den Augen ließ. »Er wird nicht schießen. Er sieht nur groß aus. Im Herzen ist er bloß eine kleine, ängstliche Maus.«

Toms Hände verkrampften sich um die Waffe. Schweißtropfen perlten auf seiner Oberlippe. Abwechselnd richtete er die Armbrust mal auf den einen, mal auf den anderen Bruder. Seine Hände zitterten, seine Finger lagen am Abzug. Er warf mir einen flehenden Blick zu und ich schickte ihm in Gedanken eine fieberhafte Botschaft. *Halte nur noch ein bisschen länger durch. Nur noch ein bisschen länger.*

Aber meine Angst wuchs. Galen hatte Tom genauso leicht durchschaut wie Melchior mich. Und wo zum Henker blieb Sally? Sie hätte schon längst hier sein sollen.

Als wir allein gewesen waren, hatte sich Melchior so benommen, als hätte er alle Zeit der Welt. Selbst jetzt, da eine Armbrust auf ihn gerichtet war, schien er nicht sonderlich besorgt zu sein. War das bloß die Maske des Schauspielers? Oder steckte mehr dahinter? Seine Worte hallten in meinen Ohren wider. *In einigen Punkten irrst du dich – sogar in einigen wichtigen Punkten –, aber du kommst der Wahrheit erstaunlich nahe.*

Was war mir entgangen?

Ich musste es herausfinden. Denn die Situation, in der wir uns befanden, gefiel mir überhaupt nicht. Tom zitterte wie Espenlaub, Melchior und Galen versperrten die Tür und ich saß mitten in dem Vorratsraum fest. Vielleicht half mir Kühnheit weiter.

»Tom hat mir schon zweimal das Leben gerettet«, sagte ich. »Ihr traut ihm nicht zu, dass er schießt? Lasst es ruhig darauf ankommen.«

Melchior drehte sich zu mir um und wandte der geladenen Waffe den Rücken zu. »Er hat bloß einen Bolzen.«

»Na und?«

»Also kann er nur einmal schießen. Wie ich dir bereits sagte, Christopher, wir können sehr gut mit Messern umgehen. Wenn einer von uns stirbt, dann sterbt ihr *beide.*«

Ich versuchte, gleichgültig dreinzuschauen. »Dann müsst Ihr Euch nur noch entscheiden, wen von Euch Tom erschießen soll.«

Melchior starrte mich an. Dann lachte er. »Bist du sicher, dass du nicht für uns arbeiten willst?« Als ich keine Antwort gab, verschränkte er die Arme vor der Brust. »Dann warten wir eben. Könnte interessant werden.«

Galen schien anderer Meinung zu sein. Er wirkte auf mich angespannt, wie ein Tiger, der gerade gemerkt hat, dass die Käfigtür offen steht. Tom sah es ebenfalls. Er hörte auf, die Armbrust zwischen den beiden Brüdern hin- und herzuschwenken, und richtete sie direkt auf Galens Brust.

Trotzdem hielt ich Galen nicht für den Gefährlicheren der beiden. Die Art, wie Melchior mich mit diesem amüsierten Blick musterte, machte mir Angst. Glaubte er, dass Tom und ich allein kommen würden, ohne Verstärkung? Glaubte er, wir würden keine Hilfe holen?

Oder war ihm das egal, weil er seinerseits Verstärkung erwartete?

In einigen Punkten irrst du dich – sogar in einigen wichtigen Punkten.

Ich spürte, wie Panik in mir ausbrach. *Seine Männer*, dachte ich. Aber nein, das konnte nicht sein. Seine Männer wussten nicht, wer er wirklich war. Er würde sich ihnen nie offenbaren.

Je mehr Sorgen ich mir machte, desto breiter wurde Melchiors Grinsen. *Er liest wieder in mir*, dachte ich. Mein Magen drehte sich um. Sein Lächeln vertiefte sich.

Ich habe einen Fehler gemacht. Und dieser Fehler verleiht Melchior Sicherheit.

Was war mir entgangen?

Mir blieb keine Zeit mehr, darüber nachzudenken. Hinter Tom tauchten drei Gestalten auf.

Sally trat ins Licht. Sie atmete schwer. Hinter ihr kam Henry. Ein dritter Mann, ein Beamter der Stadtwache, betrachtete verblüfft die Szene, die sich ihm bot.

Mir rutschte das Herz in die Hose. *Ein* Wachmann? Mehr hatte Henry nicht mitgebracht?

Der kleine Mann blinzelte hinter seinen Brillengläsern. Er schaute auf die Armbrust in Toms Händen, auf Galen und Melchior im Türrahmen, auf mich neben dem Regal in der Mitte des Raums. Endlich fiel sein Blick auf die Goldmünzen zu meinen Füßen.

»Guter Gott«, sagte er, »ich würde es nicht glauben, wenn ich es nicht mit eigenen Augen sehen würde.«

Melchior lächelte immer noch. Warum lächelte er immer noch?

Der Wachmann blickte verwirrt von einem zum anderen. Schließlich wandte er sich an Henry. »Ich verstehe nicht, Mr Cole. Was ist hier los?«

»Es sieht so aus, als hätten diese drei Kinder … ach, ist auch nicht wichtig«, sagte Henry.

Melchior zwinkerte mir zu.

Und da sackte mir der Magen endgültig nach unten.

Kapitel 45

»Tom …!«, rief ich.

Henry zuckte mit dem Handgelenk. Ein Messer glitt aus seinem Ärmelaufschlag in seine linke Hand. Die Klinge blitzte auf, als sie nach oben fuhr und die Sehne der Armbrust durchschnitt.

Die Schnur peitschte nach hinten und traf Tom am Hals. Die Armbrust fiel aus seinen Händen und zerbrach auf dem Boden. Tom ging neben der zerstörten Waffe in die Knie. Er würgte und umklammerte mit den Händen seinen Hals.

Tom, dachte ich. Weiter kam ich nicht.

Henry wirbelte herum und stieß dem Wachmann das Messer ins Herz. Einmal, zweimal, dreimal. Er sackte still und leise zu Boden, immer noch mit jenem überraschten Gesichtsausdruck.

Ich stand bloß da. Das Entsetzen hatte mich zu Eis erstarren lassen. Sally wollte fliehen, aber Henry packte sie an den Haaren. Sie schrie auf, als er ihren Kopf nach hinten riss und ihr das Messer an die Kehle setzte.

Jetzt endlich löste ich mich aus meiner Erstarrung. »Wartet!«, schrie ich.

Ehe ich noch mehr sagen konnte, rammte mich Galen von der Seite und trieb mir seine Faust in den Magen. Ich krachte gegen das Regal, woraufhin die wackeligen Füße knarrten und knackten. Wieder schlug Galen zu und ich brach würgend und nach Luft ringend zusammen.

Galen zog ein Messer aus seinem Gürtel. Er packte mein Ohr und verdrehte es brutal. Er riss meinen Kopf nach oben und entblößte meinen Hals.

»Nein!« Melchior fiel ihm in den Arm. »Ich bin noch nicht fertig mit ihm.«

Draußen im Gang saß Tom eng an die Wand gekauert, die Hände an seinem Hals. Mit leerem Blick starrte er zu Boden, immer noch völlig unter dem Eindruck des Schlags gegen seine Kehle. Ich fühlte mich genauso wie er.

Die ganze Zeit. Die ganze Zeit hat Henry mit ihnen unter einer Decke gesteckt.

Sally wand sich im Griff des kleinen Mannes. »Lasst mich los!«

Henry schüttelte sie an den Haaren und drückte ihr die Klinge an die Lippen. »Sei still. Oder ich schneide dir die Zunge heraus.«

Sie verstummte. Aber ihre Augen waren wie glühende Kohlen. Wenn sie nur auch ein Messer gehabt hätte.

Ich schaute zu Tom. Er atmete schwer und versuchte, sich wieder zu fassen. Neben ihm lag der Leichnam des Wächters.

Melchior kauerte sich neben mich. Er stieß Galens Hand von meinem Ohr und half mir, mich mit dem Rücken gegen das Regal zu lehnen.

»Ich habe versucht, dich zu warnen«, sagte er zu mir. »Du hattest recht mit deiner Vermutung, dass wir Aldebournes Töchter vergiftet hatten. Aber du hast vergessen, dass weder Galen noch ich jemals im Haus des Stadtrats gewesen waren. Als dir klar wurde, dass wir die Mädchen vergiftet hatten, hättest du dich fragen müssen, *wie* wir das angestellt haben.«

»Henry«, stieß ich hervor. Henry war Aldebournes Sekretär. Ich erinnerte mich, dass er uns bei unserer ersten Begegnung erzählt hatte, dass er ihm Arbeit nach Hause gebracht hätte. »Henry hat sie vergiftet. Er gehörte von Anfang an zu Euch.«

»Aber natürlich. Er ist der Schauspieler, der uns von der Straße geholt hat. Er hat uns aufgezogen und uns gelehrt, in den Menschen zu lesen wie in einem offenen Buch. Der ganze Plan war seine Idee. Und ohne ihn hätten wir ihn nicht durchziehen können.« Melchior beschrieb mit dem Arm eine ausholende Bewegung. »Immerhin musste jemand die falschen Quittungen unterzeichnen, damit es so aussah, als hätten wir tatsächlich die ganze Menge an Zutaten gekauft.«

»Das reicht«, sagte Henry.

Melchior stand auf. »Ja, Vater.«

Henry blickte mich böse an. Der freundliche, etwas zerstreute alte Mann war verschwunden, genauso wie Melchiors Vogelmaske. »Du hättest dich um deine Angelegenheiten kümmern sollen«, fuhr er mich an.

Galen schnaubte gereizt. »Machen wir jetzt kurzen Prozess oder nicht?«

»Wenn wir verschwinden«, sagte ich gepresst, »dann wird jemand kommen und Fragen stellen.«

Henry schüttelte den Kopf. »Unwahrscheinlich. Es gibt niemanden mehr, den es kümmert, was mit euch geschieht.«

»Tom hat Familie.«

»Und du hast ihn aus einem Pesthaus entführt. Alle werden glauben, dass er irgendwo auf der Straße krepiert ist. Und was dich betrifft«, setzte Henry schulterzuckend hinzu. »Du bist aus der Stadt geflohen, nachdem du dich aus dem Galgenkäfig befreien konntest. Und an das Mädchen wird sich sowieso keiner erinnern. Nein, Christopher, deine Zeit ist um.«

Henry nickte zu seinen Söhnen. »Tötet ihn.«

Kapitel 46

Galen packte mich am Hals. Er zog sein Messer.

»Das dürft Ihr nicht zulassen«, krächzte ich, zu Melchior gewandt. »Ihr braucht mich noch.«

Melchior zog eine Augenbraue hoch. »Ich muss zugeben, dass ich an deinem Ableben keine Freude habe, Christopher, und ich zweifle nicht daran, dass du sehr nützlich sein könntest, aber ›brauchen‹ tue ich dich deswegen noch lange nicht.«

»Und doch ist es so«, sagte ich. Galen legte mir die Klinge an den Hals. Ich fühlte die scharfe, kalte Schneide, die sich im Rhythmus meines Pulses leicht bewegte. »Wenn Ihr mich tötet, kommt keiner von Euch ungeschoren aus London heraus.«

Weder Henry noch Galen wirkten auch nur im Mindesten beeindruckt. Aber Melchior hielt die Hand seines Bruders fest. »Und warum nicht?«

»Weil Henry nicht der Einzige ist, dem ich von Euch beiden erzählt habe.«

Jetzt wirkte auch Melchior skeptisch. »Wem solltest du denn sonst noch etwas erzählt haben?«

»Jemand, der in meinen Augen ein bisschen zuverlässiger erschien«, sagte ich. Ich sprach jetzt hastig. Ich hatte keine Zeit zu verlieren. »Nachdem Henry sich gestern im Rathaus so bedingungslos und feige auf Eure Seite gestellt hatte, habe ich befürchtet, dass er uns nur halbherzig helfen würde, wenn überhaupt.«

»Er lügt doch«, sagte Galen.

Melchior betrachtete mich eingehend. »Ja, er lügt. Ein guter Versuch, Christopher, aber ich glaube dir nicht.«

»Dann fragt doch ihn.« Ich nickte Henry zu. »Er weiß Bescheid.«

»Was weiß ich?«, fragte Henry kalt.

»Zu wem ich gegangen bin. Wer Euch auf den Fersen ist.«

»Das ist doch Zeitver...« Plötzlich fing Henry an zu lachen. »Du meinst doch nicht etwa Dr. Parrett?«

Sally fing wieder an, in seinem Griff zu zappeln. Henry schüttelte sie erneut und drückte ihr, immer noch lachend, das Messer fester an die Kehle.

»Der verrückte alte John Parrett! Vielleicht ist es dir nicht aufgefallen, aber Parrett ist erledigt. Er könnte sich auf die Spitze der Saint-Paul's-Kathedrale stellen, umringt von einer Schar Engel mit Trompeten, und trotzdem würde ihm niemand auch nur ein Wort glauben.«

»Ich rede nicht von Dr. Parrett«, sagte ich. »Wisst Ihr nicht mehr, als ich das erste Mal zu Euch kam und Euch bat, mir zu helfen? Weswegen ich überhaupt da war?«

»Parrett hat dich ins Rathaus gebracht.«

»Nein, Dr. Parrett hat mich zu *Euch* gebracht. Aber ich war im Rathaus auf Befehl von jemand ganz anderem.«

Henry dachte nach. Dann erlosch sein Grinsen.

»Ich sehe, Ihr erinnert Euch«, sagte ich.

Henry lächelte wieder, aber seine Augen schleuderten Blitze. »Du lügst.«

»Von wem spricht er?«, wollte Galen wissen.

»Von niemandem. Er lügt.« Jetzt verschwand Henrys Lächeln endgültig. »Ashcombe ist ja nicht einmal in der Stadt.«

Melchior blinzelte. Galens Augen weiteten sich. »*Lord* Ashcombe?«, stammelte er. »Vater ...«

»Ruhe«, befahl Henry, ohne mich aus den Augen zu lassen. »Du bluffst doch.«

»Wo, glaubt Ihr, habe ich mich letzte Nacht versteckt?«, gab ich zurück. »Der Platz, auf dem ich gefangen saß, liegt direkt neben dem Tower.«

»Im Tower ist niemand mehr.«

»Doch. Ein Wachmann. Der in der Lage und befugt ist, einen Kurier nach Oxford zu schicken.«

»Lord Ashcombe ist in Salisbury«, wandte Melchior ein.

»Er *war* in Salisbury«, sagte ich. »Aber die Pest hat Wiltshire erreicht und deshalb hat sich der Hof nach Oxford begeben. Ashcombe ist seit Mittwoch dort und bereitet alles für die Ankunft des Königs vor.«

Melchior und Galen warfen Henry einen erschrockenen Blick zu. Henry schien noch fassungsloser zu sein als sie, hauptsächlich, weil ich die Pläne des königlichen Beschützers kannte. »Nein«, sagte er. »Nein. Der Tower ist des Nachts geschlossen.«

»Nicht für Freunde von Lord Ashcombe. Geht und fragt den Wachmann. Ich werde warten. Mal sehen«, sagte ich und zählte an meinem Fingern ab: »Der Kurier braucht fünf Stunden nach Oxford, um Lord Ashcombe meinen Brief zu überbringen. Eine halbe Stunde, bis Lord Ashcombe die Soldaten des Königs zusammengetrommelt hat. Noch mal fünf Stunden für den Ritt zurück nach London, vielleicht sechs, weil die Männer in voller Rüstung reiten …« Ich warf Henry einen fragenden Blick zu. »Wie spät ist es jetzt?«

»Lügen«, flüsterte Henry.

»Kann das möglich sein?«

Melchior starrte mich an. »Was stand in dem Brief?«

»Eure Namen, Eure Personenbeschreibungen und wie der

Betrug vonstattenging«, sagte ich. »Des Weiteren die geheime Botschaft über Meister Eastwood sowie der Code, mit dem Eure Botschaften entschlüsselt werden können. Und die genaue Beschreibung, wie Ihr Eure Opfer vergiftet habt, sodass es aussah, als seien sie an der Pest erkrankt.«

»Ah.« Melchior entspannte sich. »Und du lügst doch. Du hast nicht die geringste Ahnung, wie wir sie vergiftet haben.«

»Ihr meint den Riesenbambus?«

Henry wurde kreidebleich. »W…was hast du gesagt?«

»Der Riesenbambus«, sagte ich, so gelassen ich nur konnte. »Der Bambus, der nur auf Madagaskar wächst. Er enthält ein Gift, das Symptome hervorruft, die denen der Pest zum Verwechseln ähnlich sind. Außer natürlich die Schweißausbrüche. Die habt Ihr hervorgerufen, indem Ihr Andorn untergemischt habt.«

Den drei Schurken traten die Augen aus den Höhlen.

»Das Gegenmittel ist denkbar einfach«, sagte ich. »Gemahlene Holzkohle und Zucker. Eins würde mich interessieren: Seid Ihr selbst nach Madagaskar gereist, um die Pflanze zu bekommen, oder hat Kapitän Gaillart sie Euch besorgt?«

Mit einem Mal fingen alle drei an, sich gegenseitig anzuschreien.

»Was hast du ihm erzählt?«, kreischte Henry.

Melchior war völlig verwirrt. »Nichts. Ich habe den Bambus nie erwähnt. Er muss es von seinem Meister erfahren haben.«

»Aber du hast doch behauptet, in der Apotheke gebe es nichts von dem Gift!«

»Das stimmt auch! Ich habe alles abgesucht, das schwöre ich!«

Henry wirbelte zu Galen herum. »Und was hast du gesagt?«

Galen schrie ihn an: »Gib uns nicht die Schuld dafür! Ich

habe kaum mit ihm gesprochen. *Du* wolltest doch unbedingt, dass ich in Blackthorn arbeite!«

Ich räusperte mich. »Ich unterbreche ja nur ungern, aber Euch läuft die Zeit davon. Ich mache Euch einen Vorschlag: Ihr lasst uns gehen, gebt das gestohlene Geld zurück, verlasst die Stadt und kehrt nie wieder zurück. Ich überrede Lord Ashcombe, Euch nicht zu verfolgen, Euch nicht an den Galgen zu bringen und infolgedessen auch nicht Eure Köpfe auf den Türmen der London Bridge aufspießen zu lassen.«

Die Gesichter der Brüder verrieten mir, dass sie sich genau dieses Szenario gerade vorstellen.

»Es ist vorbei«, sagte Galen. »Das Spiel ist gelaufen. Wir nehmen, was wir haben, und machen uns davon.«

»Nein«, sagte Henry.

»Das sind siebenhundert Pfund!«

»Und in zwei Wochen werden wir zehn Mal so viel haben!«

»Vater!«

»NEIN!« Henry drückte Sally das Messer an den Hals. Sie zuckte zusammen, als ein Blutstropfen über ihren Hals lief und in ihren Kragen sickerte.

»Dreizehn Jahre«, sagte Henry. »Dreizehn Jahre lang haben wir an diesem Plan gearbeitet und ihn ausgefeilt. Dreizehn Jahre haben wir gewartet, bis endlich wieder eine Epidemie ausbrach. Dreizehn Jahre! Und ich werde mir das nicht von einem Kind verderben lassen!«

»Aber wenn Ashcombe kommt …«, sagte Melchior.

»Er kommt nicht! Der Junge lügt! Wie sollte er nicht lügen?«

»Wir können nicht sicher sein!«, wandte Galen ein.

»Dann quetsch die Wahrheit aus ihm raus!«

Galen nahm die Anordnung wörtlich. Er packte mich an der Kehle und hob mich hoch, drückte mich gegen das Regal in der Mitte der Kammer. Ich zitterte. Mehlstaub rieselte mir in die Augen. Er drückte stärker zu. Nach Luft schnappend krallte ich in seine Hände.

»Setz ihn ab«, sagte Melchior.

Galen drückte noch ein bisschen fester, ehe er mich losließ. Ich taumelte und sank auf die Knie.

Melchior kauerte sich neben mich. »Du hast ein brillantes Spiel gespielt, Christopher. Wahrhaft meisterlich. Aber jetzt ist die Zeit für die Wahrheit gekommen. Und denk daran: Ich kann in dir lesen wie in einem Buch.«

Davor hatte ich am meisten Angst. Denn Henry hatte recht.

Es war eine Lüge.

Ich hatte Lord Ashcombe nicht benachrichtigt. Der Tower war in der Nacht wirklich verschlossen, und ich hatte keine Möglichkeit, hineinzugelangen. Und selbst wenn, hätte der Wachmann wohl keine Ahnung gehabt, wer ich war. Und ganz sicher keinen nächtlichen Kurier zu Lord Ashcombe geschickt. Stadtrat Maycott war meine einzige Verbindung zu dem Beschützer des Königs, aber den hatte ich nie getroffen.

Es gab nur einen Ausweg, nur einen einzigen. Ich musste sie davon überzeugen, dass sie Lord Ashcombes Zorn nur dann entgehen konnten, wenn sie uns am Leben ließen.

Aber ich hatte keine Ahnung, wie ich das anstellen sollte.

Melchior packte mein Kinn und hob meinen Kopf an. »Sag mir, Christopher: Ist Lord Ashcombe auf dem Weg hierher? Hast du ihm wirklich einen Brief geschrieben?«

Ich wusste nicht, was ich sagen sollte.

Ach Meister, was soll ich bloß tun?

Und ich hörte seine Stimme.

Ganz ruhig, Christopher, sagte er. *Die Lösung liegt in deinem Geist verborgen. Wie kannst du sie finden?*

Die Antwort kam ganz automatisch. *Ich muss Abstand nehmen*, sagte ich. *Dann wird mein Geist sie für mich finden.*

Mein *Geist* wird die Lösung für mich finden.

Das war es.

Melchior konnte Leute durchschauen. Aber nicht, weil er ein Prophet war. Er wusste nur sehr gut über die menschliche Natur Bescheid. Wenn er die Wahrheit erkennen konnte, dann deswegen, weil sie auf meinem Gesicht geschrieben stand.

Aber der Ausdruck eines Menschen spiegelte das wider, was er dachte. Ich musste ihn dazu bringen, an die Lüge zu glauben.

Und so stellte ich mir in meinem Geist vor, was ich zu sehen wünschte.

Ich stellte mir Lord Ashcombe vor, wie wütend er sein würde, wenn ich ihm erzählte, was die drei mit seiner Stadt angestellt hatten. Ich sah, wie seine dunklen Augen glühten, wie seine Narbe zuckte, wie sich seine dreifingrige Hand um den Schwertgriff schloss. Ich schaute zu, wie er seinen Zorn entfesselte und die Übeltäter in Stücke riss.

Und mit diesen Gedanken schaute ich zu Melchior auf.

»Wartet es nur ab«, sagte ich.

Melchior starrte mich an.

»Nun?«, fragte Henry ungeduldig. »Ist es eine Lüge?«

In mir brannte der Durst nach Rache für meine Stadt. Für die Kinder in Cripplegate, für Aldebournes Tochter. Für jedes Leben, das sie genommen hatten, jeden Penny, den sie jenen Menschen gestohlen hatten, die das Geld am nötigsten brauchten. Die Flammen meines Zorns schleuderte ich Melchior ins Gesicht. Ich hüllte ihn in meinem Feuer ein.

Und innerlich betete ich.

Bitte, Meister. Helft mir.

Melchior hockte sich auf die Fersen und blickte mich ratlos an. »Ich … Ich kann es nicht sagen.«

Henry schaute von mir zu Melchior. Er wirkte unsicher. Einen Augenblick lang dachte ich, er würde sich zur Flucht entschließen.

Aber dann sagte Galen: »Dann müssen wir die Wahrheit eben aus ihm herausschneiden.«

»Nein«, sagte Melchior, »das wird nicht funktionieren.« Er schaute mich wissend an. »Nicht wahr, Christopher? Das ist der Grund, warum ich dich gestern nicht gefoltert habe. Es hätte keinen Sinn gehabt. Mir war klar, dass du deinen Freund nicht verraten würdest.« Er lächelte reumütig. »Aber das heißt nicht, dass ich *gar nichts* erfahren habe.«

»Aber ich habe Euch nichts gesagt«, sagte ich.

»Doch, Christopher. Du vergisst, dass wir sehr erfahren darin sind, andere Menschen auszunutzen. Das ist ganz leicht. Du musst nur herausfinden, wo ihre Schwäche liegt. Und als du mir trotz deiner Furcht nicht verraten hast, wo Tom ist, habe ich deine Schwäche erkannt.«

Er stand auf und deutete auf meine Freunde draußen im Gang.

»Sie sind es«, sagte Melchior. »Selbst wenn wir dich foltern und dich zum Reden bringen – und das würde uns gewiss gelingen –, würde es sehr, sehr lange dauern. Ich weiß, wie wir schneller zu einer Antwort kommen.«

Er nickte zu Tom und Sally. »Wir werden nicht dich foltern, Christopher. Wir werden *sie* foltern. Und du wirst zuschauen.«

Kapitel 47

»Sag uns, was wir wissen wollen«, sagte Melchior leise, »oder sie sterben. Langsam und qualvoll.«

Was sollte ich tun? Mir war klar, dass sie uns sowieso töten würden. Und dass sie nicht zögern würden, meine Freunde zu foltern.

Henry wollte nicht länger warten. »Nicht?«, sagte er. »Also schön. Wer ist als Erstes dran? Das Mädchen?« Er bohrte die Messerspitze in Sallys Hals. Das Blut begann wieder zu fließen und befleckte ihr Kleid. »Möchtest du hören, wie laut sie schreien kann? Oder soll ich mit dem großen Ochsen da anfangen?«

Er wedelte mit dem Messer in Toms Richtung.

Ein großer Fehler.

In dem Moment, in dem er das Messer von Sallys Hals nahm, wand sie sich, wie eine Schlange, die ihre Haut abwirft, aus seinem Griff. Sie packte Henrys Arm und schleuderte den Kopf herum, wobei sie sich ganze Haarbüschel ausriss. Sie schrie auf, doch der Schmerz brachte sie nicht von ihrem Vorhaben ab.

Mit ganzer Kraft biss sie zu.

Tief sanken ihre Zähne in Henrys Handgelenk. Er kreischte gequält auf. Instinktiv richtete er das Messer auf ihren Hals und stach zu.

Die Klinge erreichte nie ihr Ziel. Eine große Hand schoss vor und packte seine. Noch auf dem Boden hockend hielt ein blutüberströmter Tom Henrys Arm fest umklammert.

Henry heulte auf. Sallys Zähne bohrten sich noch immer in sein Fleisch, und sie ging mit ausgefahrenen Krallen auf ihn los, kratzte mit ihren Fingernägeln über seine Augen wie eine in die Enge getriebene Katze. Henry schlug zu. Er schleuderte sie gegen die Wand und schüttelte das Mädchen ab. Dann packte er sie am Hinterkopf und stieß ihr Gesicht mit voller Wucht gegen den Stein.

Ich hörte Knochen knirschen. Blut strömte aus ihrer Nase. Mit dem Gesicht zur Wand, den Kopf verdreht, fiel sie zu Boden.

Sally! Mehr als diesen einen verzweifelten Gedanken brachte ich nicht zustande. Dann ging alles ganz schnell.

Nachdem er das Mädchen ausgeschaltet hatte, schlug Henry mit der unverletzten Hand nach Tom. Galen sprang auf und rannte zu seinem Vater, um ihm zu helfen. Melchior wirbelte zu mir herum.

Das Messer, das eben noch in seinem Gürtel gesteckt hatte, war auf einmal in seiner Hand. Der Stahl beschrieb einen blitzenden Bogen auf meinen ungeschützten Hals zu. Instinktiv wich ich aus und ließ mich auf die Knie fallen. Ich fühlte etwas Heißes an meiner Schläfe, bevor ich auf dem Boden aufprallte.

Es tat nicht weh. Das fand ich seltsam, denn ich wusste doch genau, dass er mich erwischt hatte. Blut tropfte mir in das linke Auge. Ich blinzelte, schaute hoch und sah, wie Melchior sich auf mich stürzte. Gemeinsam gingen wir zu Boden, sein Knie in meinem Magen, die Klinge auf mein Herz gerichtet.

Ich drehte mich weg. Die Klinge verfehlte mein Herz und bohrte sich stattdessen in meine Schulter.

Das tat weh. Ich heulte auf. Melchior riss sein Messer aus meinem Fleisch, packte mich am Kragen und holte wieder aus.

Diesmal hatte er mich, das wusste ich genau. Ich tastete unter mein Hemd nach der Apothekerschärpe, in der sich unzählige Waffen befanden, aber Melchiors Knie war im Weg. Und so blieb mir nur eine einzige Verteidigung.

Ich nutzte die Schwerkraft.

Das Regal in der Mitte der Kammer hatte von Anfang an den Eindruck erweckt, als wollte es jeden Moment umfallen. Ich erfüllte ihm den Wunsch. Mit aller Kraft trat ich dagegen und zersplitterte mit dem Stiefelabsatz das eine Stützbein. Das Regal erzitterte und gab ein ächzendes Geräusch von sich.

Das war meine Rettung. Für den Bruchteil einer Sekunde hielt Melchior inne und drehte sich um. Er sah, wie das alte, abgenutzte Regal ins Schwanken geriet, wie es sich neigte und dann in unsere Richtung kippte. Und mit ihm kippten vierzig Mehlsäcke.

Das Regal krachte in sein Gegenüber an der Wand. Unter dem Gewicht der Mehlsäcke zersplitterten beide Regale. Die Säcke fielen mit einem donnernden WUMP zu Boden.

Und dann war die Welt plötzlich weiß.

Ich konnte nichts mehr sehen. Ich konnte nicht mehr atmen. Die Luft bestand nur noch aus Mehl. Es brannte mir in den Augen, als würden mich Flammen lebendig verzehren. Tief sog ich die Luft ein und es war, als würde ich die halbe Wüste einatmen. Ich hustete und keuchte, und jeder würgende Atemzug brachte mehr des süßen Staubs in meine Lunge und überzog mit einer klebrigen Schicht meine Nase und Zunge.

Ich spuckte und blinzelte, als gäbe es kein Morgen mehr. Nach wie vor konnte ich kaum etwas sehen. Die Säcke hatten meine Lampe unter sich begraben, und das einzige Licht kam von der Lampe im Gang, die einen funzeligen Schein durch die Mehlwolken warf.

Eine Gestalt rührte sich, schüttelte sich leicht und setzte sich auf. Das musste Melchior sein, denn er war es, der vorhin noch dort gestanden hatte. Wenn ich das nicht gewusst hätte, hätte ich ihn nie erkannt. Er war wie ich von oben bis unten mit einer Schicht Mehl bestäubt. Er sah aus wie ein Geist.

Er blinzelte, hustete und riss Augen und Mund auf: drei schwarze Löcher in einer Maske aus Elfenbein, das Messer in der Hand, wie ein Dämon aus der Hölle.

Melchiors Blick fiel auf den größer werdenden roten Fleck an meiner Schulter. Mein Blut vermischte sich mit dem Mehl zu einer rosafarbenen Paste. Wieder stach er zu. Ich ließ mich zurückfallen, spürte aber, wie die Klinge erneut meine Schulter streifte.

Doch diesmal war ich nicht unbewaffnet. Ich vergrub meine Hände in einem aufgeplatzten Mehlsack über meinem Kopf. Melchior rückte mir wieder mit dem Messer auf die Pelle.

Ich schleuderte ihm den Mehlsack ins Gesicht, schüttete das Mehl buchstäblich in ihn hinein. Seine Augen, seine Nase, sein Mund quollen über von dem weißen Puder. Er ließ das Messer fallen und krallte nach meinen Armen. Ich achtete nicht darauf, sondern ertränkte ihn stattdessen in Mehl. Ich schob es in ihn hinein, eine Handvoll nach der anderen, bis nichts davon übrig war. Bis er randvoll war mit Mehl.

Zuckend und zappelnd fiel Melchior nach hinten. Ich suchte den Boden nach seinem Messer ab, aber ich konnte es nicht sehen. Ich konnte überhaupt kaum etwas sehen.

Melchior schlug um sich, würgte und keuchte. Das Messer erschien mir auf einmal nicht mehr so wichtig. Es war Zeit, von hier zu verschwinden.

Ich versuchte aufzustehen, rutschte mit dem Absatz im Mehl aus, suchte nach Halt, nach irgendwas, und packte eins der Regale, das noch stand, um mich hochzuziehen. Ich hörte das

Holz ächzen und knacken und wartete darauf, dass es zusammenbrechen würde.

Aber es hielt. Melchior, der immer noch auf dem Boden lag, griff nach meinen Füßen. Meine Hände ertasteten einen Sack auf dem Regal, der nicht mit den anderen heruntergefallen war. Ich hob ihn hoch und warf ihn nach ihm. Ich fühlte mehr, als dass ich sah, wie er zerplatzte und noch mehr Mehlstaub hochgewirbelt wurde. Als ob die Luft nicht auch so schon zum Schneiden dick gewesen wäre.

Meine Taktik funktionierte. Er ließ mich los. Ich stieg über ihn hinweg, verhedderte mich in aufgerissenen Mehlsäcken und rutschte und schlitterte über den Boden in Richtung Gang, wo die anderen gewesen waren, bevor die Welt weiß wurde.

Jeder Schritt war, als würde man durch eine Wand aus Staub waten. Die Luft würgte mich, meine Beine zitterten und nur ein einziger Gedanke hielt mich aufrecht: Ich muss meinen Freunden helfen.

In dem Nebel sah ich den Türrahmen zu spät und prallte mit der Nase dagegen. *Nichts passiert*, dachte ich. Das Körperteil, das in Schwierigkeiten steckte, war meine Schulter. Und diese Schwierigkeiten würden riesengroß werden, wenn ich die Wunde nicht bald verband. Das Blut strömte immer noch unter der Mehlkruste hervor. Ich fragte mich, ob das Mehl die Wunde verkleben und das Blut stoppen würde.

Ich stolperte hinaus in den Gang. Auch hier war die Luft nebelig, aber nicht ganz so schlimm wie in der Kammer. Ich spuckte so viel Mehl aus, wie ich konnte, und hustete den Staub aus meinen Lungen. Ich konnte wieder besser atmen – und besser sehen.

Tom hatte sich von dem Peitschenschlag der gerissenen Armbrustsehne erholt und Henry überwältigt. Aber er war nicht ungeschoren davongekommen. Sein Hemd war an der Taille aufgerissen und entblößte einen tiefen Schnitt an der Seite, dort, wo die Leber saß. Die Wunde sah schrecklich aus, schien ihn aber nicht zu behindern. Er hielt den kleinen Mann am Kragen fest und ließ ihn über dem Boden baumeln. Henry fluchte und trat nach meinem Freund, aber er konnte nicht viel ausrichten. Sein Messer lag auf dem Boden.

Unter anderen Umständen hätte ich das lustig gefunden. Aber Tom war nicht der Einzige, der noch auf den Füßen stand. Galen, ebenfalls mit Mehl bepudert, hatte Sally gepackt. Wieder hatte sie ein Messer an der Kehle. Mein Herz machte einen Satz, als ich sah, wie sie in seinem Griff zappelte. Wenigstens hatte Henry ihr nicht das Genick gebrochen, wie ich befürchtet hatte, aber diesmal würde es ihr nicht gelingen, sich loszureißen. Ihre Bewegungen waren schwach und unsicher. Wie eine Lumpenpuppe hing sie in Galens Armbeuge.

Galen merkte, wie ich hinter ihm aus dem Vorratsraum trat. Er drückte sich gegen die Wand. »Bleib weg!« Hustend und blinzelnd schrie er Tom zu: »Lass meinen Vater runter!«

»Lass du Sally los!«, verlangte Tom knurrend. Er schüttelte Henry. »Ich breche ihm das Genick, wenn du sie nicht loslässt.«

Galen schnaubte höhnisch. »Du bist und bleibst eine Maus. Du kannst niemandem ein Haar krümmen. Ich schon.«

Langsam und genüsslich fuhr Galen mit dem Messer über Sallys Unterarm. Blut quoll hervor, erst in einer geraden Linie, dann in feinen Fäden, die nach unten flossen und in kleinen roten Tropfen auf ihren Schuhen zerbarsten.

Ich wollte mich auf ihn stürzen. Doch Galen setzte Sally wieder das Messer an die Kehle.

»Denk nicht mal dran«, warnte er mich.

Ich dachte sehr wohl daran. Aber ich rührte mich nicht.

»Ich werde sie töten«, sagte Galen zu Tom. »Du weißt, dass ich dazu in der Lage bin. Jetzt lass meinen Vater los.«

Tom schaute mich flehend an.

Ich wusste nicht, was ich tun sollte. Wenn er Henry festhielt, würde Galen Sally umbringen. Aber wenn Tom den Mann losließ, waren wir alle tot.

Hinter mir hörte ich ein Scharren: Melchior gesellte sich zu uns.

Was sollte ich bloß tun?

»Also schön«, sagte Galen, »das Mädchen stirbt.«

Und der Dolch bohrte sich in Sallys Haut.

Kapitel 48

Stimmen.

Ich schrie.

Tom brüllte.

Henry fluchte.

Und jemand rief: »HALT!«

Der Ruf drang von jenseits des Nebels zu uns. Die Stimme kam mir irgendwie bekannt vor, aber ich konnte sie nicht einordnen. Als ich sah, wer gerufen hatte, wurde mir auch klar, warum: Ich hatte ihn noch nie so sprechen hören.

In das schwache, staubgeschwängerte Licht trat Dr. Parrett.

Er sah noch schlimmer aus als letzte Nacht. Seine verschwitzte Kleidung klebte an ihm wie eine zweite Haut. Sein Gesicht war ebenfalls nass, sodass der Mehlstaub bereits nach kurzer Zeit in den Hautfalten klumpte. Sein ganzer Körper zitterte in Fieberkrämpfen.

Aber Galen hielt tatsächlich inne, denn in Dr. Parretts Augen lag eine mörderische Wut. Und in seiner rechten Hand hielt er die Pistole, die diese Wut in tödliches Feuer umsetzen konnte.

»Lass Sally los«, sagte er.

Galen zögerte.

Dr. Parrett hob die Pistole und setzte den Lauf an Henrys Schläfe. Seine Stimme war seelenruhig. »Lass. Sally. Los.«

»John.« Henry, der immer noch in Toms Griff baumelte, hob die Hand. »Es ist nicht so, wie Ihr denkt …«

Dr. Parrett drückte die Pistole fest gegen seinen Kopf. »Sally hat mir Christophers Nachricht gebracht. Und ich weiß, wem ich glaube.«

Henrys Blick wurde genauso zornig wie der von Dr. Parrett. Aber er sagte zu seinem Sohn: »Lass sie los.«

Galen tat, wie geheißen. Er ließ Sally einfach fallen und sie sank zu Boden wie ein leerer Sack.

Dr. Parrett nickte mir zu. »Nimm sie.«

Ich hob Sally auf und trug sie an Dr. Parrett vorbei. Er drückte sich eng an die Wand, damit ich genug Platz hatte und ihn nicht berühren musste. Die ganze Zeit behielt er die Brüder fest im Blick.

Melchior stand jetzt neben Galen. Er sah immer noch so aus wie ein Mehlgeist. »Es hat sich nichts geändert«, sagte er zu mir. »Ihr habt immer noch bloß einen Schuss. Und dann habt ihr es mit uns beiden zu tun.«

»Ich habe nicht vor zu kämpfen«, sagte Dr. Parrett. »Ich will nur, dass Ihr diese Kinder gehen lasst. Dann können wir die Sache unter uns austragen.«

»Nein«, sagte ich, »Ihr kommt mit uns.«

Dr. Parrett schüttelte den Kopf. »Das werde ich nicht.« Er schaute Henry an. »Es wird folgendermaßen ablaufen. Die Kinder werden Euch mit nach draußen nehmen. Dann laufen sie weg. Ihr kommt zurück, rafft zusammen, was Ihr gestohlen habt, und Ihr alle drei verlasst die Stadt und kommt nie wieder zurück. Den Kindern wird kein Haar gekrümmt und Ihr habt Euer Gold.« Dr. Parrett erschauerte und seine Knie zitterten. Er hustete würgend und spuckte Schleim auf den Boden. »Abgemacht?«, fragte er.

Henry bedachte den Doktor mit einem listigen Blick. »Der da«, sagte er und ruckte mit dem Daumen zu Tom hin, »muss mich erst loslassen.«

Dr. Parrett schüttelte den Kopf. »Erst, wenn die Kinder draußen sind.«

Henry dachte kurz nach. »Also schön«, sagte er. »Aber ich *gehe* nach draußen.«

»Ihr dürft ihnen nicht über den Weg trauen«, warnte ich Dr. Parrett.

Aber er sagte bloß: »Keine Sorge«, und nickte Tom zu.

Nach einem kurzen Blick zu mir stellte Tom den kleinen Mann auf die Füße, hielt ihn aber am Kragen gepackt. Er beugte sich zu mir. »Wir können Dr. Parrett nicht hierlassen«, flüsterte er. »Er kann die beiden nicht mit nur einem Schuss aufhalten.«

Das war nur ein Teil des Problems. Dr. Parretts Krankheit schwächte ihn zusehends. Er war gegen die Wand gesackt und schüttelte sich in Krämpfen. Wenn er keinen Halt gehabt hätte, wäre er einfach zu Boden gefallen.

Das entging auch den anderen nicht. Melchiors Augen zuckten zwischen mir, Tom und Dr. Parrett hin und her. Was er dachte, konnte ich nicht sagen, aber was Galen vorhatte, war unverkennbar: In dem Moment, in dem wir aus dem Weg waren, würden sie sich auf ihn stürzen. Und selbst die Pistole konnte ihm dann nicht mehr helfen.

Trotzdem zögerten sie. Sie wussten ebenso gut wie alle anderen über die Pest Bescheid und Dr. Parrett *hatte* die Pest. Die echte. Würden sie versuchen, ihn zu packen und ihm die Pistole zu entreißen? Ich hoffte nicht, denn abgesehen von einer Ansteckung riskierten sie damit noch etwas viel Schlimmeres.

Mehlstaub hing in der Luft. Und wenn Dr. Parrett abdrückte, würde das Steinschloss Funken schlagen. Und dann …

Ich schaute zu der Lampe an der Wand. Die Flamme war

hinter Glas, und das war der einzige Grund, warum wir nicht längst in die Luft geflogen waren. Der Funke einer Steinschlosspistole dagegen war völlig ungeschützt.

Ich musste Tom warnen, und zwar ohne die anderen zu alarmieren.

»Campdens Mühle«, flüsterte ich ihm zu.

Tom schaute mich ratlos an.

»Letzten Sommer«, sagte ich. »Wie bei meiner Hausrauchmaschine.«

Seine Augen wurden groß.

»Dr. Parrett …«, setzte ich an.

Aber zu meiner Überraschung fiel er mir ins Wort. »Ich weiß. Jetzt hör zu. Ich habe den Brief übergeben, den Sally mir gebracht hat. Nehmt Henry mit nach draußen. Dann lauft. Lauft, so schnell ihr könnt, und schaut nicht zurück.«

»Aber Dr. Parrett, Ihr versteht nicht …«

»Oh doch«, sagte Dr. Parrett und nickte. »Ich habe gehört, was du gesagt hast. Campdens Mühle.«

Ich starrte ihn an.

»Damals war ich noch ich selbst«, sagte er. Er sah so klein und geschrumpft aus, wie er da an der Wand kauerte. »Das war, bevor mein James starb. Ich bin hingegangen. Ich habe die Überlebenden behandelt. Ich weiß, was passieren wird.«

Henry hörte uns genau zu und versuchte, aus dem Gesagten schlau zu werden. Er hatte uns erzählt, dass er letztes Jahr nicht in London gewesen war. Ich betete, dass er ausnahmsweise einmal die Wahrheit gesagt hatte.

»Es tut mir leid, dass ich euch nicht schon eher geholfen habe«, sagte Dr. Parrett. »Als ihr zu mir gekommen seid, hätte ich zu euch stehen sollen. Stattdessen habe ich euch weggejagt. Ich schäme mich deswegen. Bitte verzeiht mir.«

»Es gibt nichts zu verzeihen«, sagte ich. »Dr. Parrett …«

Er schaute mich nicht an. »Für den Fall, dass die Sache schlimm ausgeht: Leb wohl, Tom. Leb wohl, Christopher. Seit letztem Sommer wart ihr meine einzigen wahren Freunde. Ich kann euch gar nicht sagen, wie viel Trost mir eure Freundschaft gespendet hat. Danke. Für alles.«

Dr. Parrett stieß sich von der Wand ab, richtete sich auf und zog sein schweißnasses Wams gerade. »Jetzt geht. Was geschieht, entscheiden nun diese Schurken.« Er wedelte mit der Pistole in Galens und Melchiors Richtung. Sie können das Geld nehmen und euch in Frieden lassen. Oder sie werden von Gott unserem Herrn gerichtet.«

Galen war außer sich vor Zorn. Melchior warf mir ein schiefes Lächeln zu. »Leb wohl, Christopher«, sagte er. Ich wünschte ihm nicht dasselbe.

Melchior blickte zu Henry hin. »Vater?«

»Wir haben das Geld«, sagte Henry schulterzuckend. »Also tut, was er sagt. Wir gehen zur Kupferstadt, unter der Statue.«

Melchior nickte. Henrys Gesicht verriet nichts.

Das war gar nicht gut. *Noch ein Code*, dachte ich. *Ein verschlüsselter Hinweis, der scheinbar das eine sagt, aber etwas anderes meint.*

Aber was? War es nur ein Fluchtweg? Oder etwas Schlimmeres?

Mir blieb keine Zeit, um diesen Code zu entschlüsseln. Ich drückte Sally an mich und ging rückwärts durch den Gang zu Galens »Werkstatt«, wobei ich die beiden Brüder nicht aus den Augen ließ. Meine Schulter litt Höllenqualen unter dem Gewicht von Sallys bewusstlosem Körper. Dr. Parrett war wieder gegen die Wand gesackt. Seine Pistole wackelte bedenklich hin und her.

Wir können ihn nicht hierlassen, dachte ich. *Melchior und Galen machen kurzen Prozess mit ihm.*

Aber wieder einmal irrte ich mich. Wieder einmal schaute ich in die falsche Richtung.

Tom stieß Henry vor uns her. Plötzlich stolperte Henry. Tom, der davon überrascht wurde, stieß gegen ihn, was Henry vollends vornüberkippen ließ. Er fiel auf die Knie.

Toms Reaktion war instinktiv. »Tut mir leid«, sagte er und streckte die Hand aus, um dem Mann aufzuhelfen.

Blitzschnell zog Henry ein Messer aus seinem Stiefel, sprang auf und ließ die Klinge kreisförmig durch die Luft sausen.

Tom schrie auf. Er wich zurück und Blut quoll aus einer Wunde auf seiner Handfläche.

Henry holte aus. Ich konnte nichts tun, ich hatte immer noch Sally in den Armen. Tom, der am Boden kauerte, war hilflos.

Aber es war nicht Tom, auf den Henry es abgesehen hatte. Er warf das Messer, das zwischen uns hindurchsegelte.

Dr. Parrett hatte sich gerade den Brüdern zugewandt. Henrys Klinge fuhr ihm seitlich in den Rücken. Er grunzte überrascht auf und fiel auf die Knie.

Darauf hatte Melchior gewartet. Er sprang vor und packte die Pistole am Lauf. Er machte sich nicht die Mühe, sie aus Dr. Parretts schlaffer Hand zu ziehen – vermutlich hielt ihn die Furcht vor der Ansteckung davon ab. Stattdessen drehte Melchior den Lauf der Pistole lediglich zur Seite, sodass er in Richtung Wand zeigte.

Melchior lächelte und Galen grinste. Jetzt stellte die Waffe keine Gefahr mehr dar.

Dachten sie.

Dr. Parrett seufzte. »Lauft, Jungs.«

Sally eng an mich gedrückt, rannte ich los. Tom folgte mir und schob mich dabei von hinten an.

Ich glaube nicht, dass Melchior wusste, was geschah, als Dr. Parrett die Pistole abfeuerte. Der Hahn fiel nach unten, der Feuerstein schlug Funken, das Schießpulver entzündete sich.

Ich bog um die Ecke und machte einen Hechtsprung in die Werkstatt.

An die Landung kann ich mich nicht mehr erinnern.

Kapitel 49

Ich konnte nichts sehen.

Etwas zerrte mich über den Schutt. Es war groß und beängstigend, mit stapfenden, knirschenden Schritten. Einen benommenen Augenblick lang glaubte ich, ich sei wieder Melchiors Gefangener.

Ich schlug um mich. Große Hände hielten mich fest. »Schon gut«, sagte Toms Stimme. »Ich bin's.«

Ich hörte auf zu kämpfen. Mein Arm tat weh. Alles tat weh.

Tom zog mich noch ein paar Schritte weiter, bis das Sonnenlicht schließlich die Oberhand über den dicken Staub gewann, der in der Luft hing. Ich lag auf der Straße und rang nach Atem. Als ich den Kopf hob, sah ich, was von dem Lagerhaus übrig geblieben war.

So gut wie nichts. Die Fassade stand noch, aber der Teil, wo sich der Vorratsraum befunden hatte, war vollständig zerstört. Dort war nichts mehr außer zerborstenen Steinen, ein paar kleinen Feuerherden und Rauch. Die Fenster des Lagerhauses nebenan waren zerborsten und an einer Ecke waren Brocken aus dem Putz gesprengt, wo herumfliegende Trümmer die Wand getroffen hatten.

Tom und ich sahen nicht viel besser aus. Wir waren mit Steinstaub und Dreck bepudert. Auf seinem Gesicht klebte getrocknetes Blut, das aus einem langen Schnitt auf seiner Stirn stammte. Sein Hemd hing in Fetzen und war halb verbrannt, die Haut auf seinem Rücken war rot und warf Blasen – noch eine Wunde, die sich zu dem Schnitt in der Seite gesellte. Und er humpelte.

Ich fühlte mich so, wie Tom aussah. Die Stichwunde in meiner Schulter pochte erbarmungslos. Der Schmerz in meinem Unterarm war noch schlimmer und wurde mit jeder Sekunde unerträglicher. Ich war mir sicher, dass der Arm gebrochen war. Das Hämmern in meinem Kopf wurde schlimmer. Hoffentlich hatte ich mir nicht auch noch den Schädel angeknackst.

»Wo ist Sally?«, fragte ich.

Tom deutete hinter mich. Da lag Sally an der Wand des nächsten Lagerhauses. Genau wie wir war sie von einer grauen Staubschicht überzogen. Aus ihrer zur Seite geknickten Nase tropfte Blut. Sie rollte sich herum, hielt sich die Seite und stöhnte.

Es war eine dumme Frage, aber ich musste sie stellen: »Dr. Parrett?«

Tom gab keine Antwort. Das war auch unnötig. Dr. Parrett, Melchior und Galen hatten sich im Zentrum der Explosion befunden. Es wäre ein Wunder gewesen, wenn er überlebt hätte. Und Wunder waren in diesem Jahr in London äußerst rar.

Ich streckte die Hand aus und umfasste Toms Arm. Er legte seine Hand über meine und senkte den Kopf. So blieben wir eine Weile und schwiegen.

Tom, Sally und ich waren nicht die einzigen Überlebenden. Obwohl er der Detonation näher gewesen war als wir, hatte Henry es ebenfalls geschafft. Er kroch über die Trümmer und ließ sich an die Wand des gegenüberliegenden Lagerhauses sinken. Ein Bein war merkwürdig verdreht. Er starrte auf die Ruine des Lagerhauses und murmelte etwas vor sich hin. Er schien etwas aufzusagen, immer wieder und wieder, aber er war zu weit weg, als dass ich ihn hätte verstehen können.

Ich versuchte aufzustehen. Die Welt fing an, sich zu drehen. Sanft drückte mich Tom zu Boden.

»Nicht bewegen«, sagte er.

Ich versuchte es wieder. »Wir können Henry doch nicht davonkommen lassen.«

Tom seufzte. Genau wie ich hätte er am liebsten seine Ruhe gehabt. Aber er humpelte auf den Mann zu. Allerdings kam er nur ein paar Schritte weit, dann blieb er stehen. Aus allen Richtungen strömten Menschen.

Kein Wunder. Die Explosion hatte vermutlich den ganzen Bezirk erschüttert. Die Bewohner Londons, die sich in ihren Häusern verkrochen hatten, waren herausgekommen, um nachzusehen, was geschehen war. Sie umringten uns, blickten blinzelnd in den Steinstaub, als würden sie zum ersten Mal das Sonnenlicht erblicken. Ein paar rannten hinunter zur Themse und füllten Wassereimer, um die letzten Flammen zu löschen. Die anderen standen bloß da und starrten.

Meine Augen weiteten sich überrascht, als ein Trupp der Stadtwache durch die Menge marschierte. Und noch überraschter war ich, als ich sah, wer sie anführte, mit einem geöffneten Brief in der Hand.

Es war Meister Aldebourne. Auch er starrte einen Moment die Trümmer des Lagerhauses an. Dann fiel sein Blick auf mich und er kam zu uns. Ich erkannte, was er in der Hand hielt. Es war der Brief, den ich Dr. Parrett geschickt hatte, in der Hoffnung, er würde ihn an Lord Ashcombe weiterleiten. Es sah so aus, als hätte Dr. Parrett den kürzeren Weg gewählt und ihn dem Stadtrat überlassen.

Wortlos streckte mir Aldebourne den Brief entgegen. Ich war

zu müde, um zu sprechen, und so nickte ich bloß und deutete auf das zerstörte Lagerhaus.

Aldebourne entdeckte seinen Sekretär, der immer noch an der Wand lehnte und vor sich hin murmelte. »Henry. Henry!«, sprach Aldebourne ihn an, aber der kleine Mann reagierte nicht.

Ich fand meine Stimme wieder. »Wenn Ihr mit ihm redet«, sagte ich zu dem Stadtrat, »dann wird er Euch einen Haufen Lügen auftischen.«

Aldebourne runzelte die Stirn. Mit einer Kopfbewegung wies er auf den Brief in seiner ausgestreckten Hand. »Und das ist die Wahrheit?«

»Ja.«

Er schüttelte den Kopf. »Das ist zu entsetzlich. Das glaube ich nicht. Das kann ich nicht glauben.«

Ich deutete auf die Trümmer. »Wenn Ihr darunter nachseht, werdet Ihr die Beweise finden.«

»Und die wären?«

»Ungefähr siebenhundert Guineen«, sagte ich.

Stadtrat Aldebourne zog die Augenbrauen hoch. Dann wandte er sich an die Stadtwache. »Fangt an zu graben.«

Sie machten sich daran, seinen Befehl auszuführen. Aldebourne dachte kurz nach und rief dann zwei von ihnen zurück. »Bewacht ihn«, befahl er und deutete auf Henry.

Die Mühe hätten sie sich sparen können. Henry machte keine Anstalten zu fliehen. Er starrte nur mit verlorenem Blick auf die Trümmer und murmelte vor sich hin. Immer und immer wieder. Eine Zeit lang war das Poltern von Steinen und das Murmeln der Menge das Einzige, was ich hörte. Dann drehte sich der Wind und endlich verstand ich seine Worte.

»Meine Jungen«, sagte er. »Meine Jungen.«

6. September bis
10. September 1665
Todesfälle insgesamt: 46.394

Kapitel 50

Es dauerte nicht lange, da hatte Aldebourne seine Beweise. Nachdem die Wachen in den Überresten des Lagerhauses staubige Goldmünzen gefunden hatten, schickte der Stadtrat uns nach Hause. Die Wachen gruben weiter nach dem gestohlenen Geld. Die beiden Männer, die Aldebourne zu Henrys Bewachung abgestellt hatten, trugen den kleinen Mann weg.

Ich wünschte, uns würde auch jemand tragen. Mein Unterarm schmerzte so heftig, dass ich sonst nichts mehr fühlte – was angesichts der Beulen und Blutergüsse, mit denen mein Körper übersät war, ein Segen war. Sally war nicht in der Lage zu laufen. Ich hatte einen gebrochenen Arm und Tom ein verletztes Bein, weswegen wir sie nicht tragen konnten. Nachdem er eine Weile zwischen den Lagerhäusern herumgehumpelt war, fand Tom einen Handkarren, legte sie darauf und zog sie nach Hause.

Ich ging neben ihm und betete, dass wir ankamen, bevor ich ohnmächtig wurde. Auf halbem Weg schlug Sally die Augen auf und schnaubte trötend durch ihre gebrochene Nase.

»Ihr zwei seht ja schlimm aus«, sagte sie.

Meine Brust verkrampfte sich. »Bring mich nicht zum Lachen«, sagte ich. »Das tut weh.«

In Blackthorn machten wir eine Bestandsaufnahme. Sally hatte es am schlimmsten erwischt. Ihre Rippen waren nun endgültig gebrochen und ich machte ihr einen festen Verband um den Brustkorb. Abgesehen von den offensichtlichen Verletzungen – dem Schnitt auf ihrem Arm und ihrer gebrochenen Nase –, war auch ihr Wangenknochen gebrochen. Nach einer Menge Mohntee und unter viel Geheul richtete ich ihre Nase und legte ihr einen dicken Verband um Gesicht und Kopf.

Ihre Augen, beide durch Blutergüsse dunkel verfärbt, blickten mir aus dem Verband entgegen. Sie sah einem der ausgestopften Tiere meines Meisters – dem Waschbären aus der Neuen Welt – so ähnlich, dass Tom sich in den folgenden Tagen einen Scherz daraus machte, das Vieh überall im Haus aufzustellen, wo sie es am wenigsten erwartete. Aus Rache löste Sally eines Nachts, während er schlief, eine Naht an der Rückseite seiner Hose, sodass man nun seine Unterhosen sah. Ich verriet natürlich nichts, obwohl Tom mich jedes Mal misstrauisch ansah, wenn ich plötzlich in Gelächter ausbrach.

Mein Körper gab mir keinen Grund zum Lachen. Ich war beinahe so schlimm zerschunden wie Sally. Tom schiente meinen Arm und half mir, die Messerwunden in meiner Schulter mit Spinnweben und Honig zu versorgen. Mein linker Arm fühlte sich schwach und taub an, aber überhaupt etwas zu fühlen, war ein gutes Zeichen – obwohl ich in den kommenden Tagen unter höllischen Schmerzen litt. Aber wenn es mir gelang, eine Infektion zu vermeiden, hatte ich eine gute Chance, den Arm zu behalten. Ich betete jeden Tag dafür.

Obwohl Tom der Explosion am nächsten gewesen war, war er noch relativ glimpflich davongekommen. Er hatte ebenfalls überall blaue Flecken, sein Rücken war übel verbrannt und mit gelblich-lila Placken und Blasen übersät und sein Knie schwoll zu seiner doppelten Dicke an, aber mehr Schaden hatte die Detonation bei ihm nicht angerichtet. Glücklicherweise waren die Schnitte, die er im Verlauf des Kampfs davongetragen hatte, nicht tief. Von der Wunde auf seinem Hals, wo ihn die Sehne der Armbrust getroffen hatte, würde allerdings eine Narbe bleiben. Die Verletzung, die mir auf den ersten Blick am meisten Sorge bereitet hatte, der Messerstich auf Höhe seiner Leber, war zum Glück nur oberflächlich gewesen und hatte kein Organ getroffen.

Und so war es Tom, der – am wenigsten von den Ereignissen mitgenommen – sich um uns kümmerte. Er wechselte die Verbände und kochte unsere Mahlzeiten. Seiner Familie auf der Themse schickte er eine Nachricht, dass er nicht an der Pest erkrankt war. Seine Mutter antwortete mit einem Brief voller Tränenflecken und flehte ihn an, er möge sofort zu ihr auf das Boot kommen. Mit dem Brief in der Hand setzte sich Tom neben mich und las ihn ein ums andere Mal.

»Du kannst ruhig gehen, wenn du willst«, sagte ich, obwohl sich mein Magen bei dem Gedanken verkrampfte. »Sally und ich kommen schon zurecht.«

»Sie haben doch die richtige Entscheidung getroffen, oder nicht?«, sagte Tom, der immer noch auf den Brief starrte. »Indem sie mich zurückließen, meine ich. Als sie dachten, ich sei krank.«

»Woher hätten sie wissen sollen, wie es wirklich war?«

Tom nickte. »Es war die richtige Entscheidung. Ich hätte mir nie verzeihen können, wenn ich meine Schwestern angesteckt hätte.« Er warf mir einen Blick zu. »Du hättest auch wegbleiben sollen.«

»Und mir den ganzen Spaß entgehen lassen?« Ich deutete auf meinen verwundeten Arm. »Nie im Leben.«

Er schaute mich weiterhin an.

Ich erwiderte seinen Blick. »Nie. Im. Leben.«

Tom legte den Brief mit der Vorderseite nach unten auf den Arbeitstisch. »Kann ich mal deine Schreibfeder benutzen?«

Die Antwort an seine Familie war kurz und knapp.

Ich liebe euch. Ich vermisse euch sehr und ich bete jeden Tag für euch. Aber ich bleibe bei Christopher.
Tom

Wir hörten, was mit Henry geschah. Die ganze Stadt erfuhr von dem üblen Spiel, mit dem er, Melchior und Galen die Bewohner Londons zum Narren gehalten hatten. Ich hatte Angst, es würde zu einem Aufruhr kommen, aber überraschenderweise blieb alles ruhig.

Nun, nicht ganz. Aldebourne verkündete, dass er seinen früheren Sekretär vor Gericht stellen wolle. Aber da die Richter noch nicht wieder in die Stadt zurückgekehrt waren, beschlossen die Menschen, dass sie keine Lust hatten, so lange zu warten. Sie marschierten zum Newgate Gefängnis und holten Henry aus seiner Zelle. Ich glaube, sie hatten vor, ihn an den Galgen zu bringen. Aber so weit kamen sie gar nicht.

Bereits in Cheapside war alles vorbei. Ich habe gehört, dass einige Leute sich Andenken aufbewahrten, die sie in Medaillons einschlossen, als Talismane gegen die Pest.

Am darauffolgenden Donnerstag ließ man mich durch einen Boten ins Rathaus rufen. Ich ging mit einer verbundenen Schulter und dem Arm in der Schlinge, und mein Körper tat mir bei jedem Schritt weh.

Stadtrat Aldebourne bat mich in sein Büro. Er setzte sich mir gegenüber an seinen Schreibtisch, der mit offenen Briefen übersät war.

»Wie geht es dir?«, fragte er.

»Ich glaube, ich werde den Arm behalten«, sagte ich. »Habt Ihr das gestohlene Geld gefunden?«

»Das meiste davon. Einige der Guineen sind durch die Explosion weit in die Stadt hinein geschleudert worden. Ich habe Gerüchte von Menschen gehört, die Goldmünzen auf der Straße gefunden haben.« Er lächelte knapp. »Aber das sind nicht die einzigen guten Nachrichten.«

Die Krankheiten und Toten dieser Woche

Apostem	6
Auszehrung	4
Bauchblast	1
Bettlägerig	1
Blasenkrampf	2
Blattern	8
Blutlauf	1
Brand	1
Diarrhoe	3
Erbrechen	2
Ertrunken 3, einer in Stepney, einer in St. Katharine nahe des Towers, einer in St. Margaret Westminster	3
Fehlgeburt	23
Fieber	332
Fleckfieber	97
Fraisen	7[illegible]
Franzosenkrankheit	1
Gallsucht	3
Geschwüre	1
Gliederschwund	1
Herzanfall	1
Kindbettfieber	39
Kinder	10
Kolik	1
Leistenbruch	4
Lungenkrankheit	15
Melancholie	1
Migräne	1
Nierensteine	1
Pest	6.544
Rachitis	20
Säuglinge	20
Schädelfehlbildung	2
Schlafsucht	1
Schlagfluss	1
Schwamm	6
Schwindsucht	129
Siechtum	57
Skorbut	2
Skrofulose	1
Tonsillitis	3
Tot aufgefunden auf der Straße in St. Olave Southwark	1
Verstopfung	5
Völlerei	45
Wassersucht	31
Würmer	15
Wurmfieber	45
Zähne	128

Getauft	Männlich —	90	Begraben	Männlich —	3783	Pest — 6544
	Weiblich —	78		Weiblich —	3907	
	Insgesamt —	168		Insgesamt —	7690	

Anstieg der Begräbnisse in dieser Woche — 562

Gemeinden ohne Pestkranke — 11 Gemeinden, von der Pest befallen — 119

Der Brotpreis, wie er vom Bürgermeister und den Stadtvätern festgelegt wurde:
ein halbes Pfund Weizenbrot ein Penny, ein Weißbrot gleichen Gewichts anderthalb Pennys.

6.544 Pesttote in dieser Woche. Immer noch eine schrecklich hohe Zahl. Und immer noch bloß die offizielle Zählung. Trotzdem …

»Es sind weniger«, sagte ich.

Stadtrat Aldebourne nickte. »Die Seuche lässt allmählich nach.«

Zum ersten Mal seit langem empfand ich Hoffnung. Vor uns lagen zweifellos noch schwere Monate. Aber endlich wurden unsere Gebete erhört. Unsere Stadt würde überleben.

Stadtrat Aldebourne und ich saßen eine Weile einfach nur da. Keiner von uns wollte aussprechen, was wir beide dachten. Schließlich war er es, der das Wort ergriff. Er legte beide Hände auf die Briefe auf seinem Schreibtisch. »Sie haben uns alle zum Narren gehalten.«

»Was ist das?«, fragte ich und wies mit einer Kopfbewegung auf die Briefe.

»Im Juni«, sagte Aldebourne »starb mein langjähriger Sekretär und guter Freund Jonathan Wills an der Pest. Das dachten wir jedenfalls. Jetzt aber glaube ich, dass auch er vergiftet wurde, denn am selben Tag sprach Henry bei mir vor. Er saß auf demselben Stuhl, auf dem du jetzt sitzt, und bat mir seine Hilfe an. Die hier hatte er bei sich.« Aldebourne deutete auf die Briefe. »Es sind tadellose Referenzen, die seine Fähigkeiten und seine Loyalität über Gebühr loben. Natürlich alle gefälscht. Ich habe mir nicht einmal die Mühe gemacht, sie zu überprüfen.«

»Henry hat damit gerechnet, dass Ihr verzweifelt seid«, sagte ich.

»Und wie recht er damit hatte! Die ganze Zeit habe ich geglaubt, der Mann sei ein Geschenk Gottes. So viele haben für meine Dummheit teuer bezahlt. Auch meine eigene Tochter.«

Er senkte den Kopf. »Wir können die Toten nicht zum Leben erwecken. Aber wir haben das meiste Geld zurückbekommen. Die Armen müssen nicht hungern. Das hier ist für dich.« Er legte eine Lederbörse vor mich auf den Tisch.

»Was ist das?«, fragte ich.

»Eine Belohnung«, antwortete er. »Weil du die Stadt gerettet hast. Es sind dreißig Guineen, fünf Prozent des Betrags, den wir sicherstellen konnten.«

Dreißig … *Guineen*? Ich starrte die Börse an. Nahm sie in die Hand, hielt sie, fühlte das Gewicht, das sich in mein Fleisch drückte.

Dreißig Guineen. Damit wäre ich auf einen Schlag all meine Geldsorgen los. Für die nächsten Jahre.

Ich legte die Börse wieder auf den Tisch. »Das … das kann ich nicht annehmen«, sagte ich.

Aldebournes Augenbrauen schossen in die Höhe. »Warum nicht?«

Mir war übel. »Es ist … na ja, ich möchte schon. Aber es ist Blutgeld.«

»Ich habe mich mit dem Bürgermeister beraten. Er will, dass du es bekommst.«

»Das spielt keine Rolle«, sagte ich mit einem hohlen Gefühl

in der Magengrube. »Der einzige Grund, warum Ihr mir dieses Geld anbietet, ist der, dass es gestohlen wurde. Es ist für die Armen der Stadt bestimmt. Ich kann es nicht annehmen.« Was würde Meister Benedict von mir denken, wenn ich es täte?

Stadtrat Aldebourne schaute mich an, als wüsste er nicht recht, was er von mir halten sollte. »Nun … gibt es sonst etwas, was ich für dich tun kann?«

Ich dachte nach. Und dann wäre ich beinahe vom Stuhl aufgesprungen.

»Ja«, antwortete ich und sagte es ihm.

Seine Überraschung wurde noch größer. »Ist das alles?«

Ich schüttelte den Kopf. »Wurde Dr. Parretts Leiche gefunden?«, fragte ich.

»Ja.«

»Dann möchte ich, dass er eine Begräbnisfeier in der Saint-Paul's-Kathedrale bekommt. Und er soll auf dem Friedhof in Bunhill Fields bestattet werden, neben seiner Frau und seinem Sohn.«

»Das geht nicht«, sagte Aldebourne. »Die Begräbnisfeier ist kein Problem. Aber laut Pestverordnung müssen während der Seuche alle Toten in Pestgruben bestattet werden.«

»Ich kenne die Pestverordnung. Das spielt keine Rolle.«

»Es spielt sehr wohl eine Rolle.«

Ich schob dem Stadtrat die Lederbörse zu. »Als Dr. Parretts Haus niederbrannte«, sagte ich, »und er vor Trauer über den Verlust seiner Familie den Verstand verlor, da hat ihn die Stadt im Stich gelassen. Und trotzdem hat er sein Leben für sie gegeben. Er hat in diesem Lagerhaus nicht nur mich und meine Freunde gerettet. Wenn er nicht gewesen wäre, dann wäre das Geld der Armen – und zehnmal mehr – für immer verloren. Ihr habt mich gefragt, was Ihr für mich tun könnt«, sagte ich. »Das ist es. Er verdient es, seine letzte Ruhe neben seiner Familie zu finden.«

Einen Augenblick lang blieb Meister Aldebourne still. Dann nickte er. »Na schön. Noch etwas?«

»Also«, sagte ich, »wenn Ihr mich so fragt …«

Tom grinste, als ich die Apotheke betrat. »Guck mal, wer wieder da ist«, sagte er.

»Hast du gedacht, dass Aldebourne mich in den Tower werfen lässt?«, fragte ich.

»Ich habe nicht von dir gesprochen.« Er trat beiseite, sodass mein Blick auf Sally fiel, die hinter ihm saß. Sie lächelte und in ihrem Arm saß eine pummelige schwarz-weiß gefleckte Taube.

Mein Herz machte einen Satz. »Bridget!«

Sie gurrte mich an. Ich nahm sie Sally ab, strich ihr über das Gefieder und schob sie in meine Armbeuge. Durch die Schlinge, die meinen gebrochenen Arm stützte, hatte sie dort ein kuscheliges Nest.

»Sie kam, während du weg warst«, sagte Tom. »Es fehlen ein paar Federn, und ich glaube, sie hat sich den Flügel verletzt, aber ansonsten scheint sie in Ordnung zu sein.«

Ein verletzter Flügel, genau wie ich. Ich hielt sie an mein Gesicht und sie kuschelte sich an meine Wange. »Ich habe mir Sorgen um dich gemacht.«

»So, nachdem das auch geklärt wäre«, sagte Tom, »könntest du uns jetzt bitte erzählen, was passiert ist?«

Ich berichtete ihnen, was sich im Rathaus ereignet hatte. Tom war hocherfreut, dass ich mich für Dr. Parrett eingesetzt hatte. Ich hatte befürchtet, er würde wütend werden, weil ich das Geld abgelehnt hatte, aber er verstand sofort.

»Gut«, sagte er. Dann setzte er eine trübe Miene auf. »Obwohl das vermutlich bedeutet, dass wir wieder arm sind.«

»Nicht ganz«, sagte ich. Ich griff in meine Tasche und streckte dann die Hand aus. Auf meiner Handfläche lagen sechs Silbermünzen.

»Du hast sechs Schillinge bekommen?«

»Sechs Schillinge *die Woche.* Zwei für jeden von uns, bis die Pest vorbei ist.«

Tom schaute mich begeistert an, ebenso wie Sally, deren Augen in ihrem Waschbärengesicht leuchteten. Wir würden zwar nicht leben wie die Könige – bei Weitem nicht –, aber wir würden wenigstens nicht verhungern.

»Ich finde es nur fair, dass wir auch ein paar Almosen bekommen«, sagte Tom. »Wir können es wirklich gut gebrauchen.«

»Also, eigentlich sind es keine Almosen«, sagte ich. »Ich muss dafür arbeiten. Neben den sechs Schillingen bezahlt mir die Stadt alles, was ich an Zutaten brauche, um den Laden am Laufen zu halten. Und im Gegenzug stelle ich Venezianischen Theriak für die Pestärzte der Stadt her.«

Natürlich würde man damit die Seuche nicht heilen. Es gab nichts, was dazu in der Lage war. Mein Meister hatte das schon vor langer Zeit herausgefunden und auch die Menschen dieser Stadt hatten ihre – äußerst bittere – Lektion gelernt. Aber wenigstens konnten wir das Leiden der Kranken lindern und vielleicht dem einen oder anderen dabei helfen, die Seuche aus eigener Kraft zu bekämpfen.

»Das ist ja großartig!«, sagte Tom. Dann runzelte er die Stirn. »Aber wird dich die Apothekergilde denn nicht bestrafen? Du darfst doch keine Heilmittel herstellen.«

»Ich darf keine Heilmittel *verkaufen.* Aber ich verkaufe sie ja nicht. Ich verschenke sie. Umsonst. Die Schillinge sind ›Almosen‹, schon vergessen?«

Tom kratzte sich an der Wange. »Ich weiß nicht, ob die Gilde das akzeptieren wird.«

Da war ich mir auch nicht sicher. Es handelte sich zwar nur um sechs Schillinge – ein Bruchteil dessen, was ein Apotheker verdiente –, aber ich war nach den Ereignissen mit dem Erzengel-Kult in der Gilde nicht gerade beliebt. Sie konnten mir ganz leicht das Leben schwer machen, wenn sie es darauf anlegten.

Dieser Gedanke war mir schon in Aldebournes Büro gekommen. Nach einiger Überlegung hatte ich beschlossen, dass es mir egal war. Die Mitglieder der Gilde waren aus London geflohen, als die Stadt sie am nötigsten hatte. Meister Benedict hätte das nie getan.

Und die Wahrheit war, dass ich auch ein kleines bisschen für mich haben wollte. »Außerdem«, sagte ich zu Tom, »gibt es keine Obergrenze an Zutaten, die ich auf Kosten der Stadt anschaffen darf. Ich kann also mit meinen Experimenten fortfahren.«

Tom schaute mich entsetzt an. »Oh nein!«, sagte er. Ich wusste nicht, ob er mich auf den Arm nahm oder nicht.

Sally dagegen klatschte entzückt in die Hände. Ihr gesplitterter Wangenknochen machte das Sprechen zur Qual und sie musste murmeln, ohne die Lippen zu bewegen. »Und was jetzt?«

»Ich mache mich an die Arbeit«, sagte ich. »Die neuen Pestärzte haben bereits zwölf Krüge mit Venezianischem Theriak bestellt. Und ich werde Hilfe brauchen«, sagte ich und hob meinen verletzten Arm. »Zumindest eine Zeit lang.«

»Aber gerne«, sagte sie und machte Anstalten, in den Arbeitsraum zu gehen.

Ich hielt sie zurück. »Einen Moment noch. Für dich habe ich auch etwas.«

Sally schaute mich verwirrt an. »Aber ich habe doch schon zwei Schillinge pro Woche bekommen.«

»Das ist noch viel besser. Der Stadtrat hat eingewilligt, Lord Ashcombe in meinem Namen eine Botschaft zu schicken. Ich habe schon einen Brief verfasst und ihn gefragt, ob der Beschützer des Königs eine Stellung für dich hat. Wenn nicht, dann verschafft dir Meister Aldebourne Arbeit im Rathaus.«

Sally schaute von mir zu Tom, als ob wir uns einen Scherz mit ihr erlaubten. »Bist du ... Er hat ... Ehrlich?«

Ich nickte. »Bis es so weit ist, würde ich mich freuen, wenn du hierbleibst. Wir könnten ... uff!«

Sally hatte sich auf mich gestürzt, mir die Arme um den Hals geschlungen und drückte mir ihr Gesicht an die Brust. Ich hatte nichts dagegen. Mein Arm aber schon. Mein Arm war *sehr* dagegen.

»Au!«, sagte ich.

Sie trat zurück, die Hand an ihre verbundene Nase gelegt. »Entschuldigung.« Ihre Wangen konnte ich nicht sehen, aber ihr Hals rötete sich leicht. Ihre Augen dagegen strahlten.

»Also gut. Bevor ihr irgendetwas anderes tut, muss alles im Arbeitszimmer an seinen Platz geräumt werden. Da ich nur einen Arm habe, wäre es sehr nett von euch, wenn ihr euch darum kümmern könntet.«

»Klar machen wir das«, sagte Tom.

Ich zeigte ihnen, wo alles hingehörte, und ließ sie dann allein. »Danke«, sagte ich. »Ich gehe eine Weile nach oben.«

Bridget nahm ich mit. Ich hörte das leise Klirren von Gläsern, während meine Freunde meinen Arbeitsraum wieder in Ordnung brachten. Sally, die mit einem gebrochenen Wangenknochen nicht singen konnte, summte ein fröhliches Liedchen. Die Melodie trug mich buchstäblich die Treppe hoch. Als ich oben war, hörte ich etwas anderes.

Ich drehte mich um und rief nach unten: »Tom?«

»Ja?«, rief er zurück.

»Ich glaube, du solltest das Singen besser lassen«, sagte ich.

Einen Moment herrschte Stille. Dann sagte er: »Wahrscheinlich hast du recht.«

Ich setzte Bridget auf den Fenstersims in Meister Benedicts Schlafzimmer. Dann machte ich mich daran, die Bücher aus der Kammer im hinteren Bereich des Hauses hierher zu bringen. Es war alles andere als leicht, einen Platz für sie zu finden. Die meisten Bücherstapel im Schlafzimmer reichten schon bis zur Decke.

Mit dem gebrochenen Arm ging die Arbeit nur sehr langsam voran. Ich musste die Bücher mit dem Fuß durch den Gang schieben. Am Ende machte ich alles, was ich geschafft hatte, wieder zunichte, indem ich gegen einen wackeligen Dokumentenstapel im Schlafzimmer meines Meisters stieß und alle Papiere kreuz und quer im Raum verteilte. Seufzend fing ich an, wieder aufzuräumen.

Hinter mir hörte ich humpelnde Schritte die Treppe heraufkommen.

»Du solltest dein Knie schonen«, sagte ich, »statt Treppen zu steigen.«

»Und du solltest deine Schulter schonen«, sagte Tom, »statt Sachen herumzuschleppen.«

Er hatte ja recht. Mein Arm tat höllisch weh.

Tom schaute sich um. »Was machst du denn da?«

»Ich schaffe Platz«, sagte ich. »Es ist ein bisschen eng, wenn wir alle unten in der Apotheke schlafen. Ich weiß nicht, wie lange Sally noch hierbleiben wird, aber ich dachte, sie könnte die kleine Kammer hier oben haben.«

Tom kniete sich auf sein gesundes Bein und half mir, die Papiere zusammenzuschieben. Mit einer Kopfbewegung wies er auf das weiche Bett meines Meisters. »Schläfst du dann hier?«

»Nein, das ist Meister Benedicts Bett. Ich schlafe wie immer unten im Laden, genau wie du.«

»Oh.«

»Oh – was?«

»Na ja, ich dachte, du gehst hier hoch und suchst nach dem Schatz deines Meisters«, sagte Tom.

Ich zuckte mit den Schultern.

»Willst du denn nicht mehr danach suchen?«, fragte Tom. »Wir wissen doch jetzt, dass er nicht gestohlen wurde.«

»Das wissen wir nicht«, sagte ich.

»Melchior sagte, er hätte nichts mitgenommen. Glaubst du, dass er gelogen hat?«

»Nein. Dazu hatte er keinen Grund.« Ich reichte Tom die Papiere, die ich aufgesammelt hatte, und er stapelte sie wieder auf. »Aber auch der Kult des Erzengels hat meinen Laden durchwühlt, weißt du noch?«

Tom verzog das Gesicht.

»Was denn?«, fragte ich.

»Was ist bloß los mit dir?«, wollte er wissen.

»Nichts. Was meinst du?«

»Na ja … Mir ist ja klar, dass wir nicht mehr am Hungertuch nagen, aber wenn ich an deiner Stelle wäre, wenn ich wüsste, dass Melchior Meister Benedicts Schatz nicht mitgenommen hat, dann würde ich dieses Haus auf den Kopf stellen. Nicht zuletzt, weil er dir etwas Besonderes hinterlassen hat, etwas nur für dich. Ist dir das denn völlig egal?«

»Natürlich nicht.«

»Wo liegt dann das Problem?«

Mein ganzer Frust brach aus mir heraus. »Ich weiß nicht, wo ich suchen soll«, sagte ich unglücklich. Ich zog die Botschaft, die wir in dem Buch über Vögel gefunden hatten, aus meiner Apothekerschärpe und warf sie auf das Bett, wo sie lag und mich höhnisch anzugrinsen schien.

Wenn der junge Vogel sich niederlässt, an seinem
rechtmäßigen Platz,
dann – versteckt zu seinen Füßen – findet er seinen Schatz.

»Mir ist mittlerweile klar, dass Meister Benedict mich gemeint hat«, sagte ich verzweifelt, »dass ich der Vogel bin. Also habe ich unter meinen Füßen nachgesehen, in dem Kriechkeller unter der Apotheke. Da war nichts. Der Schatz ist weg.«

»Vielleicht hast du die Botschaft missverstanden«, sagte Tom.

»Dann weiß ich nicht, was ich noch tun soll. Ich komme einfach nicht drauf.«

»Das wirst du schon noch«, sagte Tom. »Das war doch bisher immer so.«

Ich lachte bitter. »Gewiss doch. Als ob mir schon jemals etwas gelungen wäre!«

»Was soll das denn wieder heißen?«

»Nichts.« Ich widmete mich wieder den Bücherstapeln.

»Redest du von deiner Hausrauchmaschine?«, fragte Tom.

»Ja. Nein. Ich weiß nicht.«

Tom betrachtete mich. Dann legte er mir die Hand auf den Arm. »Sag mal, redest du etwa von Henry?«

»Nein.«

Tom war völlig verblüfft. »Aber sicher! Du gibst dir die Schuld für das, was passiert ist! Was sie getan haben!«

Ich warf das Buch, das ich gerade in der Hand hielt, quer durch das Zimmer. »Es *ist* meine Schuld!«, rief ich. »Ich hätte es merken müssen. Galen hier in der Apotheke. Melchiors Code. Henry. Tom, ich habe *Henry* den Brief geschickt!«

»Aber woher hättest du es denn wissen sollen? Und immerhin haben wir ihre Pläne durchkreuzt.«

Ich schnaubte. »Wir hatten Glück, das ist alles. Wenn Dr. Parrett nicht gewesen wäre, wären wir jetzt alle tot. Auch dass wir die Apotheke behalten können, ist nichts als Zufall.« Ich setzte mich auf den Boden. »Ich bin ein schöner Nachfolger für Meister Benedict.«

Tom schaute einen Moment auf mich herunter. Dann sagte er. »Darf ich dir ein Geheimnis verraten?«

»Was?«

»Du bist der klügste Mensch, den ich kenne«, sagte er. »Aber manchmal bist du so was von dumm.«

»Was soll das jetzt wieder heißen?«

»Weißt du noch, dass Meister Benedict meinte, es sei wichtig für dich, dass du die Botschaft allein entschlüsselst?«

Natürlich wusste ich es noch. Ich konnte an kaum etwas anderes denken.

Es ist wohl einem gewissen Unverständnis zu verdanken, dass dir die wahre Natur dieser Sache noch nicht klar geworden ist.

Es ist jetzt dein Reich, dein Elysium. Verhalte dich dementsprechend, in allem, was du tust. Oder aber du wirst nie finden, was zu finden ich dir bestimmt habe.

Erkenne das Geheimnis. Es liegt in meiner Liebe zu dir verborgen.

»Nicht einmal dazu bin ich in der Lage«, sagte ich niedergeschlagen.

Tom seufzte. »Mir ist jetzt klar, warum ihm das so wichtig war. *Du* hast den Kult des Erzengels aufgehalten. *Du* hast Henry, Galen und Melchior enttarnt. Klar, wir haben dir geholfen, ich, Sally und Dr Parrett. Natürlich, was denn sonst. Wir sind schließlich deine Freunde. Aber du hast das alles ins Rollen gebracht.

Du warst der Einzige, der Melchior durchschaut hat. Und du warst es, der erkannt hat, dass Galen mit ihm unter einer Decke steckte. Wenn du nicht gewesen wärst, wären die Almosen der Stadt gestohlen worden und Zehntausende Menschen würden jetzt verhungern. Und trotzdem erkennst du immer noch nicht, was du da geleistet hast.« Er warf die Hände in die Luft. »Du traust dich ja nicht mal, in deinem eigenen Bett zu schlafen.«

Wovon redete er denn da? »Mein Bett ist unten, im Laden.«

»Nein, Christopher«, sagte Tom geduldig. »Dein Bett ist hier.« Er deutete auf die Ruhestatt meines Meisters. »Das ist *dein* Haus. Meister Benedict hat es dir hinterlassen. Er hätte damit anstellen können, was er wollte. Er hätte es Hugh geben können oder Isaac oder dem Stiefelknecht von König Charles. Aber er wollte, dass *du* es bekommst.«

Tom breitete die Arme aus und hätte dabei beinahe einen Bücherstapel umgestoßen. »Das ist dein Zimmer. Hier gehörst du hin. Das spüre ich ganz deutlich, auch wenn du es nicht erkennst. Und ich weiß, so sicher wie das Amen in der Kirche, dass Meister Benedict jetzt oben im Himmel sitzt und unglaublich stolz auf dich ist. Weil ich es nämlich auch bin. Also sei du gefälligst auch stolz auf dich.« Er verpasste mir einen leichten Tritt in den Hintern. »Und schlaf endlich in deinem eigenen Bett.«

Ich schaute aus dem Fenster, vor dem Bridget saß. Sonnenlicht strömte ins Zimmer.

Stimmt das, Meister?

Ich sah ihn im Geist vor mir. Er lächelte.

Du bist der Vogel, sagte er.

Und da – endlich, endlich – verstand ich.

Wenn der junge Vogel sich niederlässt, an seinem
rechtmäßigen Platz,
dann – versteckt zu seinen Füßen – findet er seinen Schatz.

»Was ist?«, fragte Tom, der meinen Gesichtsausdruck gesehen hatte.

»Mein Platz«, sagte ich. »Mein rechtmäßiger Platz ist *hier.*«

»Das sage ich doch die ganze Zeit.«

Versteckt zu seinen Füßen.

Ich stand auf, ging zum Bett und zog die Decke beiseite, betrachtete die Matratze und drückte darauf. Sie war weich und gab unter meinen Händen nach.

Ich packte eine Seite der Matratze. »Hilf mir mal, sie umzudrehen.«

Er mit seinem geschwollenen Knie und ich mit meiner schmerzenden Schulter gaben ein ziemlich ungeschicktes Paar ab, aber schließlich gelang es uns, die Matratze umzudrehen. Ich starrte die Rückseite an, die Säume in dem festen Leinengewebe. An dem einen Ende, dort wo meine Füße liegen würden, fiel mir eine Reihe von Stichen ins Auge. Es wäre mir nicht aufgefallen, wenn ich nicht danach gesucht hätte. Diese Naht wirkte ein bisschen jünger als die anderen.

Ich streckte die Hand aus. Tom zog sein Messer aus dem Gürtel und reichte es mir. Vorsichtig schnitt ich durch die Fäden und zog die Matratzenhülle auf. Weiche weiße Daunen quollen hervor. Ich griff hinein und tastete herum. Meine Finger berührten etwas. Es war aus Leder.

Ich zog eine große, schwere Börse heraus. Der Lederbeutel war mit Wollschnur verschlossen. Ich löste die Schnur, öffnete den Beutel und starrte hinein.

»Was ist drin?«, fragte Tom.

Ich gab ihm den Beutel. Er blickte ebenfalls hinein. Eine Weile starrte er nur, genau wie ich. Dann kippte er den Inhalt auf dem Bett aus.

Goldmünzen fielen klimpernd heraus, verteilten sich auf der ganzen Matratze und glitzerten im Sonnenlicht.

Es waren Guineen. Goldguineen. Wir zählten sie, was eine Weile dauerte.

Wir kamen auf zweiundsiebzig. Jede Guinee war ein Pfund und einen Schilling wert. In meinem Bett – *meinem* Bett, dachte ich – lag Meister Benedicts Schatz. Mehr als fünfundsiebzig Pfund.

Tom tippte mir auf den Arm. Ich schaute zu ihm hin. Er deutete auf die Matratze.

Als ich die Börse aus den Daunen gezogen hatte, war etwas anderes mit herausgeglitten. Es steckte noch halb in der Matratze: ein gefaltetes Stück Papier.

Ich holte es ganz heraus und strich es glatt. Es waren vier Seiten. Drei davon waren Tagebucheinträge, geschrieben von meinem Meister. Er hatte sie aus seinen Büchern gerissen und bestimmte Absätze unterstrichen. Der erste datierte vom 12. Mai 1662.

Ich habe heute einen unverzeihlichen Fehler begangen. Als ich in aller Eile bei Lord Bentley eintraf, merkte ich, dass ich vergessen hatte, neue Brandsalbe herzustellen. Bentley war außer sich vor Zorn und dazu hatte er jedes Recht. Meine Unaufmerksamkeit hat mich einen geschätzten Kunden gekostet.

Hugh meinte, ich verdiene es nicht besser. Seit zwei Jahren liegt er mir in den Ohren, ich solle mir einen neuen Lehrling besorgen. Aufgrund meiner geheimen Experimente und des Ärgers, den ich mit Peter hatte, habe ich bislang gezögert. Jemanden mit einer entsprechenden Begabung zu finden ist schwer genug. Angesichts der Natur meiner Arbeit muss es auch jemand sein, dem ich vertrauen kann.

Und woher soll ich das wissen, wenn ich den Jungen überhaupt nicht kenne? Hugh behauptet, dass Peters Abkehr vom Pfad der Tugend nicht meine Schuld war. Aber es war meine Aufgabe, Geist und Moral des Jungen zu bilden, und ich habe versagt. Ein weiterer Misserfolg unter so vielen anderen in diesem Leben. Aber mir ist klar geworden, dass Hugh recht hat, was die Sache mit dem Lehrling betrifft. Die Tücken des Alters kann ich nicht länger leugnen. Ich bin nicht in der Lage, mit meinen Experimenten fortzufahren und gleichzeitig die Apotheke zu führen, jedenfalls nicht allein. Im Juni werden im Gildehaus die Anwärter auf eine Lehrstelle geprüft. Ich werde hingehen, obwohl ich nicht viel Hoffnung habe, den Richtigen zu finden.

Auch auf der zweiten Seite stand ein Datum: 15. Juni 1662. Es war der Tag, an dem sich mein Leben veränderte.

Heute habe ich mich selbst überrascht. Ich habe mir einen Lehrling genommen. Sein Name ist Christopher Rowe, ein Waisenjunge aus Cripplegate.

Ich weiß selbst nicht genau, warum ich ihn auswählte. Teilweise, weil ich seine Prüfung so beeindruckend fand. Oswyn hat ihn gnadenlos in den Schwitzkasten genommen, weil er wohl beweisen wollte, dass dieser Waisenjunge einer der Besten unserer Zunft werden könnte. Er hatte schon immer eine Schwäche für die Mittellosen, die in ähnlichen Verhältnissen aufwuchsen, wie er selbst es erlebt hat. Christophers Antworten zeugten von Intelligenz, Wissbegierde und einem wendigen Verstand.

Trotzdem war dies nicht der einzige Grund, warum ich ihn genommen habe. Teilweise empfand ich Mitgefühl: Trotz seiner beeindruckenden Vorstellung wollte anscheinend kein anderer Apotheker einen Waisenjungen haben, und alles in mir sträubte sich dagegen, ihn so niedergeschlagen zu sehen. Aber ich nahm ihn hauptsächlich deswegen bei mir auf, weil ich in ihm etwas zu sehen glaubte.

Ich habe Geschichten über das Leben in Cripplegate gehört. Christopher muss dort Schreckliches widerfahren sein. Und doch schien mir der Junge, wie er da in der Pracht und Herrlichkeit des großen Saals des Gildehauses stand, unbefleckt von jeglicher Grausamkeit. Er war weder eingeschüchtert oder demütig, noch schien mir sein Wille gebrochen zu sein. Er wirkte nicht listig oder berechnend, nicht auf seinen Vorteil bedacht und auch nicht trotzig, widerborstig oder zornig. Im Gegenteil: Was ich in ihm sah, war ein unverwüstlich freundliches und gutherziges Gemüt und eines, dem man – so hoffe ich – vertrauen kann.

Vielleicht sehe ich in ihm nur das, was ich sehen will. Aber als wir nach Hause kamen, stellte ich den Jungen vor ein paar Aufgaben, und er begriff sehr schnell, was unseren Beruf ausmacht – vor allem die Verantwortung, die damit einhergeht. Das überraschte mich und macht mir Hoffnung, dass ich gut gewählt habe.

Die Zeit wird es weisen. Ich habe nun einen neuen Lehrling und Hugh hat seine Wette gewonnen. Ich schulde ihm einen Schilling.

Den dritten Eintrag schrieb er zwei Jahre später, am 29. Mai 1664. Es war der Oak Apple Day, ein Feiertag und der Geburtstag des Königs. Und meiner. Es war der Tag, an dem ich dreizehn wurde.

Die Jungen spielen in der Werkstatt. Ich versuche, nicht auf sie zu achten, denn ich habe gerade eben das Wort »Katapult« gehört. Gott steh uns bei.

Ihr Spielen hat mich nachdenklich gemacht. Ich habe mich schon oft gefragt, ob ich nicht einen Fehler begangen habe, ob ich mein Leben anders hätte leben sollen. Ich war so damit beschäftigt, der Natur ihre Geheimnisse zu entlocken, dass ich mich niemals an eine Familie gebunden habe. Es wäre einer Frau und Kindern gegenüber nicht fair gewesen, sie mit einem Ehemann und Vater zu strafen, der nie für sie da ist. Und doch, im Älterwerden habe ich immer häufiger eine Art Bedauern empfunden, dass ich keinen Sohn, keine Tochter habe, mit denen ich die Wunder des Lebens teilen kann.

Diese Leere ist verschwunden. Als ich Christopher zu mir genommen habe, war mir nicht klar, was für ein Segen er für mich und mein Heim sein würde. Für dieses Geschenk, oh Gott, danke ich dir aus tiefstem Herzen.

Gerade ist unten von »Anzünden« und »Feuer« die Rede. Ich glaube, ich muss doch einmal nachsehen.

Die vierte Seite war kein Tagebucheintrag. Es waren nur ein paar Zeilen, die sorgfältig mit Tinte zu Papier gebracht waren.

Die letzte Botschaft meines Meisters für mich.

Jetzt verstehst du es.
Geboren bist du als Christopher Rowe.
Aber du wurdest zu Christopher Blackthorn.
Ich werde immer bei dir sein.
Benedict

Tom legte mir die Hand auf die Schulter und drückte sie sanft. Dann ging er wieder zu Sally nach unten, die immer noch fröhlich vor sich hin summte. Ich stand da, die Sonne auf meinem Gesicht, und drückte die Worte meines Meisters an mein Herz.

Historische Anmerkungen

Von allen möglichen Katastrophen war es die Pest, die zu Christophers Zeiten am meisten Angst und Schrecken verbreitete. Der Ausbruch der Seuche war nicht nur deshalb so gefürchtet, weil so viele Menschen starben – die sogenannte »Große Pest von London« raffte jeden fünften Einwohner der Stadt dahin, insgesamt gab es hunderttausend Tote –, sondern weil niemand wusste, was die Epidemie verursachte. Erst 1676 entdeckte Antoni van Leeuwenhoek unter seinem brandneuen Mikroskop einige »winzige Tierchen« – Bakterien –, und dann dauerte es noch einmal zweihundert Jahre, bis die Menschen begriffen, dass Krankheiten durch Keime verursacht wurden. (Und weitere siebzig Jahre, bis das Penizillin erfunden war, das erste chemische Antibiotikum.)

Für Christopher und seine Zeitgenossen war die Pest buchstäblich nicht von dieser Welt. Es gab etliche Theorien über den Ursprung der Krankheit, einige meinten, es sei der Zorn der Engel, das Werk des Teufels, und andere hielten die Pest sogar für das Ergebnis von Blähungen der Erde! So schrieb zum Beispiel Richard Saunders 1666, dass der Ursprung der Pestilenz in einer Krise der Erde läge. In dem Versuch, sich zu reinigen, stoße die Erde »arsenhaltige Dämpfe« aus, die sie zu lange in ihren Eingeweiden zurückgehalten habe.[1] Besonders Gerüche hatte man im Verdacht, die Krankheit zu übertragen, daher Christophers hanebüchenes Experiment mit der Hausrauchmaschine (bitte macht das nicht nach!) und all die anderen Methoden gegen die Pest, die in diesem Abenteuer zur Sprache kommen. Die Kuren und Heilmittel jener Zeit waren allesamt nutzlos, wie Meister Benedict herausgefunden hatte, und manchmal geradezu widerwärtig. In dem Buch *Loimographia* von William Boghurst aus dem Jahr 1665 steht eine lange Liste mit Anwendungen und Arzneien sowie den dazugehörigen Rezepten.[2] Ich warne euch: Ihr solltet das Buch nicht lesen, wenn euch leicht schlecht wird. Oder wenn ihr Hundewelpen mögt. Das meine ich ganz ernst.

Die Pest war so im Denken der Menschen verankert, dass sie oftmals einfach nur »die Krankheit« genannt wurde. Über den Ausbruch, von dem in diesem Buch erzählt wird, gibt es detaillierte Berichte, einschließlich jenes aus Samuel Pepys' berühmten Tagebüchern.[3] Die beste Erzählung allerdings stammt aus der Feder von Daniel Defoe (der auch *Robinson Crusoe* geschrieben hat). Defoe, der zur Zeit der Großen Pest fünf Jahre alt war, malt ein erschütterndes Bild vom Leben während dieser Zeit. *Die Pest zu London* ist auch heute noch sehr lesenswert und erzählt spannend und aufschlussreich über das Leid, die Entbehrungen und die ungewöhnliche Tapferkeit von Christophers Zeitgenossen.[4]

Und wer glaubt, dass es die Pest heutzutage nicht mehr gibt, dem sei verraten, dass seit 2014 auf der Insel Madagaskar wieder vermehrt Fälle auftreten. Also besorgt euch schon einmal Venezianischen Theriak.

Noch zwei weitere Anmerkungen: Erstens sind wie in *Der Blackthorn-Code – Das Vermächtnis des Alchemisten* alle Orts- und Personennamen der heutigen Schreibweise angepasst. Und zweitens habe ich mich bei den Datumsangaben an den modernen Gregorianischen Kalender gehalten und nicht an den Julianischen, der zu der damaligen Zeit in England gültig war.

Das erklärt die abweichenden Daten auf den Totenlisten in diesem Buch, im Englischen »Bills of Mortality« genannt, die übrigens echt sind.

Ach, und noch etwas: 3→.

1. R. Saunders, *The English Apollo*, 1666, in: L. Picard, *Restauration London.*
2. William Boghurst, *Loimographia, an Account of the Great Plague of London in the Year 1665*
3. Samuel Pepys, *Die Tagebücher 1660 – 1669*
4. Daniel Defoe, *Die Pest zu London*

Danksagung

Man sagt, das zweite Buch sei schwieriger als das erste. Das stimmt auch. Glücklicherweise stehen mir viele fantastische Menschen zur Seite, die mich unterstützen und anleiten. Ich möchte mich bedanken bei:

Liesa Abrams, Ben Horslen, Emma Sector, Dan Lazar und Suri Rosen, die dieses Buch begleitet und mit ihrem Wissen bereichert haben.

Mara Anastas, Mary Marotta, Jon Anderson, Katherine Devendorf, Karin Parocki, Julie Doebler, Jodie Hockensmith, Christina Pecorale, Lucielle Rettino, Carolyn Swerdloff, Michelle Leo, Greg Stadnyk, Hilary Zarycky, Laura Lyn DiSiena, Victor Iannone, Gary Urda, Michael Selleck und Stephanie Voros bei Aladdin.

Francesca Dow, Amanda Punter, Wendy Shakespeare, Jacqui McDonough, Hannah Maloco, Sophia Rubie und alle bei Puffin UK.

Kevin Hanson, David Millar, Nancy Purcell, Felicia Quon, Adria Iwasutiak, Shara Alexa, Andrea Seto und Rita Silva bei Simon & Schuster, Kanada.

Celia de la Campa, Angharad Kowal, Torie Doherty-Munro und James Munro bei Writers House.

Allen Verlagen, die Christophers Geschichte in die Welt hinaustragen.

Julia Bruce für ihren ausgezeichneten Spürsinn.

Terry Bailey und Alma für ihre Hilfe bei den Übersetzungen

aus dem Lateinischen. Eventuelle Fehler sind allein meine Schuld.

Und schließlich euch, liebe Leser: Danke, dass ihr Christopher bei seinen Abenteuern begleitet. Ihr seid die besten Freunde, die sich ein junger Apotheker nur wünschen kann.